겨울환자

유익서 소설집

뿌리출판사

작가약력

1978년 중앙일보 신춘문예에 소설 '우리들의 축제' 당선으로 문단데뷔.
창작집 〈非철 이야기〉(1986년), 〈표류하는 소금〉(1989년),
장편소설 〈새남소리〉(1981년), 〈아벨의 시간〉(1984년),
〈민꽃소리〉(1989년), 〈예성강〉(1991년), 〈스님〉(1998년) 등을 출간.

겨울환자

2000년 1월 3일 발행
2000년 1월10일 1쇄

지은이 / 유 익 서
펴낸이 / 윤 현 호
펴낸곳 / 뿌리출판사
주   소 / 서울시 동대문구 답십리동 463-11 동방빌딩 2층 우편번호/130-033
전   화 / (O2)2247-1115(代) 팩 스 / (O2)2247-7865
출판등록 / 서울시 등록(카) 제 1-551호 1987.11.23

값 / 8000원
ISBN 89-85622-12-9

차 례

작가의 말

소설을 묶어 점두에 내놓는 것이 구차스럽다.
초발심은 청청한데, 진정은 설 곳이 없다.
혹 내 소담스런 마음 한 자락 집어갈 이 있을지!
집어 갈 이 아무도 없다해도,
천형의 소설쓰기는 계속될 것,
묶어서 점두에 내놓는 허망한 짓도 되풀이 될 것,
떠날 때는 빈손으로 가야할 것임으로,
몸 가득 채웠던 뜨거운 정과 함께,
이승에 남겨놓고 가야만 할 것임으로!

4333년 신춘에
유 익 서

겨울 환자

'……전두엽(前頭葉)을 절제하면 난폭한 환자, 방화(放火), 살
인(殺人) 또는 자살을 기도하는 환자, 그리고 옷을 활활 벗은 채
거리를 활보하려는 환자의 행동력이 급격히 떨어지고 얌전해지며
자신과 가족에 대한 관심이 되돌아오는 경우가 있다. ……'

그는 책에서 눈을 뗐다. 눈을 뗐으나 그의 망막에는 잠시 뇌(腦)
의 주황빛 도해(圖解)가 잔영처럼 남아 있었다. 그리고 그 옆에는
까만 설명문과 처치방법 따위에 관한 내용들이 작은 개미떼처럼
기어다녔다. 눈을 감았다. 망막에 그려진 잔영이 주황색에서 어두
운 푸른색으로 변했다. 눈을 감은 순간, 빛이 들어오는 길이 차단
되었기 때문이리라. 그는 같은 내용을 두 번이나 읽고 나서 또 세
번째나 똑같은 부분을 거듭 읽은 자신을 깨닫고 스스로 겸연쩍어
책에서 눈을 뗀 것이다.

수술을 몇 시간 앞두고 그 수술에 관한 전문 서적을 읽거나 차트

를 검토하며 차분히 수술에 대한 구상을 하는 것은 그의 오래된 습관 중의 하나였다. 그러니까 그 습관은 20여 년 전으로 훌쩍 거슬러 올라가, 처음으로 충수(蟲垂) 절제수술을 맡아 집도(執刀)를 했던 1년차 레지던트 때부터 비롯되었다. 두 분 지도교수가 조수역을 맡아 지켜보는 삼엄한 분위기에서 집도를 했던 그때, 수술 직전까지 그는 잠시도 긴장을 풀지 못했다. 몇 차례나 도해(圖解)와 차트를 보고, 실습 때의 기억을 되살리고, 선배 레지던트를 찾아가 조언(助言)을 듣기도 했다. 외과 수련의(修鍊醫)가 거쳐야하는 첫 관문 앞에 선 후배에게 그때 4년차 선배는 "훌륭한 외과의란, 독수리 같은 눈에 사자 같은 마음에 여자 같은 손을 가져야 한다"며 등을 두드려 주었다. 그리고 '외과의의 머리란 단순할수록 좋다!' 고 늘 입버릇처럼 말하던 지도교수의 말을 앵무새처럼 흉내내 들려주기도 했다. 그때 그 충수 절제수술은 우려했던 것보다 쉽게 무사히 마쳤고 그는 외과의로서의 첫관문을 무난히 통과했었다. 그때부터 그에게는 수술 전에 꼭 관계서적이나 차트를 검토하는 습관이 몸에 자연스레 붙었던 것이다. 같은 수술을 하루에 두 차례 거푸 하는 경우는 드물었으나 그럴 경우에도 그는 두 차례나 다 수술 전에 같은 책의 같은 부분을 읽고 나서 수술에 임해야만 마음이 편안해지고는 했다. 또 수술 때마다 그는 선배 레지던트가 등을 두드리며 들려준 격려의 말을 습관처럼 상기하기도 했다. 그 말은 외과의로서의 그의 평생을 좌우하는 좌우명이 되었다. 아무렴, 독수리 같은 눈, 사자 같은 마음, 여자 같은 손, 외과의란 모름지기 이 셋을 구비해야 하리라, 지금도 그는 그렇게 믿고 있었다.

그러나 가끔 그는 자신의 그 습관에 곤혹스러움을 느낄 때가 없지 않았다. 더구나 세 번씩이나 같은 대목을 되풀이하여 읽으려 들었다니……뽀오얀 증기 같은 기운이 머릿속을 가득 채우고 있는 듯한 진한 피로감을 느끼며 시계를 보았다. 열 두 시 삼십 분이었다. 어느 사이 이렇게 되었나? 어깨와 무릎 관절에 보라처럼 단단히 끼워져 있는 피로감이 새삼스레 어깨와 무릎을 눌러왔다. 문득 아까 오후의 일들이 머리를 스치고 지나갔다. 그래 바쁘고 힘든 하루였다. 이제 집으로 올라가야지.

문득 부랴부랴 집으로 서둘러 돌아가던 닥터 최의 모습이 떠올랐다. 그가 수술실에 내일 아침의 수술준비를 대략 마치고 원장실로 막 돌아와 의자에다 체중을 싣는데 노크 소리가 들려왔다. 곧 도어가 열리고 닥터 최의 얼굴이 뻐죽 들이 밀어졌다. 몸은 복도에 둔 채 닥터 최는 "내일 뵙겠습니다."하고 작별인사를 했다. "그래, 내일 아침에는 좀 일찍 나오게." 그가 그렇게 당부를 하자 "네, 알겠습니다."하고 닥터 최는 얼른 도어를 닫았다. 서두르는 탓인지 좀 경망스럽게 들리는 발소리를 복도에 가득 채우며 닥터 최는 총총히 사라졌다. 닥터 최의 발소리에 잠시 귀를 기울이고 있던 그는 무심코 시계를 보았다. 열 한 시였다. 아직 문을 닫기에는 이른 시간이었다. 그는 천천히 책을 꺼냈다. 내일 아침 수술에 대비해 전두엽의 구조를 살펴두기에 아주 안성맞춤인 기회였다. 깁실보다 가느다란 실핏줄이며 신경총 한가닥 한가닥까지 다 눈감고도 헤아릴 수 있을 만큼 뇌의 구조에 관해서는 비실히 파악하고 있었다. 그런데 그때부터 같은 부분을 한 시간 반이나 계속 거듭 읽고 있었다니…….

산부인과까지는 뭐하더라도 소아과 하나쯤이라도 어울려야 그나마 구색을 갖춘 의원이 될 것 같아 그는 대학 후배인 닥터 최를 유혹하다시피 데리고 와 함께 있게 되었는데, 처음 외과의를 지망

했다가 중도에 소아과로 전향한 닥터 최는 소소한 수술 때면 그의 조수가 되어 수술을 돕고는 했었다. 그는 닥터 최의 얼굴을, 삶아 놓은 감자처럼 하얗다고 늘 생각해 왔었다. 그가 그렇게 생각한 것은 닥터 최의 상아빛 피부와 감자처럼 길둥근 얼굴 때문이기도 했지만, 거기에다 언제나 웃음이 떠나지 않은 악의 없는 인상 탓이기도 했다. 닥터 최는 퍽 가정적이었다. 좀 게으른 성품이 탈이었는데, 그 점만 고친다면 과히 평균 점수 이상의 소아과 의사가 될 수 있으리라고 그는 늘 생각해 왔었다. 그러니까 내가 책을 잡고 있었던 것이 벌써 한 시간 반이나 흘렀단 말인가. 의식하지 못한 사이에 자신의 몸 속을 관류해 달아나 버린 시간을 몽롱하게 돌이켜보며 그는 천천히 자리에서 엉덩이를 들었다. 순간 병원의 얼굴에다 철가면이라도 한 꺼풀 씌우는 것 같다는 생각에 늘 유쾌하지 않던, 셔터문 내리는 소리가 잠시 주위를 어지럽혔던 것이 마치 오래 전의 일처럼 아득하게 상기되었다. 피로감은 이제 관절 사이에만 끼워져 있는 것이 아니었다. 피톨 속에 미세한 입자로 섞여 온몸을 돌다가 숫제 살갗에까지 배어 나오는 듯 그것이 전신에 스멀스멀 기어다니는 것 같았다.

책을 보는 도중에도 문득 문득, 내일 아침의 수술을 위해서는 충분히 수면을 취해놓아야 하리라고 생각했었는데, 그런데 왜 지금까지 집에 올라가지 않고 이렇게 이곳에서 뭉기적거리고 있었을까. 그래 필경 그럴 까닭이 있었을 거야. 그런데 얼른 그 까닭이 떠오르지 않았다. 잠시 그는 답답한 기분에 사로잡혔다. 그러나 그럴 까닭이 있었다는 막연한 느낌은 도무지 구체적인 모습을 드러내지 않았다. 도리어 더 가슴만 답답해 왔다. 어쩔 수 없는 일이다. 더 그 까닭을 알려고 하는 것은 지금까지의 어리석음에다 새로운 어리석음을 보태는 것에 지나지 않으리라. 그래 이제 집에 올라가서 쉬어야겠다. 그런 생각을 하며 크레인처럼 몇 굽이의 관절을 갖고 있는 책상 위의 스탠드 스위치로 손을 가져가는데 몇 칸 저쪽의 간호사 방의 전화벨이 울렸다. 그 단속음은 두세 번만에 그치고 이어 아득한 평원 끝에서 들려오는 듯 가냘픈 간호사의 음성이 벽에 젖어들 듯 들려왔다. 그 전화벨 소리에 비로소 자신이 같은 곳을 거듭 읽으며 시간을 마냥 흘려보낸 까닭이 떠올랐다. 아니나 다르랴, 인터폰은 아지랑이처럼 막연하고 부드러운 부저 소리를 길게 울렸다. 스탠드의 불을 끄려던 그는 인터폰의 송수화기를 들었다.

"선배님이세요?"

역시 기다리던 닥터 정이었다. 그의 음성에 짙은 안개가 묻어 있었다. 술을 마셨나? 아니면 너무 피로해서인가? 그것도 아니라면 어둠 때문인가? 닥터 정이 병원에서는 퇴근하였고 집에는 아직 들어오지 않았다 하여, 집에 들어오면 전화를 좀 해 달라고 부탁해 놓고 그는 그 전화를 기다리고 있었던 것이다.

"그래 나야. 밤이 늦었군. 술을 좀 했나? 목소리가……"

"조금 했습니다. 너무 피곤해서 견딜 수가 있어야지요. 그런데 선배님, 오랜만에 전화 주셨습니다. 별고 없으시지요?"

"나야 늘 그렇지 뭘!"

"환자도 많구요?"

"심심치않을 정도야."

닥터 정은 그와 가까이 지내는 사이였다. 그들은 3년 차이의 선후배로서 대학 때부터 시작하여, 다섯 해 동안의 인턴, 레지던트 과정을 거치는 동안 늘 만나고 부딪히고 격려하는 사이로 지냈다. 비록 정(鄭)이 일반외과고, 그리고 그가 신경외과로 분야는 달랐지만 대학병원에 그냥 주저앉아 또 십 년을 함께 더 보내며 좋은 일 궂은 일을 두루 겪고 숱한 기억을 공유한 친밀한 사이로 발전했었다. 게다가 또 그 숱한 선후배들 사이에서 그들 둘이 유독 가까운 사이가 된 것은 닥터 정의 호기심 많은 적극적인 성품 탓도 있었다. 다름 아니라, 일반외과로 방향을 잡은 다음에도 닥터 정은 이상할 정도로 신경외과에 호기심을 나타냈다. 자주 그의 방을 찾아와 그가 하는 일에 관심을 보이고는 했다. 그러한 닥터 정을 그는 언제나 자상하게 대해주었다.

닥터 정은 수련의 때부터 촉망받는 외과의 후보생으로 스승과 선배들의 사랑을 독차지하다시피 했었다. 정이 일에서 즐거움을 찾는 남다른 독특한 방법을 터득하고 그것을 실천하였기 때문이었다. 퇴근이나 휴식 시간이 거의 없다시피 한 인턴 생활은 고달프기 짝이 없었다. 오죽했으면 어떤 선배가 인턴 과정을 인탄(忍嘆) 과정이라고 빗대어 말했겠는가. 즉 고달픔을 탄식으로 참아내야 하는 것이 인턴 생활이라고. 그러나 정은 결코 인탄을 하지 않았다. 정은 환자들의 배설물을 무슨 향기로운 물건이나 다루듯 했고 환자들의 신음을 음악으로 헤아려 들으며 미친 듯 일에 몸을 불태웠다. 그 때문에 정은 그의 동기생 가운데서 가장 유망한 외과의사로 손꼽혔고 또 대학병원에 계속 남아 있게 되었었다.

레지던트 과정을 다 마친 다음의 어느 날이었다. 닥터 정은 그의 방을 찾아와 이런저런 이야기 끝에 "선배님, 저는 길을 잘못 택한 것 같습니다."하고 슬그머니 엉뚱한 말을 꺼내놓았다.

"왜, 갑자기 의사 생활이 싫어졌나?"

그는 의아스러워 닥터 정을 똑바로 쳐다보았다.

"그게 아니라, 선배님처럼 신경외과 쪽을 택할 걸 잘못한 것 같습니다."

"그래!"

그때 그는 잠시 말을 잃었다. 잠자코 정의 다음 말을 기다렸다. 닥터 정은 그의 수술실에 종종 입회했었고 또 자진하여 조수가 되어 견인기(牽引器)를 잡기도 했으며 출혈을 닦아내는 일을 돕기도 했었다. 그리고 자주, 그러나 번거롭지 않게 그의 방을 드나들며 신경외과에 관한 나름대로의 의견을 말하고는 했었다. 그런데 그러한 그의 행위를 두고 그는 정이 학생 때부터 보이던 적극성과 호기심 많은 성격 탓이려니 여기기만 했었다. 그의 속내를 모르고 예사롭게 봐 넘긴 자신의 무신경이 한심스러웠다. 정은 미간에 모인 주름을 펴며

"일반 외과는 너무 단조롭고 싱거워서 말입니다."

하고 벌쭉 웃으며 슬그머니 꽁무니를 뺐다.

정의 말을 음미하던 그는 잠자코 고개를 주억거렸다. 정의 바지런하고 적극적인 성격으로 보아 어쩌면 일반외과는 그의 적성에 맞지 않을지도 모를 일이었다. 그는 단순한 것보다 복잡한 것에 더 열중했고 또 한가로운 것보다 바쁜 쪽을 택해 일을 해왔었다. 수련의 과정을 다 마치고 외과전문의가 된 다음에도 정은, 사람 몸의 어떤 작은 부분의 조직에 관여하는 것보다는 그 몸의 전체를 지배하는 뇌(腦)에 더 관심을 가졌고 일반 수술보다 뇌수술에 더 흥미를 가졌다. 그래서 닥터 정이 뇌수술이라면 만사 제쳐놓고 입회하려고 들었군, 그는 누구보다 가까이 지낸 자기가 그의 속내를 모르고 지낸 것이 겸연쩍었다.

"선배님, 무슨 급한 일이라도……?"

"그래, 부탁할 일이 있어서. 다름아니라, 내일 아침 시간이 좀.

있을라나 모르겠군?"

"수술이 있군요?"

"그래, 수술이 있네. 내게는 자네 같은 유능한 조수가 늘 필요하다네."

조크를 한다고 했는데 말투가 마음대로 조절되지 않았다. 생각과는 달리 말투가 딱딱하게 되고 말았다. 그는 다음에 이어져 나오려는 말을 얼른 삼키고 말았다.(내일 아침, 수술 때 내 손의 움직임을 좀 철저히 감시해 주게나.)

수술 준비를 하는 동안 그는 줄곧 한가닥 어두운 예감에 시달렸다. 내일 아침 수술 때 자칫 자신의 손이 자신의 의사를 배반하게 될 것 같은 불길한 예감 때문이었다. 내일 아침의 수술은 그러니까, 사람을 살려내기 위한 수술이 아니었다. 피수술자(被手術者)의 운동을 약화시켜 놓기 위한 수술이었다. 사람을 살려내기 위한 수술이라면 그의 손은 잔뜩 긴장하여 결코 그의 의사를 배반하려는 따위의 못된 술책을 부리지는 않을 것이다. 그러나 이 수술은 환자의 행동을 약화시켜 난폭성을 없애기 위한 수술이었다. 하지만 자칫 잘못 하면 난폭성을 없애는 대신 형편없는 저능아(低能兒)로 만들어놓을 개연성도 없지 않았다. 또 자칫 미세한 실수만으로도 집도의의 의사와는 하등 상관없이 피수술자를 식물인간(植物人間)으로 만들어 놓을 위험성도 배제하지 못했다. 그리하여 피수술자를 죽음보다 훨씬 못한 길고 어두운 잠 속에 빠뜨려 놓을지도 모를 일이었다. 그 길고 어두운 잠은 결단코 말하지만 죽음보다 한결 못한 상태인 것이다. 사람이 살아있는 가운데 가장 저열하고 끔찍한 식물인간의 상태에는 죽음보다 더 좋은 약과 구원이 따로 없는 것이다. 그러므로 어쩌면 그의 손이 순간적인 충동에 의해

뇌의 다른 조직까지 침범하고 파괴하여 환자를 죽음에 이르게 하지나 않을까 걱정이 앞섰다. 수술하는 도중 어느 순간에 그의 손이 피수술자에게 차라리 죽음을 안겨주고 싶어할지, 그로서는 장담할 수 없는 일이었다. 그 때문에 그는 닥터 정의 감시를 필요로 했던 것이다. 닥터 정은 능히 그의 손끝의 움직임만 보고서도 그 손끝을 조종하고 있는 대뇌의 수상한 변화와 음모 따위를 쉽게 간파할 수 있을 것으로 생각됐기 때문이다.

"선배님, 무슨 수술인데요?"

"아주 포악한 아들을 가진 불쌍한 어머니가 있어. 그래서 그 어머니와 가족을 도와주기로 결심했네."

"로벡토미로군요?"

"그래, 어쩔 수 없었어."

"선배님, 그 가족을 돕는 것은 좋지만 선배님……"

닥터 정은 그렇게 말하며 그 끝을 여미지 못했다. 하지만 듣지 않아도 그 다음 말은 짐작이 가고도 남음이 있었다. 그런 수술하다 한번쯤 크게 낭패를 당하고 말리라는 경고의 말을 하고 싶었을 것이다. 하지만 차마 선배를 넘보는 건방진 후배가 되기에는 그의 성품이 모질지 못했다.

"내일…… 몇 시에 하는데요?"

닥터 정은 결국 그렇게 그 말끝을 여미었다.

"아홉 시 쯤이면 어떨까."

그는 피수술자 가족이 당하고 있는 끔찍하고 참혹한 고통을 좀 더 자세히 닥터 정에게 들려줄까 하다가 그만 입을 다물었다.

"그러지요. 일단 출근했다가 대략 일을 좀 챙겨두고 시간에 대그곳으로 가겠습니다. 그럼 내일 뵙겠습니다."

"그래 잘 자게. 밤이 너무 늦었군!"

그는 잊고 있던 피로감을 어깨에 다시 느끼며 천천히 송수화기를 내려놓았다. 그러나 이내 다시 송수화기를 든 다음 귀에다 대고 인터폰의 단추를 눌렀다. 아득히 먼 곳으로부터 들려오는 구급차의 경적소리처럼 불안정한 단속음이 몇 번 계속되었다. 그 단속음이 그치고 "네?"하는 간호사의 음성이 그의 귀로 뛰어들었다. 가늘고 긴 철사를 건너온 음성이라기엔 너무 생생하게 살냄새가 풍겼다.

"미스 김?"

"네, 원장님——"

당직 간호사 미스 김이었다.

"내일 아침 수술 받을 환자, 지금 상태가 어때?"

"아까 열두 시에 또 안정제 주사를 했습니다, 원장님……?"

"그래, 그럼 새벽까지는 괜찮겠군. 새벽에 또 한번 주사를 하지, 잊지 말고."

"네, 알겠습니다, 원장님."

뒷덜미에 뻐근한 기운을 느끼며 송수화기를 내려놓은 그는 인터폰 바로 옆 스탠드의 빨간 단추를 눌렀다. 불이 꺼지고 방안의 모든 사물들의 형체가 지워졌다. 그러나 그것은 잠시였다. 창문 밖, 세상을 온통 하얗게 뒤덮고 있는 눈의 엷은 빛이 밀려와 책상 위의 책이며 스탠드며 탁상 캘린더며 이런 사물들의 형체를 차츰 마알갛게 드러내놓았다. 눈(雪)에 희석된 어둠이 회색빛 거품처럼 희미하게 씌워진 사물들은 그러나 더는 명확히 윤곽을 드러내 놓지 않았다.

막 돌아서려다 무엇이 갑자기 유리창에 부딪치는 둔탁한 음향에 동작을 멈추었다. 유리창으로 눈을 돌린 그는 그것이 새라는 걸 금방 알아보았다. 놈은 유리문의 창살에 앉아 있었다. 이 겨울밤에 웬 새람, 곧 둥지로 돌아가겠지. 아니, 둥지가 없으니 저렇듯 한밤중에 헤매고 다니는 것이 아닐까. 까만 새는 부리로 유리창을 쪼았다. 종류는 알아볼 수 없었으나 이런 시간이라면 부엉이나 굴뚝새 따위일 것이리라. 부엉이라면 저렇게 작지는 않을 터이고, 그럼 굴뚝새인가! 아무리 굴뚝새라지만 이런 눈오는 밤에, 둥지가 없는 것일까. 갑자기 가엾은 생각이 들었다. 유리창으로 조심스레 다가간 그는 창문을 열었다. 놈이 생각만 있다면 따뜻한 방으로 들어와 포근하게 하룻밤 지낼 수 있을 것이다. 놈의 안전을 방해할 사람은 아무도 없을 테니까. 그러나 창문을 열자, 놈은 깜짝 놀라 황급히 날개를 치며 어둠속으로 날아가 버렸다. 바깥의 냉기가 쏴아 밀려와 신선한 기분이 되었다. 놈은 이쪽의 마음을 알려고 하지도 않았다. 그냥 창문이 열리는 소리에 놀라 도망치고 만 것이다. (문을 연 내가 생각이 짧았지 그래. 사람도 그렇지 않은가. 아무리 순수하게 상대방을 위해 호의를 베푼다 할지라도 받아들이기 나름이지, 만약 상대방이 그 호의를 나쁘게 받아들인다면 그것은 호의가 될 수 없는 일 아닌가.) 그는 천천히 창문을 닫고 그리고 방을 가로질러 복도로 나섰다.

복도에는 형광등이 두 군데 밝혀져 있었다. 형광등 불빛에 하루의 피곤이 분말처럼 날리고 있었다. 그는 피곤의 분말을 헤치고 계단을 올라갔다. 그는 잠시 4층 옥상의 집을 생각해 보았다. 아이들은 모두 자고 있을 것이다. 열 한 시면 대개 잠자리에 드는 아내 또한 지금쯤 깊은 꿈에 젖어 있을 것이다. 나의 피로를 이해하지 못하는 아내는 언제나 나와 다른 꿈을 꾸어왔으니까, 지금 어쩌면 베

르사이유 궁전, 거울의 방에라도 들어가 배회하고 있을지도 모르리라. 그런 막연한 생각을 굴리며 계단을 오르던 그는 하룻동안 쌓인 피로가 발 밑에서 뽀드득 소리를 내는 걸 어렴풋이 들었다. 순간 심한 외로움이 밀려들었다. 어서 집에 닿고 싶었다. 집에는, 아내와는 하등 관계없이, 언제나 적당히 편안하고 달콤한 기운이 그를 기다리고 있었다. 그가 집에 당도하여 가운을 벗으면 그 편안하고 달콤한 기운이 얼른 몸을 감싸왔다. 손과 몸을 씻고 그리고 침대에 가서 누우면 비로소 몸의 모든 관절마다 단단히 꽂혀있던 보라가 봄볕에 녹는 눈처럼 스르르 녹아 없어져 버리고 육신은 아늑한 안도감에 젖어들고는 했다. 그래 휴식이 필요하지, 지금 집에 올라가면 그 예쁘고 잘 생긴 휴식이란 녀석이 나를 기다리고 있을 게야. 그는 빨리 집에 올라가 그 휴식과 만나고 싶었다.

그러나 2층을 지나려던 그는 문득 걸음을 멈추었다. 조금전까지 머리속을 치밀어 오르던 휴식에 대한 갈망을 잠시 억눌러 놓지 않으면 안되겠다고 생각을 고쳐먹었다. 그는 몸을 돌려 2층의 복도로 내려섰다. 직접 자신의 눈으로 내일 아침 수술을 받을 환자의 용태를 확인해 보고 싶은 강한 충동에 이끌려 입원실을 향해 걸음을 떼어놓았다. 아무래도 간호사에게만 맡겨둔다는 것이 미덥지 않았다. 늘 주의를 시키지만 간호사들은 대개 빠뜨려서는 안될 처치를 그냥 지나치는 경우가 없지않았다. 그것이 어떤 큰 사고를 유발하는 것은 아니라 할지라도 그의 입장에서는 그대로 방관할 수 없는 일이었다. 그런 이유뿐만이 아니었다. 내일 아침 수술을 받고 나면 완전히 다른 사람으로 변하고 말 청년의 현재의 모습을 보고 싶은 유혹도 없지 않았다.

청년의 방에는 불이 켜져 있었다. 여덟 개의 입원실 가운데 그

절반이 되지 않은 세 개의 방에만 불이 들어와 있었다. 나머지 방들은 비어 있거나 아니면 수면을 위해서 소등을 했을 것이리라. 그는 묶여 있는 청년을 보고 있기가 괴롭다면서 딴 방을 하나 더 달라고 하던 청년의 어머니와 그 동생이 잠깐 떠올랐다. 그들은 3층의 입원실 하나를 빌어 들어 있었다. 그들의 심정에 열 번 이해가 갔다. 비록 정신이상자라고는 하나 자신이 낳은 자식이 철침대에 사지를 묶인 채 신음하고 있는 꼴은 보고 있을 수 없었을 것이다.

방안으로 들어간 그는 깜짝 놀랐다. 무엇인가가 의식의 저쪽으로 황급히 도망치는 걸 선연히 느꼈다. 이어 자신의 확신 하나가 요란한 소음을 내며 쓰러지는 걸 생생히 목격하였다.

두 개의 침대 가운데 하나는 비어 있었고 다른 하나에 청년이 찢어진 헌옷처럼 누워 있었다. 방에는 썰렁한 냉기가 돌고 있었으나 청년의 가슴은 헤쳐져 있었다. 환자복으로 갈아입힐 겨를이 없었던지 흙투성이의 넝마가 된 작업복을 그대로 입힌 채였고 군데군데 맨살이 드러나 있었다. 단단히 고정된 철침대의 아래 위 네 개의 기둥에 여러 겹의 굵은 고무밴드로 사지가 묶여있는 환자는 갈데 없이 날개가 찢겨 버려진 쓰레기 더미 위의 더러운 비둘기 시체를 방불시켰다. 파리가 들끓고 그리고 쓰레기들과 섞여 썩어가던 그 비둘기는 어디론가 버려지기 위해 또 실려가리라. 청년의 회갈색 피부는 청년이 진정제가 지배하는 것보다 더 참혹한 상태에 떨어져 있다는 걸 나타내는 징후였다. 눈두덩이 퍼렇게 멍이 든 채 부풀어 있었고 무엇에 긁혔는지 뺨에는 몇 가닥의 철사로 후벼 판 듯 굵은 상채기가 주욱주욱 그어져 있었다.

그는 머리를 절레절레 저었다. 청년에게 강렬한 경계심을 품었던 낮의 첫대면이 쓸쓸하게 상기되었다. 찢어진 채 늘어져 있는 청년의 회갈색 피부 밑 어디에도 난폭한 기운이 숨어있을 것 같지 않았다. 진정제가 난폭성을 종이를 접듯 잘 접어 깊숙이 감춰둘 수 있는 효험 좋은 약물이라 하더라도 청년의 몸, 어디에도 그것을 숨겨놓을 곳이 없을 것 같았다. 따라서 낮에 청년에게 품었던 강렬한 경계심마저 근거없는 선입견이었다는 생각이 들며 불현듯 청년을 향해 측은한 생각이 흘러갔다. 그는 천천히 환자에게로 다가가 심장을 짚어 보았다. 심장은 고르게 뛰었다. 다행이었다. 맥박을 짚어 보았다. 맥박도 정상이었다. 그는 안도감을 갖고 환자의 얼굴을 내려다보았다. 왼쪽으로 기울어져 있는 입에서 길게 침이 흘러내리고 있었다. 그는 별다른 생각 없이 손수건을 꺼내 청년의 입에서 침을 닦아주었다. 그리고 청년이 계속 침을 흘리리라는 생각에 청년의 왼쪽 뺨 밑에다 손수건을 넣어 주었다. 청년의 몸 위에다 담요를 덮어 준 다음에야 그는 청년의 머리맡의 나무 궤 위에 휴지 두루마리가 놓여 있는 것을 발견하였다. 그러나 그는 손수건을 그대로 둔 채 청년의 방을 나왔다.

계단을 올라가면서, 그는 자신이 우울해져 있음을 깨달았다. 잠시 전까지 갈증난 사람처럼 휴식을 갈망했던 사실은 까맣게 잊고 있었다. 대신 다른 여러 가지 상념이 번거롭게 머릿속을 교차하였다. 어느 것 하나도 뚜렷이 그리고 어떤 의미 추출이 가능한 상념은 없었다. 그 상념들은 다만 그를 괴롭히기 위해 머릿속을 오락가락하는 것처럼 여겨졌다. 나중, 잠자리에 들고나서야 그 상념들은 한 소년으로 모아졌다. 술에 만취한 소년이었다. 소년이라고 하기에는 숙성한 열 여덟 살 짜리 남자 아이였다. 녀석은 눈매가 아주 고약하였다. 네모잡이 눈에 까닭 모를 살기가 서슬 퍼렇게 서려있었다. 경찰관에게 끌려온 녀석의 복부와 가슴에 예리한 면도날로

좍좍 그은 상처가 세 군데나 있었다. 모두 한 뼘씩은 되어 보이는 깊은 상처에서는 출혈이 낭자하였다. 수술실이 순식간에 피투성이가 되었다. 녀석은 제 손으로 가슴과 복부를 찢었고, 거리에 쓰러져 있는 것을 신고를 받은 경찰관이 병원으로 데려온 것이었다. 가까스로 수혈을 서둘러 쇼크로부터 녀석을 구제하고 재빨리 지혈을 시키며 수술을 했다. 그는 땀을 삘삘 흘리며 그 수술을 마쳤고 수술을 마치고 나서는 한 생명을 구했다는 그런 자랑스런 기분을 느끼기도 했었다. 그러나 뜻밖이었다. 녀석은 마취가 풀리고 정신이 돌아오자 조금 전 수술을 마친 부위를 주먹으로 치며 펄펄 뛰었고 책상을 뒤엎고 주먹을 휘둘러 유리창을 깼다. 순식간의 일이었다. 난데없는 비명소리에 놀라 그가 뛰어갔을 때 녀석은 닥터 최와 아직 돌아가지 않고 있던 경찰관에게 붙들려 있었다. 안정을 하지 않으면 안 되는 상태라 그는 재빨리 간호사에게 진정제 주사를 지시했다. 녀석은 주사 기운이 돌자 다시 조용해졌고 그후, 일주일 동안 그의 치료를 받았다. 나중에 그는 녀석이 갑자기 어머니를 여의고 겹친 데다 엎친 격으로 대학입시에마저 낙방하자 성질이 급격히 포악해졌다는 사실을 알게 되었다. 문병 오는 사람 하나 없이 쓸쓸히 병실에서 뒹구는 녀석을 그는 동생처럼 보살폈다. 그리고 갖가지 충고의 말도 아끼지 않았다. 녀석은 점점 성깔이 눅어갔고 고분고분해졌다. 나중에 녀석의 아버지에게 연락이 되었으나 수술비며, 치료비를 지불할 능력이 없어 훗날 벌어서 갚으라며 그냥 퇴원을 시켰었다. 퇴원 후 녀석은 얼굴도 한번 내밀지 않았다. 가끔 생각날 때마다 녀석이 괘씸했다. 그런데 해가 바뀌고 봄이 되었을 때 뜻밖에 녀석이 병원을 찾아왔다. 말쑥한 대학생이 되어 있었다. 녀석은 입가에 자랑스런 미소를 띠고 인사를 했다. 그러한 녀석을 본 순간 그는 가슴이 뭉클하였다. 어찌나 반갑던지 뺨이라도 한 대 올려붙이고 싶었다. 그때 그 녀석의, 봄의 햇살처럼 화사하게 웃던 표정이 크게 부풀어오르며 떠올랐다. 따라서 그의 잠은 자꾸만 모로 쓰러져버렸다.

펑펑 쏟아지던 눈이 점심때가 기울 무렵 가까스로 그쳤다. 잠시 눈이 그친 하늘을 내다보고 있는데, 전부터 가끔 내왕이 있던 정신장애자 요양소 소장이 한 중년 부인과 그 부인의 아들인 듯 싶은 청년과 함께 찬바람을 몰고 원장실로 들어왔다. 그들은 모두 코끝이 발갛고 얼굴이 까칠했다. 그들의 옷에 묻어온 바깥의 추위가 찬기운을 훅 끼쳤다. 소장은 간단히 안부인사를 하고 스팀 옆의 나무의자에 앉았다. 쉰 가까운 나이지만 쩍 벌어진 어깨며 강단 있어 보이는 구리 빛 얼굴 때문에 훨씬 젊어 보였다. 여름에 짧은 소매를 입은 그의 팔뚝을 볼 때면, 실하게 자란 참나무의 밑동을 연상하고는 했었다. 소장의 그렇듯 강건한 몸을 볼 때마다 그는 일백 명이 넘는다는 요양소의 환자들이 받을 치료요법에 의구심이 일어나고는 했었다. 도청소재지가 있는 이 도시와 일 백 리쯤 떨어진 산기슭에 요양소를 차려두고 운영하고 있는 소장은 정신질환치료(진료) 전문가가 아니었다. 신학교(神學校)를 다니다 뜻한 바 있어 학교를 때려치우고 요양소를 설립했다고 자기 입으로 털어놓은 적이 있었다. 소장은 이 도시의 저명한 정신과 전문의들과는 거의 다 알고 지내는 눈치였다. 그는 정신과 전문의인 친구의 소개로 소장을 알게 되었는데, 소장의 진료에는 신경외과가 별로 도움이 되지 않을 것인데도 잊어버릴 때쯤 되면 꼭꼭 나타나 인사를 하고는 했다. 소장이 정신과 전문의를 찾아다니는 까닭은 요양소 운영에 도움이 될 정보나 얻을까하여서일 것으로 짐작되었다. 그가 소장이 찾아올 때마다 박대하지 않은 까닭은 요양소에 수용되어 있다는 백 여명의 환자들을 염려해서였다. 그 환자들을 염두에 두고 그는 소장이 묻는 말에 언제나 웃으며 또박또박 대답을 해주고는 했었다.

소장은 함께 온 부인과 청년을 그에게 소개했다.

"정신착란증 환자 때문에 애를 태우고 있는 가족들입니다."

부인은 몹시 초췌한 모습이었다. 궂은 일을 겪으며 바짝 몸이 여윈 듯 가을걷이가 끝난 들판에 서 있는 허수아비처럼 썰렁해 보였다. 불행에 지친 어두운 얼굴이었다. 부인은 하소연하는 눈빛으로 그를 쳐다보았다. 부인 옆에 서서 창밖에다 눈을 던지고 있는 청년도 그의 어머니 못지 않게 어수선한 모습이었다. 흙탕칠이 된 검은 스노우 점퍼 위에 꽂아놓은 듯 뻣뻣한 얼굴이며 짚북더기 같은 장발, 그리고 오래 전에 말을 잃은 듯한 두터운 입술의 꾹 다문 입, 이런 것들이 그의 폐쇄적인 성격을 엿보게 했다.얼떨결에 인사를 한 그들은, 실내의 따뜻한 공기에 취한 듯 잠시 잠자코 있었다.

"그래, 무슨 걱정거리를 한 보따리 안고 온 것 같습니다?"

그들이 따뜻한 실내의 공기를 즐기도록 잠시 여유를 준 다음 그는 소장을 향해 운을 뗐다. 그들이 찾아온 이유를 이것저것 생각해 본 그는 묻는다기보다 이쪽이 마련한 답 가운데 어느 것이 선택될 것인가 확인해 보는 것에 지나지 않았다.

"다름 아니라. 원장님께서 언젠가 말씀하신 수술 있지 않습니까. 사람을 얌전하게 만든다는 수술 말입니다. 그것을 이야기했더니 아주머니께서 원장님의 도움을 받아야 되겠다고 해서 이렇게 찾아왔습니다."

소장은, 지난해 가을, 부인의 큰아들을 요양소에 수용했다고 덧붙여 말했다. 부인의 큰아들은 병력(病歷) 7년째의 긴장형 정신분열증환자로 난폭하기 짝이 없어 독방에 감금해 치료해왔는데 어떻게 빠져나가는지 교묘하게 요양소를 탈출하기 벌써 네 번이나 되었다며 혀를 내둘렀다. 환자가 지금 부인의 집에 있는데 더는 요양소에서 어떻게 손을 써볼 수 없을 만큼 험악한 지경이라며 고개를 절레절레 저었다.

"전두엽 절제수술 말이오?"

그는 펄쩍 뛸듯이 놀랐다. 눈이 안경 뒤쪽으로 깊숙이 패여 들어갔다.

언젠가 그는 요양소 소장과 전두엽 절제 수술에 관한 이야기를 나눈 적이 있었다. 요양소에 수용된 환자들 가운데 난폭하여 다루기 어려운 환자가 있어 애를 먹고 있다는 소장의 푸념이 발단이 되어 이야기가 거기까지 발전했었다. 마침 그 무렵 어떤 정신 장애자 요양원에서 물리적 힘을 사용해 환자를 제어하다(치료하다) 그만 환자가 사망하여 사회적으로 크게 말썽이 되어 있었다. 그 환자를 다룬 사람이 폭행치사 혐의로 구속되어 있는 터라 소장은 앞으로 난폭한 환자를 다루는데 어려움이 많이 따를 것 같다며 걱정을 태산 같이 했었다. 요양소 소장의 그런 푸념을 듣고 있던 그는 별다른 생각 없이 무심코 전두엽(前頭葉)의 백질(白質) 일부를 절단하여 시상(視床)과의 연락을 끊는 수술을 하면 환자의 성격을 유순하게 하고 따라서 난폭성을 줄일 수 있다고 귀띔했었다.

"그렇지만 그건 안될 말이오. 그때 그 이야기는 그럴 수도 있다는 것이지, 그런 수술을 하겠다는 말은 아니었어요."

"그럼 불가능한 일인가요."

부인이 털썩 주저앉듯 낙망한 표정으로 재빨리 반문했다. 초췌한 얼굴이 더욱 어두워졌다. 메마른 입술이 바르르 떨렸다. 어떤 끔찍한 광경을 잠깐 상기한 것인가.

"불가능한 일은 아니지만, 자칫 잘못하면 사람을 망쳐놓거나 아주 딴 사람으로 바꿔놓는 수가 있습니다."

그는 그들이 눈 덮인 산야의 험한 길을 헤쳐 이곳까지 온 수고를 잠시 헤아리며 약간 녹어진 음성으로 조용히 말했다.

"원장님, 그러시다면 우리집 아이를 좀 봐주세요. 사람을 바꿔놓을 수만 있다면 그에 무얼 더 바라겠어요."

부인은 간절한 음성으로 매달리듯 간청했다. 가혹한 시련을 견디지 못해 지쳐빠지면 저런 수심어리고 나약한 얼굴과 음성이 될까.

"원장님, 그 아이 때문에 우리 집안은 완전히 망하고 말았습니다. 지난 가을에도 새로 지은 집에 불을 놓아 세간 하나 건지지 못하고 홀랑 태워먹었습니다. 그리고 또 새로 이사간 집도 마루며 기둥이며 도끼질에 엉망이 되어 있습니다. 그뿐이 아닙니다. 그놈을 제지하려다 이 아이는 허벅지에 도끼를 맞았지요, 애 아버지도 칼에 배를 찔려 입원했습니다. 그런데 이제 또 집에 와 있으니 어떤 사단을 낼지, 생각만 해도 끔찍합니다. 원장님 제발 수술을 좀 해주십시오."

부인은 숫제 바닥에 무릎을 꿇었다. 두 손을 싹싹 비비며 간청했다. 그는 부인을 일으켜 나무의자에 앉혔다.

"고생 많으셨겠습니다. 그렇지만 그 수술은 쉽게 하는 것이 아닙니다."

"원장님, 제발 수술을 좀 해주십시오. 지금까지 저는 그 애를 위해 갖은 애를 다 썼습니다. 서울의 국립병원에서 전기치료도 받았고 대학 병원에서 정신치료도 받았습니다. 그리고 용하다는 점장이, 용하다는 무당, 용하다는 치료사 모두 찾아다니며 굿도 하고 치료도 했지만 살림만 거덜났지 아무 소용없었습니다. 제발 원장님 수술을 좀 해주십시오."

바람이 어지럽게 불고 있던 부인의 눈에 물기가 돌더니 급기야 까칠한 뺨 위로 눈물이 주루룩 흘러내렸다. 정신 착란증 환자를 가진 가족이 겪는 고통이 오죽하랴.

몇 해 전 겨울이었다. 가을부터 슬슬 드나들던 예순 가까운 아주머니가 있었다. 겨울로 접어들어 날씨가 추워지자 아주머니는 사흘이 멀다하고 병원을 찾아왔다. 가슴이 답답하고 머리가 무거우며 구토가 나는데 암이 아니냐는 것이었다. 그것도 뇌종양(腦腫瘍)같다고 하소연했다. 처음에는 상세히 병력을 캐고 또 병적 반사(反射)와 뇌파검사는 물론 성기능(性機能)검사까지 했으나 아무 증후도 발견할 수 없었다. 방사선검사도 그 아주머니에게는 아무 소용이 없었다. 대학병원으로 보냈으나 그곳의 소견도 그와 별로 다름이 없었다.

다시는 병원에 올 필요가 없다고 돌려보냈으나 아주머니는 막무가내였다. 아픈 사람이 병원에 오지 성한 사람이 오겠느냐고 항변했고, 환자를 그냥 돌려보내는 무성의한 의사가 어디 있느냐고 도리어 호통을 쳤다. 그리고 사흘이 멀다하고 진찰실을 찾아왔다. 그럴 때마다 귀찮은 생각도 없지 않았으나 그냥 돌려보낼 수도 없어 진찰을 하는 척했고 지나가는 말처럼 증세에 대해서 묻고는 했다. 그런데 지나가는 말처럼 던진 그 문진(問診)이 아주머니의 병원(病原)을 찾아내는데 결국 성공했었다. 다름이 아니었다. 가을에 아주머니는 뇌종양을 앓던 스무 살 된 아들을 잃었다는 것이었다.

뇌종양으로 아들을 잃은 아주머니는 아들이 앓았던 증세와 똑같은 증세를 앓았고, 똑같은 고통을 받고 있었던 것이다. "이 추운 날씨에 어떻게 견딜까!" 하는 한숨 섞인 푸념과 함께 손수건을 꺼내 콧물을 닦는 아주머니를 다그치듯 캐물어, 아주머니의 아들이 무덤속에서 추위에 떨고 있다는 사실을 알게 되었고, 따라서 그는 비로소 아주머니의 병인을 알게 되었었다. 그 병인을 알았으나 그는 아주머니를 위해 아무런 도움도 주지 못했다. 심리적 치료외에 아주머니의 고통을 치료할 방법이 없었다. 그는 아주머니를 위해 아무런 도움도 주지 못하는 자신이 안타깝고 원망스러웠다. 병인을 정확히 지적하며 아들의 아픔을 대신 아픈 것에 지나지 않는 것이라며 겨우겨우 설득하여 병원출입을 가까스로 막을 수는 있었으나 아주머니의 고통은 그래도 사라지지 않았다. 그 후에도 가끔 전화를 걸어 고통을 하소연하고는 했다.

"그렇지만, 그 수술은 아주 특수한 경우 즉, 사형날짜를 기다리는 흉악범에게나 하는 것입니다. 그 수술을 하면 얌전해지기는 합니다만 자칫 잘못하면 저능아가 되는 경우가 있기 때문입니다. 대소변도 제대로 가릴 줄 모르고 또 심하면 숨만 쉬며 누워지내는 식물인간이 되는 경우도 없지 않습니다. 그래서 그 수술은 가능한 한 삼가는 것입니다."

그는 부인의 부탁을 들어주지 못하는 것이 안타까웠다. 부인은 다소곳한 얼굴로 그의 말을 듣고 있었다. 그러나 이내 아까의 다급한 얼굴로 돌아왔다.

"그래도 좋습니다, 원장 선생님. 수술을 꼭 좀 해주십시오. 그애의 난폭성만 없앨 수 있다면 우리 집은 다시 일어설 수 있을 것입니다."

그는 부인을 설득하느라 진땀을 흘렸다. 한시간 이상을 밀고 당겼으나 부인은 한치도 물러나지 않았다.

"좋습니다. 꼭 그렇게 원하신다면, 정신과 전문의의 진단서와 소견서를 받아오십시오. 정신과 전문의의 소견을 검토한 후 다시 생각해보겠습니다."

그는 마침내 부인에게 지고 말았다. 애절한 표정으로 매달리는 부인을 냉혹하게 외면할 수가 없었다.

그의 말이 떨어지자 마치 기다렸다는 듯 요양소 소장이 품속에 손을 넣더니 봉투 하나를 꺼냈다. 소장은 노란 공용봉투 안에 들어 있던 서류를 꺼내 그의 앞에다 정중히 밀어놓았다. 그도 익히 알고 있는 정신과 전문의의 진단서와 소견서였다. 요양소 소장의 용의주도함에 그는 일순 뜨악하였다. 거기에는 아까 소장이 말한 긴장형 정신분열증 환자의 증상이 소상히 기록되어 있었다. 결론적으로 제시한 여러 처치 방법 가운데는 전두엽 절제수술도 포함되어 있었다.

소견서를 거듭 검토한 그는 마치 한쪽 발을 지옥에라도 집어넣는 기분으로 수술승낙서를 내밀었다. 부인은 재빨리 주소와 성명 등을 기입하고 냉큼 도장을 찍었다. 비로소 부인은 안도의 한숨을 내쉬었다. 요양소 소장도 또한 홀가분한 표정이 되었다.

그때부터 일이 바쁘게 돌아갔다. 쇠뿔은 단김에 빼랬다고, 요양소 소장은 환자 수송을 위한 구체적인 작전을 짰다. 요양소 간호보조원 두명을 부르고 앰뷸런스를 준비하였다. 그는 요양소 소장이 만류하는데도 왕진 가방을 챙겨들고 앰뷸런스에 동승하였다. 부인의 집은 청암면이라고 하였다. 일 백 킬로미터나 눈길을 달려가야 할 형편이었다. 눈길이라 감속 운행할 수밖에 없을 터이므로 아무리 빨리 다녀온다 하더라도 네 시간은 넉넉히 걸릴 거리였다.

　가는 길에, 으레 눈 내리는 날씨 투정이라도 한마디씩 하기 마련
일 것인데도, 차안의 사람들은 한 시간 사 십 분 동안 아무도 입을
떼지 않았다. 마치 성난 사람들처럼 모두 입을 꾹 다물고 마냥 바
깥에다 시선을 던져놓고 있었다. 앞으로 전개될 일이 제각각의 마
음을 무겁게 짓누르고 있었기 때문이었다.

　앰뷸런스는 국도(國道)를 벗어나 경운기 한대가 겨우 다닐 수
있는 좁은 길로 들어섰다. 건너편 산 아래에 마을이 보였다. 지붕
위에 무겁게 눈을 인 집들은 말을 잃고 정일하게 앉아 있었다. 마
을 입구의 주막에서 잠시 멈췄던 그들은 환자가 주막에 없는 것을
확인하고 곧장, 집으로 향하였다. 마침내 앰뷸런스가 멈추었다. 환
자의 집과 사뭇 떨어진 공터에서 그들은 일단 내렸다. 왕진 가방을
든 그는 먼저 주사할 버롬페리돌을 주입한 주사기를 다시 떠올리
며 외투깃을 올리고 소장과 간호보조원들의 뒤를 따라갔다. 맨 앞
에 청년과 간호보조원들이 가고 부인과 소장이 거의 나란히 그 뒤
를 따르고 있었다. 간호보조원들과 소장이 환자를 덮치면 그는 재
빨리 환자의 팔뚝에다 신경안정제를 주사할 작정이었다. 그러나
환자가 도끼나 칼 따위의 흉기를 휘두르며 저항하면 낭패가 아닐
수 없을 것이었다. 그 생각만 하면 다리에 힘이 쭈욱 빠지는 것 같
았다.

　앞서 가던 간호보조원들과 요양소 소장은 한쪽이 삐딱하게 반쯤
기울어져 있는 대문 앞에서 걸음을 멈추었다. 잠깐 집안의 동정을
살폈다. 인기척없이 조용하였다. 청년이 발소리를 죽이며 마당으
로 들어갔다. 그는 무심코 마루를 보았다. 부인의 말이 틀리지 않
았다. 마루의 가운데 기둥 밑동이 잘려 대롱거리고 있었다. 안방의

벽도 반쯤 허물어져 있었다. 그는 부인의 고통을 덜어주기로 결정한 것이 잘한 일이었다는 생각이 들었다. 오죽했으면 아들이 식물인간이 되어도 좋다고 했겠는가. 그는 왕진 가방에서 주사기를 꺼내들었다.

바로 그때였다. 집안으로부터 육중한 물건을 던지는 둔탁한 소리가 들려왔다. 소장이 젖은 신발을 신은 채 마루로 뛰어올라 소리나는 방으로 달려갔다. 누구 것인지 분별이 되지 않았으나 고통스런 비명소리와 신음소리가 뒤섞여 들려왔다. 그리고 거친 숨소리와 함께 조여오는 완력을 벗어나기 위해 용쓰는 소리가 이어졌다. 마루로 뛰어오른 그는 부엌칼을 든 손목을 잡힌 채 으르렁거리고 있는 험악한 얼굴의 청년을 보았다. 청년은 숨을 씩씩거리며 이빨을 갈았다. 입에는 하얀 거품까지 물려 있었다. 그는 환자에게서 격심한 이물감을 느꼈다. 순간 적개심 같은 것이 주욱 가슴을 타고 흘러내림을 느꼈다. 방안으로 뛰어들어가, 간호보조원의 엉덩이 밑에 깔려 있는 환자의 팔을 잡고 진정제를 주사했다. 얼마 지나지 않아 환자의 팔과 몸에서 힘이 빠져나갔다. 청년은 조용히 가라앉았다. 그들은 무사히 한 고비를 넘겼던 것이다.

환자를 포박하여 들쳐업고 나가는 간호보조원에게서 눈을 돌린 그는 다시 집안을 살펴보았다. 환자의 병흔(病痕)이 곳곳에 새겨진 집안은 폐옥과 다름 없었다. 마루는 움푹움푹 꺼져 있었고 벽도 성한 데가 거의 없었다. 마루와 방에는 아무렇게나 옷가지가 흩어져 있었다. 방금 나온 방의 벽에는 몸뚱아리 하나가 왕래할 만한 커다란 구멍이 뚫려 있기도 했다. 그는 부인이 더욱 측은하게 여겨졌다.

갈 때보다 돌아오는 길이 더 더디었다. 반쯤 왔을 때였다. 주위가 어두워진 데다 함박눈까지 펑펑 쏟아져 슬슬 기어오지 않을 수 없었다. 병원에 돌아오니 여덟 시였다.

그는 거의 뜬눈으로 밤을 밝혔다. 자리에서 일어나자 그는 곧 2층의 입원실로 내려갔다. 여섯 시 반, 아직 어둠이 물러가기에는 이른 시각이었다. 2층에 당도한 그는 조심스레 수술 예정환자의 입원실 문을 열었다. 문을 열고 방에 들어서던 그는 주춤 발을 멈추고 말았다. 그는 이곳으로 내려오면서 환자가 깨어나 난폭한 모습을 보여주리라 예상했었다. 그러나 그의 예상과는 달리 환자는 어젯밤의 모습 그대로 유순히 누워 있었다. 간호사가 또 새벽에 진정제를 주사한 것일까. 그가 덮어준 담요 아래 그냥 얌전히 구겨져 있었다.

그는 천천히 환자에게로 다가갔다. 간밤, 그가 받쳐주었던 손수건은 환자의 왼쪽 어깨 위에 밀쳐져 있었고 볼에는 침이 말라붙은 자국이 그려져 있었다. 푸른빛 도는 살갗 때문인지 주검을 연상시켰다. 청진기를 대보니 심장은 이상없이 뛰고 있었다. 그는 잠시 사고와 의지가 빠져나가버린, 뼈와 살덩이로 된 못난 육신을 망연히 내려다보았다. 너무나 측은한 모습이었다.

문득 늑골이라도 결리듯 역 광장을 어슬렁거리는 장학수가 어둡게 연상되었다. 명문 대학에 진학한 후 집안의 기대를 한 몸에 받던 장학수는 어느날 갑자기 정신분열증 증세를 보이기 시작, 급기야 집안의 우환덩어리로 전락하고 말았다. 장학수의 제어 불가능한 폭발적인 광증에 시달리다 못한 가족들은 거의 강제적으로 전두엽 절제수술을 시켰었다. 수술 당시에는 혈기왕성한 청년이었으나 지금은 장년의 저능아가 되어 거리를 배회하고 있었다. 장학수를 저능아로 만들어 거리로 내쫓은 그 가족들은 그후 안락한 생활을 누리고 있었다. 가끔 장학수와 마주치기라도 할라치면 그는 도망치듯 황황히 피하고는 했었다. 왜 내가 여태 장학수를 잊고 있었던 것일까.

저 못난 육신 어디에 치유불능의 난폭성이 숨어 있단 말인가. 아냐, 그럴 리 없어. 저 육신 속에 왜 난폭성만 숨어 있겠나. 자애심도 숨어 있을 거 아냐. 설령 감당할 수 없는 난폭성만 숨어 있어 움직이는 흉기 같은 행동을 일삼는다해도 그렇지, 왜 내가 저 생명에 간여해야 한단 말인가. 저 사람은 저 사람이 타고난 운명을 살도록 해야지, 왜 내가 그의 운명에 간여해. 아, 안 돼. 생명 유지를 돕는 일이라면 어떤 고생도 마다하지 않겠지만, 생명을 헤칠 수도 있는 일을 해서는 안 돼지. 그래 나는 가족이 겪어온 고통만을 생각했지, 환자의 입장은 생각하지 못했어. 그는 저도 모르게 한숨이 나왔다. 어제 그 눈밭을 헤치며 가고 온 위험한 주행과 그 집에서의 서슬 퍼런 대치와 긴장, 그리고 바쁘게 돌아가며 마쳤던 수술 준비, 이런 것들이 모두 경솔한 판단에서 비롯된 것이라 하지 않을 수 없었다.

그는 입원실을 나와 천천히 원장실로 내려갔다. 곧, 인터폰으로 피수술자의 어머니를 데리고 오도록 미스 김에게 지시했다.

그렇게 느꼈기 때문일까, 원장실로 들어온 부인은 어제보다 더 수척해 보였다. 그와 마주 앉은 부인은 양손을 모아 쥐고 거기다 시선을 집중시키고 있었다. 수전증 환자처럼 손끝을 떨고 있었다.

"어머니——입원실에 가보셨습니까?"

이윽고 그가 입을 열었다.

"예, 아까 가봤습니다."

"얌전히 자고 있지 않던가요?"

"예, 양순한 모습으로 자고 있었습니다. 하지만 저렇게 양순하다가도 폭발하면 감당을 못하는데……."

부인은 감정이 흔들리는지 혼란스런 표정으로 대답했다.

"아무래도 수술을 못하겠습니다. 어머니도 보셨다시피 아직 포기하기에는 이른 것같습니다. 이 겨울만이라도 요양소에서 치료를 더 받아보면 어떻겠습니까?"

가족이나 남을 헤칠지도 모를 난폭한 성정이 걱정되지 않은 것은 아니었으나 치료받을 기회를 더 주고 싶다고 말했다.

부인은 아무 대꾸도 하지 않았다. 그리고 눈도 들지 않았다.

"어머니, 포기하지 말고 좀더 기다려봅시다. 어머니나 가족들이 받는 고통은 알겠지만 사람 하나 버리는 것보다 견디는 것이 낫지 않겠습니까?"

부인의 손등에 눈물이 후두둑 떨어졌다. 두 번, 세 번 부인은 천천히 고개를 끄덕였다. 갑자기 덤벼들듯 그의 손을 잡더니 거기에다 얼굴을 묻었다. 어깨가 격렬하게 떨렸다.

"원장선생님, 고맙습니다. 저도 바보가 된다는 말에 밤새 한숨도 못 잤습니다. 원장선생님 고맙습니다."

얼마 동안 어깨를 들먹이며 흐느끼던 부인은 희미한 음성으로 그렇게 말했다.

환자에게 수액제와 진정제를 섞어 주사한 다음, 그는 구급차를 내어 환자와 그의 가족들을 정신 요양소로 보냈다. 그들이 탄 앰뷸런스를 배웅하고 난 그는 요양소 소장에게 전화를 걸었다. 수술을 포기했다는 말을 한뒤 환자를 각별히 좀 잘 보살펴달라는 부탁을 하자 요양소 소장은 허허, 웃으며 알겠다고 대답했다.

그들을 보내고 나니 마음은 홀가분해졌으나 반대로 몸은 물먹은 솜처럼 무거워졌다. 한나절쯤 푹 자고 나면 개운해지리라 생각하고 집으로 올라가려던 그는 닥터 정에게 전화를 걸었다.

"아, 선배님이세요."

닥터 정은 병원에 나와 있었다.

"지금 막 그곳으로 출발하려던 참이었습니다."

"아니, 아니, 오지 않아도 되겠네. 그들을 그냥 돌려보냈어. 이번 겨울만 더 견뎌보자고 했어."

"그래요, 선배님 아주 잘하셨습니다."

"그래, 나는 환자는 생각지도 않고 그 부인과 가족의 고통에만 너무 신경을 썼었어." 그러나 그는 입안에 맴돌던 다음 말은 꿀꺽 삼키고 말았다. (나는 사람의 몸을 수리(修理)하는 수리공에 지나지 않는 것이지. 어찌 그 청년의 운명을 좌우할 수 있겠나. 그렇지 않아! 그의 운명을 좌우할 수 있는 것은 선신(善神)이든 악마(惡魔)든 그 둘 중의 하나일 수밖에……그래서 나는 손을 떼기로 한 것일세)

"선배님, 정말 잘 하셨습니다. 앞으로도 로벡토미는 삼가는 게 좋을 것 같습니다."

"그래, 여러 가지로 고맙네. 언제 한번 들르게, 겨울 다 가기 전에 술이라도 한 잔 해야지?"

"네, 일간 한번 들르겠습니다."

그는 천천히 송수화기를 내려놓았다. 몇 번이고 고맙다고 눈물을 흘리고 떠나던 부인의 초췌한 모습이 다시 떠오르자 그는 눈을 감았다.

유능한 친구

급기야 나는 정인호 선배의 사무실을 찾아가고 말았다. 내가 정 선배 사무실을 방문한 일을 두고 감정이 실린 '급기야'라는 부사와 '말았다'라는 보조동사를 사용한 데에는 그만한 까닭이 있다. 무려 한 달이 넘도록 나는 정 선배를 찾아갈 것인가, 아니면 그냥 모른 척 지날 것인가를 두고 번민했었다. 괘씸한 것을 생각하면 당장 정 선배를 찾아가 정 선배가 미처 모르고 있는 김경수의 비행을 폭로하고 김경수의 채용을 철회하도록 권유해야 마땅했다. 그러나 그렇게 하면 내 인간성까지 더불어 더럽혀질 것 같아 선뜻 나서지지가 않았다. 감정과 이성의 싸움에서, 나는 어느 쪽의 손도 들어주지 못하고 한 달 여를 망설인 끝에 어렵사리 정 선배 사무실을 방문하게 되었으니 그런 감정이 실린 어휘들이 동원될 수밖에 없었다.

사실 김철로부터, 정 선배가 김경수를 채용했다는 말을 듣고 나는 적잖이 놀랐었다. 그리고 속으로 몹시 분개했었다. 어디 쓸 사람이 없어 김경수 같은 교활한 사기꾼 녀석을 기용했단 말인가.

김경수와 김철과 나는 한때 같은 사무실에서 동고동락했던 사이였다. 명색이 활자와 씨름하는 직종이었으나 짐짓 문화를 상업화시키거나 저급화시켜 소비시키는 유사 문화분야 직종인 여성지 기자로서 한 달이면 절반 가량을 야근을 하며 사타구니에 요령소리가 나도록 열성적으로 뛰었었다. 정 선배는 그러한 우리를 진두지휘하는 데스크 위의 편집국장이었었다. 그러므로 우리 네 사람은 서로에 대해 웬만한 것은 다 알고 있었다. 김경수의 실체를 다 알지는 못한다 할지라도 대체적인 것은 알고 있을 정 선배가 김경수를 채용했다니, 정 선배의 인품마저 의심스러웠다.

김철과 헤어진 나는, 기분 같아서는 당장 정 선배를 찾아갔어야 했다. 그러나 한편 굳이 그렇게까지 할 필요가 있겠느냐는 생각이 나의 발목을 잡았다. 비록 김경수가 나에게 못할 짓을 했다고는 하나 한때는 친구랍시고 의기투합하여 어울린 적도 있지 않았느냐, 그런데 이 세상으로부터 영영 매장될 처지에 놓여있던 그에게 다시 한번 돌아온 회생의 기회를 어찌 망쳐놓을 수 있겠느냐는 동정적인 생각이 나의 이성을 돌이키게 만들었다. 그러나 불쑥불쑥 되살아나 망아지처럼 날뛰는 감정과 그래도 사람의 도리로서 그래서는 안 되지 하고 물러서는 이성은 그후에도 번갈아 가며 나를 계속 괴롭혔다. 그렇듯 감정과 이성이 밀고 당기는 와중에서 번민하며 나는 한 달 여를 보냈던 것이다.

"어, 조형이 웬일이야. 오늘 동남풍이 분다더니, 역시 길조였군!"

정 선배는 허풍스럽게 나를 반색했다. 그리고 붓으로 그리듯 얼굴에 어색한 미소를 그리며 나에게 손을 내밀었다. 왜 그렇게 느꼈을까, 그 손은 양서류의 비늘처럼 싸늘하였다.

"오랜만입니다. 마침 신흥빌딩에 볼일이 있어 왔다가 선배님 생각이 나서 들렀습니다. 헌데 새로 낸 사무실에 빈손으로 와서 죄송합니다."

"언제 우리가 그런 격식 찾고 살았나, 자 앉아."

정 선배는 활달한 얼굴로 내게 소파에 앉으라고 손짓을 하였다. 우리는 유리테이블을 사이에 두고 마주 앉았다. 나는 아까부터 발밑에 부드러운 융단의 감촉을 낯설게 느끼고 있었다. 방이 여성지 표지처럼 화려하였다. 책상, 응접세트, 책장, 캐비닛까지 모두 같은 가구회사 제품인 듯 부드러운 갈색으로 통일되어 있었고 은빛의 시건 장치 장식들은 금방 닦아놓은 듯 반들거렸다. 발갛게 잘 영근 속을 드러내 보이고 있는 석류 알과 푸른빛 날개를 가진 한 쌍의 새가 나란히 앉아있는 화조도(花鳥圖)의 낙관(落款)은 낯익은 화백의 것이었다. 그것은 수운(水雲)의 진품임에 틀림없었다. 꼬리를 치켜든 새들은 곧 자리를 옮겨 앉기라도 할 것 같은 생동감을 느끼게 했다. 넓은 마호가니 책상 바로 뒤에는 15호 정도의 유화가 한 폭 걸려 있었다. 비현실적으로 확대된 꽃병을 앞에 둔 소녀를 그린 구상화인데 원색질감의 색상이나 기법으로 보아 호당 20만원을 호가한다는 인기있는 임춘호 화백의 작품으로 보였다. 그 옆에 한 팔 정도의 간격을 두고 걸려있는 그림 또한 화단의 대가(大家)로 널리 알려진 이성종의 유화였다.

"그래 재미가 어때? 대명 그룹 홍보 과장님이니 어련하시겠어!"

왼쪽 편, 남향으로 뚫린 창문이 정 선배 안경알에 손톱크기로 축소되어 반짝거렸다. 그 안경알 뒤편에 있는 눈을 잘 식별할 수는 없으나, 비아냥거리는 말투가 마음에 걸렸다.

"재미는요. 대망의 사장님이 되신 정 선배님 앞에서, 번데기 주름이라도 잡을까요?"

"조형의 시니컬한 말투는 변함이 없군. 내가 괜히 건드렸나!"

그러면서 그의 좀 방정맞은 듯한 웃음소리가 그 말의 뒤를 바짝 따랐다. 체수며 언변이며 다 좋았지만 그의 웃음소리 하나만을 놓고 본다면 사장님이 될 자질이 한참 모자라 보였다. 그는 속으로 나를 비웃고 있을지 몰랐다. 무엇 때문인지 자꾸만 그런 생각이 들었다.

역시 잘 못 찾아왔군! 순간 그런 생각이 머릿속을 관류하였다.

정 선배는 평소 얼굴에 감정을 잘 드러내지 않았다. 언제나 감정 따로 표정 따로였다. 어떤 땐 얼굴에 가면을 쓰고 있지나 않은지 의심이 들 때도 없지 않았다. 아주 견고하고 광택이 흐르는 스테인리스로 만든 가면을 쓴 것처럼 감정 없는 뺀질뺀질한 얼굴로 사람을 초조하게 만들 때도 있었다. 그와 마주앉은 순간 나는 이미 속으로 동요하고 있었다. 정 선배의 사업에 관한 덕담이나 슬슬 풀어놓는다면 모르려니와 김경수에 대한 험담이나 꺼내놓는다면 픽픽 냉소나 날릴 것 같은 인상을 강하게 받았다. 일단 김경수를 채용해 함께 일한 지도 벌써 한 달 여나 되는 지금, 도리어 말을 꺼낸 쪽이 무안을 느끼도록 묘한 언변과 논리로 반격해올 것 같은 지레 짐작도 없지 않았다.

정 선배는 우리, 즉 나와 김경수의 대학 선배였다. 햇수로 7년이나 차이가 났으니 함께 학교를 다닌 것은 아니었다. 그렇다고 무슨 지연(地緣)까지 겹친 고등학교 선후배처럼 가까운 사이도 아니었다. 그러나 여느 동창생들과 달리 각별히 지내게 된 데는 나름대로 사연이 있었다. 장차 시(詩)를 써보겠다고 생각한 나는 입학하자마자 '전초(前哨)'라는 문학서클에 가입했는데, 거기서 김경수를 만났고, 정 선배는 바로 그 서클을 처음 결성한 주축멤버였던 것이다. 정 선배는 졸업 후에도 그 서클의 동향에 관심을 가지고 있었던지 두어 달에 한번씩 서클의 모임에 얼굴을 내밀었다. 정 선배는 이미 시단(詩壇)에 데뷔하여 좋은 시를 발표하는 시인으로 평가를 받고 있었으므로 당시 우리 후배들로부터 극진한 존경과 대접을 받았던 것은 자연스러운 일이었다. 게다가 정 선배는 올 때마다 술값을 도맡아 내는 후한 선배이기도 했었다. 그리고 김경수와 내가 3학년 때 앞서거니 뒤서거니 시단에 데뷔하자 꽤 성대히 축하의 자리를 마련해 주기도 했다. 그러니까 정 선배는 우리를 같은 길을 따라오는 대견한 후배들로 여기며 각별히 배려해 주었다. 지금까지 음으로 양으로 우리를 돕거나 끌어주었고 또 씨줄과 날줄처럼 늘 얽혀있거나 가까운 곳에서 지내왔다.

그런데 이제 우리 사이는 예전과 많이 달라져 있었다.

처음 한동안 나는 정 선배가 전혀 숨은 계산이 없는 소탈한 사람이려니만 여겼었다. 그런데 사회에 나와서 겪어보니 의외로 그렇지 않았다. 처세에 능하고, 비록 작은 것일지라도 자기의 이익이라면 체면 따위를 돌보지 않고 신경질적으로 집착하는 그런 속물근성이 깊이 밴 사람이었다. 가까이에서 직접 겪어보지 않은 사람들은 늘 경우 바르게, 늘 도량 넓게 행동하는 그를 두고 괜스레 헐뜯는다고 생각할지도 모른다. 하지만 한두 달만 같이 지내보면 곧 그 생각을 수정하게 될 것이다. 왜냐하면 얼마 지나지 않아 그가 여러 개의 가면과 여러 개의 혀를 가지고 있다는 사실을 어렵지 않게 알게 될 것이기 때문이다.

두어 달 전, 정 선배가 여성지를 인수한 사실이 알려지자 그 방면에 종사하고 있던 인사들 사이에서 설왕설래가 많았다. 정 선배의 여성지 만드는 수완과 감각 때문이었다. 10여 년 가까이 몇 개의 여성지 책임자로 일해왔던 그는 그 방면의 뛰어난 재주꾼으로 통하고 있었다. 그가 손을 대서 성공하지 않은 여성지가 없었다는 평판을 듣고 있었다. 그래서 그의 성공은 명약관화한 사실로 받아들여져 선망의 적이 되었고 기존 몇 개의 여성지들은 정 선배 때문에 긴장하여, 비상사태에 들어가 있다는 소문이 돌기도 했었다.

그런데 정 선배가 김경수를 편집장으로 채용했다는 소문을 듣고 김경수를 아는 사람들은 모두 벌인 입을 다물지 못했다. 왜냐하면 김경수를 아는 사람 치고 김경수의 비행(非行)을 모르는 사람이 없었기 때문이었다. 여성지의 내용이 비록 흥미있는 화제거리를 쫓고 소비심리를 조장하는 측면이 있다 하더라도, 그래도 명색이 문화사업의 일종이 아니냐, 그것이 문화사업의 일종이라면 독자를 개도하는 그런 성격이 전제되어 있겠거늘, 김과 같은 사기꾼을 그 책임자로 앉힐 수 있겠느냐고 흥분했다. 김경수는 지난 5년 동안 여러 군데의 직장을 옮겨다니며 주변 사람들에게 금전적인 손해를 많이 입혀왔고, 그것이 탄로날 때마다 직장에서 쫓겨났었다. 그에게 당한 사람들은 한결같이 그의 뻔뻔스러움에 격분했고 그를 인간으로 대접하기를 꺼리며 그의 정신상태를 의심하기도 했었다. 그런데 그러한 김을 어떻게 또 채용했다는 것인지 사람들은 도무지 영문을 몰라했다.

정 선배의 얼굴에는 아직도 붓으로 그린 듯한 미소가 사라지지 않고 있었다. 나는 어서 말을 해야지, 내가 찾아온 용건을 밝혀야지, 그러면서도 혀가 굳어가는 것을 참담한 기분으로 느끼고 있었다. 그래, 올 데가 아니었어! 김에 대한 적개심 때문에 찾아 왔지만 아무 소용없는 일이야. 승부는 정 선배가 김경수를 채용할 때 이미 판가름난 것 아니겠는가.

내가 정 선배에게 당했던 최초의 기억이 머릿속에 어두운 물감처럼 번져 나갔다.

첫 직장에서의 일이었다. 김경수와 나는 정 선배의 주선으로 정 선배가 편집국장으로 제직하고 있던 '여성시대'라는 잡지사에 입사했었다. 입사한 후 6개월쯤 지나서였다. 정 선배가 그의 방으로 나를 불렀다. 그 무렵 나는 일이 어지간히 손이 익어 있었고 직장에 대해서도 나름대로 정이 들어 있었다. 그날도 정 선배가 가끔 그래왔듯 그냥 선배가 후배 아껴주기 위한 시간이려니 여기고 별스스럼없이 방으로 들어가 곧 소파에 앉았다. 내가 소파에 앉으면 정 선배는 대개 책상에서 일어나 응접세트 쪽으로 걸어와 몹시 피곤하다는 듯 무겁게 소파 위에다 엉덩이를 부려놓고는 길게 기지개를 켜고는 했었다. 그러나 그날은 그러지 않았다. 책상에 앉은 채로 나를 그쪽으로 불렀다. 정 선배는 오른손에 모나미 볼펜 한 자루를 들고 그것을 앞뒤로 까딱까딱 흔들고 있었다.

"조형!"

정 선배는 대개 나를 그렇게 불렀다. 이름을 불러도 무관할 터인데도, 다른 동료 직원들에게 하듯 조형 아니면 조 기자, 라고 불렀다.

"이걸 어디 가서 한 번 팔아보지 그래. 누가 얼마나 내고 사려나, 궁금하군!"

그러면서 볼펜을 내 쪽으로 내밀었다.

"이걸 팔다니요?"

무심코 볼펜을 받아들며 나는 의아스럽게 그의 얼굴을 쳐다보았다. 정 선배는 송곳니를 반쯤 내놓고 싱긋 웃어 보일 뿐이었다. 오래 전부터 아래 사람들을 편안하게 해주는 묘한 힘을 지니고 있는 웃음이라고 생각해 온 바로 그 웃음이었다.

"그냥 한 번 팔아봐. 누가 얼마나 내나 한 번 알아보자고. 물론 많이 받을수록 좋겠지—."

정 선배의 얼굴에는 아직도 웃음이 가득 피어 있었다. 사람을 안심시키는 그 독특한 웃음만 믿고 나는 아무 의심 없이 볼펜을 들고 그의 방을 나왔었다. 내 자리로 돌아온 나는 아무렇게나 볼펜을 책상 위에다 팽개쳐 놓았다. 어디 가서 이걸 판단 말인가. 별 해괴망측한 일을 다 시킨다 싶기도 했고 도무지 정 선배의 장난에 동조할 기분도 나지 않았다. 나는 10분쯤 앉아 있다가 주머니에서 백원 짜리 주화 한 닢을 꺼내들고 정 선배의 방으로 갔다.

내가 백원 짜리 주화를 그의 책상 고무판 위에 놓자 그는 좀 뜨악한 눈으로 나를 쳐다보았다. 그리고 고무판 위의 주화로 시선을 옮기더니 그것을 집게손가락과 엄지손가락 끝으로 집어들었다. 그러나 나는 그때 그의 얼굴이 어두워지는 걸 전혀 눈치채지 못했다.

나는 정 선배가 백원 짜리 주화를 집어드는 걸 보고서는 임무를 마친 연락병처럼 등을 돌리고 걸음을 떼어놓았다. 하지만 내가 도어에 이르기 전에 나를 불러 세웠다.

"조형, 그거 누구한테 팔았나?"

그의 음성은 아주 차분하고 표정도 담담했다. 그러나 나는 순간 당황했다. 누구에게 팔았다고 한다! 어설프게 망설이고 있을 수만은 없었다. 얼핏 생각나는 대로 총무과의 미스터 최가 샀다고 꾸며 댔다. 그랬더니 뜻밖에 정 선배는 갑자기 미간을 찌푸리며 "쩨쩨

한 자식!"하고 침을 뱉듯 내뱉었다. 순간 나는 아뿔싸, 마음속으로 마빡을 거칠게 쳤다. 하지만 이미 엎질러놓은 물이었다. 정 선배가 내게서 창 밖으로 시선을 돌리는 걸 본 나는 허둥지둥 쫓기듯 그의 방을 나왔다. 30원 짜리 볼펜에 70원이나 웃돈을 올려주었으면 되지 않겠느냐고 생각했던 것이 불찰이었다.

자리에 돌아와 기가 죽어 앉아 있는데 얼마 있지 않아 총무과 미스터 최로부터 인터폰이 걸려 왔다. 방금 정 국장에게 불려갔다 왔다면서, 어쩜 사람을 그런 장난에 끌어들여 글쎄 '쩨쩨한 놈'만 들었느냐고 매우 유쾌한 음성으로 항변하는 것이었다. 미안하다고 얼버무리고 자리로 돌아왔는데 까닭 모르게 어떤 함정에 자신의 한쪽 발이라도 빠뜨린 것 같은 척척한 기분이 되었다. 아니나 다를까, 얼마 있지 않아 나는 참담한 입장에 놓이고 말았다.

갑자기 사무실 안이 술렁거리기 시작하여 돌아보았더니, 까닭인즉 볼펜 때문이었다. 김경수가 30원 짜리 볼펜 한 자루로 광고부 배 국장으로부터 무려 일만 원이라는 거금을 받아냈다며 감탄하고들 있었다. 알고 본즉, 정 선배는 나에게만 볼펜을 팔아오라고 한 것이 아니었다. 김경수에게도 똑같은 지시를 내렸던 것이다.

김경수는 편집실 안의 동료들에게, 배 국장으로부터 일만 원을 받아내기까지의 일을 자랑스럽게 떠들어댔다.

정 국장으로부터 볼펜을 받아 든 그는 곧 미술부로 올라가 마분지로 상자를 만들고 거기에다 미술부 박 차장에게 부탁하여 예쁘게 그림을 그렸다는 것이다. 그리고 은박지를 길게 이어 리본을 달아 얼핏 보기에 그럴싸한 선물 상자처럼 단장시켜 광고부로 올라가서 세일즈를 했다는 것이었다. 그 상자는 행운을 불러오는 영험한 물건이라며, 그 상자를 사는 사람은 반드시 큰 행운을 잡으리라고 선전을 했다는 것이었다. 그랬더니 광고부 부원들이 천 원, 혹은 2천 원을 내놓고 서로 사겠다고 다투는 와중에 배 국장이 만원 권 한 장을 내놓자 모두 머쓱해졌고 결국 그 상자는 배 국장의 손으로 넘어갔다는 것이었다. 상자를 열어본 배 국장이 모나미 볼펜 한 자루가 들어있는 것을 보고 어금니 앓는 사람 표정을 지었지만 김경수는 모른 체하고 돌아와 버렸다는 것이었다. 그러면서 광고부란 매일 광고 세일즈를 다녀야 하므로 그들에게는 무엇보다 행운이 필요하지 않겠느냐, 그래서 자기는 그들의 그러한 심리를 이용했다고 은근히 뽐내기까지 하였다.

그가 유쾌해하는 것과는 대조적으로 나는 참담한 지옥에 떨어져 있는 기분이었다. 비로소 나는 정 선배의 간계를 눈치챘던 것이다. 정 선배는 볼펜으로 김경수와 나의 수완을 저울질해 보았던 것이다.

언젠가는 또 이런 일도 있었다.

정 선배는 김경수와 나를 그의 방으로 부르더니, 도무지 마땅한 제목이 떠오르지 않으니, 너희들이 각기 하나씩 지어보라고 원고를 내놓았다. 원고인즉, 형부를 가로챈 어떤 처제의 수기인데, 대략 내용을 살펴본 나는 금방 얼굴을 찌푸렸다. 멀쩡하게 살아있는 언니를 밀어내고 그 동생이 남자를 가로채는 내용으로 흥미는 있었으나 나에게는 불쾌했다. 나는 그때 "형부를 가로챈 어떤 처제의 사련(邪戀)"이라는 제목을 지어서 올렸다. 그런데 김경수는 나와는 영 딴판이었다. 그는 "형부, 이제 당신이라 부를께요"라는 제목을 붙였다. 정 선배는 김경수의 제목이 훨씬 호소력 있고 흥미를 유발시킨다면서 김의 것을 채택하였다. 나는 그 수기의 내용을 부도덕하게 보고 '사련'이라 진단을 내린 반면 김은 자기 주관을 버리고 여성지 편집장이의 시선으로 사건을 흥미 위주로 보았던 것이다.

그때 정 선배는, 나의 제목을 받아들고 "여성지 편집쟁이가 되려면 모든 고정관념의 옷을 벗어버려야 돼. 그리고 새로 시작하는 거야!" 하고 면박을 주었었다. 그리고 여성지를 만드는 사람은 일체의 주관을 버려야 한다고 강조하기도 했다. 어떤 꼭지든 독자의 공상을 자극하던가, 아니면 감정을 아늑하게 해주던가, 아니면 주술이나 최면술처럼 자기도 모르게 정서적으로 젖어들게 독자를 이끌어들여야 한다고 주장했다. 즉 이성이 아니라 감성에 호소하도록 꾸며내야 한다는 것이었다. 그리고 또, 도덕(道德)과 윤리란 시대에 따라 늘 새옷으로 갈아입기를 좋아하는 그런 것이라고 충고하기도 했었다. 아마 그때 이미 정 선배는 김경수와 나의 자질을 비교하고, 평점을 매겼을 것이었다. 볼펜 건은 그것을 재확인해본 것에 지나지 않았을 것이다.

나는 볼펜 장수를 한 다음 날 부장에게 사표를 냈다.

정 선배는 부장으로부터 나의 사표를 받아 그것을 그의 고무판 밑에 잠재우지 않고 사장에게까지 전했고, 곧 그것은 수리되었었다.

나는 사표가 수리되자 인간사 새옹지마(塞翁之馬)가 아니겠느냐고 배포 유하게 갖고 시골로 내려갔었다. 교직과목을 이수하여 따놓은 국어교사 자격증을 끄나풀로 연결된 안동(安東)의 어느 사립중학교에 부임하였었다. 그리하여 거기서 5년의 세월을 썩인 다음 겨우 서울로 다시 올라오게 되었었다.

"지난번 개업 때 조형이 보이지 않아 섭섭하더군—."

정 선배는 안경 너머로 잠깐 나를 살피는 눈치였다.

나는 어떻게 대꾸를 해야 할지 난처했다. 김경수와 마주치는 것도 싫었지만 어디 정 선배와도 유쾌한 사이였던가. 그렇다고 마음 속의 말 액면대로 다 종알거릴 수도 없는 일이었다.

"그때 마침 감사기간이었어요. 그것도 혼자 떠맡다시피 감사를 받아야 했기 때문에 올 형편이 아니었습니다."

그렇게 나는 얼버무렸다. 사실 감사를 받은 것은 1주일쯤 전의 일이었다.

정 선배는 고개를 끄떡였다. 그러나 그런데 넘어갈 그가 아니었다. 그리고 그런 구차스런 변명을 듣기 위해 던진 말도 아닐 것이었다. 그것은 내가 찾아온 용건을 슬슬 유도해내기 위한 방편으로 던진 말에 지나지 않았을 것이었다. 나는 가슴 속 깊숙이 감춰두었던 적의가 서서히 꿈틀거리며 일어서는 걸 느꼈다. 그냥 칼을 뽑아들까, 아니면 좀더 시간을 끌어 여유를 가질까. 이쪽이 여유를 가지면 저쪽은 응당 초조해지겠지. 아니 상대가 정 선배고 보면 꼭 그렇지만은 않을 것이다. 아무리 싫어도 싫은 내색을 하지 않는 그의 능란한 처세 감각으로 제작한 가면을 여러 개 준비해 두고 있는 그는 도리어 다른 방법을 들고 나올지도 몰랐다. 어디 축객을 위한 적당한 방법이 한 두 가지뿐이겠는가. 내가 시간을 끌면 그는 내가 어쩌지 못할 핑계를 대고 필경 나를 향해 손을 흔들 것이리라. 다음에 만나자는 달콤한 약속을 남기고. 나는 서두르기로 마음을 먹었다. 그러나 칼은 나중에 뽑을 작정이었다.

"선배님, 이번에 동창회 섭외부장을 맡으셨던데, 축하합니다."

아픈 데를 건드린 것인가, 순간 정 선배는 불현듯 손마디를 꺾었다. 안개같이 희미한 딱, 소리가 울렸다. 살 속에서 들으면 저 소리도 한결 맑고 경쾌하겠지. 하지만 뼈란 워낙 많은 일을 감당하므로 언제나 피로가 쌓여 있어 결코 맑고 경쾌한 음향은 울리지 못할 것이리라.

나는 정 선배가 동창회 회장에 입후보하려다 도중하차한 사실을 들어서 알고 있었다. 그 감투는 현직 국회의원에게로 돌아갔는데, 정 선배는 동창회를 위해 헌신하기 위해 입후보하려는 것이 아니라, 그 감투를 자기의 사업을 위해 적절히 이용하기 위해 입후보했을 것이라고 입바른 사람들은 쑤군거렸다. 결국 정 선배는 하나마나한 섭외부장이란 감투에 만족하고 꼬리를 접어야 했는데, 아마 그 일은 그의 가슴속에 하나의 종양처럼 뭉쳐있을 것이었다. 아직 40대 중반의 나이임으로 동창회 회장을 바란다는 것은 오르지 못할 나무를 쳐다보는 격의 지나친 욕심일 것이지만, "할 수 있다고 생각하면 못할 일이 없다!"고 늘 입버릇처럼 말하는 당자에게야 섭섭한 일이 아닐 수 없었을 것이었다.

"어디 하고 싶어 하는 거야. 그냥 떠맡기니 어쩔 수 없이 덮어쓴 거지."

정 선배는 짐짓 그런 일에는 초연하다는 태도를 보였다.

"그래, 경수는 만나봤나?"

내가 그의 말에 반응을 보이지 않자 정 선배는 그렇게 말하고 안경 저쪽에서 나의 표정을 살폈다. 나는 안색이 달라질까 봐 바짝 긴장했다. 그리고 감정의 모서리에 점화되려는 불을 얼른 눌러 껐다.

"그럼, 경수가 여기 있다는 것이 사실이었군요?"

나는 시치미를 떼고 반문하였다.

"그래 여기서 나를 도와주고 있어. 내가 부를까?"

정 선배의 손이 인터폰을 향해 느린 진양조 가락으로 뻗어갔다.

나는 재빨리 그 손을 제지시켰다.

"나중에 나가다 보지요. 그렇지 않아도 그일 때문에 선배님을 찾아왔습니다."

정 선배의 손이 다시 느린 진양조 가락으로 당겨져 그의 무릎 말에 놓여졌다.

"그 일이라니?"

"선배님도 알고 계시잖아요. 제가 안동 있을 때 있었던 일 말입니다."

"안동 있을 때의 일이라니, 무슨 말인가?"

정 선배도 이미 들었음직한데 짐짓 시치미를 뗐다. 거북한 듯 창밖에다 시선을 옮겨버렸다.

"저의 시집 출간 건 말입니다."

나는 가슴을 치고 싶은 심정으로 볼멘 소리를 했다.

"그래, 조형이 안동 있을 무렵에 시집이 나왔었지, 그런데?"

나는 더욱 초조해졌다. 그러나 곧 이래서는 안되겠다 싶어 내편에서 손을 들어주기로 했다.

"선배님은 모르고 계셨군요. 나는 그 일이 워낙 널리 퍼진 일이어서 알고있는 줄 알았는데—."

내가 그렇게 한발 물러서자 정 선배의 시선이 창 밖에서 돌아 왔다. 나는 입술을 지긋이 깨물었다. 역시 잘못 왔어. 오는 게 아니었어.

그때의 그 사건은 어쩌면 나의 허욕이 발단이 되어 일어난 자업자득의 측면도 없지 않았다. 시단 데뷔 8년째면 자기 시집 한 권 갖는 일이 빠르지도 늦지도 않은 시기였다. 데뷔 이듬해에 시집을 내는 시인이 있는가 하면, 20년이 넘도록 내지 않는 사람도 있었다. 그러니 8년째라면 아직 서두를 이유도 미룰 이유도 없는 그런 어정쩡한 시기였다. 그러나 학교 선생이란 묘한 직업이어서, 그때 나는 시집을 간행, 학생들로부터 더 많은 존경을 받는 선생이 되겠다는 욕심에서 그만 일을 저지르게 되었었다. 그리하여 서울에 있는 김경수와 시집 출간에 관한 의논의 편지를 주고받았다. 마침 좋은 출판사에서 출간해 주겠다는 내락을 받았다는 김경수의 연락을 받은 나는 그 동안 틈틈이 발표해온 30여 편과 아직 발표할 지면을 얻지 못해 헛손질하듯 써놓은 30여 편의 시를 뭉뚱그리고 제작비 50만원을 준비하여 서울로 올라와 김경수에게 맡겼었다. 원고를 그에게 맡긴 그날 밤, 우리는 떡이 되도록 술에 만취했었다. 술만 마시면 늘 그렇듯 그날 밤 우리는 참으로 건방지고, 오만하고 그리고 방자해졌었다. 겁 없이 세상을 모두 발 밑에 깔아뭉겠었다.

김경수는 출판사 선정에서부터 조판, 인쇄 등 전 제작과정을 책임지고 시집을 예쁘게 만들어내겠다고 약속하였고, 그 약속을 기쁘게 간직한 나는 가뿐한 마음으로 안동으로 돌아갈 수 있었다.

원고를 맡긴 지 한 달쯤 지나 김경수에게서 편지가 왔다. 간략했지만, 그러나 나를 기쁘게 하기에는 충분한 내용이었다. 시단(詩壇)의 원로이며, 한때 우리에게 시론(詩論)을 가르친 일이 있는 이규호(李奎浩)선생님의 서문(序文)을 받아냈다는 것이었다. 나는 그 다음날 곧 그에게 고맙다는 인사 편지를 냈다.

그리고 한 달쯤 지났을 무렵 또 편지가 왔다. 그 무렵 나는 책이 거의 나올 때가 되었겠거니 싶어 동료 교사들에게 곧 책을 보게 될 것이라고 은근히 자랑을 하고 다녔었다. 응당 책을 받으러 오라는 내용이겠거니 여기며 반갑게 뜯어보았다. 그러나 그게 아니었다. 해설을 써 주기로 한 평론가의 글이 아직 들어오지 않아 책이 늦어지고 있다는 내용이었다. 나는 서문과 후기(後記)가 있으니 그런대로 형식을 갖춘 셈이지 않느냐, 그러니 해설에 구애받지 말고 출간을 서둘러 달라는 편지를 냈다. 그러나 또 한 달이 훌쩍 지나갔다. 그 무렵에는 학생들에게도 시집이 곧 출간될 것이라는 말을 하고 다녔고 몇 군데 교실에서는 그 시집 가운데 가장 마음에 드는 시라면서 학생들에게 판서를 해주기도 했다. 시집 출간이 늦어짐에 따라 나날이 나의 입장이 묘하게 되어갔다. 늦은 봄에 맡겼는데 여름 한철이 다 가고 가을이 되었다. 그러나 김에게서는 소식이 뚝 끊어졌다. 전화를 넣어도 번번이 자리에 없었다. 편지를 해도 답장이 없었다. 집의 아내에게는 만나고 왔다고 꾸며댔으나 사실 서울로 찾아가 만나지 못하고 돌아온 일도 있었다.

그러던 어느 날 그에게서 엽서가 날아들었다. 시집을 다 만들어 검열 당국에 납본(納本)을 했는데 작품이 몇 편 문제가 되어 배포(配布) 금지처분을 받았다면서, 그 문제된 작품을 빼고 새로 제본을 하려면 시간이 더 걸리리라는 내용이었다. 그 엽서 때문에 나는 몹시 놀랐다. 어떤 작품이라고 그 제목을 말하지 않아 모를 일이지만 그럴만한 작품이 없으리라 믿고 있던 나에게는 뜻밖의 소식이 아닐 수 없었다. 몇 편의 시만 빼고 제본을 다시 하는 것으로 그친다면 도리어 다행이다 싶기도 했다. 당시만 해도 서슬 퍼런 군정치하였었다. 시란 원래가 메타포로 이루어진 것이 아닌가. 그런즉 보는 눈에 따라 해석이 달라질 수도 있으리라는 짐작에 그 내용을 액면대로 받아들였다.

나는 마침 시험 때라 학교 일로 바빠 아내를 서울로 올려 보냈다. 그를 만나 자세한 내용을 알아오도록 시킨 것이었다. 그런데 서울을 다녀온 아내는 전혀 믿어지지 않는 말을 전해주었다. 김경수가 자리에 없다기에 한나절을 그가 근무하는 회사 앞에서 지키고 있었더니 점심때가 되자 회사에서 나오더라는 것이었다. 그래 뒤쫓으려고 찻길을 건너려는데 언제 사라졌는지 보이지 않더라는 것이었다. 바로 옆에 큰 상가가 있었는데 아마 그곳으로 들어간 것 같아 찾아보았으나 찾을 수 없어 다시 회사 앞으로가 기다렸다는 것이었다. 그리고 점심을 마치고 회사로 들어가는 그를 불렀으나 돌아보지도 않고 엘리베이터로 쏙 들어가 버리더라는 것이었다. 수위실에서 인터폰으로 그를 찾았더니 역시 마찬가지, 인터폰을 받은 사람이 그가 자리에 없다고 쌀쌀하게 대답하더라는 것이었다. 순간 눈이 뒤집히다시피한 아내는 수위의 제지를 뿌리치고 편집실로 올라갔는데 이미 그는 자리를 피하고 없더라는 것이다. 그의 책상 위의 재떨이에는 금방 눌러 끈 담배에서 아직 연기가 솔솔 솟아오르는 게 보이기까지 했는데…. 아내는 분해 죽겠다며 사지를 떨었다. 어리숙한 당신이 김경수한테 당했다는 주장이었다. 그래 그런 사람을 어찌 친구로 사귀었느냐고 펄펄 뛰었다. 그러나 나는 아내를 도리어 나무랐다. 사람을 잘 못 봤겠지, 설마 김경수가 당신을 피했을 리 있겠느냐고 역정을 냈다.

설마, 설마하던 내가 김에게 당했다는 것을 안 것은 그 다음 달의 일이었다. 서울로 찾아간 나는 그가 직장을 옮겼다는 사실을 알게 되었다. 그리고 그가 말하던 출판사에 전화하여 그런 시집 출간 건은 전혀 아는 바가 없다는 대답을 들었다. 게다가 그의 집을 아는 친구도 하나 만나지 못했다. 셋집에서 셋집으로 전전하고 있으니 누가 그 집을 알겠느냐고들 했다. 나는, 돈을 떼이더라도 원고라도 되찾고 싶어 여기저기 수소문해봤으나 모두 헛수고였다.

결국 이듬해 봄이 되어서야 나는 그의 소재를 알게 되었다. 그가 근무하는 회사를 찾아가 한바탕 소란을 피운 끝에 그의 직속 상관의 중재로, 시집 출간을 약속 받고 나는 물러났다. 그로부터 한 달이 채 다 가기 전에 4×6판 규격의 볼품없는 시집을 한 권 손에 쥐게 되었다.

그러나 일은 그것으로 끝나지 않았다. 더욱 미묘하게 얽혀갔다.

시집을 받아든 나는 응당 그래야만 되는 것으로 알고, 김경수와 의논도 없이, 시골에서 준비한 토종꿀 한 되를 들고 서문을 써주신 이규호 선생님께 인사를 갔다.

"그래 시집을 상재했다고? 고생이 많았겠네, 자 어서 앉게."

내가 큰절을 올린 다음 건네주는 시집을 받아든 이규호 선생님은 나의 근황을 물으시며 시집 이곳 저곳을 펼쳐보셨다.

"너무 과분한 서문을 써주셔서 민망스러웠습니다."

나는 시골에서 교편을 잡고 있는 것도 작품 쓰는 데는 좋은 점이 있다고 말했고, 이 선생님은, 그래도 서울로 올라와 활동을 하는 편이 유리하리라는 등의 말끝에 나는 서문에 대한 감사 말씀을 올렸다. 그러자 이 선생님의 얼굴이 갑자기 어두워졌다. 시집 앞머리를 펼치더니 서문을 읽어가기 시작했다. 몇 줄 읽지 않아 끝 부분에 찍혀있는 자신의 이름을 일별했다.

"이게 웬 일이지?"

평소 온화한 이규호 선생님의 눈에 예리한 노기가 스쳐갔다. 그 시선을 본 나는 거미줄에 포획된 꽃등에처럼 꼼짝도 할 수가 없었다.

"이건 내가 쓴 게 아닐세. 내 문장과 스타일이 비슷하기는 하지만 내가 쓴 건 아닐세."

나는 순간 너무 놀라 펄쩍 뛰쳐일어나려다 간신히 주저앉으며 시선을 방바닥에다 깔았다. 저도 모르게 한숨이 폭 터져 나왔다. 어디 쥐구멍이라도 찾아 들어가 숨고 싶었다. 얼굴이 홍당무처럼 붉어져 안절부절 하지 못하는 나를 본 이 선생님은 짐작 가는 바가 있었던지 노기를 풀었다.

"그래 누구에게 이걸 맡겼었나?"

음성이 다시 부드러워져 있었다. 김경수의 솜씨라고 했더니 이 선생님은 알만하다는 듯 고개를 끄떡였다.

"그 친구라면 그러고도 남을만한 친구지! 문장도 비슷하지만, 만약 내가 서문을 부탁 받았더라도 이와 비슷하게 썼을 걸세. 내가 성급하게 결기를 보였군 그래. 이왕 이렇게 된 것 우리만 알고 그냥 지나가세. 그리고, 자네는 이것을 내가 쓴 것으로 알고 섭섭하게 생각하지 말게."

이 선생님은 도리어 나를 위로하려 들었다. 내가 묵묵히 있자 이 선생님은 잠시 사이를 두었다가

"그 김이란 친구, 여러 가지로 문제가 많더군. 가끔 원고료를 가로채는 못된 버릇도 있어. 젊은 친구가 그래 가지고 장차 긴 인생을 어떻게 살아갈 작정인지 원!"

하고 혼잣말을 하듯 중얼거리기도 했다.

그러나 이 선생님 집을 나올 때까지 나의 귀에는 아무 말도 들려오지 않았다. 창피하고 분하고 살이 떨려 제대로 몸을 가눌 수조차 없었다. 나중에 이 선생님에게 어떻게 인사를 올리고 나왔는지도 전혀 기억에 없었다. 아마 살을 맞은 짐승처럼 혼비백산 쫓기듯 그 집을 나왔을 것이리라. 그 곳을 나온 나는 그 길로 곧 안동으로 내려가고 말았다. 그때 나는 김경수를 상종한다는 것조차 진절머리가 났다. 책은 여기저기 돌렸지만 종시 부끄러운 기분은 씻어지지

가 않았다. 가짜 서문을 실은 시집을 갖게 되다니, 생각만해도 치가 떨렸다.

그러나 일은 거기서도 끝나지 않았다. 진절머리가 나는 김경수를 만나야할 일이, 부끄럽고, 창피하고, 분한 일이 또 나를 기다리고 있었다.

뜻하지 않은 내용증명 한 통이 학교로 날아들었는데, 그것은 시집을 출간한 출판사로부터 날아온 것이었다. 그걸 뜯어본 나는 또 한번 어처구니가 없었다. 출판사 명의를 도용했으니 고발하겠다는 내용이었다. 나는 이미 서문의 건을 당한 후라 오히려 담담한 심정이었다. 그러나 이게 무슨 마른하늘에 날벼락이냐 싶었다. 김경수가 괘씸하다 못해 무슨 역마(疫魔)처럼 여겨지기까지 했다.

다음날 나는 만사 제쳐두고 당장 서울로 뛰어올라갔다. 출판사를 찾아가 그 사장을 만났다. 내가 일의 자초지종을 털어놓자 잔뜩 불쾌한 얼굴로 듣고 있던 사장은 김경수에게 연락했다. 얼마 있지 않아 김경수도 뛰어왔다.

그런데 가관인 것은 들이닥치자말자 김경수는 사장에게 도리어 작년 가을에 출판사 명의를 사용하도록 허락하지 않았느냐고 대들었다. 작품이 좋으니, 책을 예쁘게 내, 출판사에 조금도 누를 끼치지 않겠다고 하니 흔쾌히 허락하지 않았느냐고 거칠게 항변했다. 그러나 출판사 사장은 사장대로 그럴 리가 없다고 딱 잡아뗐다. 그런 부탁을 들은 일도 없거니와 들었다 해도 허락할 리 없다고 했다. 왜냐하면 우리도 시집출간을 기획, 그 시리즈의 첫째 권이 나오게 되어 있는데 무슨 얼토당토않은 수작이냐고 공격의 고삐를 늦추지 않았다.

결국 나는 서점에는 책을 한 권도 돌리지 않겠으며 증정본을 제외하고는 모두 집에 보관하겠다, 만약 이를 어길 때는 출판사 측에서 어떤 조치를 취해도 달게 받겠다는 굴욕적인 각서를 출판사에 써주고 간신히 빠져 나올 수 있었다.

"그러니 저는 경수 덕에 가짜 시집을 한 권 갖게 된 셈이었습니다."

내 말에 정 선배는 그러나 머리를 저었다.

"설마 경수가 그랬을라고. 뭔가 오해가 있는 것이겠지?"

아니, 다 알고 있으면서 왜 능청을 떠느냐고 한마디 쏘아주려다 지그시 감정을 눌러 끈 나는 마침내 칼을 뽑았다.

"선배님께 부탁이 하나 있습니다."

"무슨 부탁인데?"

"선배님, 전에 경수가 선배님과 헤어지게 된 것도 다 그런 사건 때문이었다고 들었습니다. 금전관계의..........."

"그건 누가 그래?"

"우리 친구들 그걸 모르는 사람 있습니까. 어디 친구들뿐입니까. 문단 사람들도 다 알고 있는 일인데요."

"그래서, 무슨 부탁인가?"

정 선배는 곤혹스런 표정을 지었다.

"경수를 해고하시지요. 동창회에서도 거론이 있었던 걸로 압니다만—."

정 선배는 고개를 끄덕끄덕 주억거렸다.

"동창회에서 하기야 그런 말이 있었지, 제명시키자고. 하지만 나는 못해, 나는 경수가 필요해."

정 선배는 그렇게 딱 자르고 머리를 완강히 저었다. 그의 시선이 다시 창밖의 하늘로 옮겨갔다. 구름이 없다면 하늘은 정말 무료할

거야. 빌어먹을!

"선배님, 왜 경수가 필요하다는 것입니까?"

나는 정 선배의 말뜻을 모르지 않았으나, 형편없이 구겨져 버린 자신을 펴지 못하고 축축한 음성으로 부질없이 물었다.

"정말 몰라서 묻나? 나는 경수가 필요하단 말이야. 나는 사업가야. 이제 출발했지. 나는 이 사업을 꼭 성공시키고 싶어. 그러기 위해서는 경수의 재주가 필요하단 말이네."

"그런 파렴치한을요?"

"파렴치한이라니… 나는 사업을 위해서라면 살인강도라도 마다하지 않을 걸세. 그런데, 비록 자네에게 잠깐 실수로 못할 짓을 했다 하여 왜 그렇게 경수를 해치려 덤비나. 경수가 그럴수록 감싸주고 잘 해주어 친구를 살릴 생각을 하지 않고— 응?"

정 선배의 음성이 높아졌다.

"그러기에는 너무 지나친 친구지요."

나는 아무리 인류 문명에 공헌한 탁월한 과학자라도 살인을 저지른 범죄자는 응분의 형벌을 받지 않느냐고 예로 들며 다시 김경수의 해고를 권고했다. 여성지도 문화사업의 일종이다, 그러므로 그런 파렴치한을 써서는 안 된다. 더구나 그는 시인이랍시고, 역사적으로 핍박받는 힘없는 사람들을 테마로 시를 쓰기도 하지 않았느냐, 그러니까 그의 사기행위는 더욱 응징되어 마땅하다고 맞섰다.

그러나 정 선배는 머리를 저을 뿐이었다.

"그럼 경수만큼 여성지를 잘 만드는 재능 있는 친구를 하나 구해주게. 그러면 내가 한번 생각해보지. 그러나 그런 재주꾼을 어디서 찾겠나!"

역시 예상했던 대로였다. 잘 못 찾아왔음을 뼈저리게 느꼈다. 시간이 흐를수록 내가 나쁜 놈이 되어 가고 있었다. 그냥 혼자 속으로 분을 삭이며 지냈으면, 물에 빠진 친구를 더 깊이 밀어 넣는 나쁜 놈은 되지 않았을 텐데, 내가 아주 못된 망나니가 된 기분이었다. 우리의 실랑이는 퇴근 무렵까지 계속되었다. 그러나 결말은 나지 않았다. 분하고 억울하고 그리고 창피했지만 어쩔 수 없었다. 얼마 후 나는 술을 한잔 하고 가라는 정 선배의 손을 뿌리치고 그의 사무실을 나왔다. 거리로 나온 나는 자꾸만 흐르는 눈물이 부끄러워 몇 번이나 하늘을 쳐다보지 않을 수 없었다.

누네누니

슬픔을 그릴 때 사람들은 대개 무슨 색깔을 쓸까? 분노나 격정을 그릴 때 빨간색을 쓰는 것이 일반적이듯 끝없이 허망한 자제와 인내를 요구하는 슬픔을 그릴 때 파란색을 쓰는 것이 일반적이리라. 그러나 오랜 기간 밤마다 슬픔이라는 것을 부등켜안고 뒹군 적이 있는 사람들은 한사코 다른 의견을 내놓을 것이리라. 슬픔이란 아무래도 보라색을 엷게 써야 제대로 그려낼 수 있지 않겠느냐고.……그럴까?

슬픔을 나타내려면 꼭 보라색을 쓰는 것이 안성맞춤일까? 아무튼 사이다 병처럼 반짝이는 길다란 바다를 사이에 두고 멀리 항구 도시의 시가지가 건너다 보이는 외진 산등성이, 그 산등성이 일대와 그곳에서 겪었던 일을 돌이켜보면 먼저 가슴속에 보라색 물감이 엷게 풀려 간다. 그리고 그 산등성이 일대에는 언제나 엷은 보랏빛 이내가 끼여 있었다는 생각이 든다. 그리고 또 그곳에는 언제

*누네누니 : 하루살이의 방언

나 보랏빛 바람이 불었다는 생각도 들고. ……그랬을까, 정말 그곳에는 보랏빛 이내가 늘 끼여 있고 보랏빛 바람이 불고 있었을까? 아무튼 그곳 3만여 평의 산등성이 일대에는 언제나 애써 꾸민 듯한 정적이 무겁게 가라앉아 있었다.

사람들이 살고 있었으나 그곳에서는 안온한 일상의 냄새가 풍기는 것이 아니라 오래 비워둔 널따란 빈집에서 풍기는 썰렁한 먼지 냄새 같은 것이 풍기고 있었다. 마치 전쟁이 휩쓸고 지나간 후 오래 버려둔 폐허 같기도 했다. 좀 에둘러 말하자면, 하현달이 기울어감에 따라 점점 극성스러워진 썰물에 살을 뜯기며 안타깝게 울부짖는 육지의 어떤 기슭 같다고나 할까.

버스가 다니는 군수기지창 앞 차도에서 왼쪽으로 꺾어 구배진 길을 10분 가량 걸어 올라가면 그곳에 닿았다. 가시가 숭숭 돋친 철조망으로 외부와 삼엄하게 단절되어 있어 몹시 살벌해 보이는 그곳 정문을 들어서면 곧 콘크리트 건물과 마주치게 된다. 마치 학교 교사처럼 생긴 길다란 그 건물을 대밭집이라 했고 대밭집과 동남쪽으로 한 50미터쯤 떨어져 있는 건물을 민들레집이라 불렀다. 대밭집에는 국민학교 5학년 이하의 남자 어린이들과 국민학생에서 고등학생에 이르기까지의 여학생 전원이 여러 칸의 방에서 살고 있었다. 민들레집에는 갓난애에서부터 5, 6세 어린아이들이 보모들의 보호를 받으며 살고 있었다. 그리고 대밭집에서 경사진 자갈길을 약 2백미터 쯤 더 올라간 산중턱에 또 한 채의 긴 건물이 누워 있었는데, 검푸른 소나무가 둘러싸고 있다 하여 솔밭집이라 불렀다. 그곳에는 국민학교 6학년생 이상 고등학교 3학년생까지의 남학생들이 역시 여러 칸의 마루방에서 살고 있었다. 먹빛 기와지붕과 회색빛 콘크리트 벽으로 되어 있는 건물들은 까닭모르게 하나같이 음산해 보였다. 고등학교를 마친 큰형들이 기거하고 있는, 대밭집과 솔밭집 중간쯤의 운동장 바로 아래에 당돌하게 우뚝 서 있는 녹슨 생철지붕의 2층집도 음산해 보이기는 마찬가지였다. 그러나 이들과는 대조적으로, 민들레 집으로부터 동북쪽으로 2백 미터쯤 훌쩍 떨어져 오순도순 서 있는 다섯 채의 가옥들은 겉에 윤기가 흐르고 생기가 돌았다. 그 가옥들은 원장 아버지네 식구를 비롯해 총무 선생님과 관리 선생님들의 식구들이 살고 있었다.

사고는 언제나 솔밭집에서 터지고는 했다.

"전원 운동장에 집합!"

그날 밤, 솔밭집 출입문이 급히 여닫히고 큰형이 한 명 들이닥치더니 청천벽력 같은 집합 명령을 내렸다. 마침 복도의 기둥 시계 앞에 서서 우울하게 두 시를 가리키고 있는 길다란 시계 바늘을 쳐다보고 있던 불침번은 혼비백산 가까운 방으로 뛰어들어 형제들을 깨웠다. 깊은 잠에 빠져 있던 형제들은 성능 좋은 용수철처럼 벌떡벌떡 퉁겨 일어났다. 집합 때는 불을 켤 수 없었다. 어둠 속에서 이 방 저 방이 부산스럽게 깨어났다. 그러나 1초, 1초 흐를수록 부산스러운 기운은 잦아들고 무거운 침묵이 형제들을 내리눌렀다. 그럴 수밖에 없었다. 죄지은 것이 많은 솔밭집 형제들은 무슨 일로 집합시키는지 모르기 때문에 제각기 가슴을 졸이고 긴장하는 것이었다.

"버떡 일나라카이—"

자리에서 상반신을 일으켰으나 오금이 박힌 나는 더 이상 몸을 움직일 수 없어 잠시 웅크리고 있었다. 그걸 참고 보지 못한 영수가 다그쳤던 것이다. 우리 방 실장인 강욱이 형은 보이지 않았다.

이제 죽었구나!

나는 긴장이 지나쳤던 때문인지 목젖이 바싹 올라붙고 가슴이 답답하게 옥죄어왔다. 바깥은 캄캄하였다. 차가운 암회색 하늘이 무심히 창문을 넘어 이쪽을 들여다보고 있었다. 후춧가루를 뿌려 놓은 듯한 별 밭을 바람이 심술궂게 쓸고 지나갔다. 나는 또 한차례 영수의 채근을 더 받고 나서야 가까스로 바지를 더듬어 꿰기 시작했다. 영수는 급히 러닝셔츠를 두어 장 포개 엉덩이 부위에다 넣고 있었다. 다른 아이들도 재빠른 솜씨로 타월이나 다른 옷가지들을 접어 엉덩이에다 집어넣고 있었다. 바지를 몇 벌이나 껴입는 아이도 있었다. 그것이 번번이 부질없는 헛수고에 지나지 않는다는 걸 매번 당해 알고 있었으나 아이들은 집합 때마다 그 짓을 되풀이했다. 이전에 그런 요령을 다 부려본 큰형들인지라 기합을 줄 때면 으레 그러한 방패들을 먼저 제거시켰다. 귓쌈을 때리거나 독하게 꿀밤을 먹이며 엉덩이에 받쳐 넣은 것들을 제 손으로 꺼내놓게 했다.
　그러나 어쩌다 스무 번에 한번쯤은 그냥 지나치는 수가 없지 않았다. 아이들은 그 스무 번에 한번의 요행에나마 기대를 걸지 않을 수 없었다. 설사 그냥 지나치는 수가 전혀 없다하더라도 아이들은 그 짓을 그만두지 않았을 것이다. 있는 힘을 다해 휘두르는 큰형들의 몽둥이질에 어찌 그런 대비나마 하지 않을 수 있겠는가. 아이들은 그것을 넣었다 하여 몽둥이질의 아픔이 덜하리라는 기대 또한 가지지 않았다. 그 난폭한 몽둥이질을 어찌 한두 장의 타월이나 러닝셔츠로 당할 수 있겠는가. 그렇다고 아예 철조망을 넘어 뺑소니를 쳐버리지 않은 다음에야 또 무슨 다른 방법이 있겠는가. 그 때문에 아이들은 집합 때마다 절망적으로 그 짓을 되풀이해 왔던 것이다.

엉덩이 밑에 댈 것을 찾아 경황없이 주위를 더듬던 나는 문득 손을 멈추었다. 헝겊 눌어붙은 냄새가 코를 찔러왔기 때문이었다. 매캐한 냄새와 구수한 냄새가 반반씩 섞인 무명옷 타는 냄새에 놀란 나는 순간 가슴이 덜컥 내려앉았다. 겁도 없이 강욱이 형이 밤이면 발 밑에 넣고 자는 호박돌을 풀어 헤쳐 놓은 것이었다. 얼마 전 늦가을로 접어들어 날씨가 쌀쌀해지자 강욱이 형이 영수에게 큼지막한 호박돌을 주워오도록 지시했고 그것을 취사장의 연탄 화덕에다 올려 달구도록 했었다. 강욱이 형은 미리 준비했던 헌 옷가지와 타월로 그것을 여러 겹 싼 다음 발치에다 넣고 잤다.

늘 오른손에 참나무 막대기를 들고 다니며 곧잘 아이들의 이마에다 혹을 만들어 놓는 고3인 강욱이 형은 나 같은 국민학교 조무라기들에게는 작은 호랑이나 다름없었다. 얼굴이 길고 키가 멀쑥하게 큰 강욱이 형은 입술이 두터웠다. 입술 두터운 사람 치고 악한 사람 없다는 말은 강욱이 형에게는 당치 않았다. 정수리에 혹이 솟은 아이만 보면 형제들은 그것이 강욱이 형의 짓이라는 걸 금방 알았다.

"운동장에 집합!"

복도가 쩌렁쩌렁 울렸다. 제일 큰형인 성길이 형의 목소리는 아닌 것 같았다. 성길이 형 바로 밑의 종욱이 형 목소리 같았다. 놀란 형제들은 다급하게 우루루 방에서 몰려나갔다. 나는 결국 엉덩이에 아무것도 넣지 못하고 말았다. 마음만 급했을 뿐, 호박돌도 제대로 싸두지 못하고 허겁지겁 복도로 뛰어나가 현관을 나서는 아이들의 뒤꽁무니를 간신히 따라 붙었다. 아이들은 작은 유령들처럼 소리 없이 재빠르게 움직였으나 나는 자꾸만 오금이 박혀 걸음을 잘 옮겨놓을 수가 없었다. 필경 영수와 나 때문에 집합이 떨어졌으리라. 그렇게 생각하니 눈앞이 캄캄하고 수백 길의 낭떠러지에서라도 굴러 떨어지고 있는 것처럼 아뜩하였다. 그렇다고 뺑소니를 칠 여유도 없었다. 그런 용기 또한 솟아나지 않았다.

틀림없이 오늘 학교로부터 무슨 연락을 받았거나 아니면 형제들 중 누군가가 고자질을 했을 것이리라. 어느 쪽이든, 큰형들이 그저께 학교에서 우리가 일으켰던 사건을 전해 들었다면 결코 우리를 용서하지 않을 것이리라. 더구나 울타리 안에서 일어난 일이 아니라 울타리 밖에서 일으킨 사고가 아닌가. 울타리 안에서 일어난 일은 말썽을 일으킨 당사자만을 벌하는 것으로 그쳤지만, 울타리 밖에서 일으킨 말썽은 형제들 전체에게 경각심을 심어주기 위한다는 명분 아래 언제나 단체기합으로 가혹하게 다스렸다. 아이들의 꽁무니를 좇아 비탈길을 뛰어내려가며 나는 입술을 질끈 깨물었다. 운동장이 가까워질수록 나는 반쯤은 죽을 각오를 굳히지 않을 수 없었다.

그저께 아침, 영수와 나는 전교 조회 시간에 6학년 4반과 5반의 당번으로 남아 교실을 지켰다. 교실에 남아 있던 우리는 도시락 열 개를 훔쳐 뒷산에다 숨기고 시치미를 떼고 있었다.

도시락 도난 사건은 점심 시간이 되기 전에 탄로가 났고, 이미 각오한 대로 그것이 영수와 나의 소행임이 곧 드러나고 말았다.

영수와 나는 교무실 앞의 복도에서 나란히 벌을 섰다. 도시락을 어디다 숨겼느냐고 담임선생님의 추궁이 혹심했으나 우리는 전혀 모르는 일이라고 딱 잡아뗐다. 우리는 선생님이 제풀에 지칠 때까지 시치미를 떼자고 단단히 약속을 했던 것이다. 그래야만 숨겨놓은 도시락이 온전히 우리 차지가 될 것이기 때문이었다. 그렇다고 기합이라면 이골이 나 있는 우리를 선생님이 어떻게 굴복시킬 수 있겠는가. 아무리 심한 매라도 큰형들의 매와는 비교가 되지 않아 두렵지 않았다. 학생들이나 선생님들이 다 볼 수 있는 교무실 앞에 우리를 세워두고 챙피를 준다고 하여 눈썹 하나 까딱할 우리가 아니었다. 우리의 마음속에는 수치심이라는 것이 지워지고 없었던 것이다. 교무실 앞에 벌을 세워도 별 효과가 없자 선생님은 우리를 운동장으로 끌고 갔다. 게시판 옆의 맨땅에 꿇어앉힌 다음 의자를 하나씩 들고 팔을 높이 쳐들고 있게 하였다. 그러나 영수와 나는 아무도 눈치 채지 않게 씨익 미소를 나누었다. 선생님은 또 한차례 부질없는 짓을 한 것이었다. 왜냐하면 보복을 겁낸 아이들은 우리 근처에 얼씬도 하지 못했기 때문이었다. 하교시간에 집으로 돌아가는 아이들도 우리를 피해 멀리 우회하여 교문으로 나갔고, 우리 앞을 지나가는 아이들은 우리와 눈이 마주칠까 두려워하며 슬금슬금 꽁무니를 뺐다. 어쩌다 눈이 마주친 아이는 당황하여 황급히 눈을 돌리고 도망치고는 했다.

마침내 해가 늬엿늬엿 지고 있었다. 한번도 우리를 당해낸 일이 없는 선생님은 드디어 마음을 고쳐먹은 모양이었다. 이제 와서 밥은 어쩔 수 없다지만 도시락만이라도 임자들에게 다 돌려줘야 되지 않겠느냐고 도리어 우리를 달랬다. 우리는 정말 억울하다는 듯 뚱한 얼굴로 정말 도시락을 훔치지 않았다고 항변했다. 우리의 항변에 선생님은 다시 벌컥 성을 냈다. 아까도 여러 번 말했지만, 퇴학을 시켜버리고 말겠다고 으름장을 놓았다. 그러나 이미 승부는 난 셈이었다. 우리가 이겼던 것이다. 한기 섞인 바람이 옷섶을 파고들고 땅거미가 져가자 선생님은 더 추궁하기를 포기해 버렸던 것이다.

그날 저녁 일곱 시부터 아홉 시까지 이어지는 솔밭집의 공부 시간이 되자 영수와 나는 광길이를 쿡쿡 찔러 형님들의 눈을 피해 슬며시 솔밭집을 빠져나왔다. 도둑고양이처럼 소리 없이 학교 뒷산으로 숨어들어간 우리 셋은 도시락 열 개를 단숨에 다 까먹었다. 어찌나 달았던지 우리 셋은 앞으로 백 개가 더 있다 할지라도 아주 맛있게 먹어치울 수 있으리라고 똑같이 아쉬워했다. 우리는 그날 그 때까지 밥이라는 것이 그처럼 꿀보다 더 달다는 사실을 미처 몰랐었다. 조금 전까지 입안을 달콤하게 감돌던 밥맛을 쉽게 잊어버릴 수가 없었다. 그러나 그러한 우리의 아쉬움은 끝내 채워질 수 없었고 따라서 마음이 몹시 상하고 울적해졌다. 우리 셋은 거의 동시에 분풀이를 하듯 열 개의 알루미늄 도시락을 모조리 쭈그려트렸고 그것을 아무렇게나 집어던져 버렸다. 어둠을 타고 돌아오는 길은 모두 몹시 울적했다. 그 중 그래도 조금 낙천적인 영수가 "……고향에도 지금쯤 뻐국새 울겠지"하고 나지막하게 노래했지만 결코 기분이 나아지지는 않았다.

영수도 불안하기는 나와 마찬가지일 것이었다. 운동장에 도착하자 나는 가슴 졸이며 성길이 형을 찾아보았다. 제일 큰형인 성길이 형만 없다면 그래도 좀 기합이 눅을 것이었다. 그러한 나의 바람과는 달리 큰형은 어둠 속에서도 잘 식별되는 하얀 야구방망이를 눌러 짚고 태산처럼 우뚝 서 있었다. 새삼스럽게 가슴이 덜컥 내려앉았다. 갑자기 입안에 마른 흙이 가득 차 오르는 느낌이었다. 입아귀도 굳어오는 것 같았다. 곧 영수와 나를 앞으로 불러내리라 생각하니 세상이 숨을 딱 멈춰버리는 것 같았다. 매번 집합 때마다 그렇지만 귀에는 아까부터 우우웅——하는 가느다란 이명(耳鳴)이 울리고 있었다.

그 때 언제 옆으로 다가왔는지 영수가 나의 귀에다 대고 다급하게 속삭였다.

"명호가 도망쳤대!"

그러면서 영수는 가볍게 나의 옆구리를 쿡 찔렀다. 염려 말라는 신호였다. 비로소 바짝 올라붙었던 가슴이 천천히 내려갔다. 그렇지만 집합 이유가 명호의 도망 때문이라니, 나는 귀를 의심했다. 다시 확인해 보려 했더니 영수는 얼른 제자리로 돌아가 있었다.

그러고 보니 어젯밤 솔밭으로부터 하모니카 소리가 들려오지 않았다는 사실이 상기되었다. 솔밭집에는 아홉 시가 되면 취침을 알리는 종이 울렸다. 형제들은 부지런히 침구를 깔았다. 그리고 용변을 보고 올 10분의 여유가 끝나면 복도 양쪽의 경계등을 제외하고 일제히 소등이 되었다. 형제들은 대개 잠을 청하기 전에 잠시 바깥 하늘에다 눈을 주었다. 회색의 하늘은 한번도 다정스런 얼굴을 보여준 일이 없었다. 매운 바람이 지나가는 때문인지 언제나 찡그린 얼굴이었다. 그럴 때 문득 하모니카 소리가 들려왔다. 주로 "머나먼 고향"이라는 노래였다. 그 하모니카 멜로디는 한동안 형제들을 잠들지 못하게 하였다. 이리 뒤척 저리 뒤척 형제들은 몸을 뒤척였다. 그 하모니카 소리는 명호가 솔밭에서 부는 것이었다. 누가 말려도, 누가 막아도 명호는 하모니카 부는 걸 멈추지 않았다. 그런데 어젯밤에는 그 하모니카 소리가 들려오지 않았던 것이다.

명호는 지난 초여름에 이곳에 온 아이였다. 나와 같은 6학년이었으나 내 눈에는 늘 동생처럼 보였다. 체구는 나보다 작지 않았지만 말없이 조용하고 계집아이들처럼 유난히 살결이 희기 때문이었을 것이다. 처음부터 외돌며 하모니카나 부는 명호는 우리와는 사뭇 다른 아이였다. 입술이 얇고 턱이 단단해 고집이 몹시 세 보이더니 마침내 일을 저지르고 만 모양이었다.

우리는 성길이 형의 지시에 따라 학년별로 구분해 다시 정렬했다. 벌써 조짐이 심상치 않았다. 가볍게 훈시나 하고 서너 차례씩 때리고 말 집합이라면 굳이 그런 구분을 짓지 않았다. 큰 기합을 주며 철저하게 다그치려할 때 초등학생과 중, 고등학생을 구분시켰고 또 학년별로 따로 세웠다. 큰형은 고3짜리 형들에게만 기합을 주고 그것이 차례 차례 밑으로 일사불란하게 이어지도록 했다.

성길이형은 지금 몹시 화가 나 있을 것이었다. 그럴 수밖에 없는 것이 형제들의 도망 사건의 책임은 전적으로 성길이형에게로 돌려졌던 것이다. 원장 아버지며 총무 선생님은 성길이형에게 형제들을 통솔하는 데 필요한 모든 권력을 부여하고 있었다. 그러므로 형제들의 도망 사건이 발생하면 곧 성길이형이 추궁을 당했다. 형제들 사이에 우애가 없어 그런 일이 일어났다거나 아니면 아이들을 너무 풀어놓아 기합이 빠져 그런 일이 일어났다면서 성길이형의 통솔 능력의 부족과 감시감독의 소홀을 추궁했다. 그 때문에 성길이형은 도망 사건만 일어났다 하면 며칠 동안이나 형제들을 집합시키고 기합을 주며 도망간 형제를 찾아오도록 닦달하였다.

"전원 엎드려뻗쳐!"

드디어 추상같은 성길이형의 명령이 떨어졌다. 이미 기합의 정도를 짐작한 형제들은 무거운 마음으로 명령에 순종했다. 나는 기합의 당사자가 아닌 것만을 다행으로 여기며 숨을 죽이고 엎드렸다. 집합 때마다 그랬지만 성길이형은 오늘도 기합을 주기 전에 야구방망이를 짚고 우뚝 서서 먼저 일장 훈시를 늘어놓았다.

어제 명호가 무단이탈 후 지금까지 돌아오지 않고 있다. 명호는 우리들 곁을 떠난 것이 틀림없다. 이는 형제들 사이에 우애가 없어 일어난 불행한 일이다. 우리 형제들은 특수한 여건에 놓여 있다.

일반 사회 어린이들보다 몇 배나 두터운 형제애 없이는 우리 형제들의 생활은 유지될 수 없다. 옆 형제의 작은 고민도 그냥 못 본체하지 말고 서로 도와야만 한다. 그런데 너희들은 명호에게 형제로서의 구실을 제대로 하지 않아 명호가 떠난 것이다. 이는 전적으로 너희들이 책임을 져야 한다.

성길이형의 추상같은 질타에 나는 죽었구나, 싶었다.

먼저 엉덩이 검사가 있었다. 형제들은 엉덩이에 넣었던 물건들을 제 손으로 일일이 꺼내놓았다. 그들이 꺼내놓은 물건들로 운동장은 일시에 희끗희끗 얼룩져 갔다. 큰형은 강욱이 형을 비롯한 세 명의 고3 형들의 책임이 가장 크다며 각기 스무 대씩의 야구방망이를 안겼다. 고3 형들을 시작으로 기합은 아래로 아래로 내려왔다. 누군가 신음 소리를 안으로 삼켰다. 순간 기묘한 정적이 흘렀다. 그때 별똥별 하나가 길게 떨어지고 있었다.

"이 새끼 엄살이야!"

이빨을 갈아 씹어뱉는 것 같은 독한 소리가 들리고, 그 아이에게는 다섯 대의 매가 더 안겨졌다. 기합을 받을 때 지켜야 할 수칙이 몇 가지 있지만, 신음소리를 내지 않아야 한다는 것은 가장 엄격히 지켜야 하는 불문율 중의 으뜸가는 것이었다.

그래 명호는 처음부터 우리와는 달라 보였다. 그리고 끝내 무슨 일을 저지르고 말 것 같았다. 명호는 첫날부터 하모니카를 불어댔다. 형들이 불지 못하게 제지시켰으나 말을 듣지 않았다. 말을 듣지 않는다고 벌을 주거나 때려도 소용이 없었다. 그 자리만 벗어나면 또 하모니카를 불었다. 특히 밤에 듣는 그의 하모니카 소리는 무서울 정도로 슬펐다.

솔밭집에 사는 형제들은 제각기 슬픈 사연을 간직하고 있었다.

모두들 말수가 적고 우울하고 공격적인 성품을 지닌 것은 기쁜 일 보다는 슬픈 일을 더 많이 겪어 왔기 때문이었다. 솔밭집 형제들은 자기들 가슴 속 깊숙이 응어리져 있는 슬픔을 건드리는 것을 신경질 적으로 싫어했다. 명호의 하모니카 소리가 바로 그 슬픔을 자극하였기 때문에 형들은 한사코 그것을 제지시키려 한 것이었다. 그러나 명호는 또 명호 대로 한사코 하모니카를 손에서 놓지 않으려 발버둥쳤다.

하모니카 소리 때문에 성길이 형도 마침내 명호를 미워하게 되었다. 한밤중에 먼 하늘을 떠돌다 슬며시 귀로 스며들어오는 명호의 하모니카 소리는 분명 성길이형의 가슴속 슬픔의 둑을 속절없이 무너뜨렸을 것이다. 따라서 딴 형제들과 마찬가지로 쉽게 잠을 이룰 수가 없었을 것이다. 명호가 낮에만 하모니카를 불었다면 성길이형의 미움을 그렇게까지 심하게 받지는 않았을 것이다. 취침 시간이 지나 형제들이 다 잠자리에 든 시간에 혼자 몰래 솔밭 속으로 깊숙이 들어가 부는 명호의 하모니카 소리는 다른 소음들이 다 숨을 죽여버린 그런 야심한 시간에 들려오기 때문인지 가슴이 갈갈이 찢어지다 못해 치가 떨리도록 선명히 귀를 파고들었다. 밤에 들려오는 하모니카 소리를 견디지 못한 성길이형은 명호로부터 세 개째나 하모니카를 압수해 버렸다.

나중에 안 일이지만, 처음 명호의 하모니카 소리에 성길이형도 다른 형제들처럼 몹시 감동했다고 한다. 일부러 명호를 자기 방으로 불러들여 하모니카 소리를 감상하기까지 했었다는 것이다. "고향의 봄," "머나먼 고향"으로 시작해 "고향이 그리워도 못 가는 신세……" 등에 이르기까지 거칠 것이 없는 구성진 명호의 하모니카 솜씨는 성길이형을 매료시키고도 남음이 있었다는 것이다. 그러나 성길이형은 취침 시간 후에 들려오는 하모니카 소리는 아주 싫어했다. 성길이형은 몇 차례나 명호를 불러다 밤에는 하모니카를 불지 못하도록 다그쳤다. 다른 형제들은 성길이형의 한마디면 지옥불 속이라 할지라도 뛰어들었지만 명호는 성길이형의 명령에 순종하지 않았다. 몇 번의 주의에도 시정이 되지 않자 성길이형은 하모니카를 압수해 버린 것이었다.

그런데 이상한 일이었다. 성길이형이 하모니카를 빼앗아 버리는데도 명호는 며칠 지나지 않으면 또 다른 하모니카를 손에 넣었다. 그리고 학교를 파하고 돌아와 작업을 하다 쉬는 시간이 되거나 밤만 되면 "고향 땅이 여기서 얼마나 되나, 푸른 하늘 끝닿는 저기가 거긴가……"하는 등 고향에 관한 노래를 불러댔다. 그래서 형제들은 명호를 두고 비밀이 많은 아이라고 생각했다. 가까운 어딘가에 그를 돌봐주는 친척이 있거나 아니면 아무래도 어딘가에다 많은 돈을 숨겨두고 혼자서 은밀히 야금야금 꺼내 쓰고 있을 것이라 짐작했다. 그 어느 쪽도 아니라면 하모니카는 도대체 매번 어디서 난단 말인가. 그러나 형제들 가운데 명호를 미워하는 아이는 거의 없었다. 밤중의 하모니카 소리는 도리어 모두들 기다리는 편이었다. 다만 혼자 외돌며 따로 노는 것이 거만해 보이거나 미울 때면 가끔 면박을 주는 아이가 없지 않았지만 모두들 은근히 명호를 좋아하였다. 그의 구성지게 넘어가는 하모니카 소리가 싫지 않았기 때문이었다.

몇 번이나 하모니카를 압수해도 말을 듣지 않자 성길이형은 자신이 기거하는 생철지붕의 2층집 아래 광에다 명호를 가두고 말았다. 밤이 되면 풀어주려니 여겼으나 명호는 다 잠든 밤중에도 솔밭집으로 돌아오지 않았다. 하루가 지나도 풀려나지 않자 아이들은 명호를 걱정하며 수군대기 시작했다. 명호네 방 형제들은 매끼마다 명호의 밥을 타놓고 그가 풀려나기를 기다렸다. 어떤 형제는 썩은 짚 냄새와 닭똥 냄새와 생철 냄새를 풍기는 음산한 그 광에 갇혀 명호가 병이나 들지 않을는지 모르겠다며 걱정했다. 형제들은 성길이형의 관대한 처분이 내려지기를 목마르게 기다렸지만 이틀째가 되어도 명호는 풀려나지 않았다. 그렇지 않아도 음지식물처럼 시들시들해 보이던 명호였다. 햇빛도 들지 않고 바람도 내왕하지 않는 어두운 광에 갇혀 곰팡내나 맡으며 밤이면 쥐들과 더불어 쓸쓸히 시들어가고 있을 것을 생각하니 내 마음도 영 편하지 않았다. 명호가 거기서 병이 나면 누가 하모니카를 불어준단 말인가.

명호를 걱정하던 형제들은 은밀히 머리를 맞대고 명호를 구해내자고 입을 모았다. 처음에는 그것 참 좋은 생각이라고 이러자, 저러자, 의견이 백출했다. 그러나 얼마 있지 않아 모두들 풀이 죽고 말았다. 광을 뜯어내고 명호를 탈출시킨다는 것은 언감생심 엄두도 내지 못할 일이었다. 집단으로 우루루 찾아가 용서를 빌자는 것도 불도깨비 같은 성길이형의 성질을 생각하자 입이 먼저 얼어붙는 것 같고, 오금이 박혀 꼼짝도 할 수 없었다. 자신들의 무력함을 새삼스레 절감한 형제들은 힘없이 생철지붕의 2층집을 배회하며 명호가 갇혀 있는 광을 흘끔흘끔 쳐다본 후 망개 냄새같은 이상한 슬픈 냄새를 맡으며 슬슬 흩어져 버렸다.

그런 일이 있은 다음날이었다. 내가 명호에게 다녀왔다는 사실이 알려지자 형제들은 우르르 내게로 모여들었다. 그러나 나는 형제들에게 별로 해줄 말이 없었다. 대밭집에 들어와 여학교를 졸업한후 지금은 민들레집에서 보모로 일하는 영자 누나의 심부름으로 잠깐 명호를 만나고 왔지만 내게는 형제들에게 들려줄 말이 없었다. 내가 본대로 들은 대로 형제들에게 말을 해줄 수는 있었다. 그러나 그것이 어쨌단 말인가. 내 말을 곧이 들을 형제도 없을 것이지만 설사 내가 이야기를 해 준다고 해도 명호를 이해시키기보다는 도리어 더 이상한 아이로 여기게 만들 것 같아 망설여졌다.

"난 자신 없어요."

학교에서 돌아오는 나를 영자 누나가 불러세웠다. 조그만한 보따리를 내밀며 명호에게 전해달라고 했다. 나는 기겁을 하고 놀랐다. 어찌 감히 큰형들의 2층집 광에 갇혀 있는 명호에게 그것을 전해줄 수 있단 말인가. 나도 명호의 안부가 궁금하지 않은 것은 아니었지만 죽기로 작정하지 않은이상 나설 수 있는 일이 아니었다.

"성길이형은 지금 집에 없다. 시내 나갔는데 아직 돌아올 때가 멀었어. 나중에 큰형이 안다해도 내가 책임질게."

그 말을 듣고나서야 나는 마지못한 듯 응낙을 했다. 대밭집 사무실에서 눈치채지 않게 솔밭집으로 일단 올라갔다가 운동장으로 내려가 광으로 숨어 들어가면 아무도 눈치채지 못할 거라고, 영자누나는 방법까지 상세히 일러주었다. 만약 다음에 성길이형의 귀에 말이 들어간다고 해도 영자누나의 심부름이었다고 하면 그다지 심하게 닦달을 받지 않을 것이라 생각하니 걱정이 없어진 대신 어서 명호를 보고 싶어 마음이 바빠졌다.

지난 해 목수가 그만둘 때까지 목공소로 사용되었고, 그 후 한때 닭장으로 쓰이다 근래 비워 둔 채로 있었던 광에는 커다란 자물쇠가 채워져 있었다. 내가 비틀어 보았으나 문고리는 꼼짝도 하지 않았다. 판자로 된 벽 여기저기를 바쁘게 살폈으나 마땅한 틈도 하나 보이지 않았다. 간신히 옹이가 빠져나간 동그란 구멍을 발견한 나는 재빨리 안을 들여다보았다. 바깥의 기척을 들은 때문이었던지 명호는 광 한가운데에 긴장한 듯 우뚝 서 있었다.

"내다, 강헌이—"

나는 얼른 구멍에다 대고 짧게 외쳤다.

"왠 일이니?"

"민들레 집 영자누나의 심부름이야."

"영자 누나? 이쪽으로 내려와. 나무 쌓아둔 데 있지?"

명호도 반가워 하는 눈치였다.

"거기 대패 틀 있잖아, 보이니?"

"응, 그래."

내가 대패 틀을 보고 그리로 다가가는 사이 널찍한 널빤지가 제쳐지고 명호가 불쑥 얼굴을 내밀었다.

"들어올래?"

나는 명호가 만들어주는 개구멍을 통해 광으로 들어갔다. 내가 들어가자 명호는 널빤지의 아귀를 본래대로 맞춰 게구멍을 없앴다.

"이걸 먹으래—"

나는 보자기를 풀어 헤쳤다. 밀가루 떡과 노란 설탕과 물병이 나왔다.

"배고팠지?"

안 됐다는 생각에 저절로 목소리가 처연해졌다. 나를 잠시 물끄러미 쳐다보던 명호는 고개를 저었다.

"아니. 큰형이 매번 밥을 넣어줬어."

나는 믿어지지가 않았다.

"큰형이 밥을 넣어줬어!"

"그럼. 솔밭집 밥하고는 달리 쌀이 반이나 섞였던데."

솔밭집 밥은 쌀알을 잘 찾아낼 수 없는 꽁보리밥이었다.

"자, 같이 먹자."

내가 믿어지지 않아 어안이 벙벙해 있는 사이 명호는 밝은 표정으로 내게 밀가루 떡을 권했다. 밀가루 떡을 설탕에 눌렀다가 한입 베어먹자 입안에서 사르르 녹는 것 같았다. 손바닥만한 밀가루 떡 한 장을 게눈 감추듯 후딱 먹어치운 다음 나는 비로소 명호를 쳐다보았다. 그는 조금도 쓸쓸하거나 기죽은 얼굴이 아니었다. 명호가 이렇듯 태연하리라고는 전혀 예상하지 못한 일이었다. 물기 없는 땅의 푸성귀처럼 시들어 있을 줄 알았었다. 그런데 뜻밖에 파릇파릇했다. 모를 일이었다.

"너, 이곳에서 나갈 수 있는데 왜 가만 있니?"

모를 일이 한 두 가지가 아니었다. 명호는 도리질을 했다.

"큰형이 내보내지 않는데, 나가면 뭘 하겠니?"

먼 곳으로 아주 도망쳐 버리지 뭘, 하려다 나는 말문을 닫았다. 명호의 말이 맞았던 것이다. 퍽 사려 깊은 생각이었다. 광에서 도망쳐봐야 매나 벌지, 다른 뾰족한 수가 있을 리 없었다.

"큰형은 이런 구멍이 있는 줄은 모르고 있겠지?"

"그럴거야. 하지만 알고 있다 하더라도 구태여 막았겠어?"

"그건 또 무슨 말이야?"

"자신의 명령을 거역할 형제는 아무도 없을 것이라 확신하고 있을 테니까."

역시 명호는 생각이 깊은 아이였다.

"솔밭집 형제들 모두 네 걱정을 하고 있는데, 큰형한테 용서를 빌어봤니?"

명호는 잠시 생각에 잠겨 있는 눈치더니 고개를 저었다. 그리고 밀가루 떡을 한입 가득 베어 물고는 봉창문으로 눈을 돌렸다.

"한번 빌어보지 않고……?"

"소용없는 짓이야. 큰형 마음먹기 대로니까."

명호는 얇은 입술을 꾹 다물었다.

"하모니카를 몇 개째 빼앗겼니?"

"네번째 압수 당한거야."

"그럼 매번 영자누나가 하모니카를 사 줬구나?"

나는 은근슬쩍 넘겨짚어 보았다. 명호는 다시 도리질을 했다.

"영자 누나는 이번에 뺏긴 거 하나 사줬어. 세 번은 큰형이 빼앗았다가 돌려줬고……"

나는 다시 어안이 벙벙해졌다. 성길이형이 빼앗았던 하모니카를 돌려줬다고? 설마 독사 같은 성길이형이 그런 인정스런 데가 있었을라고, 의문이 강하게 일어났으나, 성길이형이 하모니카 소리를 싫어하지 않았던 점을 생각하면 가능한 일이기도 했을 것이라는 짐작이 갔다. 나는 명호의 대답에서 그 동안 그에게 품어왔던 의구심을 풀게 되었다. 알고 봤더니, 가까운 곳에 친척이 있었던 것도 또는 돈을 몰래 감춰두고 쓰는 것도 아니었다. 밀가루 떡을 먹으며 명호는 자기 부모에 대해 말하기도 했다.

"우리 엄마 아빠는 가수였어. 전쟁이 일어나기 전까지는 전국 방방곡곡을 돌아다니며 사람들에게 재미있는 연극이나 춤을 보여주고 노래도 불렀어. 나도 어렸을 때부터 무대에 나가 노래 불렀었다."

명호는 하모니카를 그 때 배웠다는 것이었다. 기타도 칠 줄 알고, 피아노도 칠 줄 알며 트럼펫도 조금 불 줄 안다고 했다. 뽐내는 기색은 조금도 섞여있지 않은 예사스런 말투였다. 예사롭게 말한 것은 그것뿐만이 아니었다.

"우리 엄마 아빠는 내가 귀찮았던가봐. 나를 길에다 버리고 가 버렸어." 명호는 부모와 헤어지게 된 사연을 감정을 씻어낸 아주 예사로운 말투로 그렇게 말했다. "전쟁이 일어났던 그 해 겨울 피난길에서였어. 그 때 우리는 대전에서 대구 쪽으로 걸어 내려가던 길이었는데, 얼마 가지 않아 나는 혼자가 되어 있더라구."

"설마 엄마 아빠가 널 버렸을라고?"

나는 내 경우를 자세히 말해주었다. 나는 밤길을 도와 내려가는 피난민 속에서 엄마의 손을 놓쳐버렸는데, 사람들 틈에서 몇 차례인가 어머니가 나를 다급하게 찾아 부르는 소리를 들었었다. 나도 지지 않을세라 힘껏 엄마를 마주 불렀으나 헛수고 였었다. 그렇듯 허망하게 나는 가족을 잃었던 것이다.

"그렇지 않아!" 명호는 나의 말을 거칠게 부인했다. "나는 매일 길거리의 벽보를 찾아보았어. 지나가는 마을마다 바람벽에 붙어 있던 사람 찾는 광고를 하나 빠뜨리지 않고 샅샅이 살펴 보았어. 그렇지만 나를 찾는 벽보는 어디에도 없었어. 만약 엄마와 아빠가 나를 일부러 버리지 않았다면 벽보 하나쯤은 어딘가에 붙여 놨을거 아냐?"

나는 슬픈 눈으로 명호를 쳐다봤다. 그런 나의 눈치를 알아차린 명호는 갑자기 언성을 높였다.

"우리 엄마 아빠는 마음이 약했어. 늘 고생을 하면서도 조금도 고생을 이겨내지 못했어. 게다가 어려움을 참아내는 강한 성격도 아니었단 말야. 가장 쉬운 방법만으로 살아내려했단 말야. 그런 그들이 내가 피난길에 얼마나 거추장스러웠겠어!"

나는 그럴 리가 없다고 대꾸해 주고 두뼘 정도 크기의 봉창문을

통해 하늘을 쳐다봤다. 우리는 성난 사람들처럼 한동안 말을 주고
받지 않았다. 봉창에는 마침 구름의 꼬리가 모습을 감추어가고 있
었다. 얼마 후 또 다른 구름이 나타나 봉창문을 다 차지했다가 서
서히 모습을 감추어 갔다. 새삼스럽게 퀴퀴한 닭똥냄새가 허파에
젖어드는 것 같았다.

　얼마 동안 악을 쓰듯 입을 닫고 있던 명호가 먼저 입을 열었다.
　"금방 한 이야기는 비밀로 해 줄 수 없겠니?"
　자기가 길에 아무렇게나 버려졌었다는 사실을 아무에게도 알게
하고 싶지 않다고 덧붙여 말했다. 나는 고개를 주억거리면서도 그
의 엄마와 아빠에 대한 원망을 어떻게 고쳐줄 수 없을까 하고 잠시
궁리했다. 그러나 전혀 불가능한 일일 것 같았다.
　"나는 이곳에 오래 있을 수 없을 것 같애. 어디 하모니카나 자유
롭게 불 수 있는 곳으로 멀리멀리 떠났으면 싶어!"
　명호는 그렇게 말하며 벽에다 등을 기대더니 천장을 향해 눈을
감았다.명호는 그로부터 3일 후에 큰형들의 막사로부터 풀려났다.
　두 시간 여를 엎드려뻗쳐 자세로 견딘 우리는 완전히 녹초가 되
었다. 세 차례의 훈시가 있었고 두 차례의 매의 폭풍우를 간신히
견디었다. 그 나머지 시간은 대부분 배를 땅에다 대거나 무릎을 꺾
거나 자세가 바르지 않은 아이들을 적발하여 닦달하는 것으로 채
워졌다. 이빨을 아무리 악다물어도 몸이 자꾸만 무너져 내려 아이
들은 벼락같은 매를 거듭 맞아야 했다. 여기저기서 견디다 못해 픽
픽 쓰러졌다. 일으켜 놓으면 또 쓰러지고 또 쓰러지고 또 쓰러졌
다. 아이들은 입에서 단내를 풍기며 자꾸만 쓰러져갔다. 그러나 매
는 결코 사정을 두지 않았다. 하늘 한쪽 귀퉁이가 부윰히 열려올
무렵까지 기합을 받던 우리 솔밭집 형제들은 가까스로 모두 산으

로 쫓겨 올라갔다. 산 속을 이잡듯 뒤져 명호를 꼭 찾아오라는 불같은 성길이형의 명령이 떨어졌기 때문이었다. 온 세상을 다 뒤져서라도 명호를 찾아오되 그렇지 못하면 며칠이고 밤마다 기합을 줄 것이라고 으름장을 놓기도 했다.

완전히 녹초가 된 형제들은 산에 오르기가 바쁘게 여기저기에 아무렇게나 쓰러져 버렸다. 벌렁 등을 대고 누운 아이, 배를 착 붙이고 엎드린 아이, 모로 쓰러져 눈물을 흘리는 아이, 가지각색이었다. 나는 한동안 정신을 놓고 엎드려 있었다. 눈이 자꾸만 감겨왔다. 그런데 이상안 일이었다. 별안간 명호의 하모니카 소리가 쟁쟁 귀를 울리는 것이었다. 그러나 확인하려고 들면 뚝 그쳐버렸다. 정신을 풀어두면 들리고 정신을 가다듬고 확인하려 들면 뚝 그쳐버리고…… 몇 번이나 그랬다.

얼마나 누워 있었을까. 문득 나는 몸을 따뜻하게 녹여오는 대지의 훈훈한 온기를 느꼈다. 마음이 차츰 느긋하게 풀려갔다. 나는 속으로 몇 번이나 소리나지 않게 외쳤다. '이대로 죽어도 좋다! 이대로 죽어도 좋다!'고. 그러나 나는 자신이 깜빡 깊은 잠에 빠졌었다는 사실을 까맣게 몰랐다. 깨어나서야 한 동안이었지만 단잠을 잤다는 것을 알았고 줄곧 대지의 훈훈한 온기를 느끼며 마음이 느긋하게 눅어갔던 까닭을 알게 되었다. 나는 양 쪽 손을 대지 깊숙이 찔러 넣고 잠들어 있었던 것이다.

다음날, 솔밭집 형제들은 종일 늦게까지 명호를 찾아 산지사방으로 흩어져 돌아다녔다. 고등학교에 다니는 형들은 둘씩 짝을 지어 시장(市場)과 역(驛)이 있는 시내로 나갔고 중학교 상급반 형제들은 인근의 마을과 학교를 맡아 명호를 찾아 나섰다. 중학교 1학년 형제들과 초등학교 6학년 어린이들은 가장 가까운 부근의 산을 맡아 명호를 찾아오라는 명령이 떨어졌다. 영수와 나는 광길이를 끌어넣어 한 조를 짰다. 취사장 어머니로부터 찐 우유덩이를 받아 주머니마다 불룩불룩 집어넣고 우리는 산으로 들어갔다. 푸른 소나무를 제외하고, 겨울 맞을 준비에 들어간 떡갈나무나 오리나무들은 추위를 많이 타는 잎사귀들을 미리 떨구며 몸을 가볍게 만들어가고 있었다. 마른풀과 단풍 냄새를 맡으며 우리는 천천히 산속으로 걸어들어 갔다. 성길이형의 명령에 따라 학교에도 가지 못하고 산으로 들어오기는 했지만 우리는 처음부터 명호를 찾으리라는 기대는 갖지 않았다.

"명호는 아주 먼 곳으로 떠나고 싶어했어!"

나는 돌멩이를 하나 주워 힘껏 팽개치며 혼잣소리처럼 말했다. 돌멩이를 맞은 가까운 소나무가 우수수 몸을 떨었다.

"명호는 처음 왔을 때부터, 별난 놈으로 보였잖아?"

영수는 잎이 다 지고 빨간 열매만 쓸쓸하게 매달려 있는 망개를 몇 개 따서 입에 넣고 씹으며 말했다. 얼마 떨어지지 않은 바른쪽 편에서 인기척이 들렸다. 가까운 곳에 다른 형제들이 있는 모양이었다.

"그래, 명호는 이상한 자식이었어!"

기합을 받았기 때문일까, 광길이는 원망을 품은 듯 좋지 않은 감정을 드러냈다.

우리들의 화제는 거기서 잠시 끊어졌다.

나는 흙에서 반쯤 몸을 드러내 놓고 있는 노루밥을 하나 주웠다. 영수도 옆에서 노루밥을 몇 알 주웠다. 반으로 쪼개 초콜릿 빛깔의 가루를 입안에다 털어 넣었다. 흙내 같은 텁텁한 향기와 함께 그것이 혀끝에 달착지근하게 녹아들었다. 몇 개째 까먹지 않아 영수의 입은 벌써 먹물을 칠한 듯 지저분해졌다. 광길이는 노루밥 가루가 숨구멍에 닿아 사레가 들린 듯 한바탕 재채기를 심하게 했다. 왼편 등성이 쪽에서 푸드득 꿩 날아오르는 소리와 함께 아이들의 함성이 터져 올랐다.

"명호는 어디든 훨훨 자유롭게 돌아 다녀야 할 아이였어!"

명호를 다시 볼 수 없으리라고 생각하니 자꾸만 서운해졌다.

"다시는 그 하모니카 소리를 못 듣겠지?"

영수는 들고 있던 돌멩이를 힘껏 공중을 향해 던져 올렸다. 잠시 후 가까운 곳의 나무가 우수수 몸을 떠는 소리가 들렸다.

"자식, 언제라도 다시 돌아왔으면 좋겠는데!"

내가 그렇게 말하는 걸 듣고 난 영수는 다시 공중을 향해 힘껏 돌팔매질을 했다. 형제들 거의 다가 명호가 없어진 것을 서운해하고 있었다.

우리는 솔밭을 벗어났다. 솔밭이 끝나면 곧 산등성이가 나타났는데 철조망이 쳐진 그곳까지가 솔밭집 경계였다. 철조망 너머는 민둥산의 사유지였다. 군데군데 푸른빛을 띤 다박솔이 보이기는 했지만 주로 시든 잡초 밭이 널리 펼쳐져 있었다. 오른쪽 능선을 타고 끝까지 내려가면 모래구치라는 바닷가 마을에 이르고 왼쪽 능선으로 내려가면 꼬시래기(망둥이)를 낚을 수 있는 용당이라는 갯마을에 닿았다. 우리는 이미 입을 맞추어 둔 대로 왼쪽 능선으로 길을 잡아나갔다. 비록 솔밭집과 너무 멀리 떨어져 있어 확신할 수는 없었지만, 나는 만약 명호가 아직 이 부근에 있다면 필경 용당 쪽 산마루의 짓다 만 항공대학 건물에 숨어 있을 것 같은 생각이 들었다. 그곳이라면 명호가 하모니카를 마음놓고 불 수 있을 것으로 여겨졌던 것이다. 나의 주장에 영수도 고개를 끄덕이며 자기도 그럴 것 같다고 했었다. 광길이는 내키지 않아도 우리 둘의 의견을 무시하지 못하고 묵묵히 따라나섰다.

이윽고 짓다만 항공대학 건물이 보였다. 왜 공사를 중단했는지 모르지만 외벽은 그나마 온전히 세워져 있었다. 한쪽 건물에는 지붕도 올려져 있었다. 그리고 건물 양쪽 끝에는 흰 페인트칠을 한 자갈돌들로 둥그런 원을 그리고 그 안에 에이치 자 꼴을 그려놓은 두 개의 헬리콥터 착륙장이 있었다. 건물 앞에는 또 저편 산등성이까지 길게 닦아놓은 평평한 공터가 있었는데 아마 항공기 이착륙을 위한 활주로로 닦아놓은 것인 모양이었다. 솔밭집 형제들은 가끔 그곳 일대를 놀이터로 이용하고는 했다.

지붕 없는 건물에 도착한 우리는 찐 우유덩이를 깨물며 문득 팔매질을 하기도 하고 신명이 나면 풀쩍풀쩍 재주를 넘기도 하였다. 영수는 물구나무를 서서 거꾸로 걷는 재주를 부리다 주머니 속엣 것이 와르르 다 쏟아졌다. 당황한 그는 투덜거리며 그것들을 얼른 주워 담았다. 우유덩이와 주머니칼과 나사못과 심지어 작은 돌멩이까지 보였다.

우리가 일부러 소리를 내며 장난을 쳤으나 명호는 얼굴을 내밀지 않았다. 장난을 그치고 우리는 건물 이곳저곳을 둘러보았다. 그러나 어디에도 명호는 보이지 않았다. 불을 피운 자리라던가 그가 머물렀던 흔적도 보이지 않았다. 한때 누군가 채소를 가꿔먹은 듯 건물 안 공터에 채마밭을 일군 흔적이 있었으나 지금은 마른풀만 듬성듬성 시들어 있었다. 오래 전에 사람의 손길이 끊어진 듯 밭이랑이 제대로 남아 있지도 않았다. 지나간 비바람에 숫제 굳어진 흙에는 어디에도 발자국 같은 것은 남아 있지 않았다.

"여기에 안 온 모양이지!"

"더 멀리, 아주 먼 곳으로 간 모양이다!"

"짜식, 괜찮은 놈이었는데!"

"언젠가 한번은 우리를 찾아와 주겠지……!"

우리는 그런 이야기들을 나누었다.

얼마 후, 현수네 팀이 항공대학 공터에 도착하였다. 현수는 명호가 왜 이런데 숨어 있겠어, 벌써 대구나 서울로 올라갔을걸, 하고 말했다. 나는 현수의 그 말에 화가 났다. 나도 그런 생각을 해보지 않은 것은 아니었다. 그러나 그렇게 믿고 싶지는 않았다. 왜냐하면 명호가 그런 먼 도시로 가 버렸다면 다시는 만나지 못할 것으로 생각되었기 때문이었다. 나는 그러나 아무 말도 하지 않고 발부리에 걸린 돌멩이를 힘껏 걷어차는 것으로 화풀이를 했다. 현수의 제안으로 우리는 편을 갈라 돌팔매질 시합을 했다. 건물의 벽에 기어올라가 누가 더 멀리 걸어갈 수 있나 위험한 내기를 하기도 했다. 그리고 달리기 경주를 하고 나서 해가 서쪽으로 훨씬 기울어진 것을 보며 지칠 대로 지친 우리는 햇볕이 잘 드는 곳을 골라 길게 쓰러져 잠을 자기도 했다.

왠 까닭인지 모르지만, 그곳을 떠나려니 영 발걸음이 떨어지지 않았다. 왜 그런지 콧잔등이 자꾸만 시큰거리고 금방이라도 눈물이 비어져 나올 것만 같았다. 어딘가 나도 멀리멀리 떠나 버리고 싶었다. 나는 항공대학 건물을 나서기 전에 아이들로부터 먹다 남은 우유덩이를 다 모았다. 그리고 그것을 지붕이 있는 건물 안에 돌단을 쌓은 다음 봉긋하게 올려놓았다.

"언젠가 돌아올거야!"

나의 말에 아무도 대꾸를 하지 않았다.

그 날 새벽에도 우리는 성길이형의 기합을 받았다. 지난 새벽처

럼 심하지는 않으나 명호를 찾지 못한 것은 형제들 사이에 우애
가 없기 때문이라는 질책과 함께 야구방망이 세례를 다섯 대씩 받
았다. 명호를 찾아내지 못한 솔밭집 형제들은 그 다음 날 새벽에
도, 그 다음 날 새벽에도 성길이형의 기합을 받았다. 그렇지만 명
호는 어디로 갔는지, 나타나지도 않았고 찾을 수도 없었다. 일주일
이 지나자 마침내 성길이형도 명호를 단념했는지 기합을 그쳤다.

  그런데 성길이형의 기합이 그치고 나서 한 열흘쯤 지났을까. 밤
중에 화장실을 다녀오던 한 솔밭집 형제가 명호의 하모니카 소리
를 들었다 하여 적지 않은 소란이 일어났다. 그 사실을 전해들은
불침번이 반색을 하며 자기 방 형제들을 깨워 하모니카 소리를 들
어보라고 한 것이 그만 온 솔밭집 형제들을 다 깨운 결과를 낳고
말았다. 솔밭집 형제들은 일제히 솔밭 쪽 창문을 열어두고 하모니
카 소리가 들리기를 기다렸다. 하지만 아무리 기다려도 하모니카
소리는 들려오지 않았다. 말을 낸 형제만 쑥스럽고 민망스럽게 되
고 말았다. 그런데 그로부터 하루 건너 한번쯤 꼭 하모니카 소리를
들었다는 형제가 나타나 소란을 일으켰다. 그러나 확인하려고 들
면 번번이 헛수고에 그쳤다. 손전등을 들고 산을 샅샅이 뒤지기까
지 했다. 그렇듯 몇 번이나 거듭 헛수고를 한 끝에 형제들은 자신
들이 환청(幻聽)을 들은 것이라는 결론을 내렸다. 나는 환청으로
라도 명호의 하모니카 소리를 다시 듣고 싶어 가끔 솔밭 쪽으로 귀
를 기울이고 한참씩 서 있고는 했다.

  그러나 우리는 어쩔 수 없이 시간의 흐름과 함께 명호에 대해서
도 또 그의 하모니카 소리에 대해서도 점점 잊어갔다.

단검의 길

그 소리에 나는 또 잠을 깼다.

지난 열흘 동안 하루도 빠짐없이, 한밤중 꼭 같은 이 시간이면 영문 모를 그 소리가 깊은 잠에 떨어져 있는 나를 깨워놓는 것이었다. 그 소리는 깊이 잠들어 있는 내 의식을 마치 자동문을 열듯 열고 들어와 내 내면으로 깊숙이 젖어들었다. 무엇이라 할까, 아무도 깨어 있지 않은 한밤중에 흡사 무엇인가 주장하듯 들려오는 그 영문 모를 소리를 무슨 말로 어떻게 표현해야만 가장 적절히 표현해냈다고 할 수 있을까.

매우 고전적인 소리라 할 수 있었다. 어렸을 적, 간혹 할머니에게 매달려 응석 끝에 겨우 듣고는 했던 〈옛날 옛적에 어느 용감한 장군이 있었단다〉로 시작되는 식의 이야기 속에나 있을 법한 소리였다. 또는 원행에서 돌아오던 할아버지가 밤길에 조우한 도깨비와 한바탕 씨름판을 벌였다는 그런 모험담 속에나, 아니면 주리고 있는 어린것들을 보다 못해 밤일을 나갔던 어떤 청백리(淸白吏)의 후손이 아침 이슬에 흠뻑 젖어 있는 아랫도리와 간밤의 노획물을 내려다보다 자신의 한스런 처지를 원망하며 장검을 내던지고 그 자리에 무너져내렸다는 그런 야담(野談) 속에나 있을 법한 소리였다.

그 소리는 현실의 어디에도 속해 있지 않았다. 현실의 어떤 사물도 어떤 짐승도 또 어떤 사람도 낼 수 있는 소리가 아니었다. 매우 독자적이었고 귀 가진 동물의 가슴을 저며오는 매우 자극적이고 음산한 소리였다. 게다가 그 소리는 매우 외로워 보였다. 바람에 휩쓸려 지향없이 떠돌아다니는 민들레씨 같기도, 사위어가는 관솔불의 마지막 불꽃처럼 외로워 보이기도 했다.

지금, 아마 세 시가 조금 지났을 것이다. 처음 내가 저 소리를 듣고 잠이 깨어 시계를 보았을 때 시계바늘이 세 시를 가리키고 있었다. 그 다음, 그 다음에도 저 소리에 잠이 깨었을 때마다 시계를 보면 바늘은 꼭 같은 세 시를 가리키고 있었다. 그 소리를 듣지 않기 위해 나는 이불을 끌어당겨 머리끝까지 덮어썼다. 음산하고 불길한 그 소리가 어쩐지 나를 어떤 저주받은 땅으로 내몰 것같은 불안감 때문에 듣고 있을 수가 없었다. 그러나 반면, 궁금증과 호기심이 나를 이끌어내기도 했다. 이불을 뒤집어쓰고 소리를 피하려는 마음과 소리의 정체를 알고 싶은 궁금증과 호기심이 서로 싸웠다. 겨우겨우 궁금증과 호기심이 이겼다. 나는 이불 속에서 빠져나왔다. 불을 켜지 않고 소리나지 않게 방문을 열고 마루로 나갔다. 발뒤꿈치를 들고 소리 없이 그 소리를 향해 발을 옮겨놓았다. 마루를 건너 신방돌로 내려선 나는 발에 운동화를 꿰고 뒷곁으로 돌아나갔다. 뒷곁으로 돌아나가자 곧 불 켜진 방이 보였다. 뒷채의 구석

방이었다. 그 영문모를 소리의 진원지는 바로 그 불켜진 방이었다. 도둑고양이처럼 발소리를 죽이고 그 방으로 다가간 나는 소리의 정체를 알아내기 위해 방문에 귀를 바짝 가져다댔다. 침도 넘기지 못하고 한동안 귀를 기울였으나 소리의 정체를 알아낼 길이 없었다. 호기심을 견디지 못한 나는 궁리 끝에 손가락에 침을 발라 창호지 문에 구멍을 뚫었다. 가슴이 뛰고 조마조마 했으나 구멍을 뚫는 동안에도 그 소리는 변함없이 계속 들려왔다. 숨을 죽이고 창호지 구멍에다 눈을 가져다 댔다. 한 사내의 등이 보였다. 등을 보이고 앉아 있는 사내는 무엇을 하는지, 몸을 약간 숙인 자세에서 팔을 앞으로 뻗었다 오무렸다 하기를 반복하고 있었다. 그리고 얼마나 지났을까, 문득 팔 동작을 멈추고 허리를 꼿꼿이 세웠다. 사내는 무엇인가 눈부신 광채를 뿌리는 물체를 자기 눈앞에다 얼른 가져다 대고 살폈다. 날이 시퍼런 단검이었다. 다음 순간 그는 벌떡 일어나 벽으로 다가갔다. 벽에는 가죽제품의 조끼가 걸려 있었다. 번들번들 윤택이 흐르는 가죽조끼는 마치 갑옷처럼 견고해 보였다. 가죽 조끼에는 빙 둘러 여러 자루의 단검이 꽂혀 있었다. 사내는 날렵하게 광채를 뿌리는 단검을 가죽 조끼의 단검집에다 꽂았다. 그리고 다른 단검을 하나 빼내 아까의 자리로 돌아와 앉았다. 그의 앞에는 검은빛 숫돌이 놓여 있었다. 그는 아까와 똑 같이 팔을 뻗었다 오무렸다 하는 동작을 반복하며 가져온 단검을 벼리기 시작했다. 잠시 끊어졌던 소리가 다시 눈부시게 되살아났다. 그 소리의 정체는 바로 사내가 숫돌에다 단검을 벼리는 소리였던 것이다. 나는 그제서야 소리라는 것이 독자적으로는 얼마나 애매한 것인가를 깨달았다. 소리란 만들어지는 광경을 직접 목격하여야만, 즉 경험을 동반해야만 구체적이 되는 존재라는 사실을 비로소 알게 되었던 것이다. 숫돌의 표면과 단검의 날이 마찰하며 만들어내는 그 소리는 단검을 뒤집을 때 번쩍 빛이 되어 날아올랐다. 일순 섬뜩한 전율이 지나가고 나자 새로운 호기심이 나를 사로잡았다. 벽에 걸린 가죽 조끼에는 스무남은 자루의 단검이 꽂혀 있었다. 저 사내는 왜 밤마다 저 많은 단검을 벼리고 있는 것일까?

등을 보이고 있어 사내의 표정을 읽을 수 없는 것이 아쉬웠다. 까닭 모르게 벌이 비우고 떠난 텅 빈 벌집처럼 사내의 몸이 텅 비어 있는 것처럼 허전해 보였다. 사내의 반복된 동작은 단검을 싸고 있던 짙은 어둠을 벗겨내고 서서히 빛을 부여했다. 사내는 자기 몸을 마멸시켜가며 단검에 생기를 불어넣고 눈부신 광채를 얻게 하고 있는 것 같았다. 같은 동작을 반복하며 칼을 벼리던 사내는 어느 순간 단검을 번쩍 들어 눈앞에 바짝 가져다 댔다. 자신의 코를 베기라도 할 듯 가까이 대고 2, 3초 동안 살펴보았다. 생기와 광채를 얻은 단검의 날을 눈부신 듯 쳐다보고 있던 그는 가뿐하게 일어나 검은 윤택이 흐르는 가죽제의 칼집에다 가져다 꽂았다. 잠시 중단되었던 소리는 그가 아까와 같이 무릎을 괴고 앉아 다음 차례의 단검을 숫돌에다 갈기 시작하자 다시 되살아났다. 다섯 번째인가, 여섯 번 째였을 것이다. 사내의 표정을 잠깐 볼 수 있었다. 벼린 단검을 들고 일어나 칼집을 향해 발을 옮겨놓을 때 문득 그가 문 쪽을 향해 얼굴을 들었던 것이다. 그의 얼굴에도 광채 같은 것이 떠돌고 있었다. 단검에 생기를 불어넣고 눈부신 광채를 얻게 한 때문인가. 그러나 사내의 표정을 본 것은 아주 짧은 순간에 지나지 않았다. 나머지 단검을 다 벼리는 동안 그는 다시는 얼굴을 들어 문 쪽을 돌아보지 않았다. 나는 가죽 조끼의 단검을 다 벼릴 때까지 넋을 잃고 숨도 제대로 쉬지 못한 채 사내를 지켜보았다. 마침내 사내의 작업은 끝이 났다. 스무남은 자루의 단검이 꼭 같은 만큼의 생기와 광채를 얻은 후, 칼집에 나란히 꽂혀 있게 된 것이었다.

사내는 그 일을 마치자 아침마다 기지개를 켜고 일어나는 나무들처럼 키를 세우고 서서는 한차례 심호흡을 했다. 그리고 잠시 턱을 치켜들고 천장에다 시선을 고정시킨 채 서 있었다. 무슨 생각엔가 골몰해 있던 사내는 벽으로 돌아섰다. 조심스레 벽에 걸린 가죽제 조끼를 떼어낸 그는 그것을 셔츠 위에다 입었다. 조끼의 단추를 잠그고 또 등뒤로부터 가죽끈을 잡아 당겨 가슴 앞의 고리에다 단단히 걸었다. 조끼 위에다 상의를 걸치고 난 그는 방 한쪽 구석에 세워둔 정방형의 널빤지를 들어올렸다. 거기에는 멜빵이 달려 있었다. 사내는 양쪽 어깨에다 멜빵을 걸고 널빤지를 등에다 졌다. 그가 어딘가로 출타 준비를 하고 있음을 알아차린 나는 아까와 같이 도둑고양이처럼 소리없이 나의 방으로 돌아왔다.

그래, 어딜 가려는 것일까. 허리에 잘 벼린 날카로운 단검을 차고, 아직 동도 트지 않은 이른 새벽에 어딜 가려는 것일까. 귀를 바짝 세워 사내의 동정을 살피고 있던 나는 저도 모르게 옷을 주워 입고 있었다. 궁금증이 나를 가만히 놓아두지 않았다. 뒷곁으로부터 발자국소리가 들리고 그 발자국소리는 마당을 가로질러 대문께에 이르렀다. 대문의 빗장을 따는 소리가 들리고 이어 대문 여닫는 소리가 들렸다.

마당으로 나간 나는 조심스레 골목을 깨우며 멀어지고 있는 사내의 발자국 소리를 들으며 거리를 쟀다. 발자국 소리가 희미해진 것을 거듭 확인한 다음 나는 대문을 열고 골목으로 나섰다. 큰길로 돌아서는 모퉁이의 가로등 불빛이 골목을 희뿌융하게 밝혀주고 있었다. 사내는 큰길로 나갔는지 보이지 않았다. 내가 걸음을 옮기자

골목은 다시 깨어났다. 큰길로 돌아나가는 골목어귀에서 걸음을 잠시 멈추고 뒤를 돌아보자 골목은 다시 한밤 속으로 고즈넉이 되돌아가 시치미를 떼고 있었다. 나는 신선한 감촉의 새벽기운을 얼굴에 받으며 약간 서둘러 한길로 나섰다. 사내의 모습이 보였다. 백 보 가량 앞 서 어둠을 헤치며 걷고 있었다.

등뒤로부터 불빛을 길게 내쏘며 덤벼들 듯 나타난 승용차 한 대가 사내의 뒷모습을 급히 비추고는 얼른 앞질러 멀리로 사라졌다. 사내의 등에는 아까 방에서 보았던 사각의 널빤지가 지워져 있었다. 또 다른 한 대의 새벽 차가 내 등뒤로부터 달려나와 손님의 등을 비추고 앞질러 갈 때 나는 더 역력히 볼 수 있었다. 사내의 모습은 작고 외로워 보였다. 비수를 품고 새벽을 걷고 있는, 모든 끝의 가장 끝을 걷고 있는 어름산이 같은, 비수를 품은 사내의 뒷모습은 위태하고 고독해 보였다.

얼마 뒤를 밟지 않아 나는 엉뚱한 확신을 갖게 되었다. 사내는 결코 뒤를 돌아보지 않을 것처럼 보였던 것이다. 새벽 차가 그의 등을 비추고 지나가는 횟수가 거듭됨에 따라 그 믿음은 더욱 굳어졌다. 게다가 언젠가 하숙집 아주머니의 말이 떠올라 더 그 확신을 굳혀주는 것이었다.

"저 뒤채 손님은 바위를 삶아 먹은 모양이야. 한번도 입 여는 걸 보지 못했다니까. 그리고 숫제 사람을 쳐다보는 법이 없어. 세상에 나서 별사람 다 봤어."

뒤채에 하숙을 하고 있던 전씨가 집을 장만하여 시골 식구들을 데려와 나가고 나자 그 전씨의 손님으로 와 있던 사내가 그 방에 눌러 있게 되었다고 귀띔한 며칠 후, 밖에서 돌아온 나를 보고 들으란 듯이 아주머니가 그렇게 푸념을 했었다.

"뭘 하는 사람인데요?"

"글쎄, 난들 아우. 매일 저렇게 낮잠으루 지낸다우. 저 손님은…
아마 전씨와 같은 교도소 교도관인가? 모르지, 전씨는 매일 출근
을 했는데… 모를 일이라우."

"잘 됐군요. 아주머니가 그렇게 관심을 가질 일이 생겼으니 심
심풀이는 된 셈이잖아요."

나는 가볍게 대꾸하고 말았었다. 그러나 아주머니는 상당히 골
치 아파하는 눈치였다. 하숙비만 받으면 다냐는 것이었다. 사람을
좀 알아야 피차 안심하고 지낼 수 있지 않겠느냐는 것이었다. 하숙
집 주인으로서는 지당한 푸념이었다. 그리고 아주머니는 말끝마다
그 사내를 보고 손님, 손님이라고 호칭하였다.

새벽 차가 흡사 징을 치듯 주위를 들쑤시며 지나가도 그 사내는
뒤를 돌아보기는 커녕 곁눈질 한번 하지 않았다. 마치 미리 그어
둔 선을 따라가듯 거의 일직선으로만 걷고 있었다.

사내는 어느 사이 어둠의 끝에 와 있었다. 어둠은 강물에 끝자락
을 담그며 새벽에게 자기 자리를 내주고 있었다. 강 건너 산등성이
에 납빛 새벽이 걸려 있었다. 별들은 반짝임을 멈추고 떠날 준비를
서두르고 있었다. 나는 사내가 목적지에 닿아 있음을 알아차렸다.
사내는 강둑으로 올라섰다. 강둑에서 둔치로 이어진 풀밭 사이의
길로 사내는 내려섰다. 나도 강둑을 내려가 둔치의 은폐물 뒤에 몸
을 숨기고 사내의 동정을 지켜보았다.

강은 물안개를 피워 올리며 서서히 깨어나고 있었다. 수면에 머
뭇거리고 있는 어둠을 몰아내며 새벽빛을 짜임새 있게 펴가고 있
었다. 새벽빛은 남쪽으로부터 먼저 오고 있었다. 남쪽 강기슭의 갈
대밭에 숨어 있던 새벽빛은 먼저 깨어나 동쪽 산기슭을 덮고 있는

소나무 숲에 깊이 숨어 있던 새벽빛을 부른 다음 또 서두르지 않고 강물 속에 스민 채 아직 망설이고 있는 새벽빛을 손짓으로 부르고 있었다. 그렇듯 새벽의 빛들이 서로를 깨우는 들리지 않는 아우성이 강변을 가득 채우고 있었다. 그러나 서두르지는 않았다. 물안개는 미세하게 피어올라 사방으로 퍼져나가고, 강물이 흐르기 시작한 이래 한번도 어겨 보지 않은 미리 알고 있는 순서대로 강은 익숙하게 새벽을 열어가고 있었다. 나는 새벽을 질서 정연히 펼쳐나가고 있는 강의 위력 있는 정적을 다치지 않기 위해 숨을 모아 쉬며 키 작은 능수버들 두 세 그루 뒤에 자리를 잡고 몸을 숨겼다. 내가 은밀히 자리를 잡는 동안 사내는 둔치를 지나 모래밭으로 내려갔다. 사내도 강물에 스며 있던 새벽빛이 수런거리며 피어오르고 있는 조용한 진행을 방해하지 않고 조심스럽게 움직이고 있었다. 그러나 그의 출현은 아무래도 너무 당돌해 보였다. 아직 모래 속에 몸을 숨긴 채 어둠을 피하고 있던 몇 가닥의 새벽의 빛이 손님이 출현하자 놀라 당황하고 있는 것처럼 보였다.

사내는 강물과 둔치 중간 지점에서 걸음을 멈추었다.

사내가 걸음을 멈추자 영영 머뭇거리기만 할 것 같던 새벽의 빛이 비로소 활동을 시작했다. 발걸음을 재게 놀려 사방으로 퍼져나갔고 사내가 어깨에 메고 왔던 정방형의 널빤지를 벗어 모래밭에 내려놓자 때를 맞추어 새벽빛은 그의 다리를 휘감고 오르더니 삽시간에 그의 전신을 감싸는 것이었다. 새벽의 빛과 그의 동작은 묘하게 조화를 이루어 강이 다스려가고 있는 질서에 자연스럽게 편입되었다.

사내는 어전의 신하처럼 신중하게 움직이기 시작했다. 먼저 벗어 놓았던 정방형의 널빤지를 그곳에 세워져 있던 말뚝에다 묶기 시작했다. 그리고 그 일이 끝나자 돌아서 널빤지를 등지고 북향으로 강줄기를 따라 약 30보쯤 올라갔다. 그곳에도 말뚝이 세워져 있었다. 그는 웃옷을 벗어 말뚝 옆의 모래밭에다 던져놓았다. 순간 나는 현란한 한줄기의 빛을 보았다. 그러나 그것은 나의 착시에 지나지 않았다. 웃옷을 벗자 드러난 그의 가죽 조끼에 꽂혀 있는 스무남은 자루의 단검 때문이었다.

사내는 매우 신중하게 조금씩 움직였다. 정교하게 펼쳐져 가고 있는 새벽의 질서를 조금도 손상시키지 않았다. 그는 약 30보 앞의 널빤지를 향해 눈을 겨눈 다음 한동안 명상에 잠긴 것처럼 꼼짝도 하지 않았다. 아주 긴 순간 숨을 고르고 있던 사내는 마침내 다리를 어깨 너비로 벌이고 힘주어 우뚝 섰다. 그리고 아주 날렵하게 조끼의 칼집에서 단검 한 자루를 뽑아 들었다. 갑자기 긴장감이 흐르기 시작하고, 사내는 심호흡을 하였다. 바로 그 순간이었다. 일순 참으로 눈부신 광경이 벌어졌다. 사내의 오른 손이 번쩍 허공으로 떠오른 것과 거기에 새벽빛이 집중된 것과 그리고 사내의 오른 발이 앞으로 나간 것과 키가 약간 낮추어지는 것과 손으로부터 포물선을 그으며 널빤지의 과녁으로 날아간 눈부신 빛과 딱, 맺고 끊는 듯한 단절음이 들린 것은 거의 한순간에 동시에 일어난 일이었다. 아주 짧은 순간 만물이 숨을 멈추고 모든 동작을 멈추었다. 그 숨막힐 듯한 순간이 허물 벗겨지듯 벗겨지자 갑자기 주위가 수런거리기 시작했다. 물안개를 뚫고 새벽빛이 야생마처럼 날뛰기 시작했다.

어느 산정을 서성거리던 돋을볕이 과녁에 꽂혀 있는 단검으로 날아온 것인가, 그곳만 정방형으로 빛났다. 두 번 째의 단검은 더욱 나를 흥분시켰다. 단검이 사내의 손을 떠나 과녁을 향해 새가 되어 날아가는 순간 단검의 끝을 꼭지점으로 공간이 세모꼴로 응축되었다. 사내는 그 세모꼴의 빛 속에 세상을 가두어 버렸다. 세 번째, 네 번째, 다섯 번째도 마찬가지였다. 단검이 과녁으로 날아갈 때마다 공간은 터질 듯 팽팽하게 부풀어 올랐다. 그러나 열 다섯 번째의 단검이 새처럼 날아가 과녁에 앉는 순간, 별안간 팽팽하던 주위가 갑자기 툭 허물어졌다. 사내는 순간 무너지듯 모래 위에 무릎을 툭 꿇었다.

나는 순간 무의식적으로 짧은 비명을 올렸다. 스스로의 비명소리에 나는 기겁을 하였다. 몸을 웅크리고 사내의 동정을 살펴보았다. 사내는 비명소리를 듣지 못했던지 꺾고 있는 머리를 조금도 움직이지 않았다. 나는 이마의 땀을 훔치고 사내와 표적을 번갈아 바라보았다. 사내가 무너지듯 무릎을 꿇고 고뇌에 찬 모습을 보이는 까닭을 나는 겨우 알아차렸다. 표적 위에 이상이 나타나 있었던 것이다. 지금까지 던진 열 네 개의 단검이 타원형의 동그라미를 일매지게 그려나가고 있었는데 열 다섯 번째 단검이 그 일매지게 이어져가던 선을 현저히 이탈해 옆으로 비켜나 있었던 것이다. 사내는 자신의 실수를 전혀 용납할 수 없었던 모양이었다. 스무 번째의 단검이 표적에 날아가 꽂힌 순간 사내는 열 다섯 번째보다 더 절망적인 모습을 보였다. 아예 두 팔로 머리를 감싸고 모래밭에 그냥 주저앉아 버렸다. 열 여섯 번째 단검까지 타원형의 사람 얼굴 윤곽 모양을 그려낸 다음 열 일곱 번째와 열 여덟 번째는 눈을 그리고 열 아홉 번째는 코를, 마지막 스무 번째에는 입을 그려야 했을 단검이 그만 어이없게도 턱 아래에 가 꽂히고 말았던 것이다.

한동안 무너져 있던 사내는 가까스로 몸을 일으켰다. 그는 속을 뽑아버린 거푸집처럼 힘없이 뒤뚱거리며 표적으로 다가갔다. 표적을 뚫어지게 살핀 후 그는 단검을 하나하나 수습하여 가죽 조끼의 칼집에 넣었다. 그 일이 끝나자 그는 표적을 바로 세웠다. 다시 투척선으로 돌아간 그는 잠시 숨을 골랐다. 그리고 또 한 차례 사람의 얼굴 모양을 그려나갔다. 두 번째 투검 때에는 세 차례나 무릎을 꿇었다. 세 번째 투검 때에도 사내는 두 번이나 무릎을 꿇고 머리를 감싸고 고통스러워했다.

세 차례의 투검을 마치고 나자 사위가 환하게 밝아져 있었다. 멀리 다리 위를 내왕하는 자동차들의 숫자가 훨씬 많이 늘어나 있었다. 단검을 거두어 검은 윤택이 흐르는 칼집에다 차례로 수습한 사내는 정방형의 표적을 챙기고 웃옷을 입었다. 아마 투검을 마친 모양이었다. 등에다 표적을 메고 그는 모래밭을 걸어나와 둔치로 올라섰다. 나는 황급히 몸을 숨겼다. 강둑으로 올라선 그는 곁눈질 한번 하지 않고 왔던 길을 되밟아 걸어갔다. 그의 뒷모습은 몹시 쓸쓸해 보였다. 어깨는 축 처져 있고 사각의 널빤지를 지고 있는 등도 굽어 보였다. 그 뒷모습은 스무 번의 눈부신 동작을 되풀이해 보여준 사람 같지 않게 척추를 뽑아버린 사람처럼 중심을 잃고 있는 것 같았고 걸음걸이도 퍽 위태해 보였다. 그와는 대조적으로 그의 등에 지고있는 표적은 걸맞지 않게 크고 당당해 보였다.

나는 가까스로 팽팽하던 긴장감에서 풀려났다. 사내가 다리 쪽으로 가고 있는 모습을 멀직히 지켜보며 웅크리고 앉았던 능수버들 뒤에서 손을 비비며 일어났다. 나는 오랜 세월 먼 이방을 떠돌다 돌아온 느낌이 들었다. 나는 다시 손바닥에 끈적이는 땀을 바지에 닦으며 사내가 연출해 보여주던 눈부신 동작을 돌이켜 보았다. 물안개를 피워 올리며 서서히 어둠을 밀어내던 새벽의 진행을 다스리던 강의 신비한 넋이 응집되던 그 날렵한 단검들과 자기의 실수를 용납하지 못하고 무너져 내리던 절망적인 사내의 모습과 지난 열흘 동안 한밤중이면 나의 잠을 훔쳐가고 대신 막연한 상상력을 허공보다 더 넓게 키워주던 그 소리의 정체와 그리고 무지개 모양의 포물선을 긋고 날아간 단검이 그려내던 사람 얼굴 윤곽, 이런 것들이 나를 어지럽게 사로잡았다.

"아니, 이 새벽에 어디 갔다왔수?"

식사시간 어기는 것을 무엇보다 싫어하는 하숙집 아주머니는 내가 집으로 돌아가자 얼굴을 찌푸리고 밥상을 내오며 퉁명스럽게 물었다.

"새벽바람 좀 쐬고 왔습니다. 시간이 이렇게 된 줄은 몰랐습니다."

"새벽바람 때문에 회사 지각하겠네!"

나는 그 말에는 대꾸를 하지 않고 밥상 앞으로 다가 앉았다.

"저 뒤채 아저씨는 밥 먹었습니까?"

아주머니가 사내의 아침상에는 관심을 두지 않는 것 같아 지나가는 말처럼 물었다.

"언제 뒤채 손님 아침 먹는 것 봤수."

아주머니의 대꾸는 기대와는 달리 엉뚱하였다.

"아침을 안 먹다니요?"

나는 사내에 대해 새로운 사실을 알 수 있을 것 같아 귀를 바짝 세웠다.

"내가 아우. 그렇지 않아도 내가 저 손님 때문에 속이 상해 죽겠어요."

"왜요?"

나는 밥숟갈을 부지런히 움직이며 반문하였다.

"왜라니, 밥을 먹어야지 원. 아침은 아예 들여놓지도 못하게 하고, 점심이고 저녁이고, 아무리 밥상을 들여놔도 그냥 나오는걸. 이틀에 한끼 정도 먹을까. 큰 일 났어, 쫓아낼 수도 없고. 저러다 송장이나 치르지 않을지 몰라."

"설마 송장이야 치를라구요!"

사내의 남다른 모습을 연상하며 그럴 가능성이 충분하다고 느꼈다. 그러나 아주머니에게 내가 느낀 대로 말할 수는 없는 일이었다.

"전씨 있을 때도 그랬어요. 전씨도 손님이 밥을 잘 먹지 않는다며 여간 걱정하지 않았어요. 그리고 사람이 통 움직여야지, 종일 저렇게 방안에만 틀어박혀 있으니 원."

아마 아주머니는 사내의 새벽 나들이를 모르고 있는 모양이었다. 아주머니는 내가 밥을 다 먹을 때까지 사내에 대한 걱정을 주절거렸다. 아주머니의 속마음은 사내를 쫓아내고 싶은 모양이었다. 그러나 사내가 만만치 않아 보여 이러지도 저러지도 못하는 모양이었다.

아주머니는 답답해 죽겠다는 듯 밥상을 물리고 돌아서는 내 등에다 대놓고도 사내에 대한 푸념을 계속 늘어놓았다.

회사에 출근한 나는 새로운 프로젝트의 기안문 작성에 필요한 자료를 챙기느라 바쁘게 움직여야 했다. 그럼에도 불구하고 일이 잘 진척되지 않았다. 사내 때문이었다. 문득문득 사내의 칼 버리던 모습과 투검하던 모습이 떠올라 나로 하여금 무시로 창밖에 눈을 주고 망연히 앉아 있게 하였다. 사내의 헐렁한 외양과 눈부신 포물선을 긋고 표적으로 날아가 꽂히던 단검이 나의 의식의 뱃전에 계속 철썩이고 있었다. 사내와 단검은 불길한 예감을 동반하였다.

그 예감은 검고 음험하였다. 미구에 무슨 무서운 큰일을 벌일 것 같았다. 그래 필경 무슨 무서운 큰일을 도모하고 있으리라. 그 생각은 점점 확신으로 변해갔다. 그리고 그 확신은 사내에 대한 호기심으로 발전해 나갔다.

다음 날 저녁이었다. 회사에서 돌아온 나는 큰마음 먹고 뒤채 사내의 방을 찾아갔다. 알맞은 구실이 떠오르지 않자 나는 인사나 트자는 수작으로 진로 한 병과 구운 오징어를 사들고 뒤 채 손님의 방문을 두드렸다. 한동안이나 기척이 없었다. 나는 더 기다리지 못하고 또 다시 문을 두드렸다. 사람이 움직이는 기척이 들렸다. 그리고 벌컥 문이 열렸다. 사내가 불쑥 얼굴을 내밀었다. 그 얼굴이 어찌나 커 보였던지 나는 엉겁결에 뒤로 한 걸음 섬짓 물러섰다. 그러나 이내 정신을 차리고 그의 얼굴 앞에다 얼른 진로와 구운 오징어를 쳐들어 보였다. 낮부엉이처럼 촛점이 없는 사내의 시선은 진로도 오징어도 심지어는 나의 얼굴도 쳐다보지 않았다. 귀찮다는 듯 벌컥 문을 닫아 버렸다.

전혀 예기치 않았던 일은 아니었으나 막상 당하고 보니 황당했다. 그의 완강한 거부 앞에 나는 속수무책이었다. 나는 물러설 도리 밖에 없었다. 하릴없이 방으로 돌아와 혼자 오징어를 뜯어 진로를 마시며 나는 아까 본 사내의 얼굴을 떠올리려고 애를 썼다. 그러나 어찌된 영문인지 도무지 떠오르지가 않았다. 분명히 목격했는데도 전혀 기억해낼 수가 없었다. 사내의 얼굴은 이미 내 뇌리에서 지워져 있었다. 아무리 기억을 되살리려 해도 헛일이었다. 다만 도깨비나 유령이 그랬던가, 하는 엉뚱한 생각만 떠올랐다.

그 이튿날 새벽에도 나는 사내의 칼 벼리는 소리에 잠이 깨었고 또 뒷채로 올라가 문구멍으로 방안을 엿보았다.

사내는 어제처럼 등을 보이고 앉아 단검을 벼리고 있었다. 벽에 가죽 조끼 모양의 단검집이 걸려 있는 것도 어제와 다름없었다. 어제처럼 사내는 벼린 단검을 코끝에 대고 살핀 다음 단검집에다 넣고 다른 단검을 벼리기를 반복해나갔다. 단검에 생기를 불어넣고 광채를 얻게 한 대신 사내는 미라처럼 여위어갔다. 사내는 자신의 정기를 단검에다 다 불어넣는 모양이었다. 아무리 그렇다손 치더라도 사내는 너무 여위어 보였고 쓸쓸해 보였다.

그날도 나는 사내의 뒤를 밟아 강변으로 나갔고, 하늘의 제사를 주관하는 제주처럼 엄숙한 모습으로 투검하는 사내의 일거수 일투족을 하나도 빠뜨리지 않고 다 지켜보았었다.

그 다음 날은 공교롭게도 비가 몹시 내렸다. 빗소리에 묻혀 칼 벼리는 소리가 들리지 않았으나 나는 그 동안 습기(習氣)처럼 몸에 밴 버릇 때문에 같은 시각에 잠에서 깨어났다. 나는 혹시나 싶었으나 방문을 열고 뒤꼍을 살펴보았다. 아니나 다를까, 뒷채 사내의 방에 불이 밝혀져 있었다. 비를 개의치 않고 뒤채로 가 방을 들여다보았다. 사내는 어제나 그제와 다름없이 단검을 벼리고 있었다. 마침내 단검을 다 벼리고 나자 사내는 어제나 그제와 다름없이 가죽 조끼를 입었다. 단검집을 단단히 조여매고 그 위에 옷을 걸친 사내는 정방형의 널빤지를 등에다 졌다. 방문을 열고 밖으로 나선 그는 잠시 비 내리는 하늘을 쳐다보았다. 그러나 아무렇지도 않다는 듯 빗속으로 내려섰다. 물론 우산을 들지도 우장을 입지도 않은 채였다.

사내는 전신을 비에다 맡기고 골목을 걸어나갔다. 나는 우산으로 비를 받으며 사내의 뒤를 따라갔다.

큰길로 나선 나는 일정한 간격을 유지하며 사내의 뒤를 밟았다.

빗줄기가 굵어지고 바람이 기승을 부릴 때마다 사내의 뒷모습이 빗줄기에 가려지고는 했다. 전조등을 밝히고 질주하는 차들이 그의 뒷모습을 잠시 비춰주었으나 그것은 매번 아주 짧은 순간에 그쳤다. 사내가 미행을 눈치 챌 것을 무릅쓰고 나는 간격을 좁히지 않을 수 없었다. 정해진 길을 따라 정해진 강변으로 가리라는 걸 알고 있었으나 걸음은 그런 마음이 갖는 여유를 허락하지 않았다. 우리는 어제와 같은 무렵에 강에 이르렀다. 그러나 어제나 그제와는 달리 강에는 새벽이 쉽게 열릴 것 같지 않았다. 시간은 맹렬한 빗속에 감금되어 운행을 그친 것처럼 보였다.

비오시는 날의 아침은 목발은 짚고 더디게 더디게 걸어왔다.

얼마나 기다렸을까, 드디어 줄기차게 쏟아지는 빗속을 목발을 짚고 간신히 뚫고온 아침의 빛이 갈대밭 너머 멀리 들녘에 머리를 내밀고 서성거리는 모습이 보이자 손님은 표적을 세우는 것이었다. 그리고 여느 날과 다름없이 침착하게 단검으로 사람의 얼굴을 그려나갔다.

스무 자루의 단검을 던지는 동안 손님은 몇 번이나 무릎을 꿇었다. 비 때문에 시야가 가렸기 때문인지 무릎 꿇는 횟수가 지난 어느 때보다 더 잦았다. 가끔 굵은 빗줄기가 몰아치며 사내를 나의 시야에서 지워버리기도 했다. 뒤이어 바람이 빗줄기를 걷어내면 다행스럽게도 사내는 같은 자리에서 모습을 나타냈다. 세 차례의 투검 연습을 하는 동안 사내는 스무 번도 넘게 무릎을 꿇었다. 그 날은 한차례 더 투검 연습을 한 다음 주위가 밝아오자 표적을 거두어 어깨에 메고 강변을 떠났다. 빗속을 뚫고 걷고 있는 사내의 뒷모습은 몹시 측은해 보였다. 저도 모르게 나의 눈에 핑그르르 눈물이 돌았다. 무엇 때문에 저 사내는 이런 세찬 비를 무릅쓰고서 저렇듯 지극 정성으로 투검 연습을 하는 것일까? 복수를 하려는 것일까? 복수를 하기 위해 저런 것이라면, 누구에게 무슨 원한을 품었기에 저렇듯 심혼을 기울여 단검을 벼리고 투검 연습을 하는 것일까?

나는 다음 날 새벽에도 또 그 다음 날 새벽에도 손님의 투검 연습을 지켜보았다. 비오시던 날로부터 닷새째 되던 날이었다. 마침내 사내는 한번의 실수도 없이 투검 연습을 끝냈다. 그러나 미덥지 않았던지 손님은 또 한 차례 더 투검 연습을 하는 것이었다. 역시 한 자루의 단검도 표적의 선을 이탈하지 않았다. 투검선에서 표적 앞으로 걸어간 사내는 그곳에서 무릎을 꿇고 비손하듯 손을 모아 이마에 대고 한동안 묵묵히 하늘을 쳐다보았다. 내가 알 수는 없었으나 아마 무엇인가 하늘에다 대고 기도를 올리는 모양이었다.

다음날도 어제와 마찬가지였다. 세 차례나 거듭 되풀이해 던졌으나 한 자루의 실투도 없었다. 세 차례의 투검을 마친 사내는 천천히 표적으로 걸어갔다. 이번에도 어제처럼 표적 앞에서 무릎을 꿇었다. 손을 모아잡고 하늘을 향해 고개를 들고 묵묵히 앉아 있었다. 얼마후 몸을 일으킨 그는 표적의 단검을 역순으로 하나하나 조심스럽게 뽑아 단검집에다 간수하였다. 단검을 다 수습한 다음 투검 위치로 돌아온 사내는 어제와는 달리 모래밭에 자리를 잡고 앉았다. 주위의 모래를 고른 다음 사내는 벗어놓은 윗도리에서 무엇인가를 꺼내 앞에다 놓았다. 먼빛으로도 식별이 되는 검은 숫돌이었다. 사내는 숫돌 앞에 무릎을 괴고 앉았다. 왜 저러는 것일까, 그렇게 궁금해 하는데 사내는 방에서 그런 것처럼 단검을 꺼내 숫돌에다 벼리기 시작했다. 다시 고개를 쳐드는 호기심 때문에 눈을 잘 닦아 크게 뜨고 그 광경을 지켜보았다. 거리가 먼 탓일까, 아니면 아침의 빛이 데리고 다니던 소음들이 되살아나 널리 펴져 있어 그 소음들에 먹힌 까닭일까, 새벽마다 나의 잠을 깨우곤 하던 그 섬뜩한 소리는 식별되지 않았다. 그러나 늘 빈 껍데기 같던 핼쑥한 손님의 얼굴은 희미하게 볼 수 있었다. 그리고 단검을 중심으로 훨씬 성숙해 있는 아침의 빛이 모여 뿜어내는 발랄한 생기도 볼 수 있었다. 차츰 생기를 얻어가는 단검을 둘레로 영롱한 막을 이루며 아침의 빛은 조용히 숨을 가다듬고 있었다. 얼마 후, 스무 자루의 단검은 차례로 한 묶음씩 아침의 빛을 감고 검은 윤택이 흐르는 가죽제의 칼집에 간수되었다. 단검을 다 벼린 사내는 허리를 잡고 힘겹게 일어났다. 잠시 건너편 산 능선 위에 얼굴을 내밀고 있는 해를 쳐다본 그는 몸을 돌려 강변으로 걸어나오기 시작했다. 그의 등에 지워진 정방형의 표적이 걸음을 옮길 때마다 기우뚱거렸다.

둔치를 가로질러 강변으로 올라온 사내는, 오늘 따라 이상한 일이었다. 강줄기를 따라 다리 방향으로 가지 않고 곧장 시내로 통하는 큰길로 길을 잡아 걸어나갔다. 다리 방향으로 가서 큰길로 접어들어야 하숙집으로 가는데, 그는 하숙집과는 다른 방향으로 가고 있었다.

나는 잠시 혼란스러웠다. 사내의 뒤를 밟을 것인지, 아니면 어서 하숙집으로 달려가 출근 준비를 해야할 것인지 얼른 결단이 서지 않았다. 사내가 점점 멀어지는 걸 지켜본 나는 뒷일이야 어찌 감당하든 일단 사내의 뒤를 밟기로 작정했다. 투검 연습 끝에 사내가 가 닿을 곳이 어디인가 알지 않고서는 회사에 나가봐야 일이 손에 잘 잡히지 않을 것 같았다. 사내의 뒤를 밟아나가는 동안 나의 머리 속은 갖가지 상상으로 개미굴처럼 복잡했다. 마침내, 무슨 일인가가 일어나리라. 그 무슨 일인가는 분명 예사로운 것이 아니리라.

설명할 수 없는 어두운 예감이 나를 더욱 사내에게로 이끌었다. 그리고 그 어두운 예감에서 비롯된 호기심은 나도 모르게 걸음을 빨리하게 만들었다. 마음은 정하지도 않았는데 발이 저도 모르게 서둘러, 몇 번이나 사내와의 간격이 너무 좁혀져 놀라기도 했다. 그럴 때마다 흠칠 놀라 떨어져 다시 알맞은 간격을 잡고 걷기를 몇 차례나 거듭한 끝에 나는 시내 한 복판의 광장에 이르렀다. 광장 로터리에는 사람들의 왕래가 빈번했다. 광장의 서쪽 번화가에서 나타나 광장을 가로질러 관공서들이 즐비하게 늘어서 있는 북쪽으로 종종 걸음을 치는 사람, 또 은행들이 많은 남쪽 편에서 나타나 상가가 있는 동쪽 편으로 바삐 가는 사람, 또는 상가 쪽에서 은행들이 많은 남쪽 편으로 걸음을 재촉하는 행인들로 붐비고 있었다.

광장의 중앙 지점으로 걸어간 사내는 그곳에서 등에 메고 왔던 표적을 벗었다. 그는 매우 신중히 그 표적을 그곳에다 세웠다. 표적을 세운 다음 그는 광장을 가로질러 30 걸음을 걸어가 멈춘후 표적을 돌아보았다. 그곳은 약방 앞의 길모퉁이였다. 그 약방 옆은 양장점이었고 그 옆은 또 다른 약방이었다. 그 옆 대형 유리문에 화려한 금박의 글자를 새긴 곳은 세계 여행을 알선하는 여행사 사무실이었다.

사내는 강변에서처럼 그곳에 웃옷을 벗어놓고 표적을 향해 차려자세를 잡았다. 허리에 감겨 있는 검은 윤택이 흐르는 단검집이 햇빛을 반사했다. 광장을 내왕하는 행인들에게는 눈도 한번 주지 않고 사내는 발을 어깨 넓이로 벌이고 우뚝 선 다음 표적을 노려보았다. 이윽고 제1번의 단검을 뽑아든 사내는 호흡을 골랐다. 호흡을 고르는 것과 거의 동시에 단검은 표적을 향해 포물선을 그리며 날아갔다. 제2번의 단검은 제1번의 단검이 그어놓은 포물선을 따라

공중에 그대로 길(道)을 다듬었고 제3번의 단검은 그 길을 따라가 표적에 정확히 꽂혔다. 제20번의 단검까지 꼭 같은 길을 따라가 표적 위에 사람의 얼굴 모양을 그려놓았다. 어느 사이 구경꾼이 하나 둘 모여들어 사내를 에워쌌다. 나는 그제서야 스스럼없이 구경꾼들 사이에 섞여들었다. 잠시 구경꾼들에게 구경할 여유를 준 다음 사내는 표적으로 걸어가 입, 코, 눈 등 던진 역순으로 단검을 뽑아 단검집에 간수했다. 그리고 언제 준비한 것인지 조끼 주머니로부터 흰 종이를 꺼내 표적에다 붙였다. 다시 투검선으로 돌아온 사내는 신중히 자세를 취한 다음 또 제1번의 단검을 날렸다. 구경꾼들은 알지 못하겠지만 나는 그 단검의 길을 선연히 알고 있었다. 제2번, 제3번⋯⋯⋯제15번, 단검은 이미 잘 길들여진 매처럼 날렵하고 정확하게 제 길을 따라가 제 위치에 앉았다.

그 광경은 너무나 눈부셨다. 그 눈부신 광경에 넋을 빼앗긴 구경꾼들은 박수를 치기 시작했다. 단검이 날아가는 횟수가 거듭됨에 따라 광장에는 드높은 함성과 바람소리처럼 박수가 크게 일어났다. 박수 소리는 광장을 중심으로 사방으로 퍼져나갔다. 구경꾼은 자꾸만 늘어갔다. 처음, 사내의 투검 위치를 중심으로 몇 사람이 호기심을 갖고 기웃거리더니 급기야는 단검의 길 양옆으로 몇 겹이나 에워싸고 사람벽을 만들었다.

관공서 쪽으로부터, 은행가로부터, 상점가로부터, 꾸역꾸역 모여든 구경꾼들은 사내의 우아하고 정확한 투검 솜씨에 넋을 잃고 박수를 쳐댔다. 어느 사이 광장은 뜨거운 열기로 가득 찼다. 단검이 그려낸 포물선은 모든 아름다운 것의, 통쾌한 것의, 그리고 가장 빛나는 것의 총화로 보였다. 그 때문에 광장은 삽시에 열기로 뜨겁게 달궈졌다.

광장의 구경꾼들을 사로잡은 사내의 투검은 이제 세 번 째였다. 드디어 제19번의 단검이 코의 위치에 날아가 꽂혀 그 끝이 파르르 떨리는 순간, 나는 그 정확성에 새삼스레 전율했다. 누가 저렇듯 정확한 투검 솜씨를 가졌을 것인가. 아무리 비범한 중세의 무사라 할지라도 사내의 투검 솜씨는 따라갈 수 없을 것 같았다. 그렇듯 종잡을 수 없는 상념에 사로잡혀 마지막 제20번의 단검이 날아가 입의 자리에 앉을 때를 기다리고 있었으나 무엇 때문일까. 한순간이 지나도록 날아가지 않았다. 손님은 으레 제1번에서 제20번의 단검까지 늘 꼭 같은 간격으로 계속해 경쾌하게 던졌는데 웬 일일까. 의아스러워 표적에서 눈을 떼어 사내를 돌아본 순간이었다. 마침 제20번의 단검이 손님의 손을 떠나는 찰나였다. 그런데 뜻밖에도 그 20번째 단검은 표적을 향해 나 있는 길로 가지 않았다. 내가 전혀 예상하지 않았던 길로, 하늘의 중심으로 솟구쳐 오르고 있었다. 햇빛을 반사하여 영롱한 광채를, 일종의 인광 같은 걸 뿌리며 하늘 높이 한없이 솟구쳐 오르고 있었다. 잠시후, 그 단검은 하늘의 중심에서 불현듯 자취를 감추고 말았다. 그 단검이 자취를 감출 때까지 그 광경을 지켜보고 있던 구경꾼들은 하나같이 숨을 멈추고 놀란 입을 다물지 못했다. 아무럼 아무리 기술이 뛰어났다 해도 그렇지, 어떻게 단검을 저렇듯 하늘 높이 한없이 솟아오르게 할 수 있는 것일까. 구경꾼들은 순간 알 수 없는 불길한 예감 때문에 몸을 부르르 떨었다. 기묘한 정적이 한동안 광장을 억누르고 있었다. 그때 별안간 불안스런 기묘한 정적을 뚫고 어디선가 높고 날카로운 비명소리가 들려왔다. 날카롭고 절망적인 그 비명소리는 꽤 길게 계속되었다. 구경꾼들은 일제히 몸을 부르르 떨었다. 그러나 사내는 그러한 구경꾼들에게는 눈도 한번 주지 않고 묵묵히 표적으로 다가갔다. 표적의 단검을 침착하게 하나하나 역순으로 뽑아 가죽 조끼의 단검집에다 단정히 꽂아넣었다. 물론 스무 번째의 칸은 비어 있었다.

다시 투검 위치로 돌아온 그는 역시 침착하게 웃옷을 입고 떼어온 표적을 등에다 울러맸다. 그리고 그는 한눈 한번 팔지 않고 유유히 광장을 가로질러 걸어가기 시작했다.

구경꾼들은 방금 들려온 날카롭고 높은 비명소리를 계속 이명(耳鳴)으로 들으며 광장을 가로질러 가고 있는 사내의 뒷모습을 한동안 망연히 바라보고 있었다. 손님의 뒷모습은 쓸쓸해 보였다. 흡사 고장난 손수레처럼 삐그덕 삐그덕 소리를 내며 걸어가고 있었다.

나는 사내의 뒤를 밟을 생각도 잊은 채, '보이지 않는 자'의 가슴에 날아가 꽂혀 있을 제20번의 단검을 생각하며 몸을 부르르 떨었다.

그날 광장에서의 모습을 마지막으로, 나는 사내를 다시는 보지 못했다.

무명가수

"회장님께서 전혀 기억에 없으시다고 하십니다."

세련되고 단아한 용모의 비서가 노골적으로 이쪽을 경계하는 눈치를 보이며 면박 주 듯 말했다. 표정관리에 능숙한 때문인지 얼굴에 드러내지는 않았으나, 내심으로는 여기가 어디라고 감히, 하는 고압적인 감정으로 자기를 내쫓으려하고 있음을 영호는 어렵지않게 알 수 있었다.

"그럴 리가 있나?"

영호는 당황스러운 한편 어이가 없었다. 박명수 형이 자기를 모른다고 딱 잡아떼리라고는 전혀 생각해 보지 않았었다. 자기의 명함을 받으면 응당 놀라 뛰어나와 반길 줄 알았었다. 그런데 전혀 기억에 없다고 딱 잡아떼다니, 그렇다면 역시 박명수 형이 아니었단 말인가?

갈피를 잡을 수 없어 잠시 얼떨떨하였다. 그러나 텔레비전 화면

속의 얼굴을 상기한 영호는 속으로 도리질을 하였다. 아냐 박명수 형이 틀림없었어. 그렇게 단정적으로 생각하며 비서를 쳐다보았다.

"명함은 보셨나요?"

영호의 실망은 너무나 컸다. 자신의 지워지지 않는 과거 한 자락이 허망하게 무너지는 소리가 생생히 귓전을 울리는 것 같았다. 이곳을 찾아오기까지 얼마나 오랜 세월동안 벼려왔고, 명수 형을 만날 일에 얼마나 가슴 부풀었던가. 그런데 모르는 사람이라니, 명수 형을 만나리라는 기대가 무너진 서운함 때문인지 얼른 발길을 돌릴 수가 없었다.

"예, 명함은 보셨습니다. 지금도 회장님 책상 위에 놓여 있을 겁니다. 그렇지만 이름도 한 번 들은 적 없는 사람이, 동생은 무슨 동생이냐며, 그런 수상한 놈은 당장 쫓아버리라는 호통이셨습니다."

뭐, 뭐라고? 이름도 한번 들은적 없는, 수상한 놈? 비서의 얼굴이 담벼락 마냥 굳어 있었다. 당장 돌아가지 않고 뭉기적거리는 영호가 못마땅했던지, 비서는 옮기지 않을 말까지 그대로 다 옮겼다. 영호는 어깨가 축 늘어지고 말았다. 이제 무엇을 더 기대하랴. 그는 비서실을 돌아나올 도리밖에 없었다. 역시 내가 잘못 안 것이겠거니, 생각을 돌이키며 발길을 돌렸다. 그러나 복도에 나오자 금방 또 생각이 달라졌다. 내가 잘못 알다니, 그럴 리가 없어, 영호는 속으로 그렇게 외치며 분통을 터뜨렸다.

그러나 비서실 도어를 돌아본 그는 다시 맥이 탁 풀리고 말았다. 스테인리스 도어 손잡이가 너무 반들거리고 있었기 때문이었다. 손잡이는 별안간 비서의 얼굴이 되어 이쪽을 경계하며 비웃고 있었다. 영호는 악몽을 털어 버리는 그런 기분으로 도어에서 얼른 눈을 돌렸다. 그리고 엘리베이터를 염두에 두고 그쪽으로 서둘러 발을 옮겨 놓았다. 하지만 영호는 몇 걸음 옮겨놓지 못하고 또 문득 걸음을 멈추었다. 박 명수의 얼굴이 자꾸만 발에 밟혔기 때문이었다.

비록 옛날과 달리 안경을 끼었다고는 하지만 말처럼 길쭉한 얼굴에 높은 코, 언제나 기름때가 끼여 있는 듯 누런 안색이며 그리고 유달리 검고 짙던 눈썹, 그것은 아무리 세상에 닮은 사람이 많다고는 하나 만에 하나 쌍둥이가 있다면 모르려니와 박 명수, 바로 그 형임에 틀림없었다. 또 얼굴뿐이라면 모르겠거니와 이름까지 같은데 어찌 그가 아니라고 시치미를 뗄 수 있겠는가. 영호는 흥분하면 으레 그러듯 동공 안쪽에 묵직한 통증을 느꼈다. 그는 박 명수가 틀림없다. 따라서 그가 나를 모를 턱이 없어. 다만 나를 귀찮게 여기고 피한 것일 거야. 그렇다면 나도 굳이 그를 만나려고 애쓸 필요가 없을 것이다. 잊자, 그래 잊어버리자. 영호는 그런 생각을 하며 엘리베이터 쪽으로 바삐 걸음을 옮겨놓았다.

아까 빌딩에 들어설 때에는 입구의 대리석 벽과 몇 점의 우아한 조각들과 먼지 알갱이 하나 함부로 날아다니지 않는 깔끔한 내부에 감탄하고 한편 기가 꺾였었다. 그리고 그 때는 그래도 영호는 좀 달착지근한 기대감에 들떠있었다. 그것들이 모두 한때나마 그가 호형호제하며 가족처럼 지냈던 박 명수 형의 소유라는 생각이 그런 친근감과 편안함과 달착지근한 기분을 갖게 했던 것이다. 그러나 사정이 완전히 달라진 지금 그 모든 것들이 도리어 그를 참담하게 만들고 기를 죽여 왔다. 빌딩의 회전문을 밀고 맥없이 밖으로 나온 영호는 건물 앞에서 잠시 걸음을 멈추고 검은 동체의 빌딩을 고개가 아프게 꺾으며 쳐다봤다. 지하 3층, 지상 22층의 매머드 빌딩을 쳐다보는 영호의 기분은 물에 젖은 갱지(更紙)처럼 금방 쳐져내릴 것 같았다. 그 우람한 빌딩은 이어 곧 박 명수의 얼굴로 바뀌었다. 저도 모르게 4층의 보잘것없이 납작한 자기 소유 회사 건물과 그 빌딩을 비교하던 영호는 더욱 비감해졌다. 그는 주차장에 대기시켜 둔 차를 그냥 보내고 혼자 거리로 나섰다.

영호가 동성 그룹 박 명수 회장이 혹시 아는 형이 아닐까 하고 궁금증을 가진 것은 퍽 오래 된 일이었다. 세상에 널리 알려진 대로 동성 그룹은 건설업으로 출발한 굴지의 재벌회사였다. 지금은 무역업, 전자 산업, 섬유 산업을 비롯해 중공업 분야에까지 손을 대고 있었다. 동성 그룹이 그렇듯 세상에 잘 알려져 있듯 그 그룹의 회장인 박 명수의 이름 또한 세상에 널리 알려져 있었다. 그 때문에 영호는 일찍부터 그 이름을 알고 있었다. 가끔 신문이나 또는 여러 사람의 이야기 중에 그 이름이 나오면 무심코 옛날 미화당백화점 5층 층계에서 노래를 부르고는 했던 무명 가수 박 명수 형을 잠깐씩 떠올리고는 했었다. 그러나 그뿐, 이름이 같다는 사실만 가지고는 더 상상의 날개를 펴 볼 수가 없었다. 어디 동명이인이 세상에 한둘인가 하는 생각에 그 날개를 접어 버리고는 했었다.

가끔 신문의 경제란 같은 데서 동성 그룹 회장 박 명수의 사진을 볼 기회가 있기도 했었다. 그럴 때면 영호는 무명 가수 박 명수 형을 회상하며, 많이 닮았구나, 하고 생각했었다.

그러나 그것도 그 순간뿐이었다. 어디 얼굴 닮은 사람이 하나 둘인가 하는 생각 때문이었다. 하기야 이름이 같고 그리고 얼굴까지 닮았다면 보다 일찍 한번 찾아 나서서 봄직도 한 일이었다. 그러나 영호는 그 궁금증을 긴가민가하는 기분 이상으로 발전시키지 못했다. 그 까닭은 간명했다. 아무리 이름이 같고 얼굴 또한 닮았다 해도 그렇지, 도무지 옛날의 무명 가수 박 명수 형에서 동성 그룹 박 명수 회장을 도출해 낼 수가 없었기 때문이었다. 쪽에서 어찌 영사(靈砂)가 나오랴, 곰이 어찌 고래를 낳으랴, 영호는 그런 고정관념에 단단히 사로잡혀 있었던 것이다. 지극히 상상력이 빈곤한 그는 동성 그룹 회장의 이름을 듣거나 사진을 볼 때만 옛날의 빈털터리 무명 가수 박 명수 형을 잠깐씩 회상하며 그냥 넘기고는 했었다. 하지만 이번에는 그럴 수가 없었다.

지난 늦여름의 어느 날 저녁이었다. 텔레비전 앞에 무심코 앉아 있던 영호는 갑자기 벌떡 몸을 솟구쳐 일어나 앞으로 성큼 다가앉았다. 그리고 화면을 뚫어져라 바라보았다. 그의 눈은 점점 등잔만큼 커져 갔다. 텔레비전 화면이란 한 발 느긋하게 떨어져서 보는 편이 훨씬 선명하다는 걸 모르는 바 아니었다. 그럼에도 텔레비전 앞으로 바짝 다가간 것은 조금이라도 가까이서 그를 확인하려는 순간적인 충동 때문이었다. 순간 영호의 머리 속에서, 언제나 따로 따로 떨어져 제각기 연상되던 기억 속의 무명 가수 박 명수 형과 동성 그룹 회장 박 명수가 하나로 아귀를 맞춰 딱 들어맞는 소리가 번쩍 일어났다.

누구나 다 기억하고 있겠지만 우리 나라 사람들은 지난 여름 한 철을 유독 덥게 보냈었다. 예년에 없이 높았던 기온 탓도 있었지만 그것보다 동쪽편의 바다 위에 허망하게 떠 있는 섬 나라 사람들의 교과서 왜곡 사건이 가슴속에 확확 뜨거운 불을 당겨 놓았기 때문이었다.

섬에 사는 그들이 해온 짓거리를 넉넉히 알고 있었던 터라 웬만한 잘못은 그냥 그들의 천성이 그렇기 때문이려니 여기고 눈감아 주고는 했던 우리 나라 사람들이었지만 가해자를 시혜자로, 침략을 공동번영 추구 따위로 역사를 그릇되게 꾸며 그들의 후손에게 교육시키려는 소행에는 모두 울분을 터뜨렸다. 그리고 그 소행은 섬에 사는 그들인지라 육지에 대한 선망을 아직도 어쩌지 못하고 육지로의 진출을 위한 야욕을 은근히 드러낸 것이라 확대 해석하며 더욱 분노하고 흥분했던 것이다. 그 일이 계기가 되어 우리 나라 사람들은 역사에 대한 반성을 새롭게 했고 급기야 그 반성은 발전하여 독립 기념관 건립이라는 구체적인 목표까지 설정하기에 이르렀다. 그리고 그것은 쉽게 범국민운동으로 바람처럼 번져 나갔다.

영호도 많은 액수는 아니었으나 그의 회사 명의로 기금을 냈는데, 그 모금 운동은 뜻하지 않게 영호로 하여금 두 사람으로 알고 있던 박 명수를 하나로 합쳐 준 계기를 만들어 주었다. 그러니까 그가 텔레비전을 보다 무심결에 벌떡 일어나 다가앉은 것은 그 독립 기념관 건립 기금 모금 현황 프로를 보고 있을 때의 일이었다. 먼저 동성 그룹이란 이름을 듣고 영호는 관심이 쏠렸고 그리고 1억 원이라는 당시(82년)로서는 엄청난 기부금 액수에 놀랐으며 그리고 그 다음 동성 그룹 회장의 인터뷰 장면을 보고 있다 벌떡 일어나 텔레비전을 끌어안을 듯 다가앉았던 것이다. 동성 그룹 박 명수 회장, 그는 무명 가수 박 명수형과 이름이 같고 그리고 얼굴이 비슷하다고 늘 생각해 왔었는데 그의 유별나게 큰 코가 영호의 눈길을 확 잡아 끌었다. 우람한 양물(陽物)을 그대로 가져다 붙인 듯 큰 그의 코와 말처럼 생긴 얼굴, 그것은 이십 칠, 팔 년 전의 기억 저편에 서서 쓸쓸히 손짓하고 있는 무명 가수 박 명수 형과 한 치의 어긋남도 없었다. 그리고 거기에다 또 함경도 사투리가 섞인 말씨까지 같고 보니 더 의심할 여지가 없었다. 동성 그룹 회장은 틀림없는 그 무명 가수 박 명수 형이라는 확신이 섰다. 따라서, 오랫동안 엇물려 돌아가던 톱니바퀴가 속 시원히 제대로 아귀가 딱 맞물려 비로소 제대로 돌아가는 것 같았다. 그 순간부터 영호는 갑자기 들뜨기 시작했다. 당장 뛰어가 그를 만나고 싶었다. 만나면 서로 얼싸안고 언제까지나 떨어질 줄 모르리라. 고달팠던 옛날 일이며, 지나온 세월을 이야기하며 시간 가는 줄 모르리라. 아, 박 명수 형, 그는 나를 얼마나 반가워할까. 영호는 그런 생각 때문에 가슴이 벅차 오르고 간단없이 콧등이 시큰시큰 저려 오기도 했다. 그렇게 가슴을 설레다 밤이 어찌 갔는지도 모르게 아침을 맞이한 그는 회사에 나가서도 어젯밤의 흥분을 채 삭이지 못하고 마침내 동성 그룹을 찾아 나섰다. 그리고 보기 좋게 비서실에서 문전 퇴짜를 맞고 참담하게 동성 그룹을 쫓겨나다시피 돌아 나왔던 것이다. 사람들과 어깨를 부딪치며 무작정 거리를 걷던 영호는 울적한 기분으로 그들이 마지막 헤어졌던 때를 잠시 회상해 보았다. 이십 칠 년 전의 그 일이 마치 새로 찍은 필름처럼 생생히 떠올랐다. 영호는 그 일이 생각나자 곧 가슴에 전류라도 닿은 듯 짝 얼어붙었다.

"아무래도 나는 다시 노래를 부르러 가야겠다!"

명수 형은 곳동을 뜰 결심이 서자 영호에게 은밀히 그렇게 말했다. 그는 곳동을 떠야 되겠다는 말을 굳이 다시 노래를 부르러 돌아가야 되겠다고 했다. 그것은 곧 예전의 그로 되돌아가야 되겠다는 말과 다름 없었다. 고달프나마 피난민들이 떼를 지어 모여 사는 궁색한 산비탈의 하꼬방 동네로 들어가야 되겠다는 말이었다. 군수기지 보급창을 무대로 얌생이 질이나 하는 거칠고 지저분한 곳동 사람들에게 질린 명수 형은 그러니까 외로운 사람은 외로운 사람끼리 모여 그 외로움을 서로 비비며 온기를 얻으며 살아가야 하리라는 그런 깨우침 때문에 곶동을 뜰 결심을 했을 것이었다. 군수기지보급창에 일당 노역꾼으로 다나들다보면 단단히 한몫 잡을 수 있는 기회가 생길 거라며, 먼저 곶동에 들어와 자리를 잡은 성우 형과 승렬 형에게 소개시켜, 명수 형을 곶동으로 끌어들였던 영호는 면목이 없었다. 성우 형과 승렬 형은 군무원과 손을 잡고 고가의 약품이나 장비 부속품들을 빼내 재미를 쏠쏠히 보는 눈치였으나, 얌전하고 경우 따지기를 좋아하는 명수 형 성격에는 거친 곶동이 맞지 않는 모양이었다.

명수 형은 다음 날 바로 짐을 쌌다. 짐을 들고 삼거리 버스 정류장으로 나가 버스가 오기를 기다리는 동안 그들은 서로 시선을 마주치지 않으려고 애를 썼다. 명수 형은 회색 비닐백을 들고 버스가 올 본동(本洞)쪽을 바라보고 있었다. 닳아빠진 그 비닐백은 여덟 군데의 모서리마다 마른 지렁이 같은 까만 군용 전선(電線)이 삐져 나와 있었다. 명수 형의 얼굴에는 마침 나무들의 옷을 벗기고 온 늦가을의 쌀쌀한 바람이 허허롭게 지나가고 있었다. 그러나 그의 가슴속을 지나고 있는 바람은 더 싸늘할 것이었다. 명수 형의 유달리 커다란 코가 파랗게 질려 있어 영호는 더욱 마음이 아팠다. 그러나 형은 본동 쪽에다 눈을 박은 채 미동도 하지 않았다. 다시 보니 명수 형은 본동을 보고 있는 것이 아니었다. 본동 뒤쪽의 야산의 능선, 그 위의 구름이 쫓겨가고 있는 어수선한 하늘을 바라보고 있었다.

형은 이곳 곶동(串洞)에 올 때도 그 회색의 비닐백 하나를 달랑 들고 왔었다. 그 때도 그 비닐백은 모서리가 터져 있었고 우중충했었다. 그 비닐백 속에는 형의 요긴한 생활 필수품들이 다 들어 있었다. 치솔과 세수 수건은 물론 몇 번씩 딴 베를 대서 기운 양말이며 팔꿈치와 무릎이 해진 쑥색의 군용 털내의 한 벌과 면 팬티 몇 장, 그리고 그가 가장 귀중하게 여기는 겉장이 찢어져 나간 낡은 노래책 따위들이 들어 있었다. 아, 그리고 명수 형이 그의 수족이나 몸 어느 부분처럼 알뜰히 여기는 어두운 주홍빛의 베레모도 노래책과 함께 그 비닐백 안에 들어 있었다. 또 손톱깎기와 작은 옷솔과 구두주걱을 함께 끼운 고리를 명수 형은 가지고 있었는데 그것을 그 때 비닐백에다 넣고 있었는지 아니면 그의 염색한 야전 점퍼의 큰 주머니에 넣고 있었는지는 모를 일이었다. 형의 곤궁한 생활은 그 이상의 소지품을 허락하지 않았으므로, 형은 그 회색의 비닐백에다 그의 재산 모두를 담아 들고 있었던 셈이었다. 그의 생활이나 가진 것이 그렇듯 그 비닐백은 아주 가벼웠다. 그런데 비닐백을 들고 있는 쪽의 어깨가 믿을 수 없을만큼 축 아래로 쳐져 있었고 몸도 그 쪽으로 기우뚱하게 기울어져 있었다. 그 때 영호는 그것이 비닐백의 무게 때문이 아닐 것이라고 막연히 짐작했었다. 그것은 언제나 그의 어깨를 무겁게 짓누르고 있던 그의 생활의 중량이 백을 들고 있는 어깨 쪽으로 쏠려 있었기 때문이었을 것이라고 짐작했었다.

영호의 눈에는 그 때, 기우뚱하게 기울어진 명수 형의 어깨와 쓸쓸한 넓은 등판과 그리고 언제나 크고 넓적한 발을 감당하기 벅차하던, 가죽이 죄다 벗겨진 회색의 워커 위로 뽀얀 먼지가 내려앉고 있는 것을 보았다. 그러나 실제로 먼지의 알갱이가 보이는 것은 아니었다. 바람이 눈에 보이지 않듯 그 먼지의 알갱이도 눈에 보이지는 않았다. 영호의 눈은 그 때 그런 실제적인 것이 아니라, 아무 형체도 없는 명수 형의 피로가 먼지의 알갱이처럼 보였던 것이다. 아니 그 때 영호는 명수 형의 살과 뼈와 그의 몸에 속하는 모든 것들에 가득가득 채워져 있을 미래에 대한 불안과 또 그와 반대의 미래에 대한 미심쩍은 기대가 그런 먼지의 알갱이로 보였는지도 모를 일이었다. 당연한 일이지만 그때 명수 형은 기가 팍 죽어 있었다.

그럴 수밖에 없는 일이었다. 왜냐하면 곶동에서 보낸 몇 달 동안에 그에게 늘어난 것이 아무것도 없었기 때문이었다. 돈은커녕, 사소한 소지품 하나 새로 마련하지 못했던 것이다. 또 한 차례의 유예, 그래 명수 형은 그 때 그토록 간절히 바랐던 안정(安定)에의 기대를 또 뒤로 미룰 수밖에 없었다. 곶동은 그가 닻을 내리기에는 매우 부적합한 곳이었다. 이제 곶동을 뜨려는 명수 형의 비닐백에 새로 보태진 것은 피로감 외에 아무것도 없었다.

이윽고 본동 쪽에서 버스가 털털거리며 오고 있었다. 버스를 보자 영호는 갑자기 가슴이 콱 막혀왔다. 흙먼지를 풀썩 일으키며 버스가 멎자 삼거리 이곳저곳에 흩어져 있던 사람들이 우르르 버스로 모여들어 서로 앞을 다투어 승차를 서둘렀다. 명수 형은 승객들 꽁무니에 서서 차례를 기다리다 문득 영호를 돌아보았다. 순간 영호는 눈에 눈물이 핑 돌았다. 그 때 버스가 발차를 예고하듯 경적을 울렸다. 명수 형은 별안간 영호의 팔을 덥석 잡았다. 그리고 영호를 끌고 서둘러 버스에 올랐다. 영호는 얼결에 명수 형에게 끌려서 버스에 오르고 말았다.

"범일동에 나가 우리 만두나 먹자."

삼거리를 뒤에 두고 버스가 속력을 내기 시작했을 때 명수 형이 영호의 귀에다 대고 말했다. 영호는 눈물이 글썽한 눈으로 그냥 고개만 끄덕였다. 그리고 그들은 다시 성난 사람들처럼 외면한 채 빠르게 바뀌는 차창 밖의 풍경에 시선을 던져 놓고 있었다.

영호는 버스에 흔들리며 명수 형과 처음 만났던 이태 전의 일을 생각하고 있었다. 그리고 빙긋이 미소를 지었다. 그들은 참으로 묘하게 만났던 것이다. 겨울이 다 가고 하늘 한쪽편에 봄이 얼굴을 조금 내밀 즈음에 그들은 처음 만났었다. 그러나 그 만남은 매우 민망스럽고 또 겸연쩍은 상태에서 이루어졌었다.

그 겨우내 항구 도시에서는 화재가 거의 그칠 날이 없었다.판잣집이나 천막집 등 임시 가옥들의 허술한 구조 때문에 화재가 빈번히 일어났겠지만 그보다 부엌을 의미하는 그 항구 도시의 이름 때문에 필연적으로 화재가 빈번하게 일어나도록 되어 있다고 믿는 사람들이 많았다. 아무튼 한번은 역(驛)과 그 앞동네를 깡그리 태워 버린 대화재가 일어났는가 하면 사람들이 밀집해 사는 곳이면 어디나 화마가 찾아다니며 횡포를 부렸다. 영호가 명수 형과 맞닥뜨린 것도 국제 시장에 큰불이 났던 날 밤의 일이었다. 그 날 국제 시장의 불은 아주 맹렬했었다. 마침 구덕산을 타고 넘어 온 바람이 기승을 부려 불길이 더 맹렬히 번져갔었다. 수십 대의 빨간 소방차가 동원됐으나 2층으로 되어 있는 시장 건물을 세 동이나 태우고 나서야 겨우 진화됐었다.

불이 나면 으레 화재 현장에 아이들이 꾀기 마련이었다. 부랑아들뿐만 아니라 일반 가정의 아이들까지 좋은 구경거리가 생겼다는 듯 벌떼처럼 모여들었다. 아이들은 불난 곳의 주변을 맴돌며 물건을 쌔비고는 했다. 물건을 하나라도 더 건지기 위해 정신없이 뛰어다니는 장사꾼들 속에 아이들은 도둑고양이처럼 숨어들어 얌생이질에 바빴다.

그 날 영호는 꽤 수지를 맞춘 편이었다. 부둣가의 같은 숙소에 묵고 있는 아이들과 짜고 옷가지며 가방이며 신발 따위를 많이 슬쩍슬쩍 쌔벼 멀리로 빼돌렸다. 그러나 얼마 있지 않아 시장 사람의 눈에 띄어 그는 사타구니에 불이 나도록 줄행랑을 놓아야 했었다. 그러나 잠시 후 그는 다시 슬금슬금 시장으로 숨어 들어갔다. 철물상과 과자포들이 들어 있는 시장 아래층으로 기어들던 영호는 느닷없이 검은 그림자와 맞닥뜨려 그만 얼어붙고 말았다.

"누구냐?"

검은 그림자는 잔뜩 억눌리고 주눅든 음성으로 놀라 물었다. 그쪽이 더 놀란 눈치였다. 그들은 곧 서로가 경계하지 않아도 될 상대라는 걸 알아차렸다.

검은 그림자는 영호보다 훨씬 나이가 든 사람이었다. 그는 작은 마대를 하나 들고 있었다.

마대의 배가 불룩 나와 있는 걸로 보아 그도 꽤 수지를 맞춘 모양이었다.

"그게 뭐예요?"

안도한 영호는 무심히 물었다.

"과자다. 좀 줄까?"

검은 그림자는 그렇게 대답하며 마대를 풀려고 했다. 영호는 재빨리 그의 손을 제지했다.

"아니, 그만 두세요. 그런데 왜 값진 물건 다 놔두고 그 따윗걸 쌔볐어요?"

과자를 좋아하는 어린애를 연상하며 영호는 함부로 그렇게 말했다.

"집에 과자를 좋아하시는 할머니가 계시거든……. 이건 거의 다 부드러운 젤리야."

그 사람은 영호의 말투에는 개의치 않고 부드럽게 대답했다. 영호는 말문이 막혔다.

밝은 곳으로 나온 영호는 곧 그 사람을 알아보았다.

"미화당 백화점에서 노래 부르는 형이었군요!"

영호는 반가와 그렇게 외쳤다.

"너, 나를 알고 있었구나?"

그 사람은 겸연쩍은 음성으로 겨우 얼버무렸다.

"그럼요, 알다마다요. 저는 가끔 숨어서 형의 노래를 듣고는 했어요. 형의 노래를 저는 좋아하거든요."

영호는 반갑게 말했다.

"그래……!"

그는 더 말을 잇지 못하고 영호에게서 눈을 돌렸다. 차츰 잦아들고 있는 화재 현장의 불빛을 받은 그의 얼굴이 벌겋게 익어 있었다.

"걱정 마세요. 저는 오늘 물건을 많이 쌔볐어요. 운이 좋았던 거지요."

영호는 자랑스럽게 말하고 재빨리 친구들이 기다리고 있을 시장 뒤쪽 외진곳으로 뛰어갔다. 그 때 그렇게 만난 것이 바로 명수 형이었다.

그날 밤의 일이 계기가 되었기 때문인지, 며칠 후 미화당 백화점 5층의 계단으로 찾아가자 그는 영호를 몹시 반가워하였다.

그 날 영호는 신문을 거의 다 팔고 석 장이 남아 있는 걸 보자 마음에 여유가 생겼기 때문인가, 마침 해가 떨어지고 있는 천마산 쪽 하늘로 눈이 갔다. 차츰 서쪽으로 해가 기울어지고 바닷새들이 어지럽게 날며 귀소(歸巢)를 서두르는 해질녘의 항구 도시는 으레 까닭 모르게 좀 막막해지고 서글퍼지고는 했었다. 하루 중 그 때가 가장 견디기 어려웠다. 영호는 그 막막한 기운 때문에 미화당백화점 쪽으로 발길이 저절로 옮겨졌었다. 지금쯤 그 사람은 거기서 노래를 부르고 있을 것이리라. 영호는 그의 노래를 듣고 싶었다.

미화당백화점은 6층의 빌딩 두 채가 작은 길을 사이에 두고 마주 서 있었다. 두 건물은 2층과 4층에 각기 하나씩의 다리로 연결되어 있었고 뒷편 빌딩은 옥상에 다리를 놓아 공원(公園)과 통해 있었다.

그 사람은 언제나 뒤쪽 빌딩 5층 계단의 서쪽으로 난 창 앞에서 노래를 불렀다. 창은 그것 하나뿐이었으므로 그는 언젠나 해가 지고 있는 서쪽 하늘을 향해 노래를 부를 수밖에 없었다. 영호가 기대했던 대로 그 사람은 역시 그곳에서 노래를 부르고 있었다. 영호는 노래 소리를 들으며 살금살금 백화점 계단을 올라갔다. 4층으로 올라간 영호는 계단에 쭈그리고 앉았다. 그 사람은 보이지 않았으나 노래 소리는 바로 옆에서 듣는 것처럼 생생했다.

언제 들어도 그의 노래는 슬프고 아름다웠다. 외국 노래가 되어 노랫말은 알아들을 수 없었으나 그 멜로디는 늘 가슴속에 촉촉히 젖어들었다. 아마 그 노래는 슬픈 사람들을 위해 만들어진 것이겠거니, 들을 때마다 영호는 그렇게 생각했었다.

영호와는 달리 공원을 오르내리는 사람들은 그 사람의 노래를 별로 유심히 듣는 사람이 없는 것 같았다. 가끔, 미친 사람 쳐다보듯 흘끔거리며 지나가는 사람은 있어도 좋아하는 눈치를 보이는 사람은 거의 눈에 띄지 않았다. 대개가 흘끗거리며 피하듯 총총히 지나쳐 버렸다.

코가 유달리 크고 얼굴이 시커먼 데다 언제나 주홍빛 베레모를 삐딱하게 눌러 쓰고 목청껏 노래를 부르는 그 사람을, 대개 머리가 좀 어떻게 된 사람으로 여기는 눈치들이었다.

이윽고 해가 졌다. 서쪽 산밑에 물살이 일듯 어둠이 술렁거리며 다가오기 시작했다. 노래가 뚝 그쳤다. 이제 그 사람은 집으로 돌아갈 시간이 되었던 것이다. 영호는 재빨리 5층의 계단으로 뛰어 올라갔다. 그 사람은 마침 베레모를 벗어 품속에 넣고 있었다. 그는 노래 부르는 동안에만 그 베레모를 머리에 썼던 것이다.

"아니, 너였구나!"

영호가 다가가자 그는 아는 체를 했다.

"예, 아래층에서 아까부터 노래를 듣고 있었어요."

"아, 그래 넌 신문을 팔고 있구나!"

그는 영호의 말을 슬쩍 귓등으로 흘려 버리고 영호에게만 관심을 쏟았다. 영호의 아래 위를 세심히 뜯어보았다.

"낮에는 신문을 팔고 가끔 밤에는 찹쌀떡을 팔아요."

그가 양담배와 은단과 라이타, 만년필 따위들이 든 나무상자를 옆구리에 끼는 걸 쳐다보며 영호는 그렇게 말했다.

"집은 어디냐?"

"집은 없어요. 저는 부둣가 합숙소에 있는걸요."

"형제는?"

"아무도 없어요."

"부모도?"

"부모 있는 아이가 왜 부두 합숙소에 있겠어요."

"그래 그래!"

그는 잠깐 생각에 잠겨 있었다.

"별다른 일이 없으면…… 나와 함께 가지 않을래? 가서 보고 결정할 일이지만 합숙소보다는 나을 거야. 어때, 마음에 안 들면 그냥 저녁만 먹고 오던가."

그 사람은 그렇게 말하며 영호의 얼굴을 뚫어지게 살펴보았다. 영호는 눈이 휘둥그래졌다.

뜻밖의 제안이었다. 영호는 뛸듯이 기뻤다. 이런 행운이 또 어디 있겠는가.

"그래요, 저를 데리고 갈래요?"

영호는 조금도 주저할 까닭이 없었다. 곧 그의 뒤를 따라 나섰다. 길을 걸으며 그는 자기 이름이 박 명수라는 것과 나이는 열 아홉 살이라고 말했다. 영호보다 여섯 살이 더 많았다. 명수 형은 어둠이 깔려 가는 길을 지나 부평동 시장으로 갔다. 어물전에서 꽁치 한 마리를 사 들더니 영호를 향해 씨익 웃어 보였다. 그리고 시장을 나오며 영호에게 말했다.

"집에 할머니가 한 분 계셔. 지난 초겨울 검정다리 부근에 쓰러져 계시는 걸 모셔다 구완했는데, 피난길에 가족을 다 잃었대. 개성 밑에 장단이 고향인가봐. 가족을 찾아 헤매다 지치고 허기져 쓰러져 있었던 거지……. 그 할머니는 생선을 아주 좋아하셔."

그러면서 꽁치를 슬쩍 쳐들어 보였다. 그래, 불이 났던 국제 시장 아래층의 어둠 속에서 마주쳤을 때도 명수 형은 배가 불룩한 마대를 가리키며, 집에 이런 과자를 좋아하는 할머니가 계시거든, 하고 말했었다. 영호는 명수 형의 커다란 코가 매우 선량해 보인다고 생각했다. 그리고 한결 가벼운 마음으로 명수 형의 뒤를 따라갔다. 보수동 비탈길을 숨이 차도록 올라가 이제 산꼭대기에 거의 다 이르렀다 싶은 때 그는 비로소 어느 작은 판잣집 앞에서 걸음을 멈추었다. 머리가 새하얀 할머니가 문을 열어주자 명수 형은 판잣집 안으로 영호를 데리고 들어갔다. 명수 형이 건네주는 생선을 받아든 할머니는 눈빛이 아득해지며 곧 눈물이 글썽 해졌다. 할머니는 저녁을 지어 놓고 그를 기다리고 있었다.

"또 노래를 부르고 온 게로구나?"

"예, 잠깐 부르고 왔어요."

늦어진 데 대한 할머니의 핀잔에 명수 형은 가볍게 대답했다. 명수 형으로부터 영호에 대한 말을 귀담아 듣고 있더니 할머니는 영호의 머리를 쓰다듬어 주었다. 무슨 아픈 기억이라도 떠오르는지 할머니의 눈이 다시 촉촉이 젖어 들었다.

그 날부터 영호는 아주 자연스럽게 그들과 한 식구로 어울렸다. 명수 형은 친형처럼 따뜻했고 할머니는 친할머니처럼 자상했다. 그리고 영호도 신문팔이를 하여 번 돈으로 젤리나 쌀튀밥 같은 걸 사들고 들어와 붙임성 있게 굴며 할머니를 기쁘게 해드렸고 명수 형이 시키는 심부름은 아무리 궂은 일이라도 마다하지 않고 척척 잘 해내 착한 동생 소리를 들었다.

영호는 명수형과 할머니와 함께 살 때가 그리웠다.

버스는 석탄 하치장이 있는 우암역을 지나고 있었다.

"내가 자리만 잡히면 곧 데리려 올게."

버스에 흔들리며 명수 형은 낮게 그러나 힘주어 말했다. 아까 버스 정류장을 향해 나오면서도 명수 형은 그 말을 했었다. 같은 말을 거듭 되풀이하는 까닭은 영호를 곳동에 두고 가는 것이 못내 마음에 켕겼기 때문이었다.

"예, 알았어요."

영호는 그렇게 대답하고 다시 창 밖에다 시선을 돌려버렸다. 가슴에 다시 무거운 구름이 덮여 오는 것 같았다. 가슴속에 문득 할머니를 매장하던 날 밤의 칠흑같은 어둠이 가득 채워지는 느낌이었다. 명수 형은 귀가할 때면 하루도 빠짐없이 할머니를 위해 생선을 꼭 한두 마리씩 사 왔었다. 구수한 꽁치며 살이 깊은 정갱이며 뒷맛이 깔끔한 납세미 등속을 사 와 굽거나 졸여서 할머니에게 드렸다. 그러면 할머니는 굳이 그것을 명수 형과 영호 앞으로 밀어놓고는 했었다. 영호는 눈치 없이 어쩌다 생선을 한 입 뜯어먹는 일이 있었으나 명수 형은 단 한번도 입에 대는 일이 없었다. 그들 세 식구는 누가 봐도 친할머니, 친손주로 매우 단란하게 보였었다. 그러나 좋은 일이란 늘 그렇게 오래 가지 못하는 것일까, 그 단란함은 할머니의 갑작스런 운명으로 산산이 깨지고 말았다. 영호가 한 식구가 되어 봄과 여름을 지나고 가을에 접어들었을 무렵 할머니가 갑자기 덜컥 운명을 하고 말았던 것이다.

그날 밤, 별다른 도리가 없었던 명수 형은 이웃집을 돌아다니며 가마니를 구하고 지게와 삽과 괭이 등을 빌어 왔다. 밤이 깊어, 통행금지 시간이 되기를 기다리던 명수 형은 할머니의 시신을 가마니로 둘둘 말아 지게에 지고 뒷산으로 올라갔다. 영호는 괭이와 삽을 들고 명수 형의 뒤를 묵묵히 따라갔었다. 산등성이를 넘어 도시의 불빛이 보이지 않은 어둑한 지점에 이르러 명수 형은 마침내 걸음을 멈추었다. 조심스레 지게를 세운 다음 명수 형은 영호에게서 괭이를 받아들고 땅을 파기 시작했다. 이마에 땀을 흘리며 영호도 명수 형을 부지런히 거들었다.

명수 형은 가능한 한 할머니를 깊이깊이 묻어 주려고 작정한 모양이었다. 영호는 충분하다고 생각했으나 명수 형은 계속 괭이질과 삽질을 해댔다. 목까지 차오르게 깊이 판 다음에야 비로소 구덩이에서 나왔다. 명수 형은 할머니의 시신을 조심스레 그 구덩이에다 넣었고 그리고 내키지 않은 손으로 흙을 덮어 가기 시작했다.

그 때의 그 어둠, 지옥의 바다처럼 참담하고 아득하던 그 어둠은 아마 죽는 날까지 머리 속에서 지워지지 않을 것 같았었다. 명수 형의 헛손질 같은 삽질을 따라 묵묵히 흙을 던져 넣으며 영호는 어둠의 정수리와 마주쳐 가끔 몸을 떨어야 했다.

흙을 다 덮은 다음 명수 형은 땅을 편편하게 골랐다. 주위의 잡초를 골라 편편한 땅에다 심은 다음 다시 손질을 했다. 둥그런 봉분을 만들지 않고 편편하게 골라 무덤인지 평지인지 분간이 안 가게 만들었다. 손질을 다 끝낸 명수 형은 할머니를 묻은 그곳을 향해 절을 몇 차례 올렸다. 한동안 그곳을 등지고 앉아 묵묵히 어둠을 바라보고 있었다. 그들의 오른쪽 편 어깨 위의 하늘에서 어둠이 조금씩 벗겨지고 있었다. 등 뒤의 시가지 쪽에서 아득하게 기적 소리가 들려 왔다. 그 소리는 짧게 끝났으나 가슴속에 길게 여운을 남겼다.

"내려가자——"

죽은 나무처럼 그냥 그 자리에서 사월 때까지 움직이지 않을 것 같던 명수 형이 갑자기 벌떡 일어나며 퉁명스럽게 말했다. 명수 형은 지게에다 괭이와 삽을 할머니의 시신을 그렇게 했듯 길게 묶은 다음 그것을 등에다 졌다. 차츰 보풀처럼 우유빛으로 풀어지고 있는 새벽 어둠의 물살을 헤치며 그들은 산을 내려왔다.

"형, 왜 무덤을 만들지 않았어?"

집에 돌아온 다음 영호는 급기야 참고 있던 것을 물었다.

할머니가 실과 바늘 따위를 넣고 쓰던 깡통 속을 뒤지고 있던 명수 형은 잠깐 영호를 노려보았다. 그 눈꼬리가 날카롭게 올라가 있었다. 괜한 걸 물어 명수 형을 노엽게 한 것 같아 영호는 급히 눈을 아래로 깔았다.

"그곳은 무덤을 쓸 수 없는 곳이야. 만약 봉분을 만들었다간 날이 새면 당장 파헤쳐져 버릴 걸."

그러나 뜻밖에 명수 형은 부드러운 음성으로 자상하게 설명했다. 아마 영호를 잠깐 날카로운 눈으로 노려보았던 까닭은 할머니의 무덤을 격식에 맞게 쓰지 못한 것에 대해 속으로 아픔을 느끼고 있었기 때문인 듯 했다. 영호는 아무 대꾸도 하지 못하고 고개를 끄덕였다.

다시 깡통을 뒤지던 명수 형은 면도날을 하나 찾아 들었다. 원래 양면이던 날을 쪼갠 것이었다. 면도날을 쥐고 들여다보는 눈이 어둡게 번뜩였다. 거기에는 어떤 굳은 결의 같은 것이 내비치고 있었다. 이윽고 영호를 건너다 보았다. 영호는 섬뜩하여 머리 끝이 쭈뼛 일어섰다. 그러나 시선을 피하지 않고 긴장한 채 명수 형을 지켜보았다. 할머니를 잃은 울적한 기분은 능히 알겠지만 그 면도날로 저지를 어떤 행동도 결코 용서하지 않겠다고 순간 영호는 다부지게 마음먹었다.

"영호야!"

잠시 뜸을 들였다가 명수 형이 축축한 음성으로 영호를 불렀다.

"예?"

영호는 긴장을 풀지 않고 대답했다.

"지금 우리 의형제를 맺어 놓자!"

영호의 예상과는 달리 명수 형은 전혀 뜻하지 않았던 제안을 해 왔다. 그 면도날로 무슨 끔찍스런 일을 저지르지나 않을까 긴장하고 있던 영호는 마음이 약간 놓였다. 그리고 도리어 기쁨이 속에서 용솟음쳐 올랐다. 의형제를 맺을 때는 서로 상처를 내 피를 섞는다는 말을 들은 일이 있었기 때문이었다. 영호가 미처 대답도 하기 전에 명수 형은 면도날로 자기 왼팔 손목을 그었다. 피가 불끈 솟아올랐다. 면도날을 영호에게 건네주고, 명수 형은 오른손 엄지로 피를 막았다. 면도날을 받아든 영호도 망설일 수가 없었다. 손을 떨며 왼손의 손목을 그었다. 역시 피가 불끈 솟아올랐다. 그것을 기다리던 명수 형은 피가 솟아나는 손목을 접붙이듯 영호의 손목에다 가져다 붙였다.

"이제 우리는 피를 나눈 형제다. 알았지!"

명수 형은 무거운 음성으로 낮게 끊어 말했다. 영호는 명수 형의 눈이 이글이글 타고 있다고 생각했다.

"예!"

명수 형의 눈빛에 질려 영호는 짧게 대답했었다.

그런 일이 있은 얼마 후의 일이었다. 영호는 국제 시장의 가방 가게에 점원으로 취직이 되어 거기서 먹고 자게 되었다. 따라서 명수 형과 헤어지지 않을 수 없었다. 만약 그러지 않았더라면 그들은 더 오랫동안 함께 지냈을 것이다.

버스는 이윽고 종점인 범일동에 도착했다. 그곳에서 길을 하나 건너면 시내로 가는 버스를 바꿔 탈 수 있었다. 버스에서 내린 명수 형은 건너편 버스 정류장을 잠깐 일별한 후 영호의 손을 잡았다. 손의 감촉이 까칠했다. 가랑이 사이로 늦가을의 쌀쌀한 바람이 먼지를 일으키며 빠져나갔다.

만두집은 훈훈했다. 연이어 빵을 굽고 그리고 만두를 쪄내는 두 개의 화덕이 내뿜는 열기가 살갗을 알맞게 데워 줬다. 콩국과 만두를 주문한 다음 명수 형은 낡은 비닐백을 열더니 그의 베레모를 꺼냈다. 그리고 구겨진 주름을 천천히 아주 정성들여 펴나갔다. 어두운 주홍빛의 베레모는 형의 손때가 묻어 반들반들 윤기가 났다. 모

르긴 해도 형의 체취도 짙게 배어 있을 것이었다. 일껏 주름을 폈
으나 비닐백에 넣을 때 보니 또 구겨지고 말았다.

"형!"

말없이 만두를 먹고 있던 영호가 얼마 후 그를 불렀다. 베레모를
넣고 지퍼를 잠그던 명수 형은 눈을 들었다.

"형이 보고 싶으면 미화당백화점으로 가도 돼지?"

영호는 문득 명수 형을 따라가고 싶은 충동을 강하게 느끼며 속
을 떠보았다.

명수 형은 대답 대신 어두운 얼굴로 고개를 끄덕였다.

"겨울에도 계속 노래를 부를 거지?"

영호는, 나 지금 형을 따라 갈래, 하는 말을 겨우 삼키고 그렇게
말했다.

"그래, 나는 겨울에도 계속 노래를 부를 거야!"

명수 형은 계속 노래를 부르겠다고 힘 주어 대답했다. 언젠가 명
수 형은 영호에게 그랬었다. 자기는 가수가 되겠다고. 그러나 '굳
세어라 금순아' 나 또는 '이별의 부산 정거장' 따위의 유행가를 부
르는 유행가수가 아니라 명곡을 부르는 테너 가수가 되겠다고. 그
말을 듣고 영호는, 명수 형은 틀림없이 유명한 테너 가수가 될 것
이라고 단단히 믿었었다. 그러니까 명수 형은 노래 연습을 게을리
해서는 안 될 것이었다. 명수 형이 곳동을 뜨기로 결심한 것도 사
실 마음놓고 노래부를 곳이 못되었기 때문이었을 것이리라고 영호
는 애써 생각했었다. 더구나 얌생이꾼으로 돌며 거칠게 노는 승렬
이 형이나 승우 형은 명수 형의 노래에 아주 질색을 했다. 노래를
부르다 명수 형은 승렬이 형에게 얻어맞아 코피가 터지기도 했었
다.

만두집을 나와 버스 정류장을 향해 걸으면서 명수 형은

"자리가 잡히면 곧 데려갈게. 조금만 참고 있어."

하고 말했다. 같은 말을 세 번이나 거듭했던 것이다. 같은 말을 세 번이나 거듭 듣고 나니 영호는 명수 형이 앞날에 대해 자신을 잃고 있지나 않은지 걱정이 되었다. 겨울의 추위는 누구나 견디기 어렵겠지.

"걱정 마. 형, 형이 데리러 올 때까지 잘 참고 지낼게."

영호는 명수 형을 안심시키기 위해 부러 씩씩하게 대답했다.

마침내 명수 형은 시내로 가는 버스에 올라탔고, 차 안에서 배웅하는 영호를 향해 손을 흔들었다. 영호는 버스가 길을 돌아 모습을 감출 때까지 계속 손을 흔들었다. 버스가 시야에서 완전히 사라지자 비로소 팔을 내리고 곳동행 버스 정류소로 힘없이 타박타박 걸어갔다.

영호는 코를 빠뜨리고 걸으며 왼손의 손목에 나 있는 면도날의 흉터를 계속 오른손으로 만지작거렸다.

그날의 이별 이후 영호는 명수 형을 다시 만나지 못했다.

겨울을 나고 이듬해 날이 풀리자 영호는 곳동을 나왔다. 다시 시내의 다방을 전전하며 신문을 팔았다. 그리고 명수 형을 찾아 수소문하며 해질녘이면 미화당백화점에도 가보았다. 명수 형은 미화당백화점에서 노래를 부르고 있지 않았다. 알만한 사람들을 찾아다니며 수소문을 해봤으나 근래에 명수 형을 봤다는 사람은 아무도 만날 수가 없었다. 그러면서 한 해 두 해, 해가 갈수록 명수 형의 모습은 엷어져 갔다. 그러나 이십 칠 년이 지난 지금도 그 때의 명수 형이 그리울 때가 가끔 있었다. 왼손 손목에 난 면돗날 자국이 눈에 띌 때면 옛날이 뜨겁게 그리워지고는 했다. 사람은 외로울 때

가장 따뜻하게 산다던가. 외로운 가슴끼리 비비고 부딪치며 얻은 희미한 온기를 나눠 가졌던 사람에 대한 그리움, 명수 형에 대한 그리움은 그런 티없이 맑고 순수한 것이었다.

기분 같아서는 술이라고 잔뜩 마셔 취하고 싶었으나 영호는 술을 입에 전혀 대지 않고 거리를 걸어다니다 늦어서야 집으로 돌아왔다. 몇 시간동안 거리를 방황했으나 아직도 박 명수 형에 대한 서운한 기분이 사라지지 않았다. 세상이 모두 허망하고, 지나온 날들이 모두 모래처럼 부석부석 부서져 내리는 것 같은 쏩쓸한 기분을 지워버릴 수가 없었다.

집에 들어가자 그의 어두운 안색을 조심스레 살피며, 아내가 무슨 걱정거리라도 있느냐고 물었다. 영호가 아무 대답이 없자 아내는 고개를 갸웃거리며

"동성그룹 박회장이라고 아세요?"

하고 걱정스레 물었다. 영호는 대꾸하지 않았다.

"전화가 두 번이나 왔었어요. 좀 있다 또 하겠다고 했어요."

"그래?"

영호는 덤덤히 말했다. 그럼 그렇지, 박 명수가 틀림없겠지. 영호는 그러나 반가움보다 그를 향해 뻗어가던 그리움이 오히려 싸늘하게 식어 가는 걸 이빨을 깨물며 견뎌야 했다. 그가 집으로 전화를 했다는 것이 무슨 굴욕 같이 느껴지기까지 했다.

얼마 후, 박 명수에게서 전화가 왔다는 말을 들은 영호는 그것을 받아야 할지, 아니면 그냥 끊도록 할지 망설였다. 그렇듯 자신이 옹졸해지고 있는데 대해서 영호는 어울리지 않게 관대해지고 있었다. 그러나 그는 결국 전화를 받았다.

"영호냐? 나, 박 명수다."

전화를 받자 저쪽에서는 거침없이 그렇게 나왔다.

"아까는 서운했지? 하지만 손님들이 꽉 있는데 그렇게 눈치 없이 막무가내로 들이닥치면 어떻게 하나. 먼저 전화를 하고 조용한 데서 만나도 됐을 걸."

영호는 어이가 없었다. 그냥 듣고 흘려 버렸다. 무엇 때문에 그래야 해, 내가 찾아간 것이 그에게 수치스런 일이었다는 것인가.

"그래, 내가 무얼 어떻게 도와줄까? 우리 애들 시켜 알아봤더니, 너 조그만 전자 부품 공장을 하고 있더구나. 그래도 그만하기 용타. 그런데 요즘 어렵지. 하기야 요즘 뭐 좀 움직이는 사람들 치고 어렵지 않은 사람 없지. 그래…무얼 도와주라?"

영호는 기가 막혔다. 눈앞이 캄캄해지고 가슴이 답답해졌다. 분하고 억울했다. 말하는 것 좀 보게. 그럼 내가 그에게 무슨 구걸이라도 하러 찾아간 것으로 알았단 말인가. 그 동안 옛 정을 빙자하여 그에게 도움을 청해 온 사람을 그가 얼마나 겪었길래 대뜸 이렇게 나오는 것일까.

"도움을 청하러 간 것이 아닙니다."

겨우 영호는 쥐어짜듯 한 마디 했다.

"그럼?"

그의 음성이 사뭇 준엄해졌다.

"명수 형을 만나고 싶어서 갔습니다."

"이런 엉뚱한 사람 봤나. 그래 의형을 찾아왔단 말이지. 그래서 부둥켜안고 옛날 일들을 꺼내 이리 씹고 저리 씹으며 달작지근한 감상에 빠지기 위해서 찾아왔단 말이지. 허허허. 왜 그런 험한 세월에 아직도 미련을 버리지 못하고 있나?"

그의 음성이 우렁우렁 울렸다. 영호는 꼭 놀림을 받고 있는 기분이었다. 전화를 끊어 버릴까, 궁리를 하다 그냥 참고 들었다.

"그런 더러운 세월 우리 잊어버리자. 뭔가 새로운 일을 하려면 그런 과거는 청산해 버려야지. 아픈 옛날 상처나 되씹는다고 뭐 생길 게 있겠나. 그런 것 다 잊어버리고 현재에 충실하자고. 알겠나, 나는 벌써 잊어버린 일들이야. 만약 나에게 도움 청할 일이 있으면 연락하고 그렇지 않고 뭐 옛날 일이나 들추어내, 이러쿵저러쿵 하려면 서로 연락 안 하는 게 좋을 게다, 알았나?"

영호가 너무나 기가 막혀 아무 대꾸도 하지 않고 있자 혼자 몇 마디 더 지껄이던 박 명수는 그냥 전화를 끊고 말았다. 영호는 한동안 송수화기를 내려놓을 생각도 잊은 듯 멍하게 서 있었다. 한 마디 항의도 또는 욕설도 퍼부어 주지 못하고 일방적으로 굴욕을 당한 것이 분했다. 아, 이런 괘씸한 일이 있나. 그래 걸객으로 얻으러 오면 몇 푼 집어 주겠지만 결코 아는 사람으로 행세하지 말라는 그런 경고겠지. 낮에 문전 축객을 한 것도 그 때문이었을 게고…. 영호는 분하고 억울하여 가슴이 벌렁벌렁 뛰었다.

"무슨 일이에요?"

영호의 안색을 불안스레 살피고 있던 아내가 걱정스럽게 물었다.

"아니, 아무 것도 아니오."

영호는 볼멘소리를 하며 거칠게 담배를 태워 물었다. 담배 연기를 내뿜으며 눈물을 삼키는 기분으로 영호는 옛날 일을 돌이켜보았다. 이십 칠팔 여 년 전의 그 고생스러웠던 때의 일들이 흐린 필름처럼 머릿속을 천천히 지나갔다. 영호로서는 잊을 수 없는 나날들이었다.

죽는 날까지 가슴속에 인을 친 듯 뜨겁게 남아 있으리라 생각됐었다. 그리고 그 다 헤진 베 옷 같은 구차스런 세월은 가슴속에 불씨로 살아남아 앞으로 다가올 나날들에 겸허한 스승 구실을 하리라 여겨졌었다. 따라서 박 명수가 이해되지 않았다. 박 명수는 한마디로 그 때를 죽은 세월, 먼지처럼 쓸모 없는 세월이라고 일축해 버렸다. 그는 그 구차스런 세월을 깨끗이 씻어 버린 걸 은근히 자랑으로 여기는 투였다.

옛날의 그 무명 가수 박 명수는 이제 이 세상 어디에도 존재하지 않았다?

사라진 바다

집을 나서자 희끗희끗 눈발이 날렸다. 아침부터 납빛의 하늘이 무겁게 내려앉아 있더니 급기야 눈발을 날리기 시작한 것이다. 침묵하듯 일체의 바람기가 멎고 사위가 적요했다. 아직 본격적으로 시작되지는 않았으나 미구에 수천 수만 수억의 날개 찢긴 나비들이 어지럽게 추락할 조짐이다. 눈발을 헤치고 걸어 지하철역에 당도한 나는 어지럽게 추락하는 날개 찢긴 나비들 무리를 벗어난 것이 섭섭하기도 한편 안도감이 들기도 했다. 또렷이 양분되지 않고 교착되어 있는 그 감정은 대체로 한산한 전동열차 안에서 쉽게 눈에 띄는 좌석을 잡아 앉은 후에도 미처 정리되지 않았다. 좌석 밑에서 내뿜는 더운 스팀을 종아리 부분에 느끼면서, 조도(照度)가 지나쳐 흰빛을 더 두드러지게 만드는 대낮처럼 환한 전동열차 안에서 나는 여전히 눈발이 희끗희끗 날리는 거리를 걷고 있었다. 나는 눈을 감았다. 눈을 뜨나 눈을 감으나 이미 나의 의식은 나를 떠나 있었다.

현숙, 남원, 광한루, 은빛 배를 뒤집으며 석양 무렵의 강물을 거슬러 오르던 은어며 피라미 떼, 자전거를 타고 무리 지어 다리를 건너던 교복 차림의 남녀 학생들의 그림 같은 모습, 그리고 쇠락한 서원(書院)같은 모습을 하고 있던 국악원, 한쪽 배가 찢어져 뻥 구멍이 뚫린 북을 두드리며 상청마다 막히는 몹시 가파르고 된성음으로 소리를 가르치던 왜소한 체수의 송피(松皮)빛 불그스레한 얼굴의 소리선생, 갑자기 내린 밤비, 여관 뜰에 어지럽게 널려 있던 감나무 잎들, 뚝 떨어진 늦가을의 기온, 현숙은 그러한 기억들의 어느 갈피엔가에 끼어 있었다. 선생님, 오늘 바쁘세요? 현숙은 내게 전화를 걸어 대뜸 그렇게 물었다. 자주 받던 전화가 아니어서 약간 의아스럽게 여기고 있는 터에 다짜고짜 그렇게 물어오자 나는 주춤 한발 뒤로 물러선 기분이 되어 그녀의 다음 말을 기다렸다. 이쪽의 시간을 빼앗을 요량이라면 그만한 까닭이 있을 것이다. 나는 대답하기 전에 그 까닭을 먼저 듣고 싶었다. 바쁘시지 않으면, 선생님과 함께 잠깐 들르고 싶은 데가 있는데요. 나와 함께 잠깐 들르고 싶은 데가 있다고? 나는 반문하며 기분이 내키지 않음을 분명히 느꼈다. 나는 오늘을 포함해 앞으로 일주일은 짱짱이 걸릴 일감을 앞에 놓고 전전긍긍하고 있는 형편이었다. 일주일 동안 나는 결코 단 한시간이라도 다른 일에 시간을 뺏기고 싶지 않았다. 나는 일 앞에서 초조한 상태에 놓여 있었다. 예, 선생님. 선생님, 정명재라고 기억나시죠? 그래 기억나지. 나는 현숙의 다음 말을 재촉하는 기분으로 얼른 기억난다고 대답했다. 그 오빠가 죽었어요. 갑자기 침통해진 음성으로 현숙이 말했다. 왜? 어떻게? 나는 깜짝 놀라 그 이유와 방법을 한꺼번에 물었다. 모르겠어요. 그냥,

약을 먹었나봐요. 나는 전류에 감전된 듯도 했고 해머로 뒤통수를 얻어맞은 기분이기도 했다. 까닭 모르게 눈앞이 캄캄해지기도 했다. 그러나 나는 곧 냉정을 되찾았다. 정명재의 죽음이 내게 그토록 심각하게 받아들여질 까닭이 없지 않는가 하는 자각 때문이었다. 순간적으로 나는 현숙의 입장에서 정명재의 죽음의 소식을 접한 것이었다.

그 까닭은 자명했다. 순간적으로 나는 정명재의 죽음을──그것도 자살이라니까 더더욱──현숙이 얼마나 충격적으로 받아들였을까 하고 짐작한 것이었다. 아니, 그럴 수가! 나는 평온을 되찾은 상태에서 여유를 갖고 그러나 짐짓 음성에 물기를 섞어 놀라움을 나타냈다. 선생님, 바쁘시더라도 명재 오빠 빈소를 함께 찾아봤으면 해서 전화드렸어요. 나는 대답을 망설이며 잠자코 있었다. 앞을 가로막고 있는 일감이 산맥처럼 눈앞에서 꿈틀꿈틀 일어서는 느낌이었다. 그 일감이 대답을 망설이게 만들었다. 그것은 무슨 압력 단체처럼 나를 압박해 왔다. 선생님, 명재 오빠는 다른 사람들보다 선생님의 문상을 가장 반길 거예요. 명재 오빠는 늘 선생님 말씀을 했거든요. 나는 더 망설이고만 있을 수가 없었다. 밀려 있는 일감을 내세워 시간이 없노라고 거절해야 할 입장임에도 차마 그 말이 입밖에 나오지 않았다. 한 사람의 죽음을 눈앞에 두고 있는 지금, 살아 있는 사람들의 몫인 일감이 어찌 제대로의 중량을 지닐 수 있으며 또 그것을 주장할 수 있을 것인가. 현숙의 절박한 기분에 편승하지는 않는다 해도 그 제안을 뿌리칠 만큼 나는 냉정하지 못했다. 결국 나는 그녀의 제안에 따르기로 작정하고 말았다. 현숙이의 마지막 말도 내가 그녀의 제안을 따르기로 결심한 데 많은 작용을 했다. 명재 오빠는 다른 사람들보다 선생님의 문상을 가장 반길 거예요. 명재 오빠는 늘 선생님의 말씀을 했거든요. 기둥, 의지할 언덕, 그런 것은 아니었을지 모르나 나는 현숙이나 명재, 영란이 등이 나를 그와 비슷한 것으로 여겨온 사실을 그들의 태도나 언중에서 문득문득 느끼고는 했었다. 그것은 실로 가당치 않은 여김이었다. 월간지 몇 군데다 판소리에 관한 재치 없는 요령부득의 글을 몇 편 발표한 적이 있을 뿐인 나를 그들이 그렇게 생각하는 것이 여간 부담스럽지 않았다. 그리고 가끔 못할 짓을 하거나 죄를 짓고 있는 기분이 들기도 했었다. 판소리에 관한 나의 견해라는 것이 겨우 상식선을 맴돌고 있는 수준이고 그리고 대개 전문가의 생각에 의탁해 조심스럽게 서툰 의견을 훈수하듯 개진해온 것에 지나지 않는 융통성 없는 글들이었다. 그런데 명재는 그런 형편없는 졸문들에 대해 몇 번이나 고맙다는 인사를 해왔다. 선생님과 같이 판소리에 애정과 관심을 가진 분들이 자꾸 늘어나야 할텐데!

그는 그렇게 탄식하며 먼 데를 바라보기도 했다. 명재의 그런 탄식을 통해 그들이 나를 그들의 기둥 또는 등을 비빌 언덕쯤으로 여기려고 한 까닭은 짐작할 수 있었다. 그들은 다른 기둥 또는 등을 비빌 언덕을 쉽사리 찾을 수 없었기 때문에 나 같은 어설픈 훈수꾼을 그들이 등을 비빌 언덕쯤으로 여기려 들었던 것이다. 그들은 그렇듯 외로웠던 것이다.

현숙이는, 가슴에 석양 무렵의 물기 머금은 태양처럼 동그란 붉은 등(燈)을 껴안고 허리를 잔뜩 뒤로 꺾고 있는 상아빛 여인상 바로 옆 좌석에 앉아 있었다. 찻집 안에는 그런 나체 여인 입상의 등이 네 귀퉁이에 하나씩 서 있었다. 그리스 풍의 상아빛 나체 입상은 매끄라운 윤택이 흐르고 있었다. 아이 어니스트 러브 유, 찻집 안에는 그런 노래가 발소리를 죽이고 잔잔히 뛰어다녔다. 빨리 나왔군. 나는 그렇게 말하며 현숙이의 맞은편에 앉았다. 찻집에 들어서기 전 나는 시계를 얼핏 보았었다. 약속 시간 5분전이었다. 그런데 현숙이는 그보다 더 빨리 나와 기다린 모양이었다.

현숙이를 따라 무심코 커피를 주문해 앞에 놓은 나는 먼 데를 보듯 그녀를 쳐다보았다.

그녀의 얼굴을 본 순간 계면(界面)으로 짜나가는 가야금 율조가 문득 연상되었다. 그것은 비에 젖어가고 있는 강과 같았다. 눈꼬리가 약간 치켜 올라간 갸름한 얼굴, 부드러운 오디빛 살결, 숙성한 그녀의 얼굴에 잔영처럼 퍼져있는 고1 때의 그녀의 모습. 저어기 선생님이 오셔요. 시(市)의 남동쪽 외곽지역을 곧게 흐르는 요천(蓼川)을 건너 바로 강둑에 인접해 위치해 있는 국악원을 찾아 판소리 명창 강도근 씨를 기다리고 있을 때였다. 마당에서 앳된 소녀의 외침소리가 들려 왔다. 마루에 앉아 있던 나는 몸을 일으켜 마당으로 내려섰다. 흰 칼라가 정갈해 보이는 감색 피부의 소녀가 다리 방향을 손가락으로 가리키고 있었다. 트럭이며 버스가 지나가고 종종걸음을 치고 있는 행인들 가운데 몇 대의 자전거가 다리를 건너고 있었다. 저어기, 자전거를 타고 오는 분이 저희 소리 선생님이셔요. 소녀는 그렇게 말하며 큰 눈을 반짝였다. 그렇지만 내게는 요령부득이었다. 자전거를 타고 이쪽으로 오는 사람이 넷이나 되었는데 그 가운데서 일면식도 없는 강 선생을 찾는다는 것은 아예 불가능한 일이었다. 소녀의 손가락 짓에도 불구하고 나는 자전거를 탄 네 사람 가운데서 국악원으로 들어온 사람이 그들의 소리 선생임을 나중에야 알았다. 들 일 때문에 그을은 것인지 아니면 술에 찌들어 그렇게 된 것인지 송피처럼 검붉은 얼굴에 왜소한 체구의 늙은이가 바로 강도근 씨였다. 유난히 눈이 작기 때문인지 늘 눈을 껌벅거리는 버릇이 있는 것처럼 보이는 강선생은 땟국이 흐르는 헐렁한 검은 바지에 역시 낡아 제 본래의 색을 잃어버린 녹두빛 점퍼의 초라한 차림이었다. 자전거에서 내린 그는 인지에 구멍이 난 면장갑을 벗으며 코를 헹 풀었다. 곰삭은 듯 늙은 흔한 촌로의 모습 그대로였다. 불기가 전혀 없는 썰렁한 강당 한 귀퉁이에서 여남은 명의 여자아이들을 두 줄로 갈라 앉혀놓고 소리를 가르치는 모습 역시 촌로의 첫인상을 조금도 지우지 못했다. 한쪽의 막면이 터져 칠 때마다 텅텅 부질없이 헛소리를 울리기만 하는 북도 그소리 선생과 같은 어눌한 모습이었다.

그러나 소리를 배우는 학생들은 전혀 달랐다. 새로 돋아나는 나무 순처럼 싱싱한 그들은 비둘기들 같기도 하고 재잘대는 참새떼 같기도 하고 또는 새침떼기 종달새들 같기도 했다. 그들은 그러나 추레한 촌로의 가르침에 한치의 거역의 빛도 보이지 않고 순하게 따르고 있었다. 발랄한 아이들과 곰삭은 촌로의 그 가르치고 배우는 광경의 부조화가 며칠을 두고 내게는 낯설게 느껴졌다. 닷새 동안이나 가까이서 지켜보았으나 그 부조화는 도무지 익숙해지지 않았다. 그때 판소리를 테마로 작품을 계획하고 있던 나는 열흘 예정으로 그곳 남원에서 묵었다. 자고 나면 비가 내려 있고 기온은 뚝 떨어져 쌀쌀했고 여관 뜰에는 감나무 잎이 여기저기 널려 있었다. 그 고장에는 감나무 잎이 흔했다. 감나무는 별로 눈에 띄지 않은 듯했으나 여관 뜰에도 길에도 강둑에도 싯누렇고 혹은 붉은 반점이 얼룩진 감나무 잎이 발부리에 자주 채였다. 감나무 잎도 감나무 잎이지만 그 고장에는 그리고 발을 들여놓는 골목마다에서 북소리를 들을 수 있었다. 북소리의 용처를 두루 잘 알고 있지 못한 터라 내게는 기이한 느낌이 없지 않았다. 그러나 닷새를 지나고 나자 차츰 그것들이 자연스런 일상으로 녹아들어 익숙해졌다. 따라서 국악원의 곰삭은 촌로와 발랄한 아이들과의 부조화에도 익숙해졌고 소리를 배우는 아이들의 특색도 대체로 파악하였다.

아이들과도 꽤 친숙해졌다. 소리선생은, 첫날 내게 다리 위를 손가락질하며, 저어기 선생님 오신다, 하고 가리키던 아이가 그중 소리솜씨가 가장 뛰어나다고 칭찬을 아끼지 않았다. 그 아이는 전국 학생 국악경연대회에서 으뜸상을 차지한 경력도 있다면서 내게 소리할 때 유심히 들어보라고 당부까지 했다. 피부는 엷은 오디 빛을 띠고 있었으나 갸름한 얼굴에 눈이 바다처럼 크고 시원스러웠다. 고1의 학생이라고 했으나 나이보다 더 숙성해 보였다. 소리선생은 그 아이의 성음이 특히 뛰어나다고 했는데 과연 쇳소리같은 것이 양념처럼 섞여 있어 아주 독특한 맛을 느끼게 했다. 놋쇠판을 어떤 알맞은 힘과 속도를 배합해 때렸을 때 얻을 수 있을, 그렇다고 꽹과리나 징 또는 자바라 같은 유달리 힘을 써 타격을 가해야 제소리를 얻는 그런 악기에서 들을 수 있는 낯익은 흔한 소리가 아닌, 놋쇠소리에다 안개 같은 걸 적당량 배합한 듯 모양 지어놓기 어려운 그 묘한 성음이 퍽 인상적이었다. 그리고 무소불위(無所不爲), 상, 중, 하청 모두가 자유자재였다. 아무리 높은 재라도 힘들이지 않고 성큼 뛰어넘었으며 아무리 깊은 계곡이라 할지라도 바람소리 잠시 끊이지 않고 그 밑바닥까지 차분히 가라앉았다가 문득 일어서기도 했다. 그리고 평탄한 들길을 걸을 때는 갖가지 구성진 멋을 부려 아주 감칠맛이 있었다. 특히 계면으로 소리를 짜나갈 때 그 쇳소리의 특색이 유감없이 발휘됐다. 나는 몇 개의 테이프에다 그 아이의 춘향가와 심청가를 채록했다. 왜 판소리를 배우게 됐지? 나는 틈이 생겼을 때 그 아이에게 물었다. 유명한 명창이 되고 싶어요. 아이의 대답은 간단했다. 그리고 매우 자신이 있었다. 그러나 나는 순간 듣지 않을 걸 들은 기분이 되었다. 눈을 반짝이며 자신있게 대답한 그 아이의 꿈이 얼마나 허망한 것인가를 깨우쳐주고 싶은 충동을 불쑥 느꼈던 것이다. 사촌언니가 유명한 판소리 명창이에요. 아이는 덧붙여 말하며 나도 익히 알고 있는 중견의 여류 소리꾼의 이름을 댔다. 나는 아이의 사촌언니가 어떻게 살고 있는지 대략 그 사정을 알고 있었다. 판소리를 하는 중견인사들이 대개 그렇듯 별다른 활동 무대도 없고 따라서 수입도 변변치 않아 고달픈 나날을 보내고 있는 실정이었다. 그러나 그 아이는 그 사촌언니처럼 되는 것이 소망이었다. 나는 침묵할 수밖에 없었다. 내게는 그 아이의 꿈에 상처를 낼 어떤 이유도 없었기 때문이었다. 아이는 그 방면에 특별한 재능을 지녔고 또 그 재능을 살리는 데 필요한 것보다 훨씬 더 많은 노력을 기울이고 있었다. 그러므로 그 아이의 소망은 필경 이루어지리라 보였다. 그러나, 그러나⋯⋯. 그 아이가 바로 앞에 앉아있는 현숙이였다.

그만 일어설까? 내가 말하자 현숙이는 고개를 끄덕였다. 그 동안 우리는 묵묵히 차만 마셨을 뿐 아무 말도 나누지 않았었다. 현숙이나 나나 정명재의 죽음을 떠나서는 어떤 말도 입에 담을 기분이 아니었다. 그러나 정명재의 죽음에 대해 설왕설래할 기분 또한 아니었다.

정명재의 자살은 어떤 의미에서는 이미 현숙이나 내게는 예견된 일이었다. 전혀 뜻밖의 일이 아니라 오래 전부터 우려해 왔던 사태가 이제야 현실로 나타난 것에 지나지 않았다. 누구에게서 듣지 않고서도 현숙이나 나는 그 죽음의 이유를 익히 짐작하고도 남음이 있었다. 그러므로 우리는 시종 침묵으로 일관할 수밖에 없었다.

정명재의 집이 어디라고 했지? 큰길에 나왔을 때 내가 물었다. 눈발은 아직도 굵어지지 않은 채 조금씩 조금씩 내리고 있었다. 현숙이는 장미와 글라디올라스 몇 송이를 섞어 투명한 셀로판지로 싼 꽃다발을 들고 있었다. 무악재 쪽이에요. 딱 한번 가봤지만 쉽게 찾을 수 있을 것 같아요. 택시를 잡아 기사에게 무악재 쪽으로 가자고 말한 후 현숙이는 입을 다물었다. 돌처럼 굳은 현숙의 옆얼굴을 얼핏 일별한 나는 눈 속에서 뒤로 흘러가는 빌딩들이며 사람들이며 차량들에게로 눈을 돌렸다.재작년 추석 바로 전날이었다. 청량리, 영등포, 서울역 등 기차역은 물론이고 강남 고속버스터미널이나 동마장, 용산 시외버스 터미널 등이 귀성객들로 터져 나가기라도 할 듯 붐비던 오후에 나는 국립극장 소극장의 객석에 한가롭게 앉아 있었다. 그곳 무대 위에서는 내가 좋아하는 오정숙 명창이 춘향가를 열창하고 있었다. 공교롭게도 그날이 매월 마지막 토요일 오후 3시에 국립극장 소극장에서 정례적으로 개최되어온 판소리 정기 감상회 날이었던 것이다.

……그러면 죽어서 될 것 있다. 너는 죽어 종로 인경 되고 나는 죽어 인경 마치 되어 새벽이면 삼십 삼천 저녁이면 이십 팔 수로 뎅뎅 다른 사람 듣기에는 인경소리로 들리어도 우리 둘이 듣기에는 내 사랑 춘향 뎅 이도령 서방 뎅 그저 뎅뎅 치거들랑 나인줄 알려므나……구성지고 애교가 철철 넘치게 짜나가는 오명창의 소리에 나는 마냥 정신없이 웃거나 좋지! 하고 불현듯 무릎을 치거나 소리를 입 속으로 따라 흥얼거리며 넋을 잃고 있었다.

……도련님이 이 말을 듣고 말 아래 급히 내려 우루루 뛰어가서 춘향의 목을 부여안고, 아이고 이게 웬일이냐 네가 천연히 집에 앉어 잘 가라고 말을 해도 나의 간장이 녹을 텐디 번화 네거리 떡 벌

어진 데서 네가 이 울음이 웬일이냐. 아이고 여보 도련님 참으로 가시요그려 나를 아조 죽여 이 자리에 묻고 가면 영 이별이 되지마는 살려두고는 못 가리다 향단아 술상 이리 가져오너라. 술 한잔을 부어들고 옛소 도련님 약주잡수오 금일송군 수진취니 술이나 한잔 잡수시요……아무리 자주 들어도 대모석경과 지환을 서로 교환하며 후일상봉을 언약하는 눈물겨운 오리정 이별 대목은 감동적이었다. 그것은 영원히 되풀이 되어갈 사랑의 한 표본과 같을 그런 장면이었다. 오정숙 명창의 소리판은 언제나 듣는 사람을 마음껏 울리고 웃겼다. 나는 무려 세 시간 동안이나 오 명창의 소리와 아니리와 너름새에 따라 울고 웃다가 아쉬운 마음으로 그 끝을 맞이했다. 객석에 불이 들어오고 박수소리가 그치고, 언제나 그렇지만 노인들이 주류를 이루고 학생들이 군데군데 섞여있는 청중들을 한바퀴 휘둘러본 나는 약간 서운한 기분으로 좌석에서 일어났다. 판소리의 청중들은 노인네들과 공부삼아 접근하려는 젊은층들뿐이었다. 중년층의 청중은 거의 찾아보기 어려웠다. 그런 청중들의 구성이 판소리가 현재 놓여있는 한심한 위치와 그 대우를 대변하고 있는것 같아 아쉽고 떨떠름 했다. 그 때문에 다소 울적해진 기분으로 객석을 빠져 나온 나는 복도를 통해 휴게실로 나왔다. 그때 누군가 옆으로 바짝 다가오는 기척이 있었다. 선생님, 저 기억 안 나세요? 나는 걸음을 멈추었다. 전혀 기억에 없는 낯선 여자가 웃으며 앞에 서 있었다. 빨간색 바지에 소매 짧은 흰 T셔츠, 거기에 역시 빨간색 조끼를 받쳐입은 발랄해 뵈는 젊은 여인이었다. 왼팔을 가슴 쪽으로 꺾어 그 사이에다 노트와 책을 끼고 있는 것으로 보아 쉽사리 학생임을 알아볼 수 있었다. 얼굴은 물론 양쪽 끝이 약간 위로 치솟아 있는 눈도, 길게 늘어뜨린 생머리도 전혀 기억에 없었다. 현숙이에요, 남원 국악원에서……그러면서 약간 무안스런 표정이 되었다. 아, 그래! 나는 깜짝 놀라듯 고개를 크게 끄덕이며 알아보았다. 나는 늦게 알아본 것이 민망해 얼굴을 붉히며 반색을 했다. 그러나 앞에 선 여학생에게서 현숙이의 모습은 쉽게 찾아지지가 않았다. 갸름한 얼굴 윤곽은 비슷했지만 오디빛 피부는 세척제로 씻어낸 듯 하얗고 무엇보다 바다처럼 크고 시원스럽던 눈이 온데간데없었다. 그리고 키도 나와 거의 비슷할 정도로 숙성해 있었다.

나는 옛날과 너무나 달라진 현숙의 모습에 연신 고개를 갸웃거리며 그녀와 그녀의 다른 친구 둘을 데리고 찻집으로 가 차를 마셨다. 현숙은 한양대학 국악과에 재학중이며 그리고 김소희 명창에게서 개인지도를 받으며 판소리 공부를 계속하고 있다고 하였다. 현숙이는 그 동안 내가 쓴 글을 몇 편 읽었었다고 말해 나를 쑥스럽게 만들기도 했다. 그 뜻하지 않았던 재회가 빌미가 되어 그후로 현숙이는 내게 가끔 전화를 걸어 그의 친구들과 이야기를 나눌 기회를 마련하고는 했는데, 그런 어느 어름에서 만난 것이 정명재였다. 그는 비쩍 마른 체구에 키가 훌쩍 컸고 하관이 좁고 눈이 날카롭고 입술이 얇아 신경이 퍽 예민한 청년으로 보였다. 현숙이는 전화에서 미리 그에 대해 귀띔을 했다. 서강대학 영문과 졸업반인데 포크너 전공의 문학도라는 것이었다. 그리고 중학생 때부터 판소리를 익히기 시작해 무형문화재 박초월 명창의 수제자로 그 기능을 이수했다고 했다. 판소리 다섯 마당을 다 뗀 그는 실로 판소리 공부를 한 사람 가운데 가장 학벌이 좋고 뒤뇌가 명석한 수재로서 주위의 기대가 크다고 말하기도 했다. 그를 만나본 나는 현숙이의 귀띔이 조금도 과장되어 있지 않다는 사실을 이내 알아차렸다. 소리야 박초월 명창의 기능 이수자라면 그 기량은 능히 짐작되고도 남은 바 있었고 이론 쪽에 많은 관심을 두고 있어 믿음직스럽기도 했다. 그는 여러 나라의 민속 음악과 우리의 전래 음악을 비교하며 그 장단점, 특색 등을 명쾌하게 제시하기도 했다. 장차 판소리 등 민속음악을 이론적으로 정립시킬 인재로서 조금도 손색이 없어 보였다. 나는 공연히 좋은 점괘를 받은 아낙네처럼 마냥 기분이 좋았었다. 그런데 두 번째 그를 만났을 때 나는 처음의 인상과 흡족했던 기분을 수정하지 않을 수 없었다.

그는 판소리에 대해 절망하고 있었다. 판소리에 대해 말할 때의 그의 어투에는 어둠과 자포자기 같은 것이 진하게 배어 있었다. 귀담아 들어보면 판소리 자체에 그가 절망하고 있는 것이 아님을 알 수 있었다. 그는 판소리에 대한 세상의 터무니없이 서운한 대우와 업신여김에 절망하고 있었다. 그러나 얼핏 들으면 판소리 자체에 대해 자학적으로 험담하는 것으로 들렸다. 정명재도, 국악관계 종사들이 기회 있을 때마다 입을 모아 말해온 것처럼 판소리 등 국악이 쇠퇴일로의 길을 걸어오게 된 가장 큰 이유를 파행적인 음악교육에서 찾고있었다. 그리고 이제 널리 인식되어 있다시피 라디오 음악해설가들이 걸핏하면 그들의 밥주머니를 내보이듯 말하는 '음악은 세계 공통어'가 결코 아니라는 주장이었다. 각 민족 각 국가간에 기후와 자연환경에 차이가 있듯 생활방법에 차이가 있을 것이며 따라서 거기에 감응하는 정서 또한 같지 않을 것이 분명하다. 그러니 그 정서의 표출방법인 음악이나 춤 등이 어찌 같을 수 있겠느냐고 말했다. 따라서 음악도 영어나 희랍어, 불어, 에스파니아 어 등 외국어처럼 오래 배우고 익혀야 비로소 이해하고 습득할 수 있는 것이지 한번 듣고 감흥할 수 있는 것이 아니라는 것이었다. 그런데 교회와 슈사인 보이와 구호물자 세대인 장년층은 록큰

롤과 카우보이 영화와 더불어 성장했기 때문인지 우리 고유의 민족 정서의 기억은 상실하고 외국의, 그것도 미국의 터무니없는 부황된 정서에 함몰되어 음악교육에서 우리 것을 아예 없애 버리다시피한 죄악을 저질렀다는 것이었다. 그러니까 벌써 한 세대가 바뀔 동안 우리 나라의 각급 학교에서는 우리 정서의 언어를, 정서의 기초를 학생들에게 가르쳐온 것이 아니라 서구인 즉 미국의 정서의 언어, 정서의 기호를 가르쳐 와 지금과 같은 서글픈 현상을 초래했다는 주장이었다. 정명재는 잔뜩 흥분하여 외치다시피 말했다. 옛날 우리 할아버지 세대들이 클래식 음악이나 팝송 따위를 망칙스럽게 여긴 것이나 요즘 젊은이들이 우리 민요나 판소리 등 국악을 청승맞고 격이 낮으며 구시대의 것이라고 업신여기려 드는 것이 다 그런데서 연유한 현상이라 주장하며, 만약 요즘 젊은 청소년들이 어릴 때부터 우리 고유 음악을 배우고 그 음악을 들으며 성장하고 친구를 사귀고 사랑을 나누고 했다면, 즉 우리 국악이 우리의 젊은 청소년들의 추억과 깊이 관련을 맺고 있다면 그들은 아마 죽는 날까지 우리 음악을 우리의 한글처럼 아끼고 사랑하게 되지 않겠느냐고 강변하기도 했다. 그리고 그는 한숨을 길게 뿜어내며 고개를 저었다. 그는 판소리에 대한 어떤 청사진도 또 푸른 꿈도 가지고 있지 않았다.

그런 자포자기적인 기운은 현숙이에게서도 분명히 느껴졌다. 정명재처럼 울분을 토하듯 격렬하게 흥분하지는 않았으나 조심스럽게 그런 말을 비쳤다. 현숙이도 판소리에 품었던 꿈을 버린 것이 분명했다. 그녀는 언젠가 자신의 장래를 걱정한 끝에 사촌 언니처럼 되고 싶다는 꿈을 접었는지 어디 중 고등학교의 국악선생이라도 되었으면 좋겠다고 얼핏 말했었다. 그런 그녀의 걱정은 너무나 당연한 것으로 여겨졌다. 그러나 그녀가 판소리에 품었던 꿈을 버린 것이 내게는 못내 서운했다. 나는 비로소 그녀의 눈에서 바다가 사라진 까닭을 알 수 있을 것 같았다. 바다는 그녀가 어릴 적의 꿈을 버린 순간 홀연히 그녀의 눈에서 자취를 감추고 말았으리라.

선생님, 현숙이가 입을 열었다. 나는 무심코 그녀의 눈을 쳐다보았다. 바다는 역시 보이지 않았다. 사막 같은 허망한 평원이 펼쳐져 있었다. 저는 무서워요. 물기 없이 건조한 음성에 나는 약간 긴장하며 그녀의 다음 말을 기다렸다. 작년 소혜 언니가 자살한 직후에 명재오빠가 그러더군요. 소리를 평생 업으로 삼을 사람은 중학교 정도의 공부만 하고 더 이상 하지 않아야 한다고. 공부란 소리꾼에게는 하면 할수록 독밖에 더 되지 않는다고. 언젠가 명재오빠의 그런 말을 선생님도 들으셨지요? 그래 나도 들었지. 나는 고개를 끄덕여 보였다. 정명재의 주장은 이성적이라기보다 지극히 심정적인 데 터를 두고 있었다. 왜 소리꾼에게는 공부가 독이 되는가? 정명재는 이렇게 주장했다. 공부란 세상을 이해하는 안경같은 구실을 하기 마련인데 그 안경이 선명하면 선명할수록 세상의 일을 잘 알게 되고 따라서 알지 않아도 될 판소리의 현주소를 속속들이 꿰뚫어 알게 되어 갈등을 겪게 되며 그 갈등은 마침내 그를 파멸의 구렁텅이로 밀어 넣고 말기 때문이라고 했다. 강소혜의 저승길을 평탄하게 열어주기 위해 그녀의 스승이 베풀어준 진오귀굿판 한구석에 틀고 앉아 난폭하게 소줏병을 기울이며 정명재는 내게 그렇게 탄식처럼 말했었다. 정명재의 그 탄식은 물론 강소혜를 빗대어 한 것이었다. 강소혜는 소리꾼으로서는 최초로 대학원을 나온 석사소리꾼이었다. 그녀는 여러 스승으로부터 소리를 익혀 이미 서른 전에 판소리 다섯 바탕을 다 완창할 수 있는 기량을 닦았고 특히 여류명창중의 으뜸이라 칭송받는 인간문화재 김소희 명창의 기능이수자로 사랑을 받아왔었다. 그런데 미쳐 명창으로서 활짝 피어보지도 못하고 그녀는 30대 중반의 꽃다운 나이에 스스로 목숨을 끊어버리고 말았던 것이다. 강소혜의 자살은 남자관계의 실패에서 비롯된 것으로 공공연히 소문이 나 있었는데 정명재는 그 까닭을 다른 데서 찾으려 했다. 그녀의 공부가 지나쳤기 때문이라는 것이었다. 만약 그녀가 소리꾼에게 알맞은 정도의 공부로만 그쳤다면 그녀는 감히 자신의 운명을 거역하려고 들지 않았을 것이며 따라서 순탄하게 그녀가 익힌 소리꾼으로서의 재주를 다 꽃피울 수 있었을 것이라고 슬퍼했다. 그런데 괜한 공부를 해 굳이 알 필요도 없는 세상의 다른 일을 공연히 더 깊이 알게 되고 번뇌를 키우게 되어 그런 비극을 낳고 말았다고 안타까워했다. 그는 강소혜 누나가 한 남자에게 버림받기 훨씬 이전에 이미 이 세상으로부터 버림을 받은 것이었다고 주장했다. 정명재의 논리는 너무 자학적이었으며 자기 비하적이었다. 그의 주장인 즉 소리꾼은 소리 밖의 일에는 일체 무식해야 소리를 천직으로 알고 평생을 불사를 수 있게 된다는 뜻이었다.

정명재는 무당이 아홉 자 아홉 치의 길베가 걸린 가시문을 가슴으로 가르고 지나가 망인(亡人)의 저승길을 열어줄 무렵부터 더욱 난폭하게 술을 들이부었다. 신을 불러 맞이하는 가망거리를 거쳐 망인의 영혼을 받은 무당이 망인이 살아 생전의 원한을 늘어놓는 넋두리를 펼쳐가자 정명재는 내게 술을 권하며 계속 자학적인 주장을 펴나갔다. 그 술판은 굿이 끝나 길베와 망인의 유품을 불에 태워 날린 후까지 계속되었다. 어쩌면 정명재는 이미 그때 죽은 것이나 다름없었는지 몰랐다. 그는 강소혜의 죽음에서 자신의 죽음을 예감했는지 알 수 없었다.

　그런데 이제 그 절망이 현숙이에게로 옮은 것인가. 현숙이는 말을 계속했다. 사실 명재오빠 주장이 다 맞는지도 모르겠어요. 판소리로 평생을 살아온 분들중에 어디 공부 많이 한 사람 있었어요. 따지고 보면 할 수 있는 것이 그 짓뿐이어서 어쩔 수 없이 그 짓을 계속해온 사람들뿐이지 어디 무슨 뜻을 세워 그 뜻을 펴나가기 위해 판소리에 평생을 바친 사람이 하나나 있었어요. 그리고 또 명재오빠는 이런 말도 했어요. 육, 칠십 넘긴 원로 선배들이야 다 늙은 연후에나마 국가로부터 인간문화재라고 지정을 받아 조금이나마 위안을 받는다고 하지만 지극히 제한된 숫자의 국립창극단 단원들을 제외하고 판소리로만 30년, 40면 살아온 중견 선배들은 그것으로 어디 밥술이나 제대로 해결하는 사람이 있느냐고 했어요. 사실이 그렇지 않은가요. 나는 대답하지 않았다. 남원에서 어린 현숙이의 희망을 들으며 걱정스럽게 그녀가 되고 싶다는 그녀의 사촌 언니의 형편을 귀띔해 줄까 망설이다 말았었는데 이제 스스로 그런 씁쓸한 현실을 깨달은 것이리라. 나는 잠자코 전면 윈도우에 날아와 부딪치는 눈송이를 무심히 지켜보았다. 윈도우브러시가 팔을 좌우로 움직여 끊임없이 말갛게 반원을 그리고 있는 유리창에 내려앉는 눈은 미처 녹기도 전에 지워지고는 했다. 금방 신호대기에서 풀려난 택시는 독립문 쪽으로 방향을 꺾어 달리기 시작했다. 저희들은 어릴 때부터 귀에 못이 박히도록 이런 말을 들어왔어요. 소리란 서른을 넘기고서야 그 진맛을 알게 되고, 마흔을 넘겨야 소리귀가 약간 트이며 쉰을 넘겨야 비로소 그 이면을 터득하여 온전한 경지에 들 수 있게된다고 말이지요. 그래요. 국립창극단 단원 아무나 되나요. 적어도 소리귀는 제대로 트인 경지에 들어야 겨우 가능하지요. 그리고 문화재로 지정 받아 국가 보조를 받으려면 그 이면을 다 터득한 경지에 들어야 비로소 가능한 것인데 그럼 그 동안에는 무엇으로 생활하고 때가 되어 또 어떻게 결혼하고 자식 낳아 기르고 할 수 있겠어요. 흔히 소리하는 사람들을 꿈이나 사랑만으로 살아가는 매미 같은 존재들이라고 여기는 경향이 있는데 그것은 무엇이 잘 못 돼도 한참 잘 못 된 것 아닌가요? 같은 음악 종류가 아니기 때문인지는 모르지만 양악의 경우는 어떤가요. 각급 학교마다 양악 선생 자리는 없는 데가 없지 않아요. 그렇지만 국악선생 자리 있는데가 어디 흔하던가요? 나는 아무 대꾸도 하지 못했다. 명재오빠는 너무 나빠요. 작년에 영어 선생 자리는 있었는데 적당히 거기 다니며 소리를 계속해도 됐을 걸 굳이 그것은 마다하더니 결국 저렇게 우리 곁을 떠나버리다니⋯⋯오빠가 살아서 노력하는 것이 죽는 것으로 한 차례 항의하는 것보다 판소리계를 위해 훨씬 도움이 컸을 텐데⋯⋯. 현숙이는 말끝을 맺지 못했다. 현숙이의 말에는 만약 정명재에게 소리만으로 살아갈 길이 보장되어 있었다면 그가 결코 죽음의 길은 택하지 않았을 것이라는 원망이 짙게 담겨 있었다. 언젠가 소리경력 40년이나 되는 어느 여류 명창의 넋두리가 상기되었다. 생계의 위협 속에서 보낸 일생을 돌이켜본즉 판소리의 길에 들어선 자신이 바보스럽고 지지리도 못나 보여 죽고 싶은 마음뿐이라고 했었다. 정명재는 그날 강소혜의 굿판에서 이런 말도 지껄였었다. 강소혜 누나가 죽은 것은 선배들의 참담한 전철을 밟지 않으려는, 그것을 피할 수 있는 유일한 길을 택한 것에 다름 아니었다고.

마침내 눈이 본격적으로 펑펑 쏟아지기 시작했다. 모든 풍경은 어지럽게 날리는 날개 찢긴 나비들에 순식간에 지워져 버렸다. 정명재의 집은 무악재 조금 못미처에 있었다. 오른쪽으로 방향을 꺾어 약간 비탈진 길을 올라가 어떤 연립주택 앞에서 현숙이는 차를 세웠다. 어깨와 머리에 앉은 눈을 털어내고 연립주택으로 들어섰다. 101호의 초인종을 누르며 현숙이는 뒤를 돌아보았다. 그 눈은 무엇인가를 말하고 있는 것 같았지만 나는 전혀 알아듣지 못했다. 한 차례 더 초인종을 누른 다음에야 안에서 인기척이 났다. 누구세요? 현숙이는 또 나를 돌아보았다. 내가 나서주기를 바라는 눈치 같았다. 나는 문 앞으로 다가섰다. 여기가 정명재군의 집 아닌가요? 안에서는 가타부타 대답이 없었다. 그러나 곧 시건장치를 벗기는 쇳소리가 나고 문이 열렸다. 헐렁한 쉐터 차림의 아가씨가 얼굴을 내밀었다. 현숙이 나이 또래의 아가씨는 손질을 하지 않은 듯 까치집 같은 머리를 하고 있었다. 그 얼굴에는 만사 귀찮다는 표정이 숨김없이 드러나 있었다. 현숙이의 손에 들린 꽃에 눈을 잠깐 주더니, 아무도 없는데요, 하고 말했다. 그러나 문을 더 넓게 열어주었다. 현숙이의 뒤를 따라 나는 현관으로 들어섰다. 아가씨는 나의 등뒤에서 현관문을 닫았다. 올라오세요, 아가씨는 먼저 마루로 올라서며 그렇게 말했으나 내게는 얼핏 나가주세요, 하는 말로 들렸다. 물때 냄새 같기도 곰팡이 냄새 같기도 한 우중충한 냄새가 집안에 가득 차 있었다. 그다지 넓지 않은 거실의 한쪽 벽에는 책꽂이와 유리그릇 따위를 넣어놓은 찬장이 나란히 서 있고 그 맞은편에는 볼품없는 쑥색의 소파가 길게 놓여 있었다. 오빠 방이 어디죠? 아가씨가 자리를 권했으나 앉을 생각도 하지 않은 채 현숙이가 물었다. 아가씨는 고개를 저었다. 없어요. 벽제로 떠났어요. 집안 식구, 친구분들 모두 거기에 가고 저 혼자뿐이예요. 아니 벌써 말인가요? 현숙이는 덤벼들 듯 물었다. 아버지가 그렇게 결정하셨어요. 한시도 더 두고 볼 수 없다고 하셨어요. 현숙이는 문득 고개를 떨어뜨렸다. 참척(慘慽)을 당한 어버이로서는 당연한 결정이었으리라. 한동안 고개를 떨구고 있던 현숙이는 이윽고 고개를 들었다. 그녀는 손에 들고 있던 꽃다발을 정명재의 누이동생에게 건네주었다. 그리고 내게로 돌아섰다. 눈이 불그스레 충혈되어 있었다. 가세요. 그녀는 힘없이 중얼거렸다. 그리고 현관 쪽을 향해 나의 팔을 끌어당겼다. 밖으로 나와 보니 더 굵어진 눈발이 우리의 앞길을 막고 있었다. 몇 걸음 앞도 잘 보이지 않았다. 날개 찢긴 나비들은 사정없이 우리들의 눈에도 코에도 입에도 날아들었다. 몇 걸음 옮기지 않아 현숙이는 눈사람과 같은 꼴이 되었다. 그러나 그녀는 큰길로 나와 차를 탈 때까지 한번도 그 날개 찢긴 나비들을 털어내지 않았다.

정명재를 그렇듯 험하게 보내고 나서 한달 정도 지났을까, 오랫만에 현숙이에게서 또 전화가 걸려왔다. 선생님, 저 이번에 편입시험을 쳐 연대에 붙었어요. 그녀는 거두절미하고 대뜸 그렇게 말했다. 음성이 퍽 명랑하게 변했다고 생각하며 나는 그래, 왜? 하고 물었다. 과를 바꾸기 위해서요. 그녀는 거침없이 대답했다. 그래! 나는 놀라고 한편 서운했다. 응당 수긍이 가는 결정으로 받아들여지면서도 고개를 젓고 싶은 기분이 되었다. 그래 무슨 과로? 종교학과예요. 전도사나 될까하고요. 성악과를 생각해보지 않은 것은 아니었지만 그것은 아무래도 기분이 내키지 않아 종교학과를 택했어요. 그래! 나는 말문이 막히고 말았다. 너무나 엉뚱한 결정으로 생각되었기 때문이었다. 요새, 지천으로 널린 게 교횐데 졸업만하면 밥벌이 걱정은 없을 거 아녜요. 나는 고개를 저었다. 하지만, 하지만 끝내는 또 이쪽으로 돌아오고 말텐데…… 속으로부터 그 말이 욱 치밀어 올랐으나 나는 그것을 입밖에 내 말하지 못하고 씁쓸하게 안으로 삼키고 말았다.

敵 만들기

최태웅 선배와의 전화를 끊고 나는 부장을 쳐다보기 위해 몸을 틀었다. 순간 왼쪽 옆구리께가 뜨끔 걸려왔다. 부장을 쳐다보기 위해 왼쪽으로 몸을 비튼 순간 늑골의 어느 뼈마디가 충격을 받은 모양이었다. 내심 놀란 나는 잠시 동작을 멈추고 그 걸림의 추이를 기다려보았다. 그러나 다른 징후는 더 나타나지 않았다. 그 걸림이 곧 평정된 모양이었다.

나는 다시 부장을 쳐다보았다. 부장은 안경을 추슬어 올리며 새로 들어온 텔렉스에 코를 박고 그것을 읽고 있었다. 나는 순간, 부장이 나의 왼쪽에 있다는 사실을 새삼스레 깨닫고 별안간 깜짝 놀랐다. 나는 지난 2년간 한번도 부장이 나의 왼쪽에 있다는 사실을 의식하지 못했었다. 무엇 때문인지, 그 사실이 새삼스럽게 마치 무슨 계시처럼 뇌리와 가슴을 가로질러 빗금을 긋고 지나가는 것을 선연히 느꼈다.

왼쪽 벽 가까이에 부장의 양서랍짜리 대형 책상이 세로로 놓여 있고 그 책상을 기점으로 차장인 나와 부원들의 외서랍짜리 소형 책상들이 마주보며 가로로 벋어 있었다. 부장의 책상을 줄기로 우리들의 책상이 가지처럼 벋어나가 있는 형국이었다. 그런 우리 정경부(政經部)의 책상 배열을 나는 지난 2년 동안 한번도 의식에 두어본 적이 없었다. 왜 그랬을까? 상급자와 하급자를 구분하고, 상급자가 하급자를 심리적으로 통제할 수 있게 한 자리 배치에 왜 무심했을까. 하기야 언젠가 한번쯤은 그런 자리 배치에 관한 정,부당의 상념이 나의 의식 속을 배회했을 가능성은 배제할 수 없었다.

그러나 그 구조를 수긍하고 수용하는 선에서 그냥 대수롭지 않게 넘기고 말았을 것이다. 그리고 그 위에 시간과 날짜가 먼지처럼 퇴적해감으로써 그것이 일상 속으로 녹아들어 무관심의 대상으로 안주하고 말았을 것이다. 그럼에도 불구하고 나는 그 오랜 무감각이 터무니없고 의아스럽게 여겨졌다. 언제나 촉각을 날카롭게 곤두세우고 그것을 사방으로 휘두르며 무엇인가를 끊임없이 탐색하는 직업에 종사해 온 나는 내 직업이 무색해지며 순간 반성을 동반한 전율이 뇌리를 치는 걸 섬뜩하게 견디어야 했다.

오른편으로 두 칸 건너에 있는 임병희 기자의 자리는 비어 있었다. 아까 황학동 벼룩시장 취재를 간다더니 아직 돌아오지 않은 모양이었다. 임 기자는 여자이면서 여자의 부드럽고 섬세한 성품보다는 남자처럼 억센 성품을 더 많이 지니고 있었다. 어떤 저돌성과 적당히 후안무치를 겸비하지 않고서는 제 임무를 수행하기가 힘든 주간지 기자라는 직업에 알맞은 성품을 지녔다고나 할까. 그런 성품을 유감없이 발휘, 그녀는 종종 남자기자들도 엄두를 내지 못할 굵직굵직한 특종을 물어오고는 했다. 이미 오래 전에 수사가 종결

되어 세인의 기억으로부터 잊혀져가던 오대양사건에 새로운 의문점을 제기하는 기사를 발굴, 부장과 국장을 흐뭇하게 만들기도 했고, 백화점 상품의 유통체계와 그 가격책정의 실상, 특히 바겐세일의 문제점과 그 허구성을 세세하게 캐내 보도함으로써 마침내 그것을 사회 문제화시키는 도화선 역할을 톡톡히 해내기도 했었다. 그러한 그의 탁월한 취재 능력은 〈일요뉴스〉의 존재의의를 확고히 드높였고 동료 기자들에게 주간지 기자로서의 자부심과 긍지를 갖게 하는데도 상당히 기여했다. 그런 점을 스스로 영악하게 인식하고 있는 임 기자는 남자 선배들이나 상사들에게도 거리낌이 없었으며 거의 무람 없어 보인다 싶을 만큼 당당하게 행동하고는 했다. 최태웅 선배에게 문제의 르포기사를 청탁한 것이 바로 그 임병희 기자였다.

얼마 전, 노동부 산업재해 조사반의 도금공장 근로자들에 대한 정례 검진에서 비중격천공(鼻中隔穿孔), 접촉성피부염 등 중금속 오염 환자가 발견됐다는 발표가 있은 직후 ㄷ신문에서 발빠르게 도금공장 작업장 시설과 작업실태를 취재, 그것을 사회면 머릿기사로 크게 내보낸 일이 있었다. 국장과 부장이 그 ㄷ신문의 기사를 어떻게 생각했던지, 도금공장 심층취재 지시가 떨어졌다. 임병희 기자를 시켜, 부천·안양·안산 등 도금공장이 밀집해 있는 지역을 두루 광역취재하고, 아울러 크롬중독으로 중태에 빠져 입원해 있다는 환자를 직접 인터뷰하고, 그리고 산업재해 문제 권위자와 전문의료인의 소견까지 듣고, 일간지에서 놓친 문제점을 깊이 파고들어 물건 하나 잘 만들어보라는 것이었다.

그러나 임병희 기자는 나를 제쳐두고 직접 부장을 상대로, 현재 자신이 맡아 취재하고 있는 것만으로도 힘에 벅차다는 핑계로 거기서 발을 빼며 외부 청탁을 건의했다. 그에게 약한 부장은 곧 그의 건의를 받아들여 외부 필자를 물색해 보라고 하였다. 몇 군데 전화를 걸어 필자를 섭외하던 임기자가 번번이 퇴짜를 맞고 나더니 내게 조언을 청해왔다. 결정권은 인정하지 않는 대신 조언자로서는 이용할 가치가 있다고 여긴 것인가. 그런 경우 차장이라는 나의 자리가 그와 같은 조언을 뿌리칠 수 없게 되어 있는 데다 마침 최태웅 선배라면 그 일을 기대만큼 잘 해낼 수 있을 것 같아 선뜻 최 선배를 추천했었다.

최태웅 선배는 얼마 전 나의 부탁으로 낙골, 난지도, 구로4동 등 도시빈민촌 관계 르포를 서너 차례나 했었고 또 평소 사회문제에 각별한 관심을 가지고 있었기 때문에 매우 적합한 필자로 여겨졌기 때문이었다. 임기자는 최태웅 선배에게 그 르포기사를 청탁하게 되었고 부탁한 기일에 맞춰 들어온 그 원고를 받아 부장에게로 넘겼었다. 그런데 그 원고는 3주일 째나 교정쇄로 머물러 있었다.

"김 부장님!"

텔렉스를 읽고 있던 부장이 고개를 들었다.

"거, 도금공장 르포 있지 않습니까, 그것 죽이기로 한거죠?"

나는 손바닥을 펴들고 허공의 허리를 베는 시늉을 해 보였다.

김 부장은 버릇처럼 안경을 추스려 올렸다. 이어 입술을 모아 오리주둥이를 만들었다. 대답하기가 난처하거나 뜸을 좀 들일 필요가 있을 때 그는 가끔 그런 오리주둥이를 만들어 시간을 벌고는 했다.

"원고가 들어온 지 벌써 3주일이나 지났는데…"

김 부장은 꼬이거나 헝클어졌던 실을 비로소 바로 풀어내 정리한 듯 오리주둥이를 풀고, 머리를 끄덕였다.

"너무 매가리가 없어. 어떤 문제제기도 없이, 맹탕이야."

충동적이고 자극적이 아니라는 뜻이겠거니, 나는 짐작했다.

"임 기자는, 사실대로 적실하게 쓴 것 같다고 하던 걸요?"

"사실에 충실했는지는 모르지만, 사실이 모두 기사 가치가 있는 건 아니잖아!"

김 부장은 가볍게 도리질을 했다. 나는 이미 구제가 난망함을 인정하지 않을 수 없었다.

매일 발간하는 일간지와는 달리 일주일에 한번씩 발간하는 주간 신문인 〈일요뉴스〉는 어차피 뉴스의 속보성에 있어서는 일간지와 경쟁의 상대가 되지 못했다. 그러므로 속보성 대신 일간지가 수박 겉 핥기 식으로 훑고 지나간 뉴스를 좀더 구체적이고 사실적으로 심층 취재하여 보다 종합적이고 분석적인 시각으로 보도하는 입장을 취해오고 있었다. 따라서 속보를 전제로 한 뉴스의 신선한 탄력성과 진폭성을 상실하고 있는 만큼 자극적이며 충동적인 것으로 그 결함을 보완하려고 노력하고 있었다. 그런데 맹탕이란 판정을 받아났으니 게재는 이미 물 건너 간 것과 다름없었다. 김 부장은 다시 텔렉스에다 코를 처박고 그것을 읽어가고 있었다. 자기는 이미 그 문제에서는 발을 뺐노라는 태도도 같았다. 그렇다면 이제 청탁을 한 임 기자와 나의 뒤치다꺼리만 미해결의 숙제로 남겨진 셈이었다. 그리고 그 르포를 쓰기 위해 동분서주했을 최태웅 선배의 모든 노력이 수포로 돌아가고 만 것이었고……

나는 굼뜨게 자리에서 엉덩이를 일으켰다. 최선배가 기다리고 있을 찻집 '인형의 집'의 분위기가 머릿속에 잠시 프린트되었다. 벽, 탁자, 의자, 재떨이… 어느 것이나 검정색 아닌 것이 없었다. 나는 무기 없이 전쟁에 투입되는 병사처럼 무기력해지는 자신을 느끼며 어깨를 추스렸다. 최 선배에게 기사를 죽이기로 한 데스크의 결정을 적당히 포장해서 전해야 하는 나는 난처했다. 그런 나의 암담한 기분을 김 부장은 조금도 헤아려주지 않았다.

최 선배는 그러나 내가 예상했던 것과는 달리 매우 밝은 얼굴로 나를 맞이했다. 그가 어딘가 속엣것이 채 소화되지 않아 고통을 받을 때처럼 찌푸린 얼굴로 나를 맞이할 줄 알았었다. 터놓고 불쾌한 내색은 하지 않더라도 치밀어 오르는 화를 삭이느라 어색한 표정을 짓고 있을 것으로 예상했었다. 그런데 그는 환한 얼굴로 손을 내밀었다.

"바쁜 사람, 내가 공연히 귀찮게 하는 거 아냐?"

"웬 걸요. 어제 신문이 나왔잖아요. 우리는 오늘 낮이 젤 한가할 땝니다."

나는 원고 게재를 하지 않기로 한 데스크의 결정을 어떻게 전해야할지 난감하여 어색하게 주위를 한번 둘러보았다. 점심시간과 저녁 시간의 중간쯤 되는 시간대여서 그런지 손님은 우리밖에 없었다. 대체로 한가한 인형의 집은 변함없는 검정색 일색이었다. 벽과 천장은 물론 의자도 검은 빌로오드 천으로 되어 있었고 탁자도 역시 검은색이었다. 벽에 걸려 있는 몇 점의 서양화가 도드라지게 하얗게 보였고 차가운 흰 사기 찻잔들이 검정색과 부조화를 이루며 신선한 느낌을 주었다. 자신을 짓누르고 얽매는 모든 질곡을 훌훌 털고 집을 나가버리는 인형의 집의 노라의 가출과 이 찻집의 까만 치장이 어떤 연관성이나 유사점이 있는지, 가끔 들를 때마다 나는 그런 엉뚱한 의문에 잠깐씩 사로잡히고는 했다. 그러나 나는 거기에 대한 명쾌한 해답을 아직 한 번도 얻지 못했다.

"그렇다면 다행이지만…면(面) 수 많고 일 까다롭기로 소문난

회사라, 차 한 잔 하자기가 늘 신경쓰이던데…"

나는 웃음으로 적당히 응대했다. 이런 정도의 웃음이라면 그가 신경 써온 데 대한 상쇄가 되지 않을까, 생각했다.

사실 최태웅 선배와 나는 그다지 가까운 사이가 아니었다. 선배라는 호칭도, 학교나 직장 같은 그런 구체적인 인간관계에서 비롯된 것이 아니었다. 막연히 같이 글을 쓰는 사람으로 나이가 몇 살 많고 문단 또한 나보다 몇 해 먼저 나와 그것을 구실로 적당히 그렇게 호칭하고 있는 것에 지나지 않았다. 그리고 개인적인 일로서보다 내가 다니는 직장이 글을 쓰는 문인들과 자주 접촉하게 되어 있는 편이어서 가끔 마주치고는 한 정도였다. 몇 차례 차는 함께 마신 적이 있었지만 아직 술자리를 함께 해 본 적은 한번도 없었다.

최태웅 선배는 언제 봐도 인상이 술명했다. 성품이 구순하고 어딘가 맺고 끊는 데가 없이 분위기에 잘 순응하는 편이었다. 직장을 의식적으로 갖지 않고 글만 써서 생활하는 이른바 전업작가(傳業作家)로 나선 지 벌써 10여 년이 가까웠으나 아직 베스트셀러 한 권 갖지 못한, 대체로 성공하지 못한 작가 가운데 한 사람이었다. 그런데 직장이나 일정한 수입이 보장되는 그런 등 비빌 데도 없이 어떻게 가족들을 부양하고 생활을 꾸려나가는지 만날 때마다 늘 궁금하고 안타까워 보이는 그런 상대이기도 했다.

어쩌다 그런 것이 화제에 오르기라도 하면 그는 설마 글쓴다고 밥이야 굶겠느냐고 자신 있게 큰 소리를 치고는 했는데, 그의 큰소리는 기실 들에 피는 백합이나 하늘을 나는 새도 돌보는 하느님께서 하물며 만물의 영장이라는 사람을 어찌 버리랴 하는 말처럼 들렸다. 아무튼 다른 부업을 가진 것도 또 부인이 다른 일을 하는 것도 아닌데 순수하게 글만 써서 10여 년을 버텨온 것을 보면 신통하다는 생각이 들기도 하고 또 그의 장담대로 글만 써도 먹고 살수 있는 정말 그런 좋은 세상이 되었는가 싶어 고개가 갸웃거려지기도 했다.

"내가 보자고 하니까 공연히 부담스러웠겠지. 하지만 그냥 지나던 길이야. 마침 B증권 홍보실에 짤막 글 하나 주고 나왔어."

"아니 꼭 부담을 가져서라기보다도, 지난 르포 문제 있지 않습니까, 그게…"

나는 이왕 맞을 매라면 더 주저하고 망설일 것 없지 않겠느냐는 기분으로 말을 꺼냈다. 그러자 최 선배는 재빨리 손을 들어 황급히 저으며 나의 말을 가로막았다.

"알아, 알아. 내가 어디 그런 물 한두 번 먹어봤나. 사실 나도 원고를 넘길 때 이런 결과가 나오리라 예측했었어. 무슨 화젯거리가 될 만한 건더기가 있어야지. 이런 말한다고 고깝게 생각지 말게. 사실 정치 경제 사회의 여러 이면의 이야기나 센세이셔널한 기사로 독자들의 인기를 끌고 있는 자네 신문으로서는 그런 기사가 맞지 않을 걸세. 그런데 자네 '일요뉴스' 엄청나게 나간다며?"

"예, 한 삼십오만…"

나의 대답에 최 선배의 입이 쩍 벌어졌다.

"주간지가, 십만 나가기가 어렵다는데 삼십 오만 부나… 그러니까 더욱 내가 쓴 그런 기사가 나갈 턱이 있겠나. 그냥 내가 헛고생한 것이지."

최선배는 희미하게 쓴웃음을 지었다.

"안 그래도 임 기자가 그러드군요. 최 선배로서는 최선을 다했고 또 그렇게밖에 쓸 수 없었을 거라구요."

최 선배의 얼굴에 감돌고 있던 쓴웃음 위에 서글픈 기운까지 보태졌다.

"글쎄 그렇지 않아도 원고를 넘길 때 일부러 임 기자더러 한 번 읽어보라고 했었네. 만약 부족하다는 판정을 내리면 더 고생을 할 각오로 말일세. 그런데 다 읽고 난 임 기자가, 잘 썼는데 공연한 욕심을 부린다고 도리어 핀잔을 주지 않겠나. 그래서 안심하고 두고 갔는데, 글쎄 아무튼 화젯거리는 안될 기사지."

김 부장의 말이 문득 떠올랐다. 사실에 충실했는지 모르지만 사실이 모두 기사가치가 있는 건 아니잖아.

"안산 도금공장 취재 때 임 기자와 동행하셨다면서요?"

"그래, 신문사 차로 함께 갔었지. 우리는 그때 ㄷ신문 기사를 읽은 것이 도금공장에 대한 지식의 전부였었네. 그래서 그곳 경영주들은 모두 죽일 놈들이고 작업장에서는 계속 사람들이 쓰러져 나오는 줄로만 알았었네. 그런데 가서 보니 웬걸 전혀 판이하지 않겠나. 몇 군데를 가봤는데 작업시설들이 자동화되어 있고, 컴퓨터 조정에 의해 로보트가 작동, 위험한 작업을 도맡아 하고 있어 아무 문젯거리가 없더란 말일세. 처음 열 한 개 업체를 둘러봤는데 모두 그렇더라고. 그리고 폐수처리 시설도, 붕어를 키울 만큼 정수처리가 잘 되어 있고 말이야."

나는 식어 가는 커피로 목을 축였다. 최 선배의 얼굴이 약간 상기되어 있었다.

"물론 문제를 지닌 업소가 전혀 없었던 것은 아니었네. 도금업체의 시설 정도를 굳이 나누자면 네 등급으로 나눌 수 있겠더군. 조금 전에 말한 완전 자동화 시설을 갖춘 업체, 집진기 배기 시설 폐수처리시설 등 규정상의 시설을 대체로 갖춘 업체, 그리고 최소한의 시설과 안전수칙을 지키려는 노력으로 만족하고 있는 영세한 업체, 아예 위험을 돌보지 않는 무허가 업체 등으로 말일세. 앞의 두 클래스는 거의 문제될 것이 없고 뒤의 두 클래스는 작업장 시설 개선과 보완이 시급한 실정이었네. 하지만 ㄷ신문이 쓰고 있는 것 같은 극단적인 예는 거의 찾아볼 수 없었네. ㄷ신문의 보도는 어쩐지 공명심을 앞세운 균형 잃은 고발장 같다는 생각이 들더군, 그래!"

나는 고개를 끄떡였다. 최 선배의 말에 충분히 공감이 갔기 때문이었다. ㄷ신문의 기사는 이러했다.

'중금속 오염 도금작업장 배기 장치조차 없었다'는 헤드라인 아래 '자동화 안돼 중금속에 노출, 연1회 건강진단도 형식적'이라는 중간설명을 기둥처럼 세워 놓고 그 옆에다 '크롬 아연 니켈 등 중금속 취급 도금업체에 종사하는 근로자들이 배기 장치나 집진 시설 등 최소한의 유해물질처리 안전시설마저 제대로 갖춰져 있지 않은 열악한 작업환경 속에서 일하고 있어 접촉성 피부염 등 중금속 중독의 위험에 거의 무방비 상태로 노출되고 있다. 또 매년 한 차례 정도 실시되고 있는 도금업체 근로자들에 대한 정기 건강검진도 형식에 그치고 있다. 근로자들의 작업 안전관리 수칙에 대한 인식 부족과 중금속 중독에 대한 무관심 및 당국의 감독 소홀도 큰 문제점으로 지적되고 있다.

이 같은 사실은 19일 노동부의 인천 안산 안양의 도금업체 종업원들의 크롬 등 중금속 오염상태 발표를 계기로 본사 취재반이 이들 사업장의 작업환경 등을 집중 취재한 결과 밝혀졌다'고 쓰고, 이어 안전관리 소홀의 예, 형식적인 검진 사례, 무허가 업체의 수 등에 대해 간략히 소개하고 있었다. 그러나 문제된 업소 이름을 구체적으로 제시하지 않아 모든 도금업소가 다 그런 것처럼 오해받을 소지가 없지 않았고, 몇 개 업체의 현상을 모든 도금업체의 실태인양 과장 보도한 측면이 없지 않았다는 것이 최 선배의 지적이었다.

ㄷ신문의 기사에 비해 최태웅 선배의 원고는 훨씬 공정한 편이었다. 문제에 성실하게 접근하고 있었고, 문제점을 제시하되 그것을 일반적인 경우와 특수한 경우로 구분해 제시했다. 먼저 전체 도금업체의 윤곽을 제시하고 다음에 업체들의 개별적인 시설 개황 등을 소개하고 문제점을 파헤쳐가고 있었다.

예컨대 도금업체가 전국에 1천5백여 개소 산재해 있는데, 그 가운데 허가업체는 5백여 개소이고 나머지 1천여 개 업체가 무허가 업체인데, 허가업체는 대체로 모두 규모가 크고 시설이 잘 갖춰져 있었고 무허가 업체들은 영세하고 시설이 엉망이었다는 것이었다. 그러나 문제가 되는 무허가 업체들은 숫자는 비록 허가업체의 세 배 가량 많지만 그 규모는 영세하기 짝이 없었고 거기에 종사하는 근로자들의 숫자는 업체 수와는 반대로 허가 업체에 종사하는 근로자들이 삼분의 일 정도에 지나지 않더라는 것이었다.

그러므로 모든 도금업체의 시설이 위험한 수준이고 따라서 거기 종사하는 모든 근로자들이 위험에 무방비 상태로 노출되어 있다는 투의 ㄷ신문의 보도는 결코 공정하다할 수 없었다. 그 신문은 한 술 더 떠 기자 칼럼란을 빌어 도금업 등 산업공해 발생업종은 과감히 그것을 무공해 업체로 전환시켜 나가야 하리라 주장하고 있었는데, 그것이야말로 사태를 바로보지 못한 소아병적 발상이며 근시안적 주장이라 하지 않을 수 없다고 최태웅 선배는 지적했다.

그 칼럼에서 주장하고 있는 대로 모든 도금업체들이 업종전환을 할 경우, 공업생산품 수출을 중심으로 한 우리 나라 산업구조가 과연 어떤 변화를 겪게 될까, 하는 의문이 강하게 일어났다. 도금이란 전자제품 자동차 반도체 완구 등 거의 모든 공산품에 없어서는 안될 중요한 공정인 것이다. 도금과정을 거치지 않고 어찌 냉장고나 텔레비전 등을 미려하게 치장할 수 있으며, 자동차에는 또 얼마나 많은 부속품들이 광택을 요구하고 있는가. 사정이 그러한데 과감히 도금업체를 없애고 무공해 업소로 업체전환을 해가야 하리라는 주장을 펴다니…. 최 선배의 기사와 주장에 나는 거의 전적으로 공감하였다.

"안 그래도 비중격천공증 유소견자가 적발된 경인산업인가에 들렀을 때 문제의 그 근로자가 그 회사 상무를 상대로 애걸하고 있던 모습이 눈에 선하네. 코 안에 구멍 좀 뚫렸다고 일 못할 줄 아느냐, 제발 휴양 어쩌고 하지 말고 일을 좀 계속하게 해 달라고 애걸복걸하고 있지 않겠나. 일을 하지 않으면 자기 가족들을 누가 부양하겠느냐는 것이었지. 그리고 어디 그뿐인가. 문래동 어느 연탄공장 옆 난장 같은 데서 크롬도금을 하고 있던 무허가도금업소의 부부는, 내가 아무 시설도 갖추지 않고 이런 작업을 계속하면 위험하지 않느냐고 물었더니, 위험은 무슨 위험이냐, 위험하다고 기껏 배운 기술 버리고 그럼 도둑질하라는 말이냐고 항변 하기도 하더란 말일세."

최태웅 선배의 푸순해 보이는 얼굴에 쓴웃음이 번져나갔다.

"그리고 중앙기업의 상무라는 사람은 또 세상 사람들은, 범죄를 저지르면 그 특정한 개인의 범죄사실로서 어디까지나 개별적으로 취급하기 마련인데 이번 도금업체에 관한 보도는 그것을 개별적인 특정 업체의 일로 다루지 않고 모든 도금공장이 다 그런 양 싸잡아

다루고 있어 세상의 오해가 뒤따라 엉뚱한 곤란을 겪고 있노라고 단단히 화가 나 있었네. 그 보도가 나가고 피해가 한두 가지가 아니라는데, 첫째 가족들이 도금공장에 나가는 아빠를 남새스러워하는 것이 가장 큰 고통이고 그리고 어느 전문대학 졸업생들이 취업하기로 되어 있었는데 약속기일을 넘겨도 오지 않아 학교로 전화를 걸어봤더니 글쎄 교수의 대답인즉, 학생들이 도금업체에는 한 명도 가지 않겠다고 해 어쩔 수 없었노라 하더라네. 그래 인력난을 앞으로 어떻게 해결해 나가야 할지 야단났다고 울상이었네. 신문이 그토록 큰 위력을 발휘할 수 있다는 것은 어떤 점에서는 매우 바람직한 일이겠지만 이번 도금업체의 경우에는 도리어 그 역기능 때문에 애를 먹고 있다는 주장이었네."

나는 천천히 고개를 끄덕였다. 어느 말끝엔가 최선배가 흘려놓은, 나는 그들(도금업체 근로자들)에게서 어떤 생명의 무게 같은 걸 느꼈노라는 말이 가슴 밑바닥에 무겁게 가라앉아 자리잡아가고 있는 걸 역력히 느꼈다.

"그래, 그런 사실들을 알고 나니 그만 기사를 쓸 의욕이 싹 가셔버리지 않겠나. 그래서 임 기자한테 다시 전화를 했지. 데스크의 의도는 무엇인가 ㄷ신문이 발견하지 못한 어떤 쇼킹한 사실을 더 캐내 주기를 기대했겠지만 그런 쇼킹한 사실을 캐내기는커녕 ㄷ신문의 기사가 지닌 충격까지 약화시킬 것 같았기 때문이었네. 그런데 임 기자는 자기도 본 것이니까 다른 걱정 말고 본 대로 써다 달라고 하더군. 그래도 나는 어쩐지 그것만으로는 부족할 것 같아 또 하루를 잡아 문래동이며 신도림동 원효로 등을 바쁘게 돌아다니며 무허가 업소들을 취재했었네. 그런 무허가 업체들은 ㄷ신문이 지적한 모든 문제점들을 고루 갖추고 있더군. 그래서 그런 사실들을 본 대로 양념처럼 집어넣기도 했지. 하지만 그것은 어디까지나 전체가 아닌 일부의 경우이므로 그런 사실을 명백히 밝히고서 말일세."

"알겠습니다. 최 선배님께 정말 면목없습니다. 그렇게 신경을 쓰고 고생을 하셨는데 결과가 이렇게 돼 미안합니다."

내 머리속에 최 선배에 대한 미안한 생각이 분출구를 찾지 못한 무슨 가스처럼 가득 차 있었다.

"원 별말을 다 하는군. 어디 그것이 오형 탓인가. 할 수 없지, 그냥 내가 공부한 셈 칠 수밖에. 그런데 혹시 오형, ㅅ문화재단에서 간행한 오늘의 세계문학전집 가지고 있지 않나?"

이미 예상했던 일이라는 듯 최 선배는 가볍게 받아넘겼다. 나로서는 천만다행이 아닐 수 없었다. 그런데 갑자기 화제를 바꿨다. 나는 반가운 마음이 없지 않았다.

"예, 그 서른 권 짜리 말이죠?"

나는 얼른 대답했다.

"그래 맞았어. 거기 스물 일곱 권 째에 보면 도더러란 작가의 '노인과 가죽지갑'이라는 작품이 있네. 짤막한 소설인데 그것 퍽 인상깊더군. 그걸 한 번 읽어보게나."

최 선배의 속내도 모른 채 그러겠노라고 선선히 응낙을 했다.

"왜 그런 생각이 드는지 모르겠는데 요즘, 세상 돌아가는 걸 보면 어쩐지 사람들마다 적을 만들지 못해 안달들을 하고 있는 것 같애. 원래 적을 가지고 있는 사람들은 그 적과 매일 싸우는 재미로 살아가고 있는 것 같고 말이야… 혹시 오형은 적이 없나?"

"글쎄요…"

나는 또 예상하지 못했던 질문에 속으로 저윽이 당황했다. 최선배가 말하는 적의 개념부터가 얼른 머리에 떠오르지 않았다. 적이라, 너무 애매하고 모호하고 막연했다. 무슨 말을 하려는 것일까?

"요즘, 사람들은 대개 미워하고, 죽이고 싶도록 증오하는 그런 상대가 존재해야만 살아 있다는 사실을 실감하는 것 같던데, 오형에게는 그렇듯 삶을 실감나게 하는 적이 없는 모양인가?"

나는 말뜻을 얼른 알아들을 수가 없었다. 그렇게 생각해서 그런지, 최 선배는 비아냥거리는 듯 또는 깔보는 듯 견디기 거북한 시선으로 나를 건너다보았다. 나는 순간적으로 나의 적들을 찾아보았다. 그런데 놀랍게도 나는 내게 적들이 많음을 어렵지 않게 깨달았다. 그 사실을 깨닫는 데는 2, 3분이 채 걸리지 않았다. 나는 별안간 불안감을 느끼며 서둘러 내게도 적이 존재함을 실토하지 않을 수 없었다.

"그럼 그렇지. 내 그럴 줄 알았다니까. 대개가 적의 존재를 삶의 전제조건으로 삼고 있고, 그것이 보편적인 추세더라니까!"

최 선배는 고개를 크게 끄덕여 보였다. 갑자기 적의 존재에 대한 이야기를 듣고 나온 최 선배의 의중을 알지도 못한 채 나는 내게 적이 너무 많은데 거듭 놀라며, 그 많은 적들을 등급별로 분주하게 분류해 나가기 시작했다. 그것은 1등급에서부터 15등급까지로 세분되었는데, 1등급 2등급 3등급 4등급 5등급 그렇게 분류해나가다 보니 아내는 8등급쯤의 나의 적으로 분류되었고, 아이들은 10등급쯤에 그리고 나 자신은 11등급쯤의 나의 적으로 부상하였다. 아무렴, 자기 자신을 적으로 분류하다니 너무 심했다는 생각도 없지 않았으나 한편 생각하면 그것은 너무나 지당한 것으로 여겨졌다. 그래 나도 문제지. 왜 터무니없이 그렇게 야심이 크냐 말이야. 매사 적당한 선에서 만족하면 얼마나 심신이 편안할거냐구. 그런데 피곤하게 신경 말리며 왜 유능한 기자가 되기를 원하고, 좋은 직장을 잡기를 바라고, 유명 작가가 되기위해 바둥거리고… 왜 그런 분수에 넘치는 야망을 품느냔 말이야. 갑자기 최 선배가 나를 견딜 수 없게 괴롭히고 있는 것 같았다. 최 선배는 한 3등급쯤에 해당하는 나의 적이 되어 있었다.

"그래 내가 공연한 너스레를 떨었군. 암튼 내 기사에 미련이나 관심 갖지 말게. 이제 난 잊어버리기로 했네."

"아니 그래도 선배님 고생한 게 있는데 어찌 그냥 잊어 버립니까. 제가 게재하도록 노력하겠습니다."

나도 사실 인사치레로 그렇게 말했을 뿐 그것이 실현되리라고는 전혀 생각지 않았다.

"이제 잊어버리자니까 그래. 내가 여기 온 것은 그 기사 때문이 아니라 지나던 길에 오형이나 한 번 보고 갈까 해서 들른 것이라니까. 그런데 사무실에 ㅈ일보 있겠지? 어제 날짜 독자투고란을 한 번 읽어보게나……"

최 선배는 또 아리송한 말을 남기고는 자리에서 일어났다.

최 선배로부터 나는 무슨 육중한 짐을 하나 떠맡은 것 같았다. 무엇을 구체적으로 밝혀 짐을 지운 것은 아니었으나 사무실을 향해 가는 나의 발걸음과 어깨가 결코 가볍지 않았다. 그런데 이상스러운 것은 그 짐이 귀찮다거나 그냥 아무 데나 부려버리고 싶은 충동을 주는 그런 부담스러운 것이 아니었다. 그 짐이 지워진 것에 까닭 모르게 안도감과 보람 같은 것이 느껴졌다. 최 선배는 내게 어떤 거북한 짐도 지우지 않았었다. 도리어 내가 지고 있는 짐을 홀가분하게 벗겨주려고 애를 썼다. 그는 그의 기사의 게재를 잊어버리기로 했고 그 원고료 또한 생각지 않는다는 태도를 분명히 밝혔었다. 게재 안된 외부 원고에 대한 원고료를 타 내기가 지난하다는 사실을 알고 있었기 때문일까, 최 선배는 그 짐을 도리어 자진해서 시원스레 벗겨주었던 것이다.

그런 최 선배의 너그러운 태도에 호감이 갔기 때문일까, 최 선배의 의견과는 달리 그 르포기사를 반드시 게재케 해야 되겠다는 결심을 나는 굳혔다. 물론 도더러의 '노인과 가죽지갑'을 읽어보라는 것이라든가 적이 있느냐고 물은 것이라든가… 그런 것들이 내게서 짐을 벗겨주는 척하면서 도리어 더 확실하게 짐을 지우기 위한 노회한 수완이 아니었을까 하는 의심이 가지 않는 바는 아니었다. 그렇지만 어쩌랴, 기사를 그냥 죽일 수는 없는 일 아니겠는가.

최태응 선배의 르포기사는 임 기자의 서류함 위에 교정쇄로 올려져 있었다. 나는 그것을 훑어보았다. 역시 애쓴 흔적이 역력한 기사였다. 우리의 주문대로 부천 안산 부평 원효로 문래동 신도림동 등 널리 광역취재를 하였고 30여 군데의 취재업체를 그가 말했던 바와같이 네 등급으로 구분하여 기술하고 있었으며 전국 도금업협회와 노동부 산업재해담당관 및 전문의료인의 자문까지 곁들이고 있었다. 결론인즉, 공업제품 생산에 있어 없어서는 안될 도금업체를 질타하고 매도만 할 것이 아니라 문제가 된 업소의 시설을 개수하거나 결함을 보완하고 무허가업소에 대한 대책으로 여러 업소를 한지역에 모아 협동단지화하여 필요시설을 갖추도록 하고 국가에서 과감히 재정적 지원을 늘여가야 하리라 강조하고 있었다. 한쪽으로 경사져 있는 것 같은 ㄷ신문의 시각과는 판이하게, 문제를 보는 시각이 훨씬 폭 넓고 또한 따뜻했다. 문제점을 캐내는 데만 그치지 않고 도금업의 생태와 체질 등 문제발생의 근본 원인까지 상세히 밝힘으로써 자연스레 그 해결방안까지 도출해내고 있는 기사였다.

나는 그 기사를 들고 김 부장 데스크로 갔다. 무슨 기사인지, 원고를 체크하고 있던 김 부장이 얼굴을 들었다. 햇볕에 바랜 갱지같이 누런 얼굴에 눈이 초롱초롱 반짝였다. 폭이 좁은 얼굴 때문인지 강파른 기가 그대로 얼굴에 다 드러나 인상이 매우 까다롭고 갈강갈강해 보였다.

"김 부장님, 이 원고 다시 한번 더 검토해 보지 않겠습니까?"

김 부장은 교정쇄의 헤드라인을 쓱 훑어보더니 이내 미간을 찌푸렸다.

"ㄷ신문의 그 기사보다 훨씬 공정하고 사실을 깊이 파헤치고 있는데요."

"글쎄 내가 뭐 사실을 깊이 있게 다루지 않았다고 했나. 그 기사는 우리 신문과 성격이 맞지 않는다고 했지."

김 부장은 애써 짓던 미소마저 거두어 버리고 더 볼일 없다는 듯 그 기사를 오른손으로 먼지를 쓸어내듯 쓱 밀쳐 버렸다. 하마터면 바닥으로 떨어질 뻔한 원고를 내가 황급히 받아들었다. 김 부장은 안경을 추스려올리더니 다시 보던 원고 체크에 들어갔다. 나는 추락을 모면한 원고를 들고 굴욕감을 다스르며 내 자리로 돌아왔다. 김 부장의 태도가 이해가 되지 않는 바는 아니었다. 모든 것은 국장의 손바닥 안에서 이루어졌다. 심한 말이 될는지 모르겠지만 김 부장은 편집국장의 잔심부름꾼에 지나지 않았다.

편집국장은 언제나 의외성을 지닌 화젯거리를 선호했다. 그리고 폭로성 기사라면 정치 경제 사회 문화 어느 분야의 것이든 미친 듯 좋아했다. 독자들이 바로 그런 기사를 원하기 때문이라는 것이었다. '독자들에게 읽을 거리를 제공'하자는 것이 늘 편집국장의 입에 붙어다니는 주장이었다. 신문으로서의 사명감 내지는 공기로서의 구실 따위는 엿이나 먹어라였다. 그런 것은 시대의 변화에 둔감한 덜 떨어진 자들의 잠꼬대 정도로밖에 여기지 않았다. 그러므로 모두들 편집국장의 그런 뜻을 염두에 두고 기획안을 세우고 취재하고 또 그런 방향으로 기사 작성을 했다.

그날 퇴근후 집으로 돌아간 나는 만사 제쳐두고 ㅅ문화재단에서 간행한 '오늘의 세계문학전집' 27권을 뽑아들었다. 최태웅 선배가 내게 훌쩍 던져 놓고 간 과제물을 풀기 위해서였다. 왜 최 선배가 '노인과 가죽지갑'을 읽어보라고 은근히 권했는지 그 까닭을 얼른 알고 싶었기 때문이었다.

그러나 그것을 다 읽고 난 나는 궁금증을 풀기는커녕 그 궁금증이 한결 더 깊어진 것을 느꼈을 뿐이었다. 그 작품이 도대체 그 기사와 또는 최 선배나 내게 무슨 연관이 있다는 것인지 쉽게 납득이 가지 않았다. 그것은 인간관계와 세상사 모두를 상징하고 풍자하고 있는 것 같기도 하고 한편 아무 의미 없는 노인들의 노닥임 같기도 하고 내가 불민한 탓인지 아무튼 모든 의미가 갈팡질팡 오리무중인 것 같았다.

이야기인즉 이러했다. 어떤 마을에 코일과 크롯터라는 두 영감이 있었는데 코일 영감은 인색하기로 소문이 자자한 알부자였고 크롯터 영감은 상식과 예의를 존중하는 평범한 노인이었다. 코일 영감은 평생을 통해 변변한 옷 한벌 해 입지도, 좋은 음식을 먹거나 마차를 한번 타지도 않고 오로지 보석만을 사 모았다. 사 모은 보석들을 일런 번호를 붙인 서른 여섯 개의 가죽주머니에 차례로 가득 채워 창고 안의 금고 속에 번호대로 소중히 보관하였다. 코일 영감의 낙이란 그 보석들을 꺼내 헤아리고 감상하는 것이 유일한 것이었다.

평소 인색하고 보석밖에 모르는 코일 영감을 가엾게 여기던 크롯터 영감은 어느 날 코일 영감을 놀려주기로 작심하였다. 그리하여 전문가를 찾아가 소리나지 않게 덧창 여는 법, 금고자물쇠 여는 법 등, 즉 도둑교습을 받았다. 마침내 기술을 다 익힌 크롯터 영감은 어느 날 밤 코일 영감의 비밀 곳간으로 숨어들어가 서른 여섯 개의 보석주머니의 위치를 서로 바꿔놓았다. 다음 날 반응을 살피기 위해 크롯터 영감은 능청스럽게 코일영감을 방문하였다. 그러나 코일 영감은 아무 반응도 보이지 않았다. 일부러 몇 차례나 보석주머니의 위치를 바꿔 놓고 반응을 살피기 위해 방문을 했으나 코일 영감은 언제나 평소와 다름없는 태도를 보였다. 거기에 약이 바짝 오른 크롯터 영감은 어느 날 밤 아예 17번 보석주머니를 금고에서 꺼내 겉창 밖에다 대롱대롱 매달아 놓고 돌아왔다. 이튿날 시치미를 뚝 따고 그가 어떻게 나오는지 반응을 보기 위해 코일 영감을 또 방문했다. 그런데 뜻밖의 소식이 크롯터 영감을 기다리고 있었다. 코일 영감이 죽었다는 것이었다. 그 소식에 크롯터 영감은 혼비백산했다. 자기가 코일 영감을 죽였다고 단정한 크롯터 영감은 죄책감에 사로잡혀 고통을 받았다. 필경 코일 영감이 17번 보석주머니의 분실에 쇼크를 받아 저 세상으로 간 것이라 생각되었기 때문이었다. 그런데 이건 또 어찌된 영문인가. 코일 영감이 크롯터 영감에게 유품을 남겼다지 않은가. 그 유품봉투를 열어본 크롯터 영감은 아연실색하였다. 왜냐하면 그 유품봉투 안에서 그를 조롱하듯 17번의 가죽 주머니가 나오고 거기에 '으 추워, 전신이 점점 오그라들고 있어!' 하는 메모가 첨부되어 있었기 때문이었다. 괘씸한 것, 죽기 바로 직전까지 이렇듯 나를 철저히 놀려먹다니, 크롯터 영감은 분통을 터뜨렸다. 지금까지 자기가 코일 영감을 놀려먹고 있다고 생각했는데 짐짓 자신이 철저히 놀림을 당하고 있었다는 사실을 그제서야 깨달았기 때문이었다.

그 이야기는 재물에 대한 인간의 탐욕과 그로 인해 황폐화하는 인간성, 그리고 재물에 대한 개개인의 인식의 차이, 그 안과 밖, 앞과 뒤, 이런 것들을 두루 상징하고 있는 것 같기는 했다. 그러나 내가 불민한 탓인지 어느 모로 따져보아도 최 선배의 기사나 최 선배와 나와의 관계 등과는 어떤 관련도 있어 보이지 않았다. 적(敵)? 그래 누구나 적이 있어야 자신이 살아 있다는 사실을 실감하게 된다! 그렇다면 코일영감은 크롯터 영감의 장난을 도리어 즐겼었고 또 크롯터 영감의 마지막 분노는 기실은 갈등하고 대립할 적을 상실한 데 대한 노여움이었단 말인가. 정말 그랬던 것일까. 아무튼 나는 최선배가 던져놓은 화두를 명쾌하게 풀지 못한 채 잠자리에 들었고 그리고 이튿날 출근을 했다. 출근을 하자마자 나는 의자에 앉기도 전에 최 선배의 기사를 들고 또 김 부장에게로 갔다.

"부장님, 이 원고 재고해 주십시오. 저는 그만한 가치가 있다고 봅니다."

나는 김 부장에게 강력하게 최 선배 원고의 게재를 권고했다. 김 부장은 입을 벌린 채 눈을 부릅뜨고 나를 쳐다보았다. 예상 밖의 비난이나 공격을 받고 어리둥절했을 때 그가 짓는 표정이었다.

나는 최태웅 선배를 만났던 일을 털어놓고, ㄷ신문의 일부업체의 문제점 부각으로 인해 전체 도금업계가 도매금으로 넘어가 타격을 입고 있는 실상을 일일이 예거해가며 김 부장에게 세세히 들려주었다.

"그러니까, 최 선배의 이 원고는 ㄷ신문 같은 종합 일간지들의 횡포성을 세상에 널리 알리는 뇌관구실을 할 것이라 저는 믿습니다."

아니나 다를까. 김 부장의 표정이 금방 달라졌다. 순간 눈이 반짝 빛났다. 나의 의도가 그대로 적중한 것 같았다. 나는 의도적으로 김 부장에게 공격의 목표를 설정해 주었던 것이다. 그때 나의 머리 속에는 적, 적, 적이라는 단어가 가득 채워져 소용돌이치고 있었다.

김 부장은 ㄷ신문 등 기존 종합 일간지들에 대해 심한 콤플렉스를 느끼고 있었다. 따라서 그런 일간지들에서 어떤 잘못된 점이나 오보를 발견하는 일을 지상의 낙으로 여기고 있는 듯했다. 나는 김 부장의 그런 일간지에 대한 콤플렉스를 역이용한 것이었다.

"그렇지만 오 차장, 아무래도 이건 독자들의 욕구를 충족시켜 주지는 못할 것 같은데…. 하지만 오 차장이 그렇게 강력히 권하니 국장님과 한번 의논해 보지."

나는 비로소 안도의 숨을 내쉬었다. 김 부장의 그 언질은 썩 내키지는 않지만 일단 싣도록 해보겠노라는 약속과 다름없었던 것이다. 그런 우여곡절 끝에 마침내 최태웅 선배의 기사가 나가게 되었다. 그 기사가 게재된 신문이 나간 바로 다음날이었다. 최 선배로부터 또 전화가 걸려왔다. 인형의 집에 있는데 차나 한 잔 하자는 것이었다. 나는 홀가분한 기분으로 인형의 집으로 갔다. 그의 기사를 휴지통에 넣는 부담과 게재 안된 원고에 대한 원고료 해결의 곤혹스러움을 해결한 터였기 때문에 자연 홀가분하고 발걸음이 가벼웠다. 그런데 막상 만나고 보니 전과는 달리 최 선배의 얼굴이 밝아 보이지 않았다. 나는 도무지 종잡을 수 없는 기분이 되어 그의 맞은편에 앉았다.

"그, 기사가 나왔더군!"

내가 커피를 주문하기를 기다렸다가 최 선배가 입을 열었다.

"예, 제가 김 부장한테 떼를 썼습니다."

나는 약간 의기양양한 기분으로 대꾸했다.

"내가 없었던 일로 하자고 그만큼 당부를 했는데… 오형이 날 너무 지나치게 생각했어!"

뜻밖에 최 선배는 미간을 찌푸리고 짐짓 인상까지 쓰며 그렇듯 퉁명스럽게 말했다. 나는 어리둥절하지 않을 수 없었다. 강물에 빠진 놈을 애써 건져놨더니 보따리 내놓으라고 한다더니, 휴지통에 처박히고 말 원고를 기껏 힘들여 내보내놓으니까 고맙다는 인사는 하지 않고 도리어 원망하고 힐난하고 나오다니, 나는 몹시 기분이 언짢았다.

"왜… 뭐가 잘못 됐습니까?"

나는 애써 성질을 다독이며 그렇게 물었다.

"혹시 지난번에 내가 말했던 ㅈ신문 독자투고란을 읽지 않았었나?"

나는 고개를 저었다. 최 선배는 아무 소리 없이 주머니를 뒤적이더니 신문 쪼가리를 하나 꺼내 내게 건네주었다. 나는 무심코 그것을 읽어내려 갔다. '도금업체 인력난, 공해보도 신중을' 그런 제목을 달고 다음과 같은 내용이 씌어 있었다. 모든 신문, 방송이 서로 다투다시피 한동안 도금공장의 중금속 직업병에 대해 시끄럽게 보도한 적이 있다. 일부 신문들은 사설이나 칼럼을 통해 직업병을 유발시키는 도금업종을 없애고 과감히 다른 무공해 업종으로 산업을 전환해 가야 하리라고 목소리를 높이기도 했다. 나 자신 15, 16년 간 도금업종에 종사해오면서 도금업이 화학 · 전기 · 기계 · 금속기술이 어우러진 종합예술품 같은 것이라고 여겨왔고 따라서 도금업체에 종사해온 것에 자부심과 긍지를 느껴왔었다. 그리고 언젠가는 도금공장을 직접 경영해 보리라는 꿈을 은밀히 키워오기도 했었다. 그런데 느닷없이 어느 날 아연도금 공장에서 카드뮴 중독환자가 발생했다면서 마치 기아에 허덕이는 비아프라 어린애처럼 뼈만 앙상한 환자를 신문 지면으로 TV의 화면으로 보았을 때 놀라지 않을 수 없었다. 내 직업에 대한 실망 또한 이만저만 크지 않았었다. 창피스러움도 이루 다 말할 수 없을 지경이었다. 그러나 그런 뉴스가 신문과 TV화면을 통해 세상에 떠들썩하게 소개된 지얼마 지나지 않아 권위있는 대학의 한 연구팀에 의해 뉴스의 초점이 됐던 카드뮴 중독환자가 카드뮴 중독이 아닌 것으로 밝혀졌고 다른 질병에 의해 사망한 것으로 밝혀졌다. 이 사실은 이웃나라의 권위있는 연구기관도 또 그 사실을 뒷받침하고 나왔다. 그런데 새로 밝혀진 사실은 사회면 한 귀퉁이에 보일락말락 쬐그맣게 박혀 있었다. 이 아니 분개해마지 않을 일인가. 사회면 머릿기사로 지면을 뒤덮으며 그렇듯 시끄럽게 떠들 때는 언젠데 진상이 밝혀졌는데 그 진상을 알리는 데는 그토록 소홀하다니. 요즘 도금공장들은 일손이 부족한데도 사람을 구할 수가 없어 인력난으로 몸살을 앓고 있고 대부분의 업주들은 다른 업종으로의 전환을 모색하고 있다. 나는 감히 기자분들에게 묻고 싶다. 도금에 대해 얼마나 알고 계시냐고. 내가 아는 도금은 작게는 장신구에서부터 전자, 자동차, 반도체 심지어 항공우주산업 등 모든 공업제품은 도금 없이는 생산해 낼 수 없는 것들이라 알고 있다. 물론 대부분의 도금공장이 영세해서 작업환경이 나쁘고 직업병 환자도 더러 있는 것이 사실이다. 그렇다면 작업환경을 개선하고 시설을 보완하여 근로자를 보호하고 도금 산업을 육성할 수 있는 대책을 세우도록 해야지 무턱대고 업종을 전환해야 된다고 주장하다니, 그렇다면 전자제품 부품이나 자동차부품 만들어 이것들을 일본이나 미국에 갖고 가 도금을 해다가 조립하란 말인가. 어떤 일, 어떤 사건의 경우고 사실 보도로 피해를 입은 측도 한번쯤 고려해 주기를 촉구하고 싶다'경기도 안산시 고잔동 주공아파트에 사는 김정진이라는 독자가 보낸 것이었다. 나는 그 글을 다 읽기도 전에 이미 얼굴이 벌겋게 상기되어 있었다. 나는 쥐구멍이라도 찾아 기어 들어가고 싶었다. 그 내용이며 논리전개며 결론이 모두 최 선배의 기사와 거의 비슷했던 것이다. 그러니까 최 선배의 글이 그 독자투고 내용을 그대로 베낀 것과 다름없는 꼴이 되고 말았던 것이다.

이 아니 낭패스런 일인가. 그 신문 쪼가리의 날짜를 보았더니 지난번 최선배가 나를 찾아왔던 바로 전 날짜의 것이었다. 최 선배의 원고는 그 날짜보다 3주일 전에 우리 손에 넘어와 있었으므로 그것을 베꼈을 턱이 없었다. 그런데 공교롭게도 그 활자화 시기가 그만 서로 뒤바뀌고만 것이었다. 기껏 그 차이를 찾아본다면 김정진 씨의 글은 도금업계에 종사하는 사람으로서의 억울한 감정을 강하게 표현하고 있었고 최 선배의 글은 보다 중도적 입장을 취하고 있는 정도에 지나지 않았다. Z일보 독자투고란을 읽어보라던 최선배의 말을 건성으로 넘긴 것이 큰 불찰이었다.

"아, 이거 정말 죄송합니다!"

나는 뒤통수를 벅벅 긁어대지 않을 수 없었다. 불현듯 까닭 모르게 코일 영감과 크롯터 영감의 이야기가 떠오르고 마지막 크롯터 영감의 분노가 상기되었다.

"제가 지면을 통해 최 선배님의 입장을 충분히 소명해 드리겠습니다."

　나는 낭패감과 아울러 허탈감과 무력감에 젖어들었다. 최 선배를 위하고 그리고 나의 부담을 덜기 위해 노력한 결과가 뜻하지 않게 한 문필가의 명예를 더럽히고 자칫 그 생명까지 꺾어놓게 될지도 모를 위기에 처하게 만들다니…. 이런 경우를 두고 입이 열 개라도 할 말이 없다던가! 나는 어찌할 바를 모르고 계속 쩔쩔매기만 했다.

'메리 퀸'을 부르는 여자

그때나 지금이나 나는, 신문을 볼 때마다 1단 짜리 광고면은 무엇에 쫓기듯 얼른 넘겨버리고는 한다. 1단 짜리 광고면은 언제나 눅눅하고 수심이 잔뜩 끼여 있었다. 잠시라도 훑고 있을라치면, 가급적 돌아보고 싶지 않은 곤궁하고 불행했던 지난 삶을 어둡게 상기시켰고, 어느 사이 마음이 칙칙하고 무거워졌다. 굳이 그런 달갑지 않은 기분에 마음을 적실 필요가 어디 있겠는가. 그날도 정치면으로부터 시작된 나의 신문 보기는 경제면과 방송 연예면의 사이에 부록처럼 삽입되어 있는 그 광고면을 하수구를 건너뛰듯 얼른 건너뛰어 이어졌다.

그 무렵 잘 나가던 탤런트의 선정적인 비키니 차림의 온몸 사진을 크게 띄워놓고, 그녀가 출연한 몇 편의 드라마 속의 연기와 여체에 대한 찬사를 비빔밥처럼 버무려 뻥튀기 한 과장된 기사와 영화배우, 탤런트, 가수 등 연예인들의 별볼일 없는 잡다한 가십거리로 도배질 된 방송 연예면을 건성으로 훑은 나의 눈은 문화면으로 넘어갔다. 잠시 나의 시선은 중앙 상단에 자리잡은 고려시대 탱화(幀畵) 어름에 머물렀다. 머릿속의 연예면의 잔상이 지워지고 나자, 탱화의 설명의 글이 비로소 눈에 들어왔다. '붉은 상의(裳衣)를 입고 금색의 원문(圓紋)이 찍힌 투명한 사라(紗羅;얇은깁)를 머리에 쓰고……' 화려한 색상, 치밀한 구도, 정교하고 섬세한 솜씨. 찬탄 일색으로 일관한 탱화의 설명을 읽어가던 나는 엉뚱하게 기자의 사사로운 자긍심이 이쪽 가슴으로 건너옴을 느끼며 슬며시 고소를 머금었다.

그 다음, 종교면으로 넘어가자 중국 선불교(禪佛敎) 답사기가 나왔다.

빈호소옥원무사頻呼小玉元無事
지요단랑인득성只要檀郎認得聲
자주 소옥이를 부르지만 소옥에겐 일이 없다네
짐짓 사랑하는 낭군이 듣기를 바랄 뿐!

송나라 때, 제형 벼슬을 지낸 진씨가 낙향 후 안심입명(安心立命)할 수 있는 지혜를 좀 일러달라고 청을 넣자, 눈을 지긋이 감고 있던 태평산 법연선사(法然禪師)가 홀연히 눈을 뜨고 읊조렸다는 동문서답 같은 게송(偈頌)이다. 당 현종의 귀염을 독차지한 양귀비는 임금 몰래 안녹산(安祿山)을 정부로 두었는데, 춘정이 솟을 때마다 그녀는 몸종 소옥이를 불렀다 한다. 일이 있어서가 아니라, 안녹산에게 자신의 가눌 길 없는 춘정을 전하기 위한 방편으로서였다. 심오한 법문(法問)을 남녀의 염정(艶情)에 의탁한 법연선사의 타초경사(打草驚蛇) 고단수에 고개를 갸웃거리던 나는, 문득

한 궁금증을 이겨내지 못하고 아까 얼른 건너뛰었던 1단 짜리 광고 면으로 조심스레 되넘어갔다. 육감적인 탤런트의 전신 사진을 훑으면서도, 탱화에 대한 기자의 엉뚱한 자긍심이 이쪽 가슴으로 건너옴을 느끼면서도, 1단짜리 광고면을 넘기던 와중에 설핏 눈에 들어온 한 영상이 줄곧 머릿속에 어른거렸었다. 자주 소옥이를 부르지만 소옥에겐 일이 없다네. 짐짓 사랑하는 낭군이 듣기를 바랄 뿐!을 다시 읽어나가던 나는 머릿속에 어른거리는 그 영상을 확인해보고 싶은 충동을 은근히 느꼈던 것이다.

1단 짜리 광고의 숲으로 들어간 나는 어렵지 않게 뇌리에 어른거리던 얼굴을 발견하였다. 1단 3센티미터 정방형 광고 오른쪽의 사진? 갸름한 얼굴, 귀를 덮고 목덜미까지 흘러 내려온 생머리, 붓끝으로 찍어둔 듯 가느다란 눈썹, 불량 복사물 같은 흐릿한 사진을 나는 눈을 닦으며 거듭 뚫어지게 쳐다보았다.

'임항실(林恒實) 37세. 술에 취하면 노래 부르는 버릇이 있음. 이 여인의 거처를 알려주시는 분에게는 후히 사례하겠음. 02)923-8313.' 임항실? 그 여자? '메리 퀸'을 부르던 그 여자? 꼼꼼히 뜯어보아도 희미한 광고의 사진으로써는 식별이 잘 되지 않았다. 다만, '술에 취하면 노래 부르는 버릇이 있음', 그 문장이 불길처럼 뜨겁게 나를 사로잡았다.

(2)

1995년 봄. 그것은 내가 서울에 올라와 스물 여섯 번째 맞는 봄이었다. 돌이켜 보면 아득하기만 할 뿐 내가 서울에서 스물 다섯 번이나 봄을 보냈다니 실감이 나지 않았다. 세월의 흐름에 대한 무감각은 그래도 이해가 간다. 하지만 서울 생활을 해온 그 오랜 동안 한번도 해가 지는 걸 본 기억이 없다고 생각된 것은 무슨 까닭일까? 서울의 해는 언제나 내가 모르는 사이에 져 있었다. 해의 행방을 챙겨볼 겨를도 없이 무엇에 쫓기듯 경황없이 하루하루를 보내야 했기 때문일까, 아니면 항상 콘크리트 벽 속에 갇혀 해의 운행을 보지 못하고 생활하기 때문일까. 이윽고 한숨 돌리며 주위를 둘러볼 즈음이면 서울은 이미 어둠이 점령하고 있었다. 관철동에서도, 공덕동에서도, 창천동에서도, 서초동에서도 나는 해가 지는 걸 보지 못했다. 하기야 내가 왜 한번도 해가 지는 걸 보지 못했겠는가. 해는 매일 뜨고 지는 것인데, 어디 해가 지는 걸 한두 번만 봤겠는가. 언젠가 한강을 건널 때, 서쪽의 화곡동이나 김포공항 위 하늘에 능소화를 무더기로 걸어놓은 듯 세상을 주황빛으로 물들이며 넘어가는 커다란 붉은 해를 왜 보지 못했겠는가. 우이동이나 또는 우면산에서도, 쳐다보는 사람의 가슴속까지 붉게 적시는 주황빛 구름을 데리고 서녘으로 넘어가는 저녁 해의 마지막 장관을 왜 눈부시게 쳐다본 적이 없었겠는가. 그럼에도 불구하고 내 기억은 그런 사실을 완강히 거부한다. 내 기억은 한사코 해가 지는 걸 한번도 보지 못했다고 딱 잡아뗀다.

왜 그랬을까. 추측이 무망하다. 언제나 나를 단단히 결박한 채 함부로 끌고 다니는 시간 때문일까. 그래, 해가 솟아오르면 갑자기 시간이 박동소리를 크게 울리며 달려가기 시작한다. 나는 시간에 이끌려 사무실로 출정한다. 서울은 어디를 가나 경쟁이 치열하여 전쟁터와 다름없다. 나는 삶의 대열에서 낙오하지 않으려고 땀을 뻘뻘 흘리며 육신을 혹사시키지 않을 수 없다. 그리고 내가 모르는 사이 해가 지고 나면 시간은 뚝 걸음을 멈춘다. 세상은 비로소 안

온해진다. 그래서 그랬을까. 내가 잠시도 안온하고 한가로운 생활을 누리지 못해서……그것이 아니라면?

1995년 봄, 서울에서도 해가 지는 걸 느낄 수 있는 곳이 있다는 걸 알았을 때 나는 얼마나 반가웠는지 모른다. 통영이나 해남이나 강릉에서처럼, 서울에서도 해가 지는 걸 느낄 수 있는 곳이 있다는 것이 얼마나 신기하고 큰 위안이 되었는지 모른다. 세검정, 그곳에서 나는 서울에 올라온 후 처음으로 해가 지는 걸 느꼈다. 실제와는 상관없이, 북한산 골짜기를 타고 급히 굴러내리 듯 불어온 바람을 등에 지고 서쪽 하늘 너머로 넘어가는 해를 나는 감각으로 선연하게 느꼈었다. 그 때문에 나는 퇴근 후, 술만 몇 잔 들어갔다 하면, 버릇처럼 세검정을 찾아가고는 했다. 누군가, 인생이란 필연보다 우연의 연료로 운행되는 선박 같은 것이라고 했던가. 내가 '향수'를 알게된 것도 바로 그런 우연의 소산이었다.

그날, 우리는 종로에서 1차를 하고, 이형네 집이 있는 불광동 쪽으로 옮겨가던 중 갑작스레 요의를 느끼고 택시를 내려야 했다. 왜 그때 마침 참을 수 없는 강렬한 요의를 느꼈겠는가. 택시를 내린 우리는, 아무리 술김이라 해도 그렇지, 으슥한 골목을 찾아 들어가 문제를 해결해야 했고, 일을 마치고 골목을 나오다 문득 시야를 가득 채워오는 '향수'라는 카페 간판과 마주쳤었다. 순간 까닭 모르게 '향수'라는 단어가 내 가슴을 꽉 틀어쥐는 느낌이었다. 그것은 갑작스런 '쥐내림' 같은 것이었다. 카페 '향수'의 의자라면 필경 고향처럼 안온할 것이라는 충동적이고 뿌리칠 수 없는 유혹이 내게 이형의 팔을 끌고 그곳 카페 '향수'의 문을 밀고 안으로 들어가게 만들었다. 그렇게 우리는 세검정의 '향수'를 알게 되었다. 그것이 우연이 아니라면 무엇이 우연이겠는가.

그날, 이형과 함께 '향수'의 유리문을 밀고 안으로 들어갔을 때, '베네주엘라'가 달려들 듯 가슴에 확 안겨왔다. 언제나 성대에 설움이 성에처럼 자욱하게 끼여 있는 해리 베라폰테의 노래였다. 노래도 귀에 익은 것인데다, 우리를 맞아들이는 마담의 인상도 퍽 맑고 정갈했다. 우리가 자리를 잡고 앉는 동안 노래는 '성자의 행진'으로 바뀌어 있었다. 맥주를 시키고 나서 편안한 노래가 가득 흐르고 있는 기역자형의 홀 안을 둘러보았다. 조리대와 계산대가 있는 넓은 쪽은 다섯 개의 테이블이 놓여있고 기역자로 꺾여 들어간 좁은 곳에는 두 개의 테이블이 놓여있었다. 기역자로 꺾여 들어간 좁은 곳의 두 개의 테이블 중 하나에서 남녀 손님 한 쌍이 맥주를 마시고 있었다. 우리가 두 번째 손님이었다.

나는 묵묵히 술잔을 비우며 노래에 귀를 기울이고 있었다. 내가 말수를 줄이자 이형도 말없이 담배를 태우며 술을 홀짝홀짝 마시고 있었다. 두 병을 다 비우고 술을 더 시키기 위해 눈을 든 순간 마담은 전축의 레코드를 갈아 끼우고 있었다.

이번에는 엔리코 마시아스였다. 이탈리아 민요 '돌아오라 쏘렌토로'가 흘러나왔다. 기억이 틀리지 않는다면 저 다음에는 '카타리'와 '남몰래 흘리는 눈물', 그리고 '물망초'도 들을 수 있을 것이리라. 청소년 때의 추억이 아련히 되살아났다. 언제 들어도 엔리코 마시아스는 솜사탕처럼 부드럽고 달콤했다. 어린 시절의 추억이 내 가슴속을 일곱 색 무지개 빛으로 물들이며 되살아났다.

혹시나 했던 '물망초'가 드디어 흘러나왔다. 나는 순간 나도 모르게 눈을 감았다. 까마득한 기억 저편의 어떤 안온한 기운이 부드러운 실크처럼 온몸을 천천히 감싸왔다. 어디선가, 해가 지는 광경을 지켜보고 있을 때의 그 편안한 기운이 전류처럼 내 몸 속으로 빠르게 흘러 들어왔다. 아, 그래 지금 어디선가 해가 지고 있는 모양이군. 나는 순간 그렇게 생각했다. 실로 얼마나 오랜 세월 잊어버리고 있던 낯익고 편안한 기운인가. 그 안온한 기운에 얼마 동안이나 나를 맡겨두고 있었을까. 주위의 기류가 갑자기 달라진 느낌에 나는 가까스로 눈을 떴다. 기억자 안쪽의 남녀가 카페를 나가는 모습이 보였다.

우리 앞의 술병은 다 비어 있었다.

"여기, 우리 함께 한 잔 합시다."

술병을 테이블 위에 내려놓은 마담은 내 말에 미소만 짓고 돌아섰다. 아지랑이 같은 아련한 기운이 감돌고 있는 마담의 눈빛과 매력적인 얼굴이 나를 사로잡았다.

"이곳에 오면 언제나 해리 베라폰테나 엔리코 마시아스를 들을 수 있습니까?"

새로 구운 오징어를 가져온 마담이 나를 빤히 쳐다보았다.

"우리 '향수'에서는 주로 저 두 사람의 노래만 틀어요."

마담은, 인생을 다 살아버린 어떤 영화 속의 인물처럼 체념 섞인 표정으로 피식 웃었다.

"그것 참 잘됐군요. 요새는 저런 부드러운 노래 듣기가 쉽지 않던데!"

내가 반색을 하자, 순간 마담의 눈이 분명 무슨 보석처럼 반짝 빛을 뿌렸다.

"하지만, 저런 케케묵은 노래를 틀다 손님 다 떨어지는 것 아닙니까?"

잠자코 우리말을 듣고 있던 이형이 끼여들었다. 듣고 보니 이형의 말에도 일리가 있어 보였다. 나의 구미에 맞다고 세상 사람들이

다 좋아하리라는 보장은 없었다. 도리어 세상이 나의 취향이나 정서와는 다른 방향으로 흐르는 걸 나는 자주 느껴왔었다. 마담 역시 세상의 흐름을 역행하고 있지나 않는지 은근히 걱정스러웠다. 그런 나의 걱정과는 달리 마담의 응대는 당당했다.

"할 수 없죠. 저는 추억밖에 가진 게 없는걸요."

추억밖에 가진 게 없다! 순간 이형과 나는 서로의 얼굴을 쳐다보았다. 이형은 생뚱스럽다는 표정이었다. 세상의 어떤 고난이나 중량도 감당해 낼 수 있을 것 같지 않은 마담의 가냘파 보이는 연약한 몸집과 감정에 민감해 보이는 갸름한 얼굴이 그늘에서 시들어 가는 화초를 연상시켰다. 현재에서 살이의 명분을 찾지 못하고 과거에 매달려 사는 쓸쓸한 이유가 무엇일까?

"자, 마담의 추억을 위해 한 잔 합시다."

나의 강권에 마지못해 마담은 우리 자리로 와 잔을 받았다. 인생의 깊은 골, 높은 고개를 두루 다 겪을 만큼 겪었을 사십대 초반 나이의 마담은 이름이 정향우라고 하였다. 술잔을 거푸 권하면서 그녀의 '아름다운 추억'을 듣고자 몇 번이나 시도하였으나 그녀는 미소만 지을 뿐 대답을 피하였다. 이형네 집으로 가려던 계획은 '향수'에 좌초되어 저절로 무산되었고, 나는 까닭 모르게 편안함을 느끼며 그날 밤 억병으로 취하였다.

다음 날 나는 하루 종일 '향수'에 젖어 지냈다. 카페 '향수'는 그 이름에 걸맞게 사람의 가슴속에 원경으로 남아 있는 달콤하고 아픈 추억을 뒤적이게 하였다. 그곳의 의자는 편안했고 얼굴 가득 미소를 짓고 있는 갸름한 마담의 응대 또한 따뜻했다. 거기에다 또 그 감미로운 음악이라니! 하루의 일과로 피로에 지친 육신을 쉬기에는 더 이상 좋은 곳을 찾을 수 없을 것 같았다. 하루종일 '향수'

와 마담의 미소는 내 의식의 저변에서 감정의 배경을 이루며 줄곧 떠돌았다. 그리고 어느 순간 감정의 진폭을 크게 울리며 한 생각이 나를 불쑥 찾아왔다. 그래, '향수'의 안온함은 해가 지고 있는 석양녘의 하늘을 쳐다보고 있을 때 느끼고는 했던 그런 안온함이었어! 생각이 거기에 미친 순간 나는 비로소 '향수'의 안온함에 알맞은 이름표를 달아준 기분이 되었다.

그날 저녁 내가 '향수'를 찾아간 것은 너무나 당연했다. 몇 병인지 그 숫자도 세지 않은 채 나는 실제와는 하등 상관없는, 의식의 저변에서 노을이 붉게 타는 석양녘 하늘을 쳐다보고 있을 때처럼 안온한 기분을 만끽하며 거푸 술잔을 기울였다. 게다가 정향우, 그녀의 미소뿐만이 아니었다. 그녀의 젖가슴도, 숨막히게 예쁜 엉덩이도 쉼 없이 나의 눈길을 잡아끌었다. 훗날 다시 생각을 정리해 보니, 내가 '향수'에 듬뿍 빠진 것은 그 '향수' 때문만은 아니었다. 내 시선을 붙들어매는 정향우의 선정적인 유방과 육감적인 히프 탓이 더 큰 편이었다. 어쨌든 그 무렵 내 발길은 빈번히 '향수'를 향해 달려가고는 했다. 그러던 어느 날이었다. 나는 내 속에 자생하던 음험한 야욕을 고스란히 그녀 앞에 다 드러내놓는 민망스런 일을 벌이고 말았다.

그날도 '향수'에는 해리 베라폰테의 '세난도'가 은은히 흐르고 있었다. 손님은 한 테이블도 없었다. 테이블마다 켜놓은 촛불들만 제각각 사위어 가고 있었다.

"오늘도 손님이 없군요. 혹시 저 구닥다리 음악 때문이 아닐까요?"

어느 사이 나는 '향수'의 영업 걱정을 하는 입장이 되어 있었다. 자리에 앉기 전에 먼저 홀 안을 둘러보고 걱정스런 표정을 짓는 나를 정향우는 웃음으로 응대하였다. 반색의 빛이 출렁거리고 있는 눈동자 어딘가에 언제나 그렇듯 환각 기운 같은 아련한 기운이 감돌고 있었다.

"설마 음악 때문이겠어요. 오늘은 혼자세요?"

"이형은 오늘, 부인 생일이래요."

"부인 생일!"

정향우는 갑자기 새침한 얼굴로 반문하였다.

"샘 나는 모양이지요?"

"아니, 마치 다른 나라 말처럼 들렸어요."

정향우는 고개를 희미하게 저으며 쓸쓸하게 말했다. 그녀의 그 말에서 나는 '현재'에서 살이의 자양분을 섭취하지 못하는 그녀의 외로운 처지를 짐작하였다.

"사람들마다 제각기 남이 모를 나라를 하나씩 가슴에 품고 사는 것 아니겠어요."

그녀를 위로한답시고 꺼낸 말이었으나 그 말을 들은 그녀의 표정은 도리어 더 쓸쓸해졌다.

"남이 모를 나라 하나씩 가슴에 품고 산다!"

정향우는 희미하게 고개를 끄덕였다. 혼잣소리처럼 중얼거리는 그 말속에 물감처럼 외로움이 듬뿍 젖어있었다.

"향우 씨의 가슴속에도 남이 모를 나라가 하나쯤 있을걸?"

정향우는 문득 천장을 쳐다보았다. 그녀의 표정은 현실의 울타리를 넘어 먼 과거로 달려가 있는 듯 아련했다.

"이제 문을 열고, 내게 그 나라를 보여줄 때도 되지 않았을까요?"

나의 청이 너무 직접적이고 적극적이었을까. 정향우는 나의 뜨거운 눈길과 마주치자 불에라도 덴 듯 소스라치게 놀라며 얼른 피해버렸다. 나는 순간 내가 너무 서둘렀음을 직감했다. 후회는 늘 때늦은 감정이다. 그녀가 평상심을 회복하기를 기다리며 나는 말없이 두어 잔의 술을 비웠다.

"곧 '마틸다'로 이어지겠군요."

'베네주엘라'가 여운을 길게 끌며 잦아들자 나는 머쓱해진 분위기를 바꾸기 위해 일부러 노래를 들먹였다. 이번에도 정향우는 대답 대신 쓸쓸하게 미소 지었다. 그녀의 미소는 곧 마음이 평정되었음을 의미하였다.

"늘 케케묵은 '베네주엘라'나 '물망초' 같은 노래밖에 안 트니, 이렇게 손님이 없는 것 아닙니까?"

"전에도 말했잖아요. 저는 가진 게 추억밖에 없노라고. 해리 베라폰테나 엔리코 마시아스의 노래를 듣지 않으면 가슴이 얼어붙어 버린다니까요."

그녀의 말대꾸에 나는 이윽고 그녀가 평상심을 회복한 것으로 생각하였다.

"그래도 이형 말대로, 요즘 손님들 취향도 좀 고려하셔야지요."

나는 걱정스러운 눈으로 홀 안을 둘러보았다. 언제 들어왔는지, 기억자 안쪽의 한 테이블에 여자 손님이 혼자 앉아 술을 마시고 있는 것이 보였다. 여자는 왼손에 담배를 오른손에는 술잔을 들고 있었다. 술잔을 막 입에서 떼던 여자는 나와 문득 눈이 마주쳤다. 입가에 그린 듯 미소가 묻어났다. 내 말이 거기까지 들렸던 것일까, 그 미소는 공감한다는 의미 같았다.

"할 수 없죠 뭐! 새로 추억을 만들기에는 나이를 너무 많이 먹어버렸잖아요."

정향우는 아무렇지도 않게 읊조리듯 말했다. 그녀의 그 푸념 또한 그녀가 목을 매다는 노래들처럼 케케묵은 유행가 가사처럼 유치하게 들렸다. 과거에 꽁꽁 묶여 사는 그녀는 지지난 번인가 그때도 그랬었다. 몸뿐만 아니라 정신까지도 술에 흠뻑 절어 있던 그녀는 우수에 젖은 안개빛 음성으로 자기는 다시는 사랑 같은 것은 할 수 없을 것이라고 단언했었다.

'향수'를 드나드는 손님들 가운데는, 정향우를 향해 노골적으로 데이트나 한번 하자며 치근대는 사내도 없지 않았다. 언제나 생글생글 교태를 부리며 반기고 스스럼없이 합석하여 함께 술잔을 비워대고 아무리 진한 농담이라도 예사롭게 받아넘기는 그녀에게 사내라면 누구나 한번쯤 흑심을 품어봄직도 하였다. 그렇듯 많은 사내들의 유혹 속에서 나날을 보내면서도 어떤 잊을 수 없는 과거 때문인지 정향우는 다시는 사랑 같은 것은 할 수 없을 것이라 단언한 것이었다. 그 단언을 들은 나는 그녀를 측은하게 여기기보다 안도감을 느꼈다. 그녀가 예사로운 유혹에는 결코 넘어가지 않으리라는 믿음이 생겼기 때문이었다. 따라서 나는 그녀가 가슴속에 품고 있는 추억과 비견될만한 어떤 '사건'을 만들어낼 궁리를 하며 속으로 즐거워하였다.

부인의 생일이라며 집으로 가는 이형과 헤어진 나는, 그래 오늘이야말로 반드시 무슨 사건이라도 만들어내고야 말리라는 각오로 그날 나는 곧장 '향수'를 향해 달려왔다. 그러나 어설픈 수작 몇 마디에 추억의 각질 속으로 깊숙이 숨어버리는 정향우의 반응에 속수무책, 술이나 마실 수밖에 달리 도리가 없었다. 기역자 안쪽에서 혼자 술을 마시던 여자를 비롯해 몇 팀의 손님들이 '향수'를 들고 나는 걸 보거나 느끼며 나는 마지막 손님이 되기 위해 필사적으로 술을 마셔댔다. 자정이 되자 '향수'는 유리문에 짙은 커튼을 치고 실내등의 조도를 낮추었다. 그러고 얼마 있지 않아 한 쌍의 남녀가 나가자 드디어 내가 마지막 손님이 되었다. 나는 마침내 기회를 잡은 것으로 확신하며 속으로 회심의 미소를 지었다. 그러나 그것은 어디까지나 나의 일방적인 희망사항이었을 뿐이었다.

'향수'의 문을 채우고 거리로 나왔을 때 나는 물론 그녀도 대취해 있었다. 나는 그녀가 쉽게 나의 유혹에 넘어가리라 확신하며 그녀를 부축해 몇 걸음 떼어놓았다. 우리의 시야에 여관의 아크릴 간판이 들어왔고 나는 그녀의 팔을 끼고 그곳을 향해 걸음을 옮겨놓았다. 그러자 정향우는 자기 집은 그쪽 방향이 아니라며, 나를 좌회전 방향으로 이끌었다. 내 팔의 힘보다 그녀의 팔 힘이 더 완강하였다.

"이제 내 청을 좀 들어줄 때도 되지 않았나요?"

나의 말에 걸음을 뚝 멈춘 그녀는 나의 팔을 거칠게 뿌리치더니 철썩 내 따귀를 올려붙였다.

"사람을 어떻게 알고 그래요. 당신이 누군데, 내가 당신 청을 들어줘야 한단 말이에요?"

느닷없이 뺨을 얻어 맞고 어안이 벙벙해 있는 나를 두고 그녀는 뒤도 돌아보지 않고 휘적휘적 걸어 가버렸다. 그런 그녀가 걱정이 되어 나는 그 뒤를 따라가며 지켜보지 않을 수 없었다. 끈질기게 뒤를 밟는 나에게 돌아가라고 몇 번이나 다그치던 그녀는 마침내 걸음을 멈추고 단호히 말했다. 나는 당신을 한번도 남자로서 생각해 본 적이 없다고. 아니 당신만이 아니라 세상의 어떤 남자도 나는 싫다고. 그리고 울먹이듯 푸념을 늘어놓았다. 혀는 꼬부라지고 말은 자주 토막 났다. 다시는 돌이킬 수 없는 지난날의 사랑과 행복에 대한 회한과 원망으로 가득 찬, 두서없이 내뱉은 그녀의 넋두리를 대략 정리하면 다음과 같았다.

저는 슬픈 사람이에요. 저를 더 이상 슬프게 만들지 마세요. 이 세상에 자기 목숨보다 더 소중한 게 있을까요? 저에게는 있었어요. 저는 제 아이를 제 목숨보다 더 아끼고 소중하게 여겼어요. 저는 저의 아이만 함께 있을 수 있었다면 이 세상의 어떤 슬픔도 가혹한 고통도 다 참고 견딜 수 있었을 거예요. 하지만 저는 제 아이를, 남자의 여자에게 빼앗기고 혼자 떠나올 수밖에 없었어요. 부인 있는 남자를 사랑한 제게 잘 못이 있다구요? 그럴지도 모르지요. 그렇지만 저는 부모와 형제도 다 버리고 그 남자를 선택했는걸요. 그 남자는 제 모든 것이었어요. 오랜 동안, 제 슬픔도 제 기쁨도 다 그 남자가 원인이었어요. 저는 그 남자로부터 비롯된 것이 아니면 어떤 기쁨도 마다했어요. 그 남자로 인한 것이라면 어떤 고통도 어떤 외로움도 참고 견딜 수 있었어요. 저의 세상은, 저의 우주는 오로지 그 남자를 중심으로 운행되었어요. 그런데 어느 날 그 남자는 제게서 떠나버렸어요. 자기가 떠난 것만으로 우리 사이가 끝났다면 왜 제가 이렇게 그를 원망하겠어요. 자기 여자를 시켜 그 남자는 제 목숨보다 더 소중한 아이를 빼앗아 갔어요. 저는 아이만 돌려 받는다면 이 세상의 어떤 고통도 외로움도 다 견딜 수 있을 거예요. 손가락 하나를 달라면 손가락 하나를 잘라줄 수도, 팔을 한쪽 달라면 팔도 한쪽 잘라줄 수 있어요. 눈을 내놓으라면 눈도 뽑아주겠어요. 아이만 돌려 받을 수 있다면 저는 그보다 더한 것도 내놓았을 거예요. 하지만, 제가 동맥을 끊고 그 집 대문 앞에 쓰러져 있었는데도 그들은 아이를 제게 돌려주지 않았어요.

그날 정항우가 집으로 들어가는 것을 확인하고 빈손으로 돌아서 어두운 내리막길을 내려오는 동안 나는 속으로 흐르는 눈물을 마냥 그대로 두었다. 그녀와 동침해보겠다는 야욕은 이미 씻은 듯 사라져 버렸고 술도 말끔히 깨어 있었다. 1995년 봄, 그 무렵 나의 처지 또한 정향우와 별로 다르지 않았다. 험한 세상을 더불어 헤쳐나가야 할 사람으로부터 배신당한 상처의 크기나 깊이, 그로 인한 고통을 안고 절망의 터널 속을 방황하고 있는 것도 다르지 않았다.

아직 어떤 친구에게도 바른 대로 털어놓은 적은 없었지만 그 무렵 나는 13년을 같이 산 아내에게서 버림받고 방황하기를 6년째나 계속하고 있었다. 자존심이 그런 데 필요한 것인지는 모르겠으나 나는 자존심 때문에 가까운 친구에게도 그 사실을 바른 대로 털어놓지 못했다. 나는 아내가 빚을 많이 져서, 그 빚을 감당할 길이 없어 스스로 집을 뛰쳐나왔노라고 꾸며서 말했었다. 그러나 짐짓 나는 아내로부터 버림을 받고 집에서 쫓겨 나온 것이었다. 아내에게는, 그녀가 사랑하는 남자가 생겼던 것이다. 어느 날 아내는 그 남자를 집으로 불러들여, 나와 마주앉게 하였다. 아내는 다른 변명 늘어놓지 않았다. 간명하게, 아이들을 데리고 그 남자와 함께 살겠다고 당당히 선언했다. 꿈에도 상상하지 못했던 어이없는 상황에 부딪친 나는 황당하고, 억울하고 분하고 기가 막혔다. 그렇지만 변변히 항변 한마디 제대로 하지 못하고 끝내 쫓겨나고 말았다. 주먹다짐을 한들, 칼부림을 한들 무슨 소용 있겠는가. 힘으로도 말로도 그들 남녀를 당해낼 재간이 없었는걸.

나의 상처는 너무나 크고 깊었다. 그 상처가 얼마나 크고 깊었던지 6년이라는 길고 긴 시간으로도 치유가 되지 않았다. 짙은 점액성 콜타르 늪 속 같은 자살충동으로부터 겨우 빠져 나오기는 했으나 그 내상은 아직도 피를 흘리고 있었다. 모든 소나무 가지가 육지 쪽으로 쏠려있던 바람과 파도의 섬에다 나를 유배시키기도, 깊은 산 속 암자에서 잠만으로 세월과 대치하기도, 먼 북쪽 고장의 호반에서 낚시 흉내로 번민의 굴레를 빠져 나오려고 몸부림치기도 했었다. 다시 도시로 돌아와서는 하숙에서 오피스텔로, 오피스텔에서 하숙으로, 다시 오피스텔로 전전하며 6년 동안이나 방황하고 있었다. 그 무렵 겨우 겉모습에는 드러나지 않을 정도로 몸과 마음을 추슬렀으나 아직도 술집출입 횟수는 줄어들지 않았고, 사소한 자극에도 감정이 폭발하고는 했다. 잊고 싶고 용서를 하고 싶었다. 그러나 용서는커녕 잊으려는 노력도 헛되었다.

그렇듯 지난 상처가 비슷했기 때문일까, 정향우를 향한 욕심은 연민으로 점점 바뀌어갔다.

(3)

1단 짜리 광고를 본 그날 저녁, 나의 발걸음은 무슨 알 수 없는 힘에 끌려가듯 세검정의 '향수'를 향해 옮겨졌다. 향수의 애틋한 정감에 젖어보고 싶다거나 해질녘의 안온한 기분을 느끼고 싶다는 따위의 정서적 감흥 때문이 아니었다. 아마 내가 그런 정서적 감흥에 이끌리지 않고 세검정을 찾아간 것은 그날이 처음이었을 것이다. 다른 일행 없이 혼자서 간 것도 드문 일이었다. 대개 이형이나 윤형과 동행이었고 2차로 들르고는 했다. 그러나 그날은 혼자였고 술도 한잔 마시지 않은 상태였다.

그날도 '향수'는 손님 하나 없이 썰렁했다.

"세상이 어수선해서 그런지 요새는 손님이 통 없네요."

술을 가져온 정향우는 앞에 마주앉아 내게 술을 따르며 말했다.

나는, 언제 '향수'에 한번이라도 손님 많이 든 적 있었느냐고, 말해주려다 얼른 입을 다물었다. 사실 손님이 많은 날이라야 두세 테이블이 고작이었다. 굳이 사실대로 말해 상처를 줄 필요가 무엇이겠는가. 무슨 고단한 일이라도 생긴 것일까, 얼굴이 지난 어느 날보다 까칠하였다.

"우리 나라, 언제 불경기 아닌 적 있었습니까. 이런 불경기가 원수라면 날개 접고 둥지에 틀고 앉아 겨울잠이나 자야지요."

그녀에게 위로가 될까하여 그런 말을 주절댔지만 머릿속으로는 세검정 구석구석에 쥐구멍처럼 박혀 있는 수없이 많은 카페들을 더듬고 있었다. 불경기도 불경기려니와 그만그만한 카페들이 그렇게 많은데 손님이 온다고 해도 몇 명씩이나 차지가 가겠느냐는, 생각이었다.

"그래서 그런지 요새는 양주 시키는 손님은 구경하기도 힘들어요. 맥주 몇 병에 땅콩 서비스 서너 접시면 문 닫을 시간 되고는 해요."

"마돈나 육각수도 구입했잖아요?"

"그럼요. '쿵따리 샤바라'에다 강산에의 '라구요'도 자주 트는 걸요. 선생님들의 권유를 어떻게 모른 척 할 수 있겠어요."

정향우가 우려한 대로 그날도 손님이 별로 없었다. 서너 패가 바람처럼 훌쩍 왔다 갔을 뿐이었다. 정향우가 술잔을 비울 때마다 나는 급히 그것을 채워놓고는 했다. 손님이 없자 의기소침해 지려는 그녀의 기분을 달래기 위해서였다. 이윽고 나는 예의 그 1단 짜리 신문광고를 테이블 위에 펼쳐놓았다. 몇 번이나 기회를 엿봤으나 손님들 시중에 오락가락하는 그녀를 붙들어놓고 진득이 그 이야기를 꺼내는 것이 마땅찮아 보여 때를 기다렸던 것이다.

"어때, '메리 퀸'을 부른 그 여자 맞지 않아요?"

정향우는 신문을 들고 유심히 뜯어보았다.

"맞는 것 같아요!"

"맞는 것 같아요,로는 안되지요…… 맞지 않아요?"

나는 다시 광고 속의 사진과 글을 살펴보았다. 술기운이 오른 상태에서 본 탓인지 낮에 볼 때보다 훨씬 더 임항실, '메리 퀸'을 부르던 그 여인이 틀림없어 보였다.

"맞아요. 제가 전화 한번 해볼까요?"

정향우는 다시 한번 더 광고를 살핀 다음 확신에 찬 음성으로 말했다.

"설령 맞다고 해도, 전화를 걸어보다니, 공연한 짓 아닐까요?"

"그렇게 몽매에도 그리던 사람인데, 그 사람이 어떻게 된 것인지 궁금하지도 않아요?"

"궁금하기는 하지."

"이런 궁금증 안 풀면 사람이 어떤 궁금증 풀겠어요."

사실 사무실에서도 몇 번이나 전화를 걸어볼까 망설였다. 번번이 전화기 버튼을 누르다 송수화기를 내려놓고는 했었다. 본인과 직접 통화할 수 있다면 모르겠지만, 본인이 아닌 심인광고를 낸 그녀의 가족과 통화하여 무슨 말을 어떻게 한단 말인가. 임항실, 그녀와 만난 적이 있고 그녀가 부르는 '메리 퀸'이라는 노래를 들었다고 말할 것인가, 아니면 그녀와 함께 밤을 지낸 적도 있다고 말할 것인가. 그것도 아니면, 그녀를 찾기 위해 신영동 골목골목을 수없이 오르내렸던 일이며, 시위현장을 찾아 헤맸던 답답한 일들을 털어놓을 것인가. 아니면 그녀를 찾으면 이쪽에도 꼭 연락을 좀 해달라고 부탁할 것인가. 어떤 말을 한다해도 궁색할 것 같아 전화기 버튼의 마지막까지는 눌러보지도 못하고 송수화기를 제자리에 내려놓고는 했다. 그렇지만 정향우가 전화를 하겠다는 건 막을 수 없었다.

"전화 한번 받아보세요. 내가 하는 말은 듣지도 않고, 그 광고 어디에 난 것이냐고, 언제 봤느냐고 따지기만 해서........"

정향우는 당황하고 짜증스런 표정으로 송수화기를 내게 넘겼다.

"여보세요. 저는 동생이에요. 그 광고 어디서 봤냐구요?"

목소리에 짜증이 잔뜩 묻어 있었다.

"오늘 아침 〈ㅇㅇ신문〉에서 봤습니다."

"언니, 지금 집에 있어요. 열흘 전에도, 한달 전에도 집에 있었고요. 그런데 왜 집에 있는 언니를 찾는 광고를 우리가 냈겠어요. 뭔가 잘 못 됐을 거예요. 아니면 신문사에서 잘 못 게재했거나."

너무나 예상 밖의 말에 나는 어안이 벙벙하였다. 동생이라는 여자의 공격조의 강경한 말투로 미루어 보아 거짓말을 꾸며대고 있는 것같지는 않았다. 나는 송수화기를 오른 손에다 옮겨 쥐었다. 집에 있는 사람을 찾아 왜 심인광고를 냈겠느냐? 그런 엉뚱한 말에 당황했던 자신을 추스린 나는 이기심이 발동하였다. 언니, 지금 집에 있어요, 라는 말을 들은 순간 이미 내 가슴은 북을 두드리듯 소리내 두근거리고 있었다.

"언니 지금 집에 있다고 했습니까?"

"못 믿겠으면 당장 바꿔드릴 수도 있어요."

"그럼 좀 바꿔주시겠습니까."

온몸의 신경줄을 팽팽히 긴장시킨 가운데 숨을 죽이고 저쪽의 기척을 예리하게 살폈다. 송수화기를 탁자 같은 데다 놓는지 둔탁한 소리가 들리더니 잠잠했다. 제발 그녀이기를, 나는 기도하는 심정으로 기다렸다. 생각보다 긴 기다림 끝에, 여보세요, 바뀐 음성이 들려왔다.

"임항실 씨…… 세요?"

"그런데요…… 누구세요?"

음성을 통해, 저쪽이 긴장하는 것이 느껴졌다. 나는 숨을 가다듬었다.

"'메리 퀸'을 부른 그 분 아닌가요?"

나는 다급한 마음에 거두절미하고 '메리 퀸'을 들고 나왔다. 상대방이 숨을 뚝 멈추는 것이 감지되었다. 송곳으로 수화기에서 대답을 파내고 싶은 심정으로 애를 태웠으나 한동안 대답이 없었다.

"향수에서…… ?"

"아, 향수에서…… !"

답답하리만큼 오래 기다리게 한 다음 그녀는 조심스럽게 말했다. 그녀의 음성에서 나는 감정의 흔들림을 분명히 느꼈다. 그 음성의 파장에서 나는 '향수'에 대한 그녀의 감정이 예사롭지 않음을 알아차렸다. 그 여인이 틀림없군! 펄쩍 뛰어오를 것처럼 기분이 고양된 나는 황급히 송수화기를 왼손으로 바꿔들었다.

"그래요. '향수'에서 만난 장명현입니다."

너무나 기쁜 나머지 목소리가 떨려나왔다. 순간 눈물이 핑그르르 돌았다.

"그 동안 얼마나 찾아 헤맸는지 모릅니다."

"저를…… 요?"

흥분을 감추지 못해하는 나와는 달리 저쪽의 대응은 무색하리만큼 차분했다. 나는 재빨리 자신을 추슬렀다. 목소리도 가다듬었다.

"그럼요. 제 주변에 누가, '메리 퀸'을 부를 줄 아는 사람이 있어야지요."

나도 애써 자제하며 한발 물러서는 기분으로 그렇듯 에둘러 말했다. 저쪽은 한동안 잠잠했다. 어떻게 대응할 것인지 궁리하는 모양이었다.

"'메리 퀸'을, 단 한번만이라도 더 듣고 싶습니다."

나는 우회적으로 둘러댔다. 만나고 싶다는 직접적인 감정 표현을 하기에는 저쪽의 응대가 지나치리만큼 담담했기 때문이었다.

"제가 한번 '향수'로 나갈게요."

감정을 씻어낸 차분한 목소리로 마침내 그녀는 말했다.

"지금, 나올 수는 없겠습니까?"

아무래도 나는 흥분을 감출 수가 없었다. 그러나 저쪽은 나의 흥분에 편승해 주지 않았다.

"너무 갑작스런 일이어서…… 다음에 나갈게요."

"너무 막연하게 그러지 말고, 날짜를 정하면 어떨까요?"

"오는 금요일 저녁, '향수'로 나갈게요."

"그럼 금요일 저녁 '향수'에서 기다리겠습니다. 꼭 나오세요."

"그렇지 않아도 가끔 '향수'에 들르고 싶었어요."

약속을 받아낸 나는 기쁨을 견디느라 한 손으로 가슴을 쓸어 내려야 했다.

(4)

임항실, '메리 퀸'을 부르는 여자.

그러니까, 내가 '메리 퀸'을 처음 들은 것은 바로 해질녘의 안온함을 느끼게 하던 세검정의 카페 '향수'에서였다. 그 노래를 듣게

된 내력을 두고, 흔히 조물주나 운명을 운위하는 사람들의 어법을 빌린다면, 어떤 눈에 보이지 않는 신의 해망스런 손길에 의한 '숙명적인 일'이라 운운할 수도 있을 것이다. 그렇지만 나는 필연을 강조한 듯한 숙명적인 일이라기보다 '우연한 일'이라고 밖에 달리 말할 수가 없다. 굳이 그것을 두고 우연이 아니라고 한다면, 하기야 이런 식으로 말할 수 있을는지도 모르겠다. 우연이나 필연이나 둘 다 어떤 일의 '발생의 계기'를 놓고 운위하는 것일 터이므로 손을 지칭할 때 손등이나 손바닥 어느 쪽을 가리켜도 무방하듯 그 둘 중 어느 쪽이라 한들 무방하지 않겠느냐, 고. 그러나 어쨌든 나는, '메리 퀸'이라는 마치 검은 운명에 저항하는 울부짖음 같은 음산한 노래를 듣게 된 것은 우연의 일로 믿고 싶었다. '메리 퀸', 그 노래는 정녕 운명에 대한 저항과 체념으로 얼룩져 있었다. 어찌나 음산하고 절망적이었던지, 그 노래를 듣고 있는 동안 나는 줄곧 뼛속깊이 고통을 느꼈다. 뿐만 아니라, 나는 내 생명을 담고 있는 육신을 훌훌 벗어버리고 어딘가로 멀리멀리 달아나고 싶은 강한 충동을 느끼며 등줄기에 진땀을 흘렸다.

지금도 그날 밤의 기억은 생생하다. 이형과 나는 사무실 부근에서 몇 병의 맥주를 나눠 마시고 적당히 취한 고양된 기분으로 2차 행을 결의했고, 우리는 그 무렵 출입이 약간 뜸했던 세검정의 '향수'로 향했다. 엔리코 마시아스의 섬세하고 솜사탕처럼 달콤한 '물망초'를 들으며 무료하게 담배를 피고 있던 정향우는 우리가 들어서자 벌떡 자리에서 일어났다.

"좀더 자주 뵐 수 없나요?"

정 향우는 나에게 눈을 곱게 흘겼다. 그녀의 슬픈 과거를 듣기 전까지 거의 매일이다시피 '향수'를 찾았던 일을 상기하며 나는 귀밑을 붉혔다. 그녀의 거북등보다 딱딱한 각질의 과거를 어떻게 해볼 도리가 없다고 판단하지 않았다면 그 동안 내 발걸음이 그렇게 뜸했겠는가. 그녀에게 나의 속마음을 들킨 것 같아 겸연쩍었다.

"또 '물망초'군요?"

정향우는 픽, 웃었다.

"손님이 없잖아요."

정향우의 말에 나는 주위를 둘러보았다. 손님은 한 테이블도 없었다. 다른 손님이 있을 때는 육각수나 강산에나 장사익의 노래를 틀기도 했으나, 손님이 없을 때면 그녀는 아직도 자신의 추억을 중심으로 노래를 틀었다.

우리와 동석한 정향우는 우리의 거침없는 육담을 들어 넘기거나, 도리어 한술 더 떠, 신세대풍의 와이당까지 동원해 가며 우리를 웃겼다.

시간이 흘러도 손님은 좀체로 더 나타나지 않았다. 살쩍에 솜털이 보송보송한 새로 온 카운터의 아르바이트 소녀는 허리에 차고 있는 삐삐를 자주 들여다보았다. 누군가, 소녀의 아르바이트가 끝나기를 기다리고 있는 모양이었다.

우리가, 두 병씩 가져온 술을 세 차례 비웠을 때, 카페 문이 열리고 한 여자가 들어왔다. 나는 그녀를 단박에 알아보았다. 내가 날이 날마다 베라폰테나 마시아스냐고 정향우에게 핀잔을 줄 때 기억자 안쪽에 앉아 말없이 미소짓던 그 여자였다. 서른 대여섯 살쯤 되었을까. 화장기 없는 얼굴에 눈빛이 필요이상으로 형형하였다. 거기에다 고집스럽게 꾹 다문 입술까지,.......타인의 범접을 쉽게 허용할 것 같지 않은 차가운 인상이었다. 여자는 오늘도 동행 없이 혼자인 모양이었다. 마담이 가져온 술을 따라 목을 축이고 담배를 태워 물때까지 동석할 사람은 나타나지 않았다. 여자는 자작으로 거푸 두 잔의 술을 마셨다. 담배도 한 대 다 피고 재떨이에다 꽁초를 비벼 껐다. 그래도 다른 일행은 더 나타나지 않았다. 여자는 까닭 모르게 추워 보였다. 날개를 다쳐 응달에서 떨고 있는 작은 새를 방불시켰다. 까만 천의 점퍼는 구김이 많이 가 있었고, 부스스하게 늘어뜨린 생머리도 오래 손질을 하지 않은 것 같았다. 세상살이의 톱니바퀴 체계를 일탈하여 혼자 따로 돌아가는 사람처럼 어긋나 보였다. 심지어 외로움에도 무관심한 듯한 표정이었다.

"우리 집에 가끔 혼자 와서 마시는 여자예요. 주량이 너덧 병, 아니 많을 때는 열 병도 더 마시기도 하구요."

자꾸 곁눈질하는 나를 알아차렸던지 정향우가 어깨를 슬쩍 집적이며 경고하듯 내게 넌지시 말했다.

"나도 몇 번 봤어요."

나는 무안하여 낯빛을 붉히며 얼버무렸다.

정향우는 우리에게 꼭 그럴 필요가 없었을 터인데도 새로 찍었다며 명함을 한 장씩 나눠주었다. 이름과 전화번호, 인쇄된 글자들이 그녀의 얼굴로 환치되는 환각을 잠시 보았다. 혼자 있던 여자가 두 번째 술을 시켰다. 술을 가져다주고 다시 삐삐를 쳐다보던 아르바이트 소녀는 어깨걸이 가방을 메고 우리 자리에 앉아 있던 여주인에게로 터벅터벅 걸어왔다. 소녀는 팔목의 시계를 가리켰고, 정향우는 고개를 끄덕였다. 소녀는 고개를 꾸벅 숙여 보이고는 카페를 나갔다.

아르바이트 소녀가 퇴근하고 나자 '향수'는 더 썰렁해졌다. 새로 손님이 더 들 것 같지도 않았다. 때마침 그때까지 저절로 돌아가던 해리 베리폰테가 끝났다. 정향우는 전축으로 가 LP판을 갈고 돌아왔다. 잠깐 찾아왔던 정적이 엔리코 마시아스로 이어지며 깨졌다. 또 엔리코 마시아스냐고 핀잔을 주고 싶었다. 분위기가 착 가라앉아 있는 이럴 때는 가끔, 정말 어쩌다 가끔 그녀가 트는 카루소나 마리오 란자가 더 어울리지 않겠느냐고 말해 주고 싶었다. 가진 성량을 다 뽑아 올려 열정적으로 노래 부르는 카루소나 마리오 란자의 노래는 가슴속에 외로움이 자리잡을 틈을 주지 않았다. 테너와 베이스의 차이를 감안하더라도 엔리코 마시아스는 너무 솜사탕처럼 달콤하고 부드러웠다. 가슴속에 외로움이 곰팡이꽃처럼 번져가는 이럴 때는 카루소나 마리오 란자라야지 도리어 외로움에 자양분을 공급하는 엔리코 마시아스라니, 그러나 낯익은 여자 손님과 우리들밖에 없는데, 그녀의 취향을 간섭해서는 안 될 것 같아 나는 입을 열지 않았다. 그렇게 들어서 그런지 오늘 따라 엔리코 마시아스가 유난히 맹물같이 싱겁게 느껴졌다.

"제가 노래 한 곡 부르면 안될까요?"

엔리코 마시아스가 '카타리'를 끝내고 막 '남몰래 흘리는 눈물'로 넘어가려던 참이었다. 혼자 술을 마시고 있던 여자 손님이 자리에서 일어나며 우리를 향해 당당히 제안했다. 우리가 어리둥절해 있는 사이 여자 손님은 술병과 잔을 들고 우리의 옆 테이블로 와 앉았다.

"세상에는 저렇게 달콤하고 편안한 노래로는 위안을 받을 수 없는 사람들도 있는 법이에요."

저렇게 달콤하고 편안한 노래로는 위안을 받을 수 없는 사람들도 있는 법이에요, 까닭 모르게 가슴속에 쿵, 하고 무엇이 떨어지는 소리를 생생히 들으며 나는 고개를 들어 그녀를 쳐다보았다. 그녀와 눈이 마주쳤다. 번쩍 번개가 일어났다. 그녀의 날카로운 눈빛이 비수처럼 날아와 가슴에 박혔다. 그녀의 당돌한 제안은 무료하던 우리의 피를 소리내며 뛰게 하였다.

"아........그러세요."

잠시 어리둥절해 있던 정향우는 그렇게 말하고 일어났다. 정향우는 마치 끈의 조정에 의해 움직이는 마리오네트처럼 불가항력적인 몸짓으로 전축으로 다가가 엔리코 마시아스를 껐다.

여자 손님은 잠시 뜸을 들인 다음, 담배를 한차례 깊이 빨아들였다가 그 연기를 내뿜으며 노래를 시작했다. 노랫소리는 담배연기와 함께 퍼져나갔다.

메리 퀸, 밤항구의 창문을 열고
쓰라린 이별가에 쓰디쓴 담배연기
메리 퀸, 길게 뻗은 밤부두에서
떠나려는 아메리카 상선에 매달려
흐느껴 울며 몸부림치는 그 여인을
아, 쓰디쓴 담배연기 속에 날려버려야지
부서지는 파도 위에 띄워 보내야지
메리 퀸, 메리 퀸, 메리 퀸 로맨스여!

과연 엔리코 마시아스와는 판이하였다.

서러운 소리는 여문 철성이라야 해. 언젠가 남도소리를 하는 노가객이 말했었다. 동편제 판소리에 관한 이야기 중에 들은 것이어서 응당 그러려니 여기고 넘어갔는데, 오늘 여자의 노래를 듣고 나니 그 노가객의 말이 새삼스레 상기되며 절로 고개가 끄덕여졌다. 그녀의 성대에는 녹슨 쇳소리가 짙게 섞여 있었다. 노래를 듣고 있는 동안 녹슨 쇳소리에 파랗게 일어나는 선연한 인광 때문에 눈을 감고 온몸으로 전율을 견뎌야 했다. 그녀의 노래는 가슴을 저미는 것 같았다. 내가 지금까지 들어왔던 어떤 슬픈 노래보다 더 슬픈 검은 운명의 빛을 띠고 있었다. 그녀의 노래는 벗어날 수 없는 어떤 슬픈 천형의 굴레 속에서 몸부림치는 여인의 절규처럼 들렸다.

"다시 한번 더 들을 수 없겠습니까?"

나는 충동적으로 여인을 향해 재청을 넣었다. 순간 나는 내 영혼이, 그런 게 있다면, 그 노래를 절망적으로 원하고 있음을 확연히 느꼈다. 이형도 정향우도 거의 이구동성으로 재청을 넣었다.

여인은 대꾸없이 비어있던 술잔을 채워 목을 축이더니, 다시 노래를 부르기 시작했다. 이번에는 더 슬프게 들렸다. '쑥대머리'를 들을 때 저러했던가! 나는 내 영혼이 눈물을 흘리고 있는 것 같은 비현실적인 감정에 사로잡혔다.

"아, 무서운 노래군요!"

노래가 끝나고도 나는 귓전을 맴도는 여운 때문에 잠시 눈을 뜨지 못했다. 얼마 후 눈을 뜬 나는 그녀를 향해 그렇게 말하지 않을 수 없었다. 노래가 사람을 죽일 수도 있어! 남도소리를 하는 그 노가객의 말이 떠올랐기 때문이었다.

"세상에 나보다 더 슬픈 사람이 있는가봐? 저런 노래가 있는 걸 보면………"

정향우는 고개를 갸웃거리더니, 여자 손님의 손을 잡아끌며 합석을 강권한 후 술을 권하였다.

"노래라면 저도 웬만큼 안다고 생각했는데, 그 노래는 처음이군요."

"저도 길에서 우연히 배운 거예요."

"길에서 우연히 배웠다구요?"

"그럼요. 족보에도 없는 노랜 걸요."

"족보에도 없는 노래라구요?"

내게는 그 말이 매우 신선하게 들렸다.

"족보에도 없는 노래치고는 너무 좋다!"

정향우는 손뼉이라도 칠 것 같은 표정으로 좋아했다.

"그 느낌으로 봐서, 혹시 광주 어디선가 흘러나온 것 아닐까요?"

이형은 그 노래에서 80년대에 지하에 숨어 소리 소문 없이 퍼져나갔던 민주투사들의 운동가를 연상했던 모양이었다. 제도권의 탄압으로 비명에 간 억울한 죽음들을 애도하는 절망적인 슬픔의 노래들이 얼마나 은밀히 떠돌았던가.

"그럴지도 모르지요."

여인은 새 담배에다 불을 붙였다. 어떤 것도 꺼리지 않는 극도의 무방비 상태의, 감정이 표백된 얼굴로, 무심히 대답했다.

"혹시 남아프리카에서 흘러 들어온 것은 아닐까요? 아돌프 후가드가 연상되더군요."

여인의 대답이 너무 쉽게 나와 신뢰가 가지 않았기 때문일까. 이형은 방향을 바꾸었다.

"아니면, 노예선에 사지가 결박된 채 부두에서 몸부림치는 애인을 보다 못해 눈을 돌리는 어떤 흑인 사내의 피로 쓰고 눈물로 부른 노래 같기도 하고?"

이형의 상상력은 절해고도에 감금된 양심수의 절규에서, 남아프리카 백인 지배자들이 펼친 참혹한 인종정책 아파르트헤이트에 의해 아메리카로 팔려 가는 흑인 노예의 비가로 빠르게 발전하였다.

"그럴지도 모르지요."

이번에도 여인은 극도의 무방비 상태의 무심한 표정으로 대답했다.

"노예상인에 의해 아메리카로 팔려 가는 남자를 향해 울부짖는 아프리카 여인의 절규? 아니면 사랑하는 여인을 두고 노예선에 실려 떠나야하는 흑인 사내의 탄식! 아마 그럴 것 같네요."

정향우가 이형의 의견에 동조하고 나왔다. 여인은 두 사람의 해석이 재미있다고 여기는 표정이었다. 고개를 끄덕이며 보일 듯 말 듯 희미하게 미소지었다. 그리고 발장단과 함께 입안엣소리로 노래를 흥얼거리기 시작했다. 메리 퀸, 길게 뻗은 밤부두에서, 떠나려는 아메리카 상선에 매달려, 흐느껴 울며 몸부림치는 그 여인을, 아 쓰디쓴 담배연기 속에 날려 버려야지, 부서지는 파도 위에 띄워 보내야지, 메리 퀸, 메리 퀸, 메리 퀸 로맨스여! 나의 모든 감각과 신경은 여인에게로 다 쏠려 있었다. 시간은 정지해 있고, 여인의 노래는 내 귀에 쟁쟁하였다. 술을 마시면서도, 담배를 태우면서도, 이야기를 나누면서도, 나의 영혼은 계속 여인의 노래를 듣고 있었다. 영업허가 시간이 지나자 정 향우는 두터운 마직 커튼을 내리고, 전등불의 촉수를 낮추었다. 우리는 비밀결사 요원들처럼 소리 죽여 술을 계속 마셨다. 담배가 다 떨어지자 우리는 비로소 현실로 돌아왔다. 그때 우리는 특히 담배가 없이는 잠시도 견딜 수 없을 것 같았다. 우리는 자리에서 일어났다. '향수'를 나온 우리는 바로 헤어졌다. 아쉬웠지만 어쩔 수 없는 일이었다.

정향우와 '향수'에 그 '메리 퀸'까지 보태지자 한동안 뜸했던 나의 세검정행의 발걸음이 한결 잦아졌다. 하루가 멀다하고 '향수'에 가서 늦게까지 술을 마시며 속으로 애타게 그 여인을 기다렸다. 그러나 '메리 퀸'을 불러 나의 영혼을 적셔주던 그 여인은 좀처럼 나타나지 않았다. 두어 달이 지나자 기다림에도 한계가 왔다. 그 여인을 다시 만날 수 있으려니 하는 기대도 점점 엷어져갔다. 그럴 무렵의 어느 날 저녁이었다. 친구와 신촌에서 1차와 2차를 하고 헤어진 다음, 술이 이성을 누르고 나를 지배하게 되자 나의 발걸음은 또 '향수'로 향하였다. '향수'의 문을 밀고 안으로 들어가 무의식적으로 홀을 한바퀴 둘러보던 나는 눈이 휘둥그레졌다. 내가 그토록 애타게 기다리던 그 여인이 보였기 때문이었다. 여인은 오늘도 혼자서 심상한 모습으로 술을 마시고 있었다. 나는 주저할 겨를도 없이 여인의 앞자리로 가서 털썩 주저앉았다.

"다시는 못 보는 줄 알았습니다!"

반가움과 원망이 섞여 음성이 떨려나왔다. 그러나 여인은 나를 놀란 눈으로 쳐다보았다.

"지난 번 여기서 '메리 퀸'을 들려주지 않았습니까?"

여인은 나를 알아보는 데 시간이 약간 걸렸다.

"아, 그러세요. 그 슬퍼 보이던 분!"

여인은 비로소 친근한 표정으로 빙긋 미소지었다. 그러나 나는 찔끔 놀랐다. 어깨를 으쓱 올렸다 내리며 도리질을 하였다. 내가 슬퍼 보였다니, 마치 속내를 들킨 기분이었으나 나는 완강히 고개를 내저었다.

"제가 슬퍼 보였다구요?"

"아니면, 제 거울로 선생님을 봐서 그랬던가요? 암튼 인상이 좋았어요. 그날, 제가 너무 취했었지요?"

"취하다니요. 그날, 모두 기분 좋았었지요."

"저는 그게 탈이에요. 술만 좀 취했다 하면 노래를 부르거든요."

여인의 얼굴에 쓸쓸한 빛이 스쳐갔다. 후회하는 기색은 아니었다. 술만 좀 취했다 하면 노래를 부르거든요, 그 말에서 나는 까닭 모르게 악마 로트바르트의 마법에 걸려 백조가 된 슬픈 운명의 오디트 공주를 연상하였다.

"저는 '메리 퀸'을 한번 더 들을 수 없을까 해서, 지난 몇 달 동안 매일이다시피 이곳 '향수'에 들르고는 했습니다."

"아니 '메리 퀸'을 듣기 위해서요?"

"그럼요. '메리 퀸'은 제 삶의 뿌리까지 송두리째 뒤흔들어 놨는걸요."

"그래서 그렇게 슬픈 얼굴이셨던가요!"

여인은 싫은 표정은 아니었다. 미소를 지으며 내게 술을 권하였다. 내가 술잔을 비우고 다시 건네려는데 술병이 다 비어 있었다. 나는 정향우에게 술을 더 시켰고, 술을 가져온 정향우는 자연스럽게 우리와 합석을 하였다. 손님이 두어 패 들고났을 뿐 그날도 '향수'는 한가하였다.

나는 몇 차례나 여인에게 '메리 퀸'을 들려달라고 강청하였다. 여인은 듣는 둥 마는 둥 딴전만 피웠다. 그러나 아르바이트 소녀가 퇴근하고, 얼마 후 자정을 지나 창에 두꺼운 마직 커튼을 치고 등불의 촉수를 낮춘 후 얼마쯤 더 지났을까, 여인은 스스로 노래를 부르기 시작했다. 나는 그날 밤 세 번이나 '메리 퀸'으로 내 황폐한 영혼을 적시는 행운을 누렸다.

시간은 속절없이 흘러 어느덧 새벽 두 시, 자리를 일어날 시간을 훨씬 초과해 있었다. 나는 세상의 모든 시계 바늘을 일제히 멈출 수 있는 능력이 없는 것이 그렇게 원망스러울 수가 없었다. 조바심 속에서 술잔을 기울이던 나는 그날도 결국 담배가 떨어지자 가까스로 자리에서 일어났다. '향수'를 나오자 정향우는 집에 가봐야 한다고 우리에게 손을 흔들고 황황히 사라졌다. '향수'의 안에 있을 때와는 달리 '향수'의 밖에만 나오면 정향우는 그렇듯 늘 쌀쌀하게 변했다. '향수'의 안에 있을 때면 간이라도 빼줄 것처럼 친절하고 곰살맞게 굴어도 문밖으로만 나오면 언제 그랬더냐는 식으로 싹 표변하였다. 정향우의 뒷모습을 눈으로 잠시 배웅한 나는 주위를 둘러보았다. 담배를 파는 24시간 편의점 한곳도, 술을 마실 수 있는 포장마차도 하나 보이지 않고 삭막하였다. 여관의 붉은 빛 간판 외에 세상은 깊은 잠 속에 빠져 있었다.

"오늘밤은, 그냥 헤어지기가 싫은데, 어디 마땅한 곳이 없군요. 우리 종로 쪽으로 가볼까요?"

나는 횡횡 과속으로 달리는 차도의 차들을 바라보았다.

"제 거처로 가면 어떨까요? 방은 코딱지만 하지만 담배는 물론 소주도 한 병쯤 있을 거예요."

여인의 말에 나는 속으로 쾌재를 불렀다. 그러나 그런 속마음을 들키고 싶지 않아 잠시 뜸을 들인 후 신중히 말했다.

"담배와 소주가 있다? 그렇다면 안 갈 수 없겠군요."

여인은 골목길을 구불구불 올라갔다. 어떤 개구멍 같은 작은 지겟문 앞에 이르러 걸음을 멈추고 잠시 나를 돌아보았다. 내가, 여기군요, 하자 고개를 끄덕인 여인은 문을 안으로 밀고 들어갔다. 본 채 뒷곁 귀에 붙은 여인의 귀틀방은 여인의 말처럼 코딱지만 했다. 그리고 어수선했다. 방바닥에는 옷가지와 양말들이 어지럽게 널려 있고, 때 전 양말 옆에 라면 국물이 말라붙은 냄비와 밑바닥에 김치국물이 고여 있는 접시가 아무렇게나 뒹굴고 있었다. 책상 위에는 컴퓨터와 보다 만 책이 몇 권 펼쳐지거나 뒤집어져 있고,

벽에는 시간이 녹아 붙은 달리의 복제품 한 점이 금방이라도 떨어질 듯 삐딱하게 걸려 있었다.

"여기 제 혹성은, 구원 없는 영원한 영하의 동토랍니다."

어지럽고 썰렁한 방은, 부수수한 머리나 함부로 아무렇게나 입은 입성이나 어떤 일에도 관심이 없어 보이는 여인의 겉모습과 그대로 닮아 있었다. 여인으로 하여금 '메리 퀸'을 부르게 하는 어떤 감정의 무늬를 방 곳곳에서 엿볼 수 있었다. 냉소적인 말투였으나 자학적인 기미는 느껴지지 않았다.

"그렇지만 술만 있다면 부족한 게 없어 보이는 혹성 같군요."

"이 혹성에는 담배도 필수불가결의 요체랍니다."

여인은 담배를 한 대 빼 물고 불을 붙였다. 내가 담배를 피는 동안 여인은 소주 두 병과 잔 두 개를 가져왔다.

"한 병밖에 없는 줄 알았더니, 두 병이나 있네요."

소주 두 병을 구원으로 여긴 듯 여인은 마치 천국을 약속 받은 열렬한 신자처럼 법열에 들뜬 표정으로 노래부르듯 말했다. 여인은 두 개의 잔에다 술을 가득 따랐다.

"자, 오늘의 수상한 밤을 위하여!"

여인은 건배를 한 후 단숨에 술잔을 비웠다. 나도 혀에 감기는 술맛을 음미할 겨를도 없이 재빨리 술잔을 비웠다.

"술과 컴퓨터는, 어쩐지 잘 어울리지 않아 보이는군요?"

"담배와 컴퓨터는 잘 어울리는 항목이구요!"

"컴퓨터와 함께 보내는 시간이 많은 모양이지요?"

"제게 일용할 양식과 술을 제공하는 고마운 도구예요."

"컴퓨터로 생활을 꾸려간다..........?"

여인의 하는 일이 궁금했으나, 여인의 분위기가 직설적인 것보다 우회적인 취향인 것 같아 입을 다물었다.

"인터뷰어예요. 제 친구 몇 명이 신문이나 잡지사에 있는데 내가 몇 줄씩 토닥여다 주면 어렵지 않게 소화시켜 주고는 해요."

내가 묻기 전에 스스로 대답해 준 것은 고마웠으나, 인터뷰어라니? 르포라이터나 카피라이터라는 직종은 구문이지만 인터뷰어는 생뚱스러웠다.

"어떤 사건이나 일로 세상에 뜨는 인물들 있잖아요. 그런 인물들 인터뷰 해 잔뜩 비틀어다 주는 간단한 일이에요."

"잔뜩 비틀어다 준다?"

"세상에 뜨는 인물들 치고 인간적인 인물들 드물잖아요. 대개 탐욕스럽지 않으면 정신 파탄자나 중증의 명예 결핍증 환자들이지요. 그런 인물들 칭찬 앞에는 깜북 죽어요. 칭찬 받을 구석이라고는 눈꼽만큼도 없는 그런 인사들, 칭찬으로 발라 주는 것 그게 비트는 것 아니면 뭐겠어요."

여인의 말투는 냉소적이고 도전적이었다. 그 말투에서 나는 세상과 불화하는 여인의 성정을 알 것 같았다.

"우리, 슬퍼 보이는 선생님께서는 어떻게 술값을 마련하시나?"

여인의 설명에도 불구하고 아직도 인터뷰어라는 직종을 이해하기 위해 시간을 쓰고 있는 내게 여인이 불쑥 물었다.

"인터뷰어 같은 멋진 일을 하지 않아 어쩌지요. 평범한 회사원입니다."

나는 친구와 동업으로 작은 출판사를 경영하고 있었다. 그러나 바른 대로 말하기가 거북스러웠다. 인터뷰어라면 책과 지근거리에 있는 사람인데, 그쪽으로 이야기가 번져간다면 자연 길어질 것이 분명하였다. 나는 번거로운 것은 피하고 싶었다.

"부럽군요. 술값 확보에는 어려움이 없을 테니까. 저는 가끔 술값이 떨어져 쩔쩔 맬 때가 있는데........"

세상에 원, 별 것이 다 부러워할 항목이 되는군, 나는 씁쓸하였다.

"그렇지만 외로움을 삭이는 직업은 되지 못한답니다."

"세상에 그런 직업이 어딨겠어요?"

"그림을 그리거나, 노래를 짓거나, 영화를 만드는 사람들, 그런 사람들은 가슴속에 외로움이 고일 겨를이 없을 것 아닙니까? 인터뷰어도 그렇겠지요. 일을 할 때 외로움을 그 일에다 다 풀어놓을 수 있을 테니까요."

"딴은 그렇게 말할 수도 있겠군요. 하지만 술을 마실 때보다 더 확실하게 외로움을 보상받을 수 있을까요?"

"그럴까요? 저는 술 마실 때 더 외로움을 타는데........"

"저도 술을 마실 때 외로움을 타지만, 술을 마시게 되는 이유, 그것이 바로 우리가 살아가야 할 어떤 숙명적인 동인 아닐까요? 술은 집도 친구도 돈도 심지어는 이 세상 모두를 이기게 할 수도 있지 않아요?"

그럴까? 술은 집도 친구도 돈도 심지어는 이 세상 모두를 이기게 할 수 있을까? 나는 여인을 빤히 쳐다보았다. 여인의 눈 저 안쪽에 안개 같은 기류가 흐르고 있었다. 그 안개 같은 기류는 집도 친구도 다 떠나 홀로 지내고 있는 자의 외로움을 감싸고 있는 것처럼 보였다. 여인도 나처럼 치유되지 않는 어떤 깊은 내상을 지니고 있는 것인가. 그 내상이 얼마나 깊으면 집도 친구도 다 떠나 어두워지면 술집을 전전하며 '메리 퀸'을 부르는 것일까? 그러나 나는 두 병의 술을 다 비울 때까지 그 궁금증을 풀지 못했다. 여인의 외

로움과 내상이 궁금하여 애써 미끼를 끼워 몇 번 낚시를 던져보았
으나 여인은 거기에 대해서는 끝내 입질도 한번 하지 않았다.

그때가 아마 그 밤의 끝자락쯤 되었을까. 술에게 몸과 정신을 송
두리째 점령당한 나는 그 어느 어름에서 꼴깍 의식을 잃고 말았다.
이것이 마지막 잔이라는 말을 들은 것 같기도 했고 그 잔을 비운
것 같기도 했다. 그러나 그 다음의 일은 전혀 기억에 없었다. 낯 선
남녀가 한 방에서 함께 밤을 지샜다면 으레 벌어지기 마련인(?)
그 일을 치르기는 했는지 아니면 손도 한 번 잡아보지 못하고 싱겁
게 픽 모로 쓰러져 잠들고 말았는지, 알지 못한 채 나는 늦은 아침
에야 겨우 의식을 찾았다.

여인은 아직도 깊은 잠에 떨어져 있었다. 젖가슴은 헤쳐져 있었
고 아래 속옷은 발끝으로 내려져 있었다. 거웃이 짙은 거기는 훌랑
다 드러나 있었다. 거기에 눈이 닿은 순간 숨이 컥 막혔다.

그 위에 엎어지고 싶은 강렬한 욕망에 몸을 떨었다. 머리 속은
도끼로 빠게는 것 같고 목은 타는 듯 했다. 나는 그 강렬한 충동에
도 불구하고 알 수 없는 불가항력적인 힘에 떼밀려 여인을 한번 흔
들어 보지도 못하고 그 방을 나오고 말았다.

부랴부랴 사무실로 뛰어갔으나 두 시간이나 지각이었다. 친구와
직원들에게 민망하여 책상머리에 고개를 푹 떨구고 일을 하는 척
했으나 종일 일이 손에 잘 잡히지 않았다. 머릿속에 불개미라도 우
글거리고 있는 것 같았다. 세 번이나 커피로 머리를 헹구었으나 간
밤의 그 여인에 관한 상념 외에 다른 과거의 일은 모두 지워져 있
는 것 같았다. 여인은 젖가슴이 헤쳐져 있고 아랫도리가 벗겨진 채
거웃이 무성한 그곳을 다 드러내놓고 있었으나 나는 바지는 물론
웃옷도 단정히 입은 채였다. 여인의 모습으로 봐서는 우리가 무슨

일을 벌인 것처럼 보였으나 내 모습으로 봐서는 아무 일도 일어나지 않은 것처럼 보였다. 내가 일을 벌이고 나서 술김에도 다시 옷을 챙겨 입은 것은 아닌지 그것이 의문이었다. 그러나 아무리 기억을 더듬어도 그 의문은 종시 풀리지 않았다. 좋은 의미로든 나쁜 의미로든 나는, 주위로부터 평소 완벽주의자라는 평을 듣고 있었다. 그러나 글쎄? 부질없이 교정지를 넘기거나 손으로 볼펜을 돌리거나 화장실 출입으로 나는 거의 하루를 허송하였다. 퇴근시간까지 기다린다는 것이 그렇게 지루할 수가 없었다. 지각한 터수에 염치도 없이 정시가 되자 나는 책상정리를 하고 서둘러 사무실을 빠져 나왔다.

세검정에 도착한 나는 사천(沙川)을 끼고 걸음을 서둘렀다. 간밤의 캄캄한 기억을 더듬으며 신영동 골목을 여기저기 헤맸다. 간밤에는 몰랐으나 웬 골목이 그렇게나 많은지, 그리고 집들은 또 왜 그렇게나 비슷비슷한지, 어디가 어딘지 통 알 수가 없었다. 이 골목 저 골목으로, 이 집에서 저 집으로, 땀을 뻘뻘 흘리며 찾아 헤맸으나 아침에 나온 여인의 귀틀방은 찾을 길이 없었다. 여인의 이름을 알아두지 않았던 것이 후회스러웠다. 체면을 무릅쓰고라도 골목골목을 다니며 그 이름이라도 크게 불러댈 수 없는 것이 아쉬웠다. 하다못해 '메리 퀸'의 가사나 곡조라도 욀 수 있으면 좋으련만 노래 구절도 생각나지 않았다. 이름도 노래도 불러댈 수 없는 딱한 나는 골목을 오르내리거나 비슷하다 싶은 집을 기웃거리며 다리품이나 팔 수밖에 달리 도리가 없었다. 어느 사이 주위에 어둠이 깔려가기 시작했다. 다정다감하고 안온하던 세검정의 어둠이 고통으로 얼룩져 가는 순간이었다. 얼마 후 나는 힘없이 어둠 속으로 가라앉아 가는 신영동 골목을 터벅터벅 걸어 내려왔다. '향수'에서 자정 무렵까지 술로 육신을 적시며 여인이 나타나기를 기다렸다. 끝내 여인은 모습을 나타내지 않았다.

그 다음날도, 그 다음날도 나는 신영동의 사천을 따라 올라가 골목을 기웃거리며 여인의 귀틀방을 찾아 헤맸다. 그리고 어두워지면 '향수'로 내려와 여인을 그리워하며 술을 마셨다. 한 달을 훌쩍 넘기고서야 가까스로 그 기다림이 부질없는 것임을 나는 어렴풋이 깨달았다. 그러나 그런 깨달음에도 불구하고 나는 여인을 포기하지 못하고 매일이다시피 '향수'의 문턱을 넘나들었다. 정향우도 가끔 '메리 퀸'을 부르던 여인이 궁금하다고 말했다.

"저 오늘 메리 퀸을 봤어요."

여인을 보지 못한 채 여름을 다 보내고 가을로 접어들 무렵이었다. '향수'에 들렀더니, 정향우가 뜻하지 않았던 감로수 같은 뉴스를 전했다.

"아침에, 텔레비를 보는데, 메리 퀸이 보이잖아요."

"텔레비에 출연했단 말이에요?"

정향우는 고개를 저었다.

"뉴스 시간이었어요. 요 며칠 사이 명동성당에서 근로자들 시위가 계속되고 있지 않아요. 메리 퀸이 이마에 붉은 띠를 두르고 구호를 외치고 있더라구요."

"시위를 하고 있었단 말입니까?"

나는 덤벼들 듯 급히 물었다. 내가 너무 강경하게 다그친 때문일까. 정향우는 얼른 한발 물러섰다.

"아니, 제가 잘 못 봤을 수도 있어요. 옆모습이 꼭 메리 퀸 같더라구요."

나는 맥이 탁 풀렸다. 끝까지 메리 퀸이 틀림없다고 주장해 주었더라면 얼마나 좋았으랴. 정향우는 옆모습 운운하며 슬그머니 꽁무니를 내렸다.

그러거나 말거나 나는 여인이 시위대의 일원이기를 간절히 바라며, 다음 날 당장 명동성당 시위현장으로 달려갔다. 여인이 시위대의 일원이라면 만날 수 있을지 모르지만, 어제 시위현장 취재차 나왔거나 노조위원장과의 인터뷰를 위해 나왔다면 오늘은 나오지 않았을 수도 있었다. 그렇지만 요행히 취재를 계속하고 있을 수도 있는 일 아니겠는가.

시위현장의 경계는 삼엄했다. 경찰의 포위망도 물샐틈없었고 시위대의 방어망도 빈틈없었다. 일반인들의 접근은 용이하지 않았다. 접근 가능한 지점까지 바짝 다가간 나는 눈을 크게 키워 뜨고 시위대를 살폈다. 이마에 붉은 띠를 질끈 동여맨 살벌한 남녀 시위대들 사이사이를 이 잡듯 뒤졌으나 여인은 보이지 않았다. 사무실에도 나가지 않은 채 시위현장에서 얼쩡거리던 나는 해질녘이 되어서야 풀죽은 모습으로 그곳을 떠나왔다.

며칠 후, 일부러 시간을 내 나는 도서관을 찾았다. 지난 며칠간 서울에서 발행된 모든 신문을 훑어 내렸다. 그러나 여인이 쓴 르포 기사나 그녀의 행적을 알아낼 수 있는 어떤 기사도 발견되지 않았다. 따라서 나는 결국 '메리 퀸'의 이름도 또 여인을 찾을 수 있는 단서도 확보할 수 없었다. 아홉 개의 종합 일간지와 세 개의 스포츠지와 네 개의 경제지를 다 훑어 내린 나는 그 주에 발행된 주간지와 그 달에 나온 월간지도 다 찾아 보았다. 역시 여인의 행적을 찾을 수 있는 단서는 확보하지 못한 채 도서관을 나오고 말았다.

한동안 나는 '메리 퀸'에 대해 잊고 지냈다. 잊고 지냈다기보다 여인을 찾는 일이 매번 수포로 돌아가자 지친 나머지 찾기를 애써 단념하고 있었다.

그러나 저녁이면 '향수'에 들르는 것까지 단념할 수는 없었다. 지난 어느 날처럼 여인이 문득 '향수'에 나타나 주기를 은근히 기대하며 나는 '향수'의 출입에는 발길을 끊지 못했다. 은행나무가 노란잎으로 자신의 발목을 수북히 덮고 서리도 두어 차례 내린 가을의 막바지에, 나는 얼핏 '메리 퀸'을 보았다.

뉴스시간이었다. 볼 때마다 부당해 보이고 지긋지긋한 5.18 광주 민주화 사건 공판 뉴스를 시들하게 보고 있을 때였다. 나는 소스라치게 놀라 눈을 전조등처럼 키워 뜨고 벌떡 일어났다. 여덟 명의 회색 수의 차림의 피고인들을 비추고 있는 화면 뒤편에 '메리 퀸'이 앉아 있었던 것이다. 여인은 고개를 번쩍 쳐들고 판사들이 앉아 있는 법대를 바라보고 있었다. 아주 짧은 순간이었다. 카메라는 방청석을 한바퀴 돌고 판사들의 모습을 차례로 비추었다. 카메라가 다시 아까의 장면을 비춰주기를 속을 태우며 기다렸으나 검은 법복의 주심과 좌우 배석 판사들의 위엄 있는 면면을 보여주던 화면은 다른 뉴스로 넘어가고 말았다. 여인은 무슨 일로 왜 그곳 법정의 방청석에 앉아 있었을까? 그 재판과 무슨 관계가 있는 것일까? 아니면 역시 어느 신문이나 잡지사로부터 공판현장 르포라도 청탁받고 취재하기 위해 그곳 법정의 방청석에 앉아 있었던 것일까?

며칠 후, 이번에도 나는 도서관을 찾아가 그 즈음에 발간된 신문을 다 뒤졌다. 스포츠지, 경제지는 물론 시사주간지며 월간지도 다 빼놓지 않고 훑었다. 이번에도 역시 '메리 퀸'으로 짐작되는 필자의 공판 현장 르포 기사는 발견할 수 없었다.

(5)

금요일.

세검정에 도착한 나는 고개를 들어 삼각산 위의 하늘에 떠 있는 검은 구름을 쳐다보았다. 어디선가 해가 지고 있었다. 저 검은 매지 구름은 어느 도시에, 어느 바다에 다달아 비가 되어 세상에 내리게 될까? 어깨를 치고 지나가는 남자의 뒷모습도 밉지 않았고, 매연을 내뿜으며 달아나는 자동차들도 다정스러웠다. 해가 지고 있는 것이 분명 어깨로 느껴졌다. 저 오른쪽 모퉁이만 돌아나가면 '향수'가 있겠지. 그렇게 생각한 순간, 머물고 있던 바람이 막 떠나려는 차비를 하고 있는 정자가 눈에 들어왔다. 차량 왕래가 심한 대로변의 탕춘대(蕩春臺), 맨 아랫자락에 고무래 정자 모양의 3칸 팔작 지붕의 정자, 그것이 바로 이 지역의 지명으로 된 세검정이었다. 사방으로 트여 있어 어떤 상념도 오래 머물러 있을 것 같지 않듯 역사적 사실도 다만 흘려보내기만 할뿐 한 자락도 간직하고 있을 것 같지 않은 세검정.

임항실, '메리 퀸'을 부르는 여인을 만나러 가는 지금, 내게 저 정자는 어떤 의미를 지닐까? 그래 반정인사들이 광해군의 폐위를 결의하고 자기 목을 벨지도 몰랐을 칼을 씻었다는 저 음모의 현장인 세검정이 내게 무슨 의미를 지니겠는가. 그런 역사적인 사실과 어울리지 않는 안온함을 내게 느끼게 하는 세검정, 그 이름 외에 내게 무슨 의미가 있겠는가. 그러나 오늘은 분명 무슨 의미가 있을 것처럼 느껴졌다. 세검정. 늘 해가 지고 있는 동네. 나는 노래라도 부르는 심정으로 오른쪽 모퉁이를 돌아나갔다. 과연 '향수'가 나를 기다리고 있었다. '향수'의 간판이 시야에 들어온 순간 그 정자의 상념은 내 머리 속에서 지워져갔다.

기다린다는 것은 어떤 것일까? 출감 날짜를 며칠 앞둔 수인의 불면, 제대를 코앞에 둔 사병의 조급증, 망망대해를 가로질러 와 상륙을 눈앞에 둔 지친 외항선원의 투신하고 싶은 심정, 그런 것들이 기다림일까? 나는 지난 3일 동안 그런 사람들도 겪지 않았을 기다림의 중병에 시달리다 금요일을 맞았다. 기다림 끝에는 목마르게 갈망하던 어떤 보상이 주어지기 마련이다. 출감하는 수인에게는 자유가, 제대하는 사병에게는 따뜻한 가족의 품이, 대양을 건너온 외항선원에게는 흔들리지 않는 육지가. 심지어 엄동설한의 겨울을 견딘 살구나무에게는 자양분을 풍부하게 빨아들여 꽃과 푸른 잎을 피우고 열매를 주렁주렁 달고 익히고 그 씨를 퍼뜨릴 수 있는 봄, 여름, 가을이 주어진다. 그러나 나의 기다림은 아무런 보상도 주어지지 않았다. 자정이 넘도록 맥주를 스무 병이나 마시면서 기다렸으나 임항실, '메리 퀸'을 부르던 여자는 끝내 나타나지 않았다.

"전화라도 한번 걸어보지 그래요?"

자꾸만 문 쪽을 돌아보는 내가 안쓰러웠던지 정향우는 내게 몇 번이나 전화를 걸어보면 어떻겠느냐고 물었다. 그럴 때마다 나는 손을 저었다.

"부질없이 전화는 무슨."

"기다리느라 애태우는 것보다 낫지 않아요?"

"지금 집에 없을걸요."

"어떻게 그렇게 잘 아세요?"

"지금까지 겪고도 모르겠어요. 여기 '향수'로 오다 어딘가 엉뚱한 데서 닻을 내렸을 거예요."

나는 그렇게 짐작했다. 이곳 '향수'를 향해 오던 길에 여인은 마음이 달라져 어딘가 엉뚱한 곳에 들어가 술을 마시고 있을는지도 모를 일이었다. 어디선지 내가 모르는 곳에서 돌이킬 수 없는 지난날을 추모하며 '메리 퀸'을 부르고 있을는지도.

다음, 다음, 다음날 천신만고 끝에 통화가 되었을 때 여인은 이쪽이 도리어 민망할 정도로 미안해했다.

"저는 바람을 많이 타는 편이에요. 동남풍이 불 때와 북서풍이 불 때 마음이 달라지거든요. 동남풍이 불 때 한 약속 시간에 동남풍이 불어야지, 북서풍이 불면 그만 방향이 틀어져 버려요. 그래서 가급적 약속을 안 하는 편인데, 어쨌든 정말 죄송해요."

"'향수'로 나오는데 바람의 방향이 달라진다면, 제가 어디든 바람의 방향이 달라지지 않는 곳으로 나가겠습니다."

"아니 그럴 것 없어요. 제가 '향수'로 나가겠습니다. 오늘 저녁 아니면 내일 저녁에는 꼭 나갈께요."

"그럼 오늘 저녁이나 내일 저녁에도 지금과 같은 바람이 불어야할 텐데!"

"걱정 마세요."

거듭 다짐을 두고 약속을 단단히 했으나, 심술궂은 바람이 방향을 틀었던지 여인은 그날 저녁에도 그 다음날 저녁에도 나오지 않았다. 그렇듯 두 번이나 바람을 맞았으나, 여인과 또 '메리 퀸'을 듣고 싶은 마음, 그 어느 쪽에 대한 미련도 버리지 못한 나는 또 전화를 걸었다. 이번에도 몇 번의 시도 끝에 간신히 통화를 할 수 있었고, 여인은 또 선선히 '향수'로 나오겠다고 약속을 굳게 했다. 그러나 이번에도 나는 기다림의 보상을 받지 못했다.

그제서야 나는 백운산에 걸려 있던 매지 구름이 왜 비를 뿌리지 않고 그냥 넘어가는지 그 까닭을 어렴풋이나마 짐작할 수 있을 것 같았다. 바람도 불지 않는데 왜 꽃잎이 지는지 그 까닭도 알 것 같았다. 여인은 이쪽의 간청을 뿌리치지 못해 어쩔 수 없이 번번이 지키고 싶지 않은 약속을 한 것이리라. 여인은 나를 만날 마음도 없고 '향수'로 나올 생각도 없었던 것이리라.

하지만 가엾게도 나는 여인과의 만남을 단념할 수가 없었다. 여인과 보냈던 밤에 대한 아련한 기억은 그리움으로 성큼 자라 있었다. 여인과 보낸 밤에 대한 기억도 반추하고 싶었고 가능하다면 '메리 퀸'도 더 듣고 싶었다.

며칠 동안 궁리한 끝에 나는, 심인광고의 전화번호를 단서로 심부름센터에 여인의 신분조사를 의뢰했다. A4지 한 장에 기록된 여인의 신분은 나의 예상과는 너무나 달랐다. 여인은 부수수한 모습으로 '향수' 같은 데 나와 '메리 퀸'을 부르거나 신영동의 허름한 귀틀방에서 라면으로 연명할 그런 신분이 아니었다. 혁명정권의 요직을 두루 거친 퇴역장군 임성국이 여인의 아버지였다. 여인은 명문대학의 학부와 대학원에서 영문학을 전공하고, 유수한 언론사의 기자로 근무한 경력이 있는 재원이었다. 아버지는 아직도 국영기업체 장으로 재직하고 있었고 그 오빠도 가끔 언론에 얼굴을 비치는 사업가였다. 성북동의 대저택에는 어머니와 여인의 동생 부부가 함께 살고 있었다. 다만 눈에 띄는 이상스런 점이라면 무슨 사정 때문인지, 서른 일곱의 나이인데도 아직 미혼이라는 점뿐이었다.

여인의 진짜 신분과 '메리 퀸'과 신영동의 코딱지만한 귀틀방과 시위현장과 공판정의 방청석, 이런 것들이 아무리 상상력을 동원해도 잘 어우러지지 않아 혼란스러웠다. 심지어 그 심한 부조화 때문에 나는 마치 무엇에 홀린 듯한 기분이 들기도 했다.

여인의 신분을 알았음에도 불구하고 나는 가슴속 저 어딘가에서 구성지게 들려오는 '메리 퀸' 때문에 견딜 수가 없었다. 어느 날 나는 또 전화를 걸고 말았다. 전화를 받은 여인은 죽을죄를 지었다며 번번이 약속을 지키지 못한 데 대한 사죄를 늘어놓았다. 그리고 내일은 꼭 '향수'로 나가겠노라고 다짐을 두었다. 나는 또 속을 생각은 없었다. 여인의 말이 끝나기를 기다렸다가 넌지시 말했다.

"저는 임항실씨를 만나기 위해 한번은 명동성당 앞에서 하루종일 서성인 적이 있습니다."

"명동성당 앞에서요!"

여인이 찔끔하는 기색이 느껴졌다.

"향우씨로부터 근로자들의 시위현장에서 임항실씨를 봤다는 말을 들었거든요."

"아, 그래요!"

여인은 침을 꿀꺽 삼키는 것 같았다.

"TV에서 5.18 공판정의 방청석에 앉아있는 것도 봤습니다."

"아, 카메라가 하필 저를 잡았군요!"

"저는 명동성당 시위가 있던 때도 그랬지만 공판정의 방청석에 있는 모습을 본 다음에도 서울에서 발행되는 모든 신문 잡지를 다 이 잡듯 뒤졌습니다."

저쪽에서 한숨을 내쉬는 기색이 느껴졌다.

"제 말을 너무 과신했군요. 제가 술값을 버는 방법은 다양한데."

"그럼 인터뷰나 취재를 하기 위해 시위현장에 간 것이 아니었단 말입니까?"

"근로자들은 모두 우리 형제들이에요."

"근로자들이 모두 우리 형제들이라니요?"

"저만 그런 게 아니에요. 시위를 돕는 사람들이 얼마나 많은데요."

"시위를 도왔단 말입니까?"

"시위하는 사람들이나 방청석을 점령하고 있던 사람들, 다 외롭고 고통받는 우리 형제들이에요."

여인은 계속 영문 모를 소리를 지껄였다. 혁명주체 세력의 일원으로 한때 권력 실세였던 퇴역장군의 딸과 시위현장의 근로자들과 방청석에 있던 5.18 피해자들과 어떻게 '우리는 형제들'이라고 천연덕스럽게 말할 수 있단 말인가? 나는 그렇게 말하는 이유를 따지고 캐묻고 싶었다. 그러나 말을 해 줄 것 같지가 않았다. 말을 해준다 할지라도 전화로 듣기에는 너무 길 것 같았다. 결국 궁금증을 다 풀 수 없을 것이라는 강박 관념이 나를 초조하게 만들었다. 이것이 마지막 전화라는 각오도 이미 굳히고 있었다. 그렇다면 심인광고에 대한 궁금증이라도 속 시원히 풀어야할 것 같았다.

"좋습니다. 지구상의 모든 인류는 다 형제들이지요."

"그게 아니에요. 사람 우습게 만들지 마세요."

"그럼 그 심인광고는 어떻게 된 것입니까?"

"아 그건, 제가 낸 거예요."

"아니, 임항실씨가 임항실씨 자신을 찾는 광고를 냈단 말입니까?"

"그럼요. 이런 시대에……제가 아니면 누가 나를 찾는 광고를 내겠어요."

'이런 시대'라니? 부정적인 냄새가 짙은 '이런'이란 형용사에 구체성을 부여하기가 번거로워 답답하기는 마찬 가지였다. 술에 취하면 길에서 우연히 배웠다는 '메리 퀸'을 부르고, 자기 자신을 찾는 심인광고를 스스로 낸 여인. 나는 여인의 말을 들으면 들을수록 깊은 혼란 속으로 빠져 들어갔다.

"이해하지 못해도 할 수 없지요. 하지만 제가 저를 찾는 심인광고를 낸 데는 그만한 까닭이 있어서예요. 우습게 들릴지 모르지만, 저도 저 자신의 행방을 꼭 찾고 싶지만, 그 광고를 볼 사람이 저 말고 또 있거든요. 그 사람이 그 광고를 봤다면, 임항실이 집안에 편안히 안주하지 못하고 이 세상 어딘가 음지를 떠돌며 고통을 겪고 있다는 걸 알지 않겠어요. 그 사람이 하늘에 이미 올라가 있든, 캄캄한 감방에서 추위와 외로움을 견디고 있든, 아니면 어느 깊은 산 속 작은 암자에 숨어 훗날을 도모하고 있든, 그 사람이 그 광고를 봤다면⋯⋯그 사람이 그 광고를 꼭 봤으면 좋겠어요."

아, 나는 짧은 탄성을 지르지 않을 수 없었다. 여인은 자신이 세상 어딘가 음지를 떠돌며 고통을 겪고 있다는 사실을 누군가에게 알리고 싶어 자신을 찾는 심인광고를 스스로 냈다지 않은가. 그렇다면, 여인의 심인광고는 선불교 답사기의 법문과 같은 길의 것이었단 말인가!

자주 소옥이를 부르지만 소옥에겐 일이 없다네

짐짓 사랑하는 낭군이 듣기를 바랄 뿐!

슬픔의 마지막 盞

1. 진양조

정명암(靜明庵)에 식구가 한 사람 더 늘어났다.

원래 정명암 식구는 네 명이었다. 암주인 혜주(慧周) 스님과 암주를 도와 예불 집전이며 신도 관리 등 절 안팎의 불사를 두루 관장하고 있는 능가심 보살, 공양간 일을 맡은 성미 괴팍스런 자혜심 보살, 그리고 거의 매일 아침마다 가방을 새로 싸며 오늘은 떠날 것이라고 입버릇처럼 말하면서도 이태 동안이나 그대로 눌러 있는 만안심 보살, 이렇게 네 식구였다. 암주 스님을 비롯하여 모두 여자들이었다. 그런데 새로 늘어난 식구는 남자였다. 여자들만 사는 외진 산간의 작은 암자에 낯선 남자를 새 식구로 받아들인 데는 그만한 곡절이 있었다.

정명암 암주 혜주 스님은 법랍(法臘) 20년에 이른 중견 비구니였다. 눈초리가 약간 뾰족하게 치켜 올라가 언제나 눈에 힘을 주고 있는 것 같고, 광대뼈가 약간 튀어나와 고집스러워 보였다. 그러나 얼굴에 늘 자애로운 미소가 떠나지 않아 보는 사람을 편안하게 하였다. 언행에는 오랜 수도 생활의 습기(習氣)인 절제와 극기의 기운이 배어 있었다. 언제나 조용하고 엄숙하고 부드러운 기운이 조화를 이루고 있는 스님의 언행에 저절로 불심이 우러난 때문인지 신도들 사이에 신망이 매우 두터웠다.

비구니들의 입산에는 대개 눈물로 얼룩진 사연이 따라 다녔다. 사람과 사람 사이의 바다에다 다리를 놓으려다 뜻이 어긋나면 그 상처를 견디지 못하고 도피처 삼아 산을 찾아들거나, 육신을 고달프게 부려야 비로소 삶을 이어갈 수 있는 구차스럽고 기박한 자신의 운명을 한탄한 끝에 산문을 두드리거나, 자신의 성정을 다스리지 못해 늘 세상과 사람들과 불화만 쌓아올리다 결국 피폐해진 육신을 끌고 절집을 찾거나 하는 경우가 대부분이었다.

그러나 혜주 스님의 입산에는 그런 구구한 곡절이 따르지 않았다.

대학에서 국문학을 공부한 그녀는, 대학을 졸업한 그해 봄에 바로 산문을 두드렸다. 이미 차돌처럼 각오가 굳었음에도 불구하고 거리가 작용해서 일어날지도 모를 어떤 인정도 어떤 우연도 용납하고 싶지 않아 가급적 서울의 생가로부터 멀리 떨어진 해인사를 찾아, 그 부속 암자인 보현암에서 머리를 밀고 치의(緇衣)를 입었다. 그녀는 세상의 번뇌를 벗어버리려는 일념으로 무명초를 삭도날 아래 맡겼고, 수행에 따른 어떤 고통도 감내하겠다는 새로운 각오로 팔뚝에 불을 얹어놓고 비구니로서 지켜나갈 계율 하나 하나를 가슴속에 화인(火印)하며 수계식(受戒式)을 마쳤다.

그녀가 혜주라는 법명으로 불리며, 공양간의 허드렛일에 치여

수면부족과 육신의 고통 속에서 힘든 나날을 보내는 사이, 집에는 그녀가 지원해 두었던 중등학교 교사 발령증이 날아들었다. 뿐만 아니라, 그녀가 산문에 들어오기 직전, 별다른 기대 없이 투고해 두었던 어떤 문예지의 현상작품모집에 시(詩)가 당선되었다고 그 당선통지서가 집으로 날아들기도 했다. 산문에 들어서기 전 그녀는, '까만 숯자리로 타 버렸나요, 그니의 하많은 고통과, 타오르는 듯, 불꽃의 소주내, 화안히 빛내더니, 마주앉아 함께 기울일 이도 없는, 오늘은, 그 자리에, 빈 눈매로만, 호젓이 떠있네요, 아무도 노래하지 않고, 아무도 더 이상 취하지도 않는, 그 숲가에, 초승달 하나, 비끼어 걸려와, 내 하나만의 투명한 잔, 스러지며, 받들고 있어요' 하고 용광로처럼 들끓고 있는 젊은이의 갈망과 열정의 고통을 노래할 줄도 알았으나 그녀는 결코 사랑으로 인한 열병 따위는 치른 적이 없었다. 그리고 '깊은 산 속 5백여 리를 헤치고, 나 여기 왔네, 햇볕은 수면 위, 작은 송사리 떼처럼 속살거리고, 시올시올 바람조차, 서글한 노승의 장삼자락으로 부는 날, 두 연인의 가슴마다, 끝내 이름을 얻지 못한, 먼 해후의, 그리움이, 쏴쏴, 솔가지를 스치며, 목이 마르데' 하고 세속의 애잔한 그리움도 노래했지만, 그리움으로 인한 상처도 받은 일이 없었다. 그녀는 세속에서 주어지고 허락될 많은 기회를 등지고, 그리고 아직 얼굴을 드러내지는 않았으나 쉽사리 예상할 수 있는 아련한 사랑의 약속도 다 세속에 묻어두고, 산문을 두드렸던 것이다.

혜주 스님 당자의 입으로는 아직 자신의 입산동기를 아무에게도 털어놓은 적이 없었다. 아마 그런 일은 앞으로도 기대하기 힘들 것이다. 그녀는 결코 뒤를 돌아보는 성격이 아니었던 것이다.

그녀의 입산동기에 대해서는, 그녀 생가의 모친의 말에서 어렴풋이 나마 짐작할 수밖에 다른 길이 없었다. 언젠가, 집을 찾아와 그녀의 입산동기를 묻는 그녀의 친구에게 그 모친은 엉뚱하게도 "아마 꿈 때문이 아니었나 싶어." 하고 자신 없는 말투로 얼버무렸다. "어려서부터 나를 따라 수덕사니 월정사니 절 구경을 자주 다니기는 했지. 하지만, 그때야 어린것이 뭘 알았겠어. 그런데 대학 4학년 가을인가, 며칠 동안 애가 침울한 표정으로 말이 없더니 내게 그러지 않겠나. 오래 전, 대학 1학년 땐가, 금방 불단의 좌대에서 내려온 듯한 황금빛 부처님 한 분이 홀연히 나타나 함께 가자면서 구름 위에 태우더라나. 구름 위에 타고 미끄러지듯 하늘을 날아 눈 깜짝할 사이에 꽃이 만발한 화원에 내려놓더니, 앞으로는 여기서 살되 한 발짝도 이곳을 나가서는 안 된다고 엄중히 당부하더라는 거야. 그런데 그 부처님이 요즘 들어 꿈에 부쩍 자주 나타나, 아직도 갈 곳으로 가지 않았다고 장군죽비로 어깨를 내려치며 근엄하게 야단을 치더래. 그 말을 듣고 나는 픽 웃고 말았지. 은미가 어려서부터 옛날 이야기에 얼마나 흠뻑 빠져 지냈는지 모르지. 아무리 잠이 납덩이처럼 눈꺼풀을 내리눌러도 이야기를 끝까지 듣지 않고서는 자지 않았어. 그래서 나는 은미가 그런 옛날 이야기 한 토막을 끌어다 꿈을 꿨다고 꾸며댄 것으로 생각했거든. 하기야 다 장성한 대학생인데, 하는 생각도 없지 않았지만 그래도 귀신 씨나락 까먹는 소리쯤으로 여기고 귀담아 듣지 않았었어. 그런데 하루는 내 꿈에도 그 부처님이 나타나지 않았겠어. 은미가 말한 대로, 좌대에서 금방 내려온 불상처럼 생긴 부처님이 홀연 나타나더니 갑자기 무서운 힘으로 내 어깨를 꽉 누르면서, 은미를 빨리 보내라고 벽력같이 호통을 치지 않겠어. 얼마나 놀랐던지 꿈에서 깨어보니 등줄기에 식은땀이 홍건하잖아. 그제서야 나는 은미의 꿈 이야기가 옛날 이야기를 꾸며댄 것이 아니었구나, 깨달았지. 내가 꿈 이야기를 했더니 은미는 그날부터 아주 심각한 얼굴로 말도 없이 밥도 잘 먹지 않고 혼자 무슨 고민에 빠져 지내는 눈치더구나. 한 나절씩 방에서 나오지 않을 때도 있었고. 그러더니 겨울이 지나고 봄이 되자 아이가 물기가 빠지고 말라간다 싶었는데, 졸업하고 얼마 있지 않아 그만 어디 온다간다 말 한 마디 없이 행방을 싹 감추고 말지 않겠어. 나는 짐작 가는 데가 있어 제 아버지한테, 나쁜 일은 없을 테니 잠자코 기다려보자고 했어. 한해가 다 저물어 갈 무렵 아니나 달라, 해인사에서 편지를 보냈더군. 자기로서는 부처님의 분부를 거스를 수 없었다는 내용과 함께, 절 공부와 절 생활이 재미있다는 소식이었어."

딸의 입산동기를 미화시키기 위해 모친이 부러 꾸면 낸 것인지, 아니면 사실이 그랬던 것인지, 그 진위여부야 가려낼 수 없었으나 그 말을 들은 그녀의 친구는 아주 묘한 비현실적인 감동에 사로잡혔다. 그리고 그 친구는 또 다른, 은미를 잘 아는 동창생에게 그 이야기를 전했다. 이야기를 전해들은 그 동창생 역시 얼굴 가득 놀라운 표정을 지으며 '세상 사람들 살이 이야기 다 믿거나 말거나' 라고 하지만 어쨌든 그렇게 재주 많은 은미가 세상을 버리면 나 같은 평범한 사람은 어떻게 해야하느냐고 장탄식을 늘어놓았다.

능가심 보살은 어렸을 적 몸이 남달리 허약했다. 학교는 문앞에도 가보지 못하고 잔병치레로 나이만 먹은 그녀는, 영 사람구실을 못할 것처럼 여겨졌다. 그녀의 어머니는 아이의 병을 고칠 수만 있다면 어떤 험하고 힘든 짓인들 못할까보냐고 지극 정성이었다. 그 지극 정성이 어느 정도였는가 하면, 원근 용하다는 무당은 다 불러다 굿을 배설했고, 반드시 효험을 본다는 권유에, 팔공산 약사불을 찾아가 백일기도를 올린 적도 있었다. 약사불 앞 한데서 숙식을 하며 이슬과 비바람을 마다하지 않고 백일 동안 치성을 드렸으나 약사여래의 가피를 입지 못한 것인지 별무효험이었다. 나이는 해마다 쌓여가지, 몸은 낫지 않지, 그녀의 어머니는 궁리하다 못해 혼기가 차자 그녀를 절에 데려다 맡겼다. 절에서도 초기에는 몸이 허약해 힘든 일은 손도 대지 못했으나 30 중반을 넘기면서 까닭 모르게 점점 몸이 좋아지기 시작해 얼마 있지 않아 장마가 그치고 푸른 하늘이 드러나듯 몸과 정신이 말짱하게 개였다. 그로부터 그녀는 절집 안에서 필요한 일을 하나하나 익혀가며 사람구실을 해나갔다. 마곡사 산내 암자인 은적암에 있던 그녀는 혜주 스님 이전에 이곳 정명암의 암주로 있던 불일 스님과의 시절인연으로 불일 스님을 돕기 위해 이곳 정명암으로 왔다가 불일 스님이 열반에 든 후에도 그대로 주저앉아 혜주 스님을 돕고 있었다. 매사를 수족처럼 움직여 혜주 스님의 불편함을 덜어주었다. 그 덕에 혜주 스님은 마음놓고 하고싶은 혼자 공부를 할 수 있었다.

공양간 일을 맡아보는 자혜심 보살은 꽤나 복잡한 입산내력을 지니고 있었다. 이곳 정명암에서 멀지 않은 장수 여자였다. 어려서부터 남의 물건을 마치 제것처럼 아는 묘한 습성이 붙어 있었다. 자신도 어떻게 제어할 수 없는 도벽 때문에 그녀는 2학년도 채 마치지 못하고 초등학교에서 쫓겨났고, 동네서도 천덕꾸러기로 따돌렸다. 가족으로부터도 기피 당하는 가엾은 신세가 되어 집을 나온 그녀는 원근 시골장터를 전전하며 도둑질과 구걸로 잔뼈가 굵었다. 어느 날 남의 집 부엌에 들어가 밥을 훔쳐먹다 들켜 혹독한 매질을 당하고 있는 것을 우연히 본 불일 스님이 가엾이 여겨 그녀를 구해내 이곳 정명암으로 데리고 오지 않았다면 온전히 목숨이나 보존했을지 모를 딱한 처지였다. 정명암에 온 지 20년이나 지난 요즘도 가끔 옛 도벽이 발동하면 마을로 내려가 남의 밭을 뒤져오고는 했다. 그로 인해 혜주 스님은 몇 번이나 낭패를 당했었다. 감자밭을 헤집다 들킨 날은 감자 값을 쳐줘야 했고, 고추를 한 자루 따온 것이 발각된 날은 시세보다 훨씬 많은 금액을 배상하고도 자혜심 보살을 유치장에 보내지 않기 위해 손이 발이 되도록 빌어야 했다.

만안심(卍安心)보살의 입산 경위는 위의 두 보살과는 사뭇 달랐다.

이태전 한겨울이었다. 이곳 진안 일대에 큰 눈이 내려 사람은 말할 것도 없고 차량 내왕마저 불가능한 그런 날, 눈보라 속을 뚫고 한 여인이 정명암에 나타났다. 머리끝에서 발끝까지 하얗게 눈을 뒤집어쓴 그 여인은, 인기척을 듣고 완자창을 열고 밖을 내다보는 혜주 스님을 향해 대뜸, "스님, 이곳에서 기도를 좀 올리려고 왔습니다."하고 필요보다도 훨씬 큰 목소리로 외쳐 말했다. 길도 보이지 않을 이런 험한 날씨에 사람이 여기까지 왔다는 게 놀라와 마냥 눈을 크게 뜨고 살피고 있는데 여인은 다시 말했다. "스님, 불전은 넉넉히 올릴게요. 잠시 좀 머물 수 있게 해주세요."하였다. 만약 허락을 하지 않으면 쳐들어가서라도 꼭 자기 뜻을 관철시키고야 말겠다는 식의 당돌한 말투였다. 이런 폭설 속에 사람을 어찌 내쫓을 수 있겠는가. 혜주 스님은 방문을 활짝 열고 일단 방으로 들어오라고 말했다. 눈을 털고 방으로 들어온 여인을 바라본 혜주 스님은 그 얼굴에서 쓸쓸한 기운을 읽었다. 무슨 곡절이 있기에 이런 폭설을 헤치고 이렇듯 험한 산중의 작은 암자까지 찾아왔을까. 누군가, 사람마다 제각기 가슴속에 남이 모를 비밀스런 영토를 하나씩 지니고 있다고 했었지. 그렇다면 이 여인의 비밀스런 영토가 어떤 침해를 받았기에 육신의 고통을 돌보지 않고 이런 무모한 걸음을 했을까. 여인의 온몸에서 도회풍의 기운이 풀풀 풍겼다. 화장기 없는 얼굴이 핼쑥한 편이었으나 그 살결은 표백을 한 것처럼 하얗고 손가락도 가늘고 섬세했다. 다변할 것 같은 얇은 입술이며, 번민이 많이 고여있는 기미를 결코 감추지 않는 눈이며……여인은 혜주 스님보다 한 두어 살 더 많거나 아니면 비슷한 연배로 보였다. 아마 지난날의 어떤 사회적 기억을 혜주 스님과 여럿 공유하고 있으리라 짐작되었다. 비슷한 시기에 젊은 날을 보냈을 것이므로, 시절 기억이며 책이며 영화며 음악에 대한 추억들이 비슷할 것으로 여겨졌다. 그런 짐작 때문인지 불가에서는 마땅히 개의하고 경계해야할 사사로운 정이 저쪽으로 내를 이루어 흐르는 것이 느껴졌다. 여인의 볼이 발그스레 상기되었다. 방안의 온기가 여인의 얼굴을 녹여주고 있었다. 무슨 말인가를 더 하려니 기다리고 있는데 여인이 슬그머니 일어났다. 의아스런 눈으로 쳐다보자 "부처님께 참배하고 오겠습니다."하고 말했다. 법당에 다녀오겠다는 말이었다.

여인은 발목까지 빠지는 눈을 밟고 법당으로 올라갔고, 차 한잔 마실 만큼의 시간을 법당에서 보내고 내려왔다. 여인은 그러나 방에 얼른 들어올 생각을 하지 않았다. 마당 가운데 서서 하늘을 향해 두 팔을 활짝 벌이고 펄펄 내리는 눈을 가슴으로 받고 있었다. 무엇인가 마음의 짐을 벗어버리려는 행동 같았다. 펄펄 내리는 눈이 금방 그녀를 눈사람처럼 만들어 놓고 말았다. 얼마나 그러고 있었을까, 서 있던 자세를 풀고 숨을 모아 몇 번 내쉰 다음 여인은 갑자기 생기 있고 빛나는 얼굴로 주위를 둘러보았다. 여인은 공양간

쪽에서 자기 키와 비슷한 대나무 빗자루를 찾아 들고 법당으로 오르는 길과 법당의 뜰을 덮고 있는 눈을 쓸기 시작했다. 빗자루가 몇 번씩 지나가면 금방 더운 김이 모락모락 피어오를 것 같은 적갈색의 따스한 흙이 드러나고는 했다. 요사채의 토방도, 수각과 석등과 석탑 주위의 눈도 부지런히 치워나갔다. 그러나 그것도 잠시, 눈은 어느새 솜처럼 두텁게 흙을 덮어버리고 말았다. 그러나 여인은 지치지도 않고 또 쓸고 또 쓸었다. 소망과 서원이 얼마나 절절하면 저럴까. 그 행위는 마치 자신의 마음에 끼어있는 번뇌와 죄업이라도 닦아내려는 집념처럼 보였다. 하지만 마음에 끼어 있는 번뇌와 죄업을 어느 누가 쉽사리 닦아낼 수 있으며, 저렇게 펑펑 쏟아지는 눈을 어느 누가 다 치워낼 수 있겠는가. 옛날 구슬을 찾기 위해 바닷물을 퍼낸 사람이 있었다고 했었다. 그 사람이 바로 저렇듯 맹목적이었을까. 당신 힘으로 그 엄청난 바닷물을 다 퍼낼 수 있겠느냐고 하니까, 그 사람은 내가 못하면 내 아들이 퍼내고 아들이 다 퍼내지 못하면 손주가 하고 그 손주가 다 퍼내지 못하면 증손주가 하고 그렇게 후손이 대대로 계속한다면 이까짓 바닷물쯤 다 퍼내지 못하겠느냐고 큰소리를 뻥뻥 치더라는 것이었다. 그 말을 듣고 깜짝 놀란 용왕이 바닷물이 다 없어져 살 곳을 잃을 걸 걱정한 나머지 바다 밑에 있던 구슬을 황급히 찾아 그 사람에게 되돌려주었다 하였다. 저 보살의 끈질긴 눈 치우기는 어떤 신령스런 존재의 어떤 대응으로 현현하게 될까. 그러나 사람의 힘으로는 이루어낼 수도 또는 이겨낼 수도 없는 일도 있는 것인데……거의 맹목적으로 눈치우기를 계속하고 있던 여인은, 자혜심 보살의 완강한 만류에 부딪쳐 어쩔 수 없이 빗자루를 빼앗기고, 가까스로 자혜심 보살이 정해주는 요사채의 방으로 들어갔다.

이튿날 능가심 보살이 놀란 얼굴로 혜주 스님을 찾아왔다. 법당의 불전함에 정명암 식구가 한 해는 너끈히 날 수 있을 만큼의 영문 모를 불전이 들어 있더라는 것이었다. 어제 새로 온 여인의 시주금일 것이라는 혜주 스님의 설명을 듣고도 능가심 보살은 놀란 표정을 지우지 못했다. 여인은 전에 서울 조계사에서 계를 받았는데, 그때 받은 법명이 만안심이었노라 스스로 밝혔다. 만안심 보살은 그렇게 하여 정명암에 기거하게 되었는데, 잠시도 몸을 아끼지 않고 예불을 올리고 법당 안팎의 소제를 하였다. 그러나 만안심 보살은 매일 아침마다 능가심 보살이나 자혜심 보살에게 곧 서울로 올라갈 것이라고 입버릇처럼 말하고는 했다. 아침마다 가방을 새로 꾸릴 때 보면 금방이라도 떠날 사람처럼 보였다. 그러기를 두 해. 그러나 만암심 보살은 아직도 정명암을 떠나지 않고 눌러 지냈다. 요즘도 걸핏하면 당장 서울로 올라갈 것처럼 말하고는 했으나, 자혜심 보살이나 능가심 보살은 물론 다른 누구도 그 말을 믿지 않았다.

2. 중모리

"스님, 스님."

방문 앞에서 만안심 보살의 다급한 목소리가 들렸다.……여러분 어떤 것을 반야라 하는가? 반야는 지혜를 말한다. 모든 장소에서 모든 시간에서, 일념 일념을 소홀히 하지 않고 항상 지혜를 작용시키는 것이 곧 반야의 실천이다. 여러분, 본심을 잃은 사람은 입으로만 부를 뿐이며, 부르는 그때에 이미 망상이 있고 잘 못이 있다. 일념마다 반야의 지혜를 실천한다면 이것이 자기 본성이라는 것이다. 혜주 스님은 보던 〈육조단경(六祖壇經)〉을 덮고 문을 열었다.

"이, 처사님이, 저 능선너머 골짜기에 쓰러져 있지 않겠어요. 아마 기력이 쇠진하여 혼절한 것 같습니다."

혜주 스님은 마루에 축 늘어져 뉘여 있는 남자를 내려다보며 잠깐 이맛살을 찌푸렸다. 왜 만안심 보살이 저 능선너머 골짜기에는 갔다는 것이며, 금남의 정명암에 남정네를 데리고 와 이 부산이란 말인가. 자혜심 보살과 능가심 보살도 이미 옆에 와 있었다. 그들은 호기심 어린 눈으로 남정네를 기웃거렸다. 살쩍의 머리가 희끗희끗한 것으로 보아 남자는 쉰 이쪽 저쪽일 것 같았다. 다리에는 모직물 바지가 꿰어져 있었고, 가슴은 지퍼를 목까지 바짝 올린 점퍼에 가려져 있었다. 옷은 땟국이 흐르고 구질구질하였다. 머리는 마른 쑥부정이 같았고 볼이 쑥 들어간 때문인지 광대뼈가 유난히 툭 튀어나와 보였다.

"만안심 보살은 힘이 장사구려. 무거운 남정네를 능선너머에서 예까지 어찌 들쳐업고 왔을까."

자혜심 보살이 그럴 경우가 아닌데도, 질시 섞인 음성으로 투정 부리듯 말했다.

"힘이 없으면, 죽어 가는 사람 보고서도 내 몸 안위 생각할까."

만안심 보살은 쥐어박고 싶은 심정을 애써 참으며 퉁명스럽게 쏘아부쳤다.

혜주 스님은 잠시 처리를 고민했다. 생각 같아서는 만안심 보살의 오지랖 넓은 행동을 질책하며 당장 다른 데로 옮기라고 따끔하게 쏘아주고 싶었다. 그러나 혼절한 사람을 박절하게 내칠 수는 없는 일 아닌가. 망설이며 무연히 바라보고 있는 사이 만안심 보살은 혼자서 남정네를 이리 끌고 저리 굴리며 힘들여 자기가 기거하는 방에다 끌어다 눕히고 있었다. 혜주 스님은 속으로 혀를 끌끌 찼다. 그러나 마음과는 달리 무슨 구경거리라도 생긴 듯 기웃거리고 있는 자혜심 보살에게 미음을 끓이라고 분부하였다.

뒤뜰의 느티나무가 노을을 받아 주황빛으로 타들어 갈 무렵, 남자는 의식을 차렸다. 남자는 어리둥절한 눈으로 방안을 둘러보았다. 어디선가 저승냄새 같은 만수향 냄새가 흘러들고 있었다. 문이 활짝 열려 있고, 노을 빛을 받아 붉게 타고 있는 태산목이 방문에 가득 차 있었다. 문 안쪽에 영문모를 여인이 등을 보이고 앉아 있었다. 여인의 어깨너머 벽에 탱화 한 폭이 걸려있었다. 그것은 시왕과 저승서생이 저승에 온 사람의 살아생전의 죄업을 업경대(業鏡臺)에 비쳐 살피며 공술을 받아 두루마리에 기록하여, 두루마리의 무게에 따라 벌을 정하는 장면을 그린 이른바 시왕탱화였다.

이곳이 어디……, 절인가?

"어머, 이제 정신이 좀 드세요."

기적을 느꼈던지, 여인이 돌아앉으며 반가운 목소리로 말했다. 그 목소리가 남자는 너무 높다고 생각했다. 여인의 얼굴을 본 순간 남자는 가슴이 찌르르 울리는 통증 같은 걸 느꼈다. 피부에 탄력이 줄고 기운도 한풀 꺾인 듯 지긋한 나이지만 어딘가 아직도 고운 자태가 남아 있는 미인이었다. 어디선가 많이 본 사람 같았다. 무엇인가 좋지 않은 일로 연결된 어떤 사람의 얼굴과 꼭 닮은 것처럼 보였다. 몸을 일으키려했으나 등짝에 고무라도 붙은 듯 꼼짝도 할 수가 없었다.

"여기 인진쑥 끓인 물이 있어요. 입술을 먼저 좀 축이세요."

여인은 남자의 입에다 인진쑥 물을 뜬 숟가락을 기울였다. 남자는 고개를 저으려다 가만히 입술을 벌였다. 쌉싸름한 물이 목젖을 타고 넘어가는 걸 느끼며, 저도 모르게 눈에 맑은 물이 맺혔다. 여인의 손길에서 오래 잊고 지냈던 어머니의 자상스런 손길을 느꼈던 것이다. 나이를 먹어감에 따라 눈물도 말라간다고 하였는데, 새삼스레 뺨을 타고 주루룩 눈물이 흘러내렸다.

"심심해서 저 능선너머로 나들이를 나갔다가, 쓰러져 있는 처사님을 발견했어요."

만안심 보살은 왜 자신이 능선너머로 행보하게 되었는지 지금도 그 까닭을 알 수 없었다. 어쩌다 가끔 은촌리 쪽이나 마이산 탑사 쪽으로는 발걸음이 닿고는 했었다. 그러나 소나무와 바위뿐인 능선너머 골짜기에는 마음이 쏠린 적이 한 번도 없었다. 가끔 뻐꾸기가 그쪽에서 우는 것을 듣기는 했었다. 어쩌다 구름이 넘어가는 모습을 보기도 했고 또 달이 뜰 때면 젖무덤 같은 그 능선이 아슴푸레 멀어 보여 한참씩 쳐다보기는 했었다. 그러나 한 번도 그쪽의 물상에 호기심이 끌린 적은 없었다. 그런데 오늘은 무엇 때문인지 자꾸만 그쪽으로 마음이 쏠렸다. 보이지 않는 실에 끌려가듯 자신도 모르게 만안심 보살은 능선을 넘었고 곧 골짜기를 타고 내려갔다. 능선너머는 소나무와 참나무, 오리나무, 벚나무, 물푸레나무들이 어우러진 숲이었다. 그 숲을 지나가자 널따란 분지가 나타났다. 분지의 양지바른 곳에 거대한 암석이 하나 돌출해 있고 그 암석아래에 돌무더기가 쌓여있는 것이 눈에 들어왔다. 만안심 보살은 저도 모를 힘에 끌리듯 무심코 그 돌무더기를 향해 걸음을 떼어 놓았다. 몇 걸음쯤이나 떼어놓았을까, 만안심 보살은 문득 걸음을 멈추었다. 돌무더기 앞에 웬 남정네가 하나 누워 있었기 때문이었다. 이런 산중에 웬 사람인가, 싶어 경계심을 풀지 않은 채 조심스레 다가갔다. 너설밭을 건너가느라 돌 구르는 소리를 내기도 했으나 이쪽의 기척을 전혀 알아차리지 못한 탓일까, 남정네는 꿈쩍도 하지 않았다. 그러고 보니, 돌무더기는 산너머 마이산 탑사의 기단 모양을 하고 있었다. 아마 돌탑을 쌓다 지쳐서 잠시 쉬고 있는 것인가, 그런 생각을 하면서 만안심 보살은 남정네에게로 다가가 기색을 살펴보았다. 배를 깔고 축 늘어져 있는 남정네는 마치 뼈를 발라내고 살만 남아 있는 것처럼 보였다. 어찌된 영문인지 기운 없이 엎어져 있는 꼴이 꼭 송장 같은 모습이었다. 핏기를 씻어낸 것처럼 얼굴이 창백하고 숨도 쉬지 않고 있는 것 같았다.

"여보세요, 여보세요."

이상히 여긴 만안심 보살이 어깨를 흔들었다. 그러나 남정네는 꿈쩍도 하지 않고 눈도 뜨지 않았다. 코 끝에 손을 갖다대자 숨결이 희미하게 느껴졌다.

"여보세요, 여보세요. 정신 차리세요."

다시 어깨를 흔들었으나 남정네는 여전히 축 늘어진 채 죽은 듯 반응이 없었다. 만안심 보살은 갑자기 불안해졌다. 그녀는 자신도 모를 충동에 이끌려 남정네를 일으켜 어떻게 어떻게 힘겹게 등에다 들쳐업었다. 능선을 넘어, 정명암 요사채의 자기 방 앞에 남정네를 옮겨다 눕힌 만안심 보살은 겨우 이마의 땀을 훔치며 숨을 골랐다. 그리고 나중 자혜심 보살의 빈정거리는 투의 입간섭을 받고 나서야 만안심 보살은 자신에게 어디서 그런 힘이 솟아났는지 스스로도 놀라웠다. 만안심 보살은 남정네를 방안에다 눕히고 인진쑥 물을 끓여 준비해둔 다음에야 겨우, 내가 이 남정네를 만나려고 능선너머로 나들이를 갔던 것인가, 하는 묘한 생각이 잠깐 머리를 스쳐갔었다. 그러나 곧 잊어버리고 말았다.

남자는 문득 가슴이 미어지는 것처럼 애틋한 서름을 느꼈다. 내가 돌탑을 쌓고 있었지. 원근의 산이나 내를 돌아다니며 가급적 손바닥처럼 넙적넙적한 돌을 모아 날랐고 돌멩이의 모와 면을 살피고 다져가며 그것들을 하나하나 쌓아올렸지. 그런데 사흘 밤낮을 고생했으나 겨우 너댓 뼘 정도도 쌓아올리지 못했었어. 무릎은 깨져 피가 흐르고 손은 찔리고 터져 곪아갔으며, 입술은 터져 가랑잎처럼 메말라갔고 얼굴은 고목처럼 새카맣게 그을렸다. 눈은 정기를 잃었고 옷은 찢어져 너덜너덜했었다.

"여기가, 어딥니까?"

당신은 누굽니까, 물으려는 생각이었는데 말이 먼저 그렇게 나왔다.

"정명암이에요."

"정명암이라면?"

"비구니들이 수도하는 작은 절이에요."

"아, 비구니 스님들이 수도하는 절이란 말입니까?"

남자는 몸을 한 번 떨었다. 자신이 와서는 안 될 데에 와서 누워 있다고 생각했기 때문이었다.

"놀라지 마세요. 비구니 절이고 비구승 절이고 다 사람 구하자는 뎁니다. 걱정 말고 몸조리나 잘 하세요. 미음 좀 드시겠어요? 암주 스님께서 분부하셔서 특별히 끓인 건데. "

사람의 불안감이나 걱정을 일시에 말끔히 씻어주는 저 부드러운 음성을 어디서 들었던가. 듣는 순간 마음이 편안해지는 저 음성을 어디선가 들었었는데, 그러나 기억이 잘 나지 않았다.

남자는 고개를 저었다. 그러고 보니, 자신이 혼절했던 모양인가. 며칠동안 입에 거의 아무 것도 넣지 않고 몸을 혹사시킬 수밖에 없었던 자신의 격렬한 갈등이 까마득한 옛일처럼 아련히 떠올랐다.

다시 사내의 눈에 맑은 물이 주루룩 흘러내렸다. 자신이 이 고장으로 흘러들지 않을 수 없었던 불가피하고 안타까운 충동이 상기되었다. 가슴에 가득 차 흔들리던 그 견딜 수 없던 충동의 조종으로 막무가내로 이 고장으로 흘러 들어와 산 속을 헤매다 허청허청 돌을 줍고 그것을 모아 나르고 쌓아올려야만 했던 한없이 서글픈 기억이 되살아났다. 내가 갈 수 있는 길은 오직 이 길뿐이고 내가 할 수 있는 일은 오직 그 탑 쌓는 일밖에 달리 없을 것이라는 결론을 얻었을 때의 막막함과 가슴 터질 것 같던 무서운 절망감이 그를 다시 찾아온 것이었다.

"얼마나 계실지 모르지만, 제가 자혜심 보살 방으로 옮기면 됩니다. 암주 스님께는 제가 잘 말씀 드리겠으니 이 방에 그냥 기거하세요. 절집에서 어디 사람 내쫓기야 하겠습니까."

정신을 차린 남자가 다음날 마을로 내려가겠다고 하자 만안심 보살이 한사코 만류하였다. 왜 그렇게 적극적으로 남자를 만류하는지 만안심 보살 자신도 자신의 행동에 내심 놀라고 있었다.

"그래도 비구니 스님들이 수도하고 계신 곳을 제가 어찌 사위스럽게 해서야 되겠습니까."

"정열이 넘쳐나는 연세도 아닌데 무슨 남녀유별 찾습니까? 더구나 이 곳은 수도를 목적으로 하는 암자가 아니라 신도들의 기도처입니다."

만안심 보살은 딴 신경 쓸 것 없다면서 픽 웃었다.

"그래도, 수도처든 기도처든 절이라는 데는 지켜야할 청규(淸規)가 있다고 들었습니다."

"그 청규라는 것도 다 절을 어떻게 하면 잘 운영해나갈 수 있을까, 그 방법을 중심으로 만들어진 것입니다. 제가 처사님 지갑을 쓸쩍 봤는데, 불전은 두둑히 놓을 수 있을 것 같습디다. 이 암자가 살림이 넉넉지 못합니다. 산에서 노숙할 작정이라면 모르겠지만, 불전이나 좀 두둑히 놓으면, 먼 마을로 내려가지 않고도 저 능선너머 골짜기 일을 볼 수 있을 겝니다."

만안심 보살은 까닭 모르게, 남자를 보내서는 안 된다는 절박한 생각에 간곡히 만류하였다. 그러나 무엇 때문에 그러는지 자신도 알지 못했다. 자꾸만 남자에게로 끌려 들어가는 자신을 남의 일 보듯 구경하는 기분이었다.

'저 능선너머 골짜기 일' 여인은 내가 돌탑을 쌓고 있는 걸 본 모양이군. 남자는 저도 모르게 뒷주머니로 손이 갔다. 지갑이 만져졌다. 그 안에는 약간의 지폐와 은행에서 발행한 골드의 마스터와 비자카드, 그리고 현금을 인출할 수 있는 현금카드 한 장씩과 운전면허증과 신분증과 건설회사 간부직함의 명함이 들어 있었다. 지갑을 뒤적이며 신분을 확인했다는 여인의 용의주도함에 실소가 나올 뻔했다. 그럼 이 여인의 친절도 다 대가를 기대한 계산된 것이었단 말인가. 기분이 언짢아지는 대신 마음이 도리어 편안해짐을 그는 느꼈다.

"금남의 집에 남자를 들였다가 신도들 사이에 나쁜 소문이라도 돌면 어떻게 하려구요?"

"처사님처럼 다 떨어진 늙은이를 어떤 눈 먼 신도가 남정네로 본답디까?"

"다 늙은 노친네라 굳이 남녀 구분할 것 없다, 그 말씀이군요?"

신분증을 봤다면 알겠지만, 그의 나이 이제 마흔 여덟, 아직 물리적으로나 정신적으로 노쇠의 기미를 스스로는 전혀 느껴본 적이 없었다. 여인은 편리하게도 그에게서 노쇠기미를 본 모양이었다.

운무처럼 그의 얼굴을 뒤덮고 있는 피로의 기색과 언제인가부터 자기도 모르게 습관적으로 짓게된 슬픈 표정이 그를 그렇게 겉늙어 보이게 한 것일까.

"꼭 절 살림을 염두에 두고 처사님께 방을 내드리도록 하겠다는 것은 아닙니다. 처사님의 수고를 덜어드리려는 순순한 생각도 없지 않습니다. 여기서 은촌리까지 시오리는 실히 되고도 남습니다. 매일 아침저녁으로 오르내리기는 쉽지 않을 거예요."

남자는 속으로 그렇겠다 싶었다. 첫날, 여인이 말하는 은촌리로 짐작되는 산아랫 마을의 가게에서 담배와 술을 몇 병 사왔었다. 차를 몰고 다닌다면 모르려니와 걸어서라면 오르내리기가 쉽지 않은 거리일 것이리라. 길이 끊어진 산자락에 세워둔 승용차에서 며칠을 보낸 그는 아직 마을로 내려갈 생각은 해보지 않았었다. 그는 승용차에서 지내면서 아무런 불편을 느끼지 않았었다. 만약 거처가 필요하다면 굳이 먼 은촌리로 가는 것보다 가까운 이곳 정명암에 자리를 잡는 편이 더 나을 것 같았다.

"고맙습니다. 암주 스님께서 허락하신다면, 신세를 좀 지지요."

"걱정 마시라니까요. 제가 어떤 일이 있어도 처사님이 이곳에 기거토록 만들겠어요."

이튿날 남자는 읍내를 다녀왔다. 불전으로 놓을 돈을 찾고 필요한 물건을 구입하기 위해서였다. 그는 돈을 찾은 다음, 미곡상에 들러 쌀 세 가마를 정명암으로 배달해주도록 부탁하였다. 세면도구를 비롯한 일용품 몇 가지를 구입한 그는 마지막으로 소주 두 박스를 사서 차 트렁크에 넣고 정명암으로 돌아왔다.

그가 내놓은 불전을 본 능가심 보살과 자혜심 보살은 입이 함박만큼 벌어졌다. 더구나 이튿날 배달되어온 쌀 세 가마까지 남자의 보시임을 안 능가심 보살과 자혜심 보살은 남자만 보면 마냥 싱글거렸다. 그들의 만족스런 반응에 만안심 보살은 가까스로 안심하였다. 만안심 보살로부터 남자의 사정을 전해들은 혜주 스님은 남자를 받아들이는데 별로 주저하지 않았다. 그런데 불전을 받고 쌀을 받을 때는 함박만큼 벌어진 입을 다물지 못하던 능가심 보살은 쌀쌀맞게 반대하였다. 남자가 우려했던 대로 능가심 보살은, 남정네를 받아들였다가 신도들 사이에 소문이라도 괴이쩍게 나면 그 일을 어떻게 감당하려고 그러느냐고 완강히 반대하였다. 남정네를 끌어들인 만안심 보살의 소행을 곱게 보지 않고 있던 능가심 보살은 아무리 설득해도 한 번 왼쪽으로 돌린 고개를 바로 돌리려는 기색이 보이지 않았다.

"혜주 스님, 저 처사님은 기도 드리러 온 사람입니다. 돌탑을 쌓는 일이 기도 드리는 일 아니고 무엇이겠습니까. 몸도 돌보지 않고 돌탑을 쌓는 일에 열중하다 혼절까지 한 사람입니다. 저 처사님이 기도에 열중할 수 있도록 도와주는 것이야말로 절 집에서 마땅히 해야할 일 아닌지요?"

암주 스님에게 매달릴 도리밖에 없다고 생각한 만안심 보살은, 돌탑 쌓는 일도 기도와 다름없지 않느냐고 강변하며 편안하게 기도드릴 기회를 마련해 주자고 주장했다. 혜주 스님이 마침내 고개를 끄덕이자 능가심 보살은 얼굴을 찌푸리며 도리질을 했으나 다시 반대는 하지 못했다. 그녀는 아직 혜주 스님의 판단이 그릇된 경우를 보지 못했기 때문이었다.

"기도 드리는 사람치고 나쁜 사람 있답디까. 더구나 부처님의 가피가 우리 정명암을 늘 에워싸고 있는데 뭘 두려워할 일이 일어나겠습니까."

만안심 보살은 입술에 침을 한차례 바른 다음 능가심 보살을 향해 너스레를 떨었다. 능가심 보살은 새초롬한 표정으로 만안심 보살을 쌀쌀하게 쏘아보았다.

그리하여 남자는 정명암의 다섯 번째 식구가 되었던 것이다.

3. 중중모리

그 남자의 이름은 민숭구였다. 이곳 마이산을 향해 나서기 전까지 그는 신동북 건설 주식회사 상무로 재직했고, 얼마 전까지 그는 아내와 남매를 슬하에 둔 남부러울 것 없는 한 가정의 가장이었다.

그러나 그는 복잡한 내력을 지닌 사람이었다. 이름만 해도 그랬다. 어떤 연유로 그가 민씨 성을 쓰게 되었고 숭구라는 이름을 갖게 되었는지 자세히 아는 사람은 그의 어머니밖에 아무도 없었다. 그의 어머니는 그러나 살아생전 당자인 민숭구 외에는 누구에게도 그 내력을 자세히 말해준 적이 없었다. 따라서, 이상스럽게 생각할 사람도 없지 않겠으나, 그의 출생 내력은 잘 알려져 있지 않았다. 안다는 사람도 더러 있기는 했으나 그것은 어디까지나 짐작이나 풍설에 지나지 않았다. 그리고 몇 사람의 짐작이나 풍설이 입에서 입을 통해 전해지기는 했으나 사실과 아귀가 딱 맞아떨어지는 경우는 없었다.

그의 출생 내력과는 달리 그가 신동북 건설이라는 꽤나 견실한 중견 건설업체의 임원으로 재직한 내력은 그의 주변 사람들에게 훤히 알려져 있었다. 처음 신동북 건설회사에 입사하게 된 것은 그의 외삼촌의 알음알이에 의해서였다. 그러나 대학에서 건축학을 전공한 그에게는 맞춤옷처럼 몸에 딱 맞는 직장이었다. 그의 타고

난 성실성과 실력이 잘 조화를 이뤄 오래지않아 사주의 신임을 얻었다. 입사한 지 몇 해 지나지 않아 회사가 종합건설회사로 한 단계 더 성장하여 주사무실이 서울에 자리를 잡자 거처를 서울로 옮겨 근무하게 되었고, 20수년, 근무연수가 쌓여감에 따라 단계적으로 직책이 올라가 마침내 상무라는 임원직에까지 승진하게 된 것이었다.

이곳 마이산을 향해 떠나기 직전까지 그는 결코 자신이 마이산을 다시 찾게 되리라고는 꿈에도 생각지 못했었다. 마이산은 그의 생활과 아무런 관련이 없었다. 다만 10여 년도 넘는 옛날에 아내를 따라 이곳 마이산 탑사를 구경하고 간 적은 있었다. 그때 아내가 다니던 절에서 마이산 탑사기도회를 봉행해, 아내의 권유를 뿌리치지 못하고 구경 삼아 따라온 적은 있었으나 그가 사는 곳과는 지리적으로 너무 멀리 떨어져 있었을 뿐만 아니라 그의 생활과도 하등 무관한 고장이었다. 지(地), 수(水), 화(火), 풍(風). 그의 핏줄과 뼛속 어디에도 그 고장의 물이나 흙알갱이 하나 섞여 있지 않았다. 게다가 그 고장에는 아는 사람 하나 살고 있지 않았다. 그리고 가까운 친구 중에 그 고장 출신은 한 명도 없었다. 그러므로 얼마 지나지 않아 그는 마이산을 까맣게 잊고 지냈다. 그것은 아주 자연스러운 일이었다.

그러나 10여 년이 지나 그는 다시 마이산을 찾게 되었다.

그는 어떤 알 수 없는 힘에 등을 떼밀리다시피 충동적으로 마이산을 다시 찾아온 것이었다.

걸핏하면 가출하여 그들 부부의 애간장을 끓이던 열 여섯 살 짜리 고1 딸아이가 이른바 토끼장이라 불리는 화양동의 한 평짜리 자취방에서 마침내 선정적인 빨간 티이셔츠와 하얀 반바지 차림에 짙은 화장과 피빛의 립스틱을 바른 채 싸늘하게 식어 있는 걸 병원으로 옮겨다 사체검증을 마치고 화장시켜 북한산 자락에다 그 재를 뿌리고 났을 때 잠깐 마이산이 그의 뇌리를 스치고 지나갔었다. 그러나 그때는 마이산의 돌탑들이 아주 잠깐 그의 뇌리를 스치고 지나갔을 뿐 다른 어떤 강렬한 떨림 같은 기운으로까지는 이어지지 않았었다. 딸아이의 가출과 탈선이 이태동안 지겹도록 되풀이 되어 그 일로 인한 곤혹스런 경우를 여러 차례 겪으며 주니가 든 때문일까, 딸아이의 죽음으로 인한 감정의 격랑은 오래 가지 않았다.

그러나 아내와 둘째의 죽음은 딸아이 때와는 그 충격이 달랐다.

언니가 사는 구미(龜尾)에 다녀오겠다며 둘째를 데리고 손수 운전을 하며 내려가던 고속도로에서 아내는 졸음운전을 했던지 가드레일을 들이받고 차가 뒤집혀 그 자리에서 횡사하고 말았다. 병원으로 옮겨진 참혹한 아내와 아들의 시신을 본 순간 그는 아뜩한 절망감과 함께 분노가 치밀어올랐다. 가족을 다 잃은 슬픔보다 왜 하필 내게 이런 불행한 일이 거듭 일어난단 말인가, 하는 원망이 앞섰다. 그는 세상을 한 장의 종이처럼 손안에 넣고 와락 꾸겨버리고 싶은 격정적이며 파괴적인 충동으로 몸을 부르르 떨었다. 순간 까닭 모르게 마이산의 돌탑이 머릿속에 어두운 그림자를 드리우며 떠올랐다. 불길한 예감을 동반한 그 어두운 돌탑의 그림자가 일순 머릿속을 칠흑처럼 캄캄하게 뒤덮었다. 절망적인 기분으로부터 한 발짝도 벗어나지 못한 채 두 구의 시체를 태워 그 재를 한강하류에 뿌릴 때도 잠깐씩 마이산의 돌탑들이 떠오르고는 했다. 그러나 그는 결코 마이산행까지는 생각지도 않았었다.

그가 마이산행을 결심한 것은 그로부터도 반년의 세월이 흐른 다음의 일이었다.

한강 하류에 아내와 아들의 재를 뿌리고 돌아온 그는 술병만 기울이며 사흘을 보냈다. 눈도 한 번 붙이지 않은 채 그는 사흘동안 줄곧 생각했다. 나도 아내와 아이들의 뒤를 따라가야 순리리라. 가족을 다 잃고 너덜너덜 찢겨진 실금 상태의 마음을 추스르고 다시 사무실에 나가 일을 할 수 있을 것 같지가 않았다. 갈기갈기 찢어진 마음에서 출혈이 그치고 쉴새없이 허파를 꿰뚫고 넘나드는 서늘한 바람이 자고 나더라도 도무지 회사에 출근하여 주어진 업무를 수행해 나갈 수 있을 것 같지가 않았다. 회사에서 준 장례휴가 기간을 넘기고도 쉽사리 사무실에 출근을 할 수가 없었다.

나흘 동안 술에 절어 있던 그는 견디지 못하고 제풀에 쓰러져 버렸다. 하루 낮 하루 밤 동안 세상 모르고 깊고 깊은 잠에 떨어져 있었다. 몸을 태울 듯한 갈증을 견디지 못해 눈을 뜬 그가 수도꼭지에 머리를 들이밀고 물을 끼얹고 났을 때 머릿속 저 아득한 구석에서 작은 알전구 같은 것이 하나 반짝 켜졌다. 인간의 모든 일을 일시에 다 해결해주는 극단적인 방법이 아닌, 목숨의 본성이 슬슬 준동한 것일까, 비겁하게 타협안을 들고 나왔다. 사람에게는 망각이라는 무기가 있다했던가, 회사에 나가 주어진 업무를 수행하며 나날을 보내다 보면, 아내와 자식을 잃은 슬픔을 점점 잊어갈 수도 있으리라는 생각이 어렵사리 그를 찾아온 것이었다. 그것은 그리고 사람은 피붙이도 소중하지만 누구나 자기 목숨 중심으로 적응하며 살아가게 되어 있다하지 않았던가. 그의 경우도 바로 그러하였다. 며칠 동안, 마음을 더 추스린 그는 마침내 회사에 출근을 하였다.

가끔 일하다말고 넋잃은 듯 멍한 눈으로 창 밖을 내다보고 있을 때가 없지 않았지만 업무에 지장을 초래할 만큼 정서적 감정적 균형을 잃은 상태는 아니었다. 퇴근하여 술 먹는 버릇을 두고 여전히 이상하게 생각할 사람이 더러 있을지 모르겠지만, 그것은 이미 오래 전부터 그의 몸에 진득하게 붙어 있는 일종의 습관 같은 것이었다. 특히 건설 현장에서 잔뼈가 굵은 그에게 작업 후 한잔 술은 피로회복제처럼 당연한 것으로 여겨져온 터였다. 이전에 볼 수 없던 일이 아주 없었던 것은 아니었다. 그는 전에 없이 화투판에 가끔 끼고는 했다. 그는 자주 느닷없이 머리 위에 물을 퍼붓듯 외로움이 퍼부어질 때가 없지 않았다. 그럴 때면 그는 화투판에 끼여들어 그림 맞추는 일에 열중하고는 했다. 열에 일 여덟은 그림을 맞추며 돈을 잃다보면 가까스로 마음이 가라앉고는 했다. 그러는 동안에도 마이산이 다시 떠오른 적은 없었다. 마이산은 꿈을 빌어서도 나타나지 않았다.

그러나 그는 결국 마이산을 다시 찾고 말았다. 그가 마이산을 다시 찾게된 것은 지난 겨울의 그 견딜 수 없던 추위 탓이었다.

웬 눈이 그렇게도 많이 내리던지, 그리고 얼음박힌 서북풍은 왜 죽음의 사자처럼 그렇게도 창문을 사정없이 흔들어대던지, 그에게는 겨울이 영영 끝나지 않고 계속될 것같아 무서웠다. 창밖의 헐벗은 살구나무는 지난여름의 무성했던 기억마저 까마득하게 한 방울의 물기도 없이 말라가고, 가끔 까치가 앉아 울다 가는 먼발치의 미루나무에도 작년의 그 무성했던 잎은 다시 돌아오지 않을 것처럼 보였다. 허리를 반쯤 남향으로 수그리고 북풍을 견디고 있는 수양버들과 울타리 옆에 을씨년스럽게 말라비틀어져 있는 수국에도 다시는 봄이 돌아오지 않을 것처럼 보였다. 그는 다시는 이 세상에 봄, 여름, 가을은 오지 않고 다만 겨울만으로 남은 시간이 다 채워

질 것 같아 불안감을 떨쳐버릴 수가 없었다. 그 불안감은 겨울이
다 갈 무렵까지 끈질기게 그를 담금질하였다.

　그로서는 어떻게 해볼 도리 없는 막무가내의 그 불안감 때문이
었다. 그는 염치도 돌보지 않고 외사촌 누나의 집을 찾아가고 말았
다. 그의 감정이 혹독한 추위를 견딜 만큼 좀더 건강했더라면, 15
년도 더 넘는 긴 세월동안 내왕을 끊고, 심지어 전화 연락 한 번 오
고 간 적 없는 외사촌 누나의 집을 왜 찾아갔겠는가. 거듭 말하지
만 그의 눈에는, 하얗게 눈꽃을 피우고 있는 어떤 나무에도 다시
봄이 돌아오지 않을 것처럼 보였다. 따라서 나무들에게 잎과 꽃이
돌아와 무성하게 피면, 나날이 육신의 수분을 말려가며 허공처럼
드넓게 퍼져나가는 외로움과 사람에 대한 그리움도 점점 치유되리
라던 애초의 기대도 버려야할 것 같아 불안하고 초조해졌다. 만약
그런 기대가 계속 유효했더라면, 그리고 불안감과 초조감이 없었
더라면 그는 결코 염치없이 외사촌 누나의 집을 찾아가지는 않았
을 것이다. 그래서는 정말 안 되는 일이었다. 아무리 감정의 실금
상태가 심하다 할지라도 그래서는 안 되는 일이었다. 그런데 그는
느닷없이 어머니가 그리워진 것이었다. 이미 이 세상에 어떤 흔적
으로도 남아 있지 않은 줄 번연히 알면서도 어머니가 그립고 보고
싶어 견딜 수 없는 지경이 된 것이었다. 그것이 잘못이라면 큰 잘
못이었다.자신이 지은 용서받을 수 없는 불효의 죄 따위는 안중에
도 없었다. 어머니는 오로지 그리움의 큰 얼굴로 쉰을 눈앞에 둔
그를 견딜 수 없게 만들었다. 그는 최근에 나온 전화번호부를 들추
어 매형의 주소와 전화번호를 알아냈다. 동명이인 가운데 네 번째
집과의 전화통화에서 매형이 화곡동으로 이사를 갔음을 알아낸 것
이었다. 일단 주소를 확인하고 나자 마음이 바빠졌다. 어머니의 마

지막 모습을 오롯이 다 간직하고 있을 외사촌 누나와 한시 바삐 만나고 싶어 조바심이 일어나 견딜 수가 없었다.

그는 퇴근하자 곧장 화곡동으로 달려갔다. 그러나 막상 대문 앞에 다다르자 순간 양심이 되살아났기 때문일까, 초인종을 누르려던 손가락이 굳어졌다. 몇 번 심호흡을 거듭 한 다음 그는 가까스로 초인종을 눌렀다. 잠시 후 안에서 누구냐고 묻는 여자의 음성이 들려왔다. 그는 다시 못 박히듯 꼼짝하지 못했다. 대답이 없자 현관문을 열고 바깥을 살피는 기색이었다. 그는 가진 용기를 다 짜내 말했다.

"숭굽니다. 누나 저, 숭굽니다."

안에서 생각보다 더 많은 시간을 지체한다 싶었다. 역시 잘못 찾아온 것인가. 그렇게 생각하며 난감해 하고 있는데 둔중한 대문이 삐꺽 쇳소리를 내며 열렸다. 현관문을 열고 한 여인이 대문께를 주시하고 있었고 그 여인의 어깨 위에 매형의 얼굴이 얹혀져 있었다. 그 여인은 외사촌 누나도 또 외사촌 조카도 아니었다. 묻는 시선으로 매형을 돌아보고 있는, 어느 세제광고 화면에서 금방 튀어나온 것 같은 작고 귀여운 인상의 그 여인은 그로서는 처음 본 낯선 얼굴이었다.

"아, 숭구 아닌가? 오랜만이군."

매형이 약간 어리둥절한 얼굴로 그렇게 말하며 현관을 나왔다. 그를 거실로 안내하는 매형의 얼굴은 까닭 모르게 굳어 있었다.

"그간 별고 없으셨습니까?"

그의 인사를 받은 매형의 표정은 더 굳어졌다.

"그래, 처남이 웬 일인가?"

목안에서 억지로 끄집어내기라도 한 것 같은 내키지 않은 말투로 물었다. 그의 출현이 매형을 불편하게 하고 있다는 사실을 그는 알아차렸다. 역시 나는 찾아와서는 안 되는 처지였어! 하기야 외사촌 누나와 내가 어떻게 헤어졌던가. 서로 칼만 빼들지 않았을 따름이지, 살인까지도 불사하리 만큼 살기 등등하여 다투다 인연을 끊기로 하고 헤어진 원수 같은 사이였지 않은가. 그런 칠흑 같은 살벌한 기억이 아직도 생생한데 이 집을 찾아오다니, 역시 내가 잘못한 것이야. 그는 속으로 몸을 부르르 떨며 후회했다. 그러나 이제 와 후회를 한들 무슨 소용있겠는가. 어떻게 누나를 대해야할지 긴장한 채 이제나저제나 외사촌누나가 등장하기만을 기다렸다. 그러나 한 동안이 지나도록 외사촌 누나는 얼굴을 내비치지 않았다. 나에 대한 분노가 아직도 생생하기 때문이리라. 그 분노를 잊기에는 15년의 세월도 짧은 것이겠지. 조카도 둘이 있었는데, 조카들도 이제 다 장성하여 대학생이 되고도 남을 나이일 터인데, 그런 생각을 하며 두리번거렸으나 두 조카도 역시 얼굴을 내보이지 않았다. 어찌된 셈인지 거실 분위기도 예전 집과는 사뭇 다른 느낌이었다. 벽걸이며, 그림이며, 꽃꽂이며, 자기로 된 코끼리 받침대며, 낯선 것들로 채워져 있었다. 그때 방에서 어린애 우는소리가 들렸다. 그러자 매형 옆에 앉아 있던 여인이 급히 방으로 달려갔다.

"모르고 있었나? 누나와 헤어졌네. 조카들은 모두 누나를 따라갔고……"

전혀 예상하지 못했던 매형의 말에 그는 자신도 모르게 눈을 부릅뜨고 매형을 노려보았다. 누가 갑자기 덤벼들어 자신의 목에 칼을 들이대기라도 한 것처럼 놀랐던 것이다. 역시 15년이란 세월은 그런 변화도 일으킬 만큼 길었던 것인가. 매형의 그 몇 마디 말에 그가 모르는 사이 그들 가족이 겪어온 15년 세월의 곡절이 다 응축

되어 있는 것처럼 생각되었다.

"전혀, 금시초문입니다."

그는 충동적으로 크게 도리질을 하며 당돌할 정도로 매형을 뚫어지게 쳐다봤다.

"나는 누나가 자네를 보낸 것으로 생각했네."

어색하게 웃는 매형의 얼굴이 다소 누그러진 것 같았다.

"누나와 매형이 헤어졌다니, 저는 믿어지지 않습니다."

그는 순간 해서는 안될 말을 한 것을 알아차렸다. 매형의 얼굴이 다시 굳어졌다.

"나로서는 어쩔 수가 없었어."

담배를 태워 물고 연기를 내뿜을 뿐 매형은 누나와 헤어진 이유에 대해서는 한마디도 더 보태지 않았다. 이유를 알고싶어 입술이 저절로 달싹거려졌으나 그는 애써 눌러 참았다. 달려들어 매형의 가슴이라도 두드리며, 세상의 모든 부부들이 다 헤어진다해도 매형 부부가 헤어져서는 안 되는 것 아니냐고 외치고 싶은 충동을 참느라 손끝이 파르르 떨렸다.

외사촌 누나가 어떻게 결혼했던가.

당시 외삼촌 내외는 딸의 결혼을 결사적으로 반대했었다. 어떤 부모든 그렇지 않았겠는가. 딸이 고생이 불을 보듯 뻔한 상대를 골라 결혼하겠다고 나서니 세상 어느 부모가 반대하지 않았겠는가. 외삼촌 내외는 사랑하는 딸을, 확실하게 장래의 행복이 보장된, 재산이 넉넉한 집에 출가시킬 계획을 이미 세워놓고 있었다. 50년대에 군복을 제조해 납품하는 군납업으로 시작해 60년대 들어 군납과 수출을 겸하는 대형 봉제공장으로 발전시켜 경영해온 튼실한 중소기업체의 장이었던 외삼촌은 여러 분야의 인사들과 폭넓게 교류하고 있었다. 그런 교류하고 있는 인사들 가운데서 딸을 염두에 두고 은근히 말을 넣어오는 경우가 가끔 있었다. 그러므로 외삼촌에게, 혼자 힘으로 대학까지 나오기는 했으나 혈혈 단신에 적수공권의 말단 회사원인 매형이 사위감으로 눈에 찼을 리가 없었다. 언감생심, 쳐다볼 나무를 쳐다보라고 매형을 상대도 하지 않으려 했다.

집안의 결사적인 반대에 부딪치자 매형은 의기소침, 그냥 주저앉으려는 눈치였다. 그러자 누나가 매형을 선택해 집을 뛰쳐나오고 말았다. 충격을 받고 분노한 외삼촌 내외는 딸을 피붙이로 여기지 않기로 결정했고, 집안출입을 엄금시켰으며 나아가 호적에서도 파 분가시키고 말았다. 그런 가혹한 조처에도 불구하고 외사촌 누나는 조금도 동요하지 않고 매형과 동거에 들어갔다. 그러기를 1년여, 그처럼 그들의 결혼을 완강하게 반대하던 외삼촌 내외는, 세상의 부모들이 다 그렇듯, 시간이 흐르고, 딸내외가 고생 속에서도 금실 좋게 지낸다는 이야기를 전해 듣고 마지못해 그들의 결혼을 승낙하기에 이르렀었다. 그들 부부는 다시 정식으로 혼례를 치르게 되었고, 주위 사람들의 선망과 축복 속에서 새로운 부부로 행복한 출발을 하였었다. 동거중에 얻은 딸 하나와 정식 혼례식후에 얻은 아들 하나를 둔 그들 부부는 금실 좋기로 소문이 자자했다. 세상에서 가장 아름답고 모범적인 가정을 이룬 것이었다. 그런 부부가 왜, 무슨 일로 헤어졌단 말인가. 15년이란 세월은 사람을 이처럼 다르게 만들어 놓을 수도 있는 것인가. 그는 계속 그들 부부가 헤어진 까닭이 궁금했으나, 역시 입이 떨어지지 않았다. 하기야 자신의 코가 석 자나 빠진 녀석이 남의 이혼사유나 궁금해하고 있다니 당치않은 일일 터였다. 뿐만 아니라, 손아랫사람이 어찌 무람하게 손위 사람의 아픈 상처를 건드릴 수 있겠는가. 그는 한동안 어색한 기운을 떨쳐버릴 수가 없었다. 자신의 눈이나 표정에 매형을 향한 어떤 실망과 분노나 배신감 따위 감정의 그림자가 드리워져 있을 것 같아 조심스럽지 않을 수 없었다. 그래 제 눈의 대들보는 보지 못하고 남의 눈의 티를 타박하고 있는 꼴이려니 싶으면서도, 그는 쉽사리 평정심을 찾을 수가 없었다. 그는 자신의 잘못은 생각지 못하고 매형의 일로 허망감을 느꼈다. 매형은 인류의 어떤 이상적인 제도를 파괴한 파렴치범처럼 보였고 괘씸하기도 했다. 자신의 결점은 치지도외하고, 아름다운 것을 추하게 더럽혀놓은 매형의 소행을 결코 용서해서는 안 된다며 그는 속으로 흥분하고 있었다.

"누나 연락처나, 사는 데 좀 가르쳐주시겠습니까?"

그러나 어쩌랴. 그는 다른 어떤 말도 입밖에 내놓을 수가 없었다.

매형은 고개를 저었다. 그 얼굴빛이 매우 어두웠다.

"헤어진 뒤로 서로 연락을 주고받은 적이 한 번도 없어서........"

"부산에 연락을 해야겠군요."

매형은 그의 얼굴을 빤히 쳐다보았다. 매형의 눈길을 받은 그는 얼굴에 무엇이라도 묻은 것인가 하고, 문득 양쪽 볼을 차례로 쓰다듬었다.

"아직 모르고 있는 모양이군?"

"뭘 말입니까?"

"아미동 사람들, 다 함양으로 내려갔어."

"함양으로 내려가다니요?"

"벌써 언제적 일인데. 장인장모는 다 돌아갔고, 처남들은 다 함양, 고향으로 내려갔어."

"고향으로 다 내려갔다니, 무슨 말입니까? 공장은요?"

"오래 전에 다 남의 손으로 넘어갔는걸."

"그 많던 재산 다 어쩌고요?"

"글쎄, 일이 한 번 틀어지기 시작하니까, 한해도 걸리지 않아 와르르 다 무너져 버리더군."

"아니 어쨌길래?"

"그러게 말이야. 사람 사는 게 그렇게 허망한 것인 줄이야! 인생, 그것 정말 참........"

매형은 담배연기와 함께 한숨을 길게 내뿜었다. 허탈한 표정으로 고개를 저었다. 그러한 매형을 물끄러미 바라보며 그는 할 말을 잃었다. 무엇인가, 포크레인 같은 것이 갑자기 가슴을 콱 찍어누르는 것 같았다. 매형 부부의 이혼보다 더 놀랍고, 믿어지지 않는 일이었다.

그의 외삼촌은 공장을 두 군데나 갖고 있었다. 종업원만도 6,7백 명이 넘는다고 하였다. 처음 해군 정복제조 납품업체로 출발하여, 정부의 수출 드라이브 정책에 편승하여 봉제품 수출로 톡톡히 재미를 본 그의 외삼촌은 수출 공로가 인정되어 대통령 표창도 받았으며, 중소기업인으로서는 지역사회에서는 꽤나 신망이 두터웠다. 시내 중심가에 있는 빌딩 한 채와 두 곳의 공장과 시 외곽 지역의 임야를 합하면 그의 외삼촌의 재산은 적어도 기백억 원대에 이르리라 했었다. 그런데 누가 무엇을 어떻게 했기에 그 많던 재산 하루아침에 다 날리고 가족이 모두 고향인 함양으로 낙향해 움막 같은 데서 살고 있단 말인가. 아무리 생각해도 믿어지지 않는 사실이었다.

화곡동 매형 집을 나온 그는 기분이 울적하고 어수선하기가 이를 데 없었다. 어디로 가야할지 방향을 잡을 수가 없었다. 그를 사정없이 사로잡은 충격은 모든 이성과 감각을 마비시켜버렸다. 그는 방향도 정하지 않고 무조건 차를 달렸다. 어렴풋이 강변로를 타고 달리고 있는 것으로 짐작했는데, 나중에 알고 보니 자신이 고속도로를 달리고 있었다. 양재, 판교 인터체인지를 지나면서 도로표지판이 눈에 들어오자, 비로소 그는 자신의 무의식이 부산으로 자신을 이끌어 가고 있음을 알아차렸다. 그래 부산으로 내려가 직접 자신의 눈으로 확인해 보는 게 좋을 것 같았다. 그렇지 않고서는 믿을 수도 없을 뿐만 아니라 다른 일이 손에 잡힐 것 같지도 않던 것이다.

고속도로에서 밤을 다 보내고, 부산에 도착하자 아침이 밝아오고 있었다.그는 시내 중심가에 있던 외삼촌네 빌딩으로 먼저 가보았다. 한때 외삼촌댁이 그 6층 옥상에서 살았기 때문에 그도 자주 그 빌딩을 오르내렸었다. 그 빌딩은 여관과 사우나로 바뀌어 있었다. 여관과 사우나를 기웃거렸으나 알만한 얼굴은 하나도 보이지 않았다. 매표구에 대고 몇 마디 물어보았으나 기대하는 대답을 듣기는 영 틀려 보였다. 매표구 아가씨는 빌딩의 주인이 바뀐 사실도 모르고 있었다.

맥빠진 걸음으로 빌딩을 등지고 몇 걸음 내딛던 그의 눈에 낯익은 하동식당이라는 간판이 뛰어들어왔다. 반가운 마음이 끄는 대로 그는 하동식당으로 발걸음을 재게 옮겨놓았다. 하동식당은 간판이 예전 그대로이듯 주인 여자도 예전 그 여자였다. 예전에도 그랬듯 지금도 얼굴이 갸름하고 콧날이 뾰족하여 성깔께나 있어 보였다. 환갑을 넘겼을 나이임에도 그다지 늙어 보이지는 않았다. 20

여 년의 세월이 가로놓여 있었기 때문인지 하동식당 여주인은 숭구를 얼른 알아보지 못했다. 그의 설명을 몇 마디 듣고 나서야 눈을 다시 뜨고 쳐다보며 반색을 했다. 그러나 그 반색하던 표정은 점점 서글픈 기색으로 변해갔다. 숭구를 보자 몰락한 외삼촌댁의 말로가 연상된 때문인지, 그가 묻지도 않았는데 아주머니는 탄식하듯 말했다.

"그 집 큰아들이 무슨 귀신이 씌었던지, 태종대에 관광호텔을 짓는답시고 뛰어다니더니 어디 사기라도 얹혔던지 그만 저 멀쩡한 빌딩 날리고 또 공장마저 다 날렸다하지 않나. 사람 팔자 허무하다 해도 그렇게 허무한 경우가 어디 또 있겠나. 삼원기업 저꼴 되는 걸 보고 나도 한때 잠을 잘 이룰 수가 없었어. 내게도 별안간 무슨 액운이 닥치지 않을까, 한밤중에 깜짝깜짝 놀라 깨고는 했었다니까. 부자가 망해도 3년 먹을 건 있다는데, 어찌된 셈인지 숟가락 몽둥이 하나 건지지 못했다는군. 어찌 됐든 사람이 단숨에 망한다 해도 그렇게 철저히 망할 수 있는지, 세상이 허무해도 너무 허무해서 원!"

어깨에 힘이 쭉 빠진 그는 몇 번이나 도리질을 하며 하동식당을 나왔다. 매형의 말이 사실임을 직접 눈으로 확인한 셈이었다. 몸을 가득 채우고 있던 어떤 뜨거운 기운이 어딘가 자신이 모를 구멍을 통해 빠르게 몸밖으로 빠져나가고 있는 듯 허전했다. 따라서 다리도 후들거렸다.

사람 팔자 허무하다해도 그렇게 허무한 경우가 또 어디 있겠나. 하동식당 아주머니의 탄식이 귓전에 생생했다. 큰아들뿐만 아니라 셋째 아들도 그 집을 망하게 한 뇌관구실을 했노라고 하동식당 여주인은 혀를 쯧쯧 찼었다. 셋째 아들은 슬하에 아이 둘을 갖게되자, 이제 어엿한 가장에다 세상물정 알만큼 아니 독립시켜 달라고 어찌나 강경하게 떼를 쓰던지, 규모가 좀 작은 봉제공장을 차려주었는데, 하청받은 제품을 납품하지 않고 시장에 내다 팔다 발각되어 쇠고랑을 찼다는 것이었다. 그 사건 무마하느라 삼원기업은 상당한 상처를 입었는데, 그 셋째가 알고 봤더니 포카에 빠져 그 밑천 대느라 여기저기서 돈을 빌려 사기죄로 고소를 당해 그것 해결하느라 또 더 많은 경비를 들여야했다는 것이었다. 뿐만 아니라, 공장확장 때 융자받은 은행부채도 만만치 않았는데, 나쁜 소문이 돌자 은행에서 일방적으로 채권정리를 강행하여 공장과 빌딩을 경매에 붙이게 되었고, 따라서 삼원기업은 일시에 공중분해 되어 영영 회생불능 상태에 빠지고 말았다는 것이었다.

하늘이 내리는 재난은 피할 수도 있지만, 스스로 초래한 재난은 피할 수 없다더니, 아마 재산을 불리려는 탐욕이 빚은 몰락으로 여겨졌다. 자기가 가진 양을 잘 돌보고 단속하여 늑대의 마수가 뻗치지 못하게 하여야함에도 남의 양까지 탐을 내다 도리어 일을 당한 모양이었다. 재물이란 탐욕과 게으름과 사치에 가장 약한 것인데, 외사촌들이 금도를 지키지 못하고 바로 가장 경계해야할 그런 어리석은 짓에 빠져 있었던 모양이었다. 그러나 그렇다하더라도, 외삼촌댁의 파산과 몰락이 쉽사리 납득되지는 않았다. 그는 한동안 다리를 휘청거리고 거리를 헤매며 충격을 다스려야 했다.

숭구는 얼마 후 부둣길로 하여 감만동으로 자동차를 몰고 갔다. 매형의 말대로 감만동의 삼원기업 공장 자리에는 두 동의 5층 짜리 아파트가 들어서 있었다. 만약 외삼촌이 살아서 저 아파트를 바라보고 있다면 어떤 심정이 되었을까? 두 동의 아파트를 망연 자실 올려다보고 있는 사이 문득 외삼촌의 얼굴이 떠올랐다. 아마 외삼촌의 기분이 그러리라 생각한 때문일까, 갑자기 그의 가슴속에 새카만 흙바람이 휘몰아치고 높은 파도가 해일처럼 덮쳐왔다. 저도 모르게 눈물이 흘러내려 두 볼을 적셨다. 외삼촌이라면, 억울하고 분하고 허망해서 가슴을 치며 그 자리에 쓰러져 떼굴떼굴 뒹굴었으리라. 외삼촌의 분노와 허망감이 전이된 것인지, 흐르는 눈물을 그대로 두고 한동안 물끄러미 아파트를 바라보고 있는 사이 그의 가슴속에는 분노와 서러움이 납덩이처럼 굳어갔다.

한동안 무거운 마음으로 아파트주위를 서성거리던 숭구는 다시 차로 돌아갔다. 그는 괴정동으로 진로를 잡았다. 그곳에 삼원기업의 또 다른 공장이 있었던 것이다.

이미 체념은 되어 있었으나 막상 삼원기업이라는 간판이 붙어있던 자리에 성신산업이라는 간판이 대신 바뀌어 붙어있는 것을 보자 다시 아뜩해졌다. 또 외삼촌의 얼굴이 떠오르고, 아까 감만동에서보다 서운한 생각이 한결 더 진하게 일어났다.

혹시 아는 얼굴이라도 하나 없나 기웃거리던 그는 수위에게로 다가갔다. 전에 삼원기업에서 일했던 사람을 아무나 한 명 불러줄 수 없겠느냐고 청을 하니까, 수위는 성신기업으로 바뀐 지가 언젠데 그때 사람 아직 남아 있겠느냐고 투덜거렸다. 그러더니, 아참, 얼마 전까지 제품 검사부에서 일하던 박 노인이 삼원 때부터 근무한 사람이라고 들었는데, 요즘은 몸이 불편해 나오지 않는다며 도리질을 했다. 순간 숭구의 가슴속에 용암보다 뜨거운 내가 한줄기 섬뜩하게 가로질러 흘러갔다. 그의 어머니가 바로 외삼촌 공장, 삼원기업 제품 검사부에서 일했던 것이다. 제단부, 미싱부, 완성부 등을 차례로 거쳐 검사부로 넘어온 봉제품을 꼼꼼히 살피며 미싱이 잘 못된 제품이나 조립에 결함이 있는 불량품을 골라내 작업부

로 되돌려보내거나 간단히 실밥 따위를 뜯어내고 다림질실로 보내
는 등 마지막 손질을 하는 작업을 했었다. 언젠가 어머니는, 삼원
기업에서 실밥 뜯느라 청춘 보내고, 중년 보내고, 이제 쭈그렁 노
파로 늙었다며 혼자 탄식한 적이 있었다. 어머니는 그에게, 늘 바
위처럼 가슴을 짓눌러오는 벅찬 존재였다. 영원히 아물지 않을 상
처 같은 존재였다.

삼원기업의 파산과 몰락을 눈으로 직접 확인한 숭구는, 외삼촌
이 가엾었다. 함양 시골에서 맨손으로 대처로 나와 피와 땀으로 이
룬 재산이었다. 물론 재산이란 만들 수 있는 것이 아니라 제 발로
걸어 들어오는 것이라니까, 시절 도움도 없지 않았을 것이다. 그러
나 손발 게으르고서야 운인들 어찌 도울 수 있었겠는가. 밤을 낮
삼아 부지런히 일하여 이룬 재산이었다. 그런 재산을 자식들이 하
루아침에 깡그리 말아먹고 말았다니, 만약 살아서 그 꼴을 당했다
면 외삼촌은 얼마나 기가 막혔을까.

외삼촌의 절망적인 기분을 생각한 때문일까, 숭구의 걸음걸이는
허방을 짚는 것 같았다. 자신의 몸이 재처럼 바람에 풀풀 날리는
것도 같고 미구에 비로 낙하할 구름 위에 얹혀져 떠다니는 것 같기
도 했다. 재앙이란 그렇듯 무섭게 사람을 단숨에 덮치는 것일까?
예정된 재앙은 사람의 힘으로는 막을 수 없는 것일까? 그렇다면,
그렇다면, 사람은 어떻게 해야한단 말인가? 숭구는 두려움에 간
단없이 몸을 떨었다. 누군가 갑자기 큰소리로 욕설을 퍼부으며 멱
살을 와락 움켜잡는 서슬에 정신을 차리고 보니 어떻게된 영문인
지 차도 한복판에 서 있었다. 성난 사내는 멱살을 움켜쥔 채 숭구
를 인도로 끌어내 냅다 패대기를 쳐버렸다. 사내는 툴툴거리며 세
워두었던 차로 돌아가, 아직도 넘어져 있는 그에게 침을 칵 뱉고,

부르릉 그 자리를 떠났다.

4. 자진모리

만안심 보살은 한동안 말문을 열지 못했다. 말없이 앞에 있던 빈 술잔에다 스스로 술을 따라 입안에다 털어 넣었다. 민숭구도 남아 있던 술을 마저 비우고 새로 술잔을 채워둔 후 담배를 태워 물었다. 아무리 술기운을 빌었다해도, 이런 외진 산골짜기를 찾아와 하릴없이 돌탑을 쌓아올리고 있는 민처사가 자신의 상처 입은 마음의 지도를 이렇듯 쉽사리 펼쳐 보이리라고는 기대하지 않았었다.

"그러니까 민처사님은 딸아이의 죽음에 이어 또 아내와 아들을 한꺼번에 잃고도 알아차리지 못했는데, 외삼촌댁의 파산과 몰락을 보고서야 비로소 인생의 진면목을 약여하게 깨닫게 되었다, 이 말씀이군요?"

저도 모르게 자신이 살아온 기구한 삶의 궤적을 돌아보며 만안심 보살은 가까스로 입을 떼었다. 손닿는 곳에 잎이 넙적한 풀 한 포기가 쓸쓸하게 서 있었다. 어떤 모양, 어떤 색깔의 것일지는 모르지만 때가 이르면 예쁜 꽃을 피우게 될 그 풀은 그러나 당장 보기에는 을씨년스럽기만 한 모습이었다. 민숭구의 시야가 닿아있는 산등성이에는 허리 굽은 늙은 소나무들이 울창하게 서 있었다. 늙은 소나무들 위의 하늘에는 언제 비를 뿌릴지 모를 시커먼 매지구름이 웅크리고 있었다. 만안심 보살은 민숭구가 다시 술잔을 입으로 가져가는 걸 쳐다보며 저도 모르게 도리질을 했다. 민숭구의 울적한 기분이 그녀에게 전염된 탓도 있었지만 자신의 더러운 팔자가 상기되자 만안심 보살의 목소리도 가라앉았다.

"글쎄요. 제가 인생을 어떻게 알았겠습니까. 외사촌 누나 부부의 이혼과 외삼촌네의 몰락을 직접 눈으로 확인하고 나니, 더 살고 싶은 마음이 사라졌습니다. 아내와 아이들을 다 잃었을 때는 그것이 내가 당해야하고 이겨내야 할 아픔으로 알았지, 운명의 어떤 가혹한 얼굴은 연상하지 못했습니다. 가족을 잃었을 때는 내가 더러운 팔자를 타고나서 당한 재앙이겠거니 싶었지요. 하지만 외사촌 누나 부부의 이혼과 외삼촌네의 파산은 운명의 어떤 실증적인 사건으로 보였습니다. 사람이란 아무 까닭도 없이 언제 지옥으로 떨어질지 모를 그런 미망의 존재임을 저는 그때 알았던 것입니다. 암튼 외사촌누나 부부는 헤어져서는 안 되는 사람들이었습니다. 그들이 헤어지다니, 그리고 외삼촌네가 그렇게 쉽게 파산하다니, 정말 있을 수 없는 일이었습니다. 그러나……운명이라는 것이 그렇게 가혹한 것인 줄…… 누가 알았겠습니까."

　그러나 민숭구는, 짐짓 속엣말은 꺼내지 않았다. 외사촌 누나 부부의 이혼과 외삼촌댁의 믿어지지 않는 파산을 목격한 그는 자신이 살아온 인생 전체에 두려움을 느꼈었다. 이미 그에게 닥친 재앙은 그럼 무엇 때문에 예비된 것이었겠는가. 뒤따라 어머니의 얼굴이 떠올랐고, 당장 오금이 박혀 꼼짝도 할 수가 없었다. 그 두려움을 벗어 던지기 위해 그는 이 산 속으로 흘러 들어와 돌탑을 쌓고 있지만 그 속내를 누구에게 털어놓을 수 있겠는가.

　"그래요. 어디 불행이 예고하고 다니는 것 봤습니까?"

　만안심 보살은 문득 머리 위에 낮게 내려와 있는 매지구름을 쳐다보며 탄식하듯 중얼거렸다. 자신의 경우도 민처사의 경우와 조금도 다를 바가 없었다. 금방이라도 입을 통해 터져 나오려는 자신의 기박한 운명에 대한 이야기를 만안심 보살은 얼른 술을 들이켜며 애써 목 너머로 삼켰다. 그리고 허약하고 초췌해 뵈는 민숭구를 다시 쳐다보며 여기서 시들어가고 말지도 모르겠군, 하는 안도감 이 한줄기 빛처럼 짧은 순간 머리 속을 꿰뚫고 지나갔다.

만안심 보살이 찬합을 챙겨들고 민처사가 돌탑을 쌓고있는 이곳 능선너머를 찾아온 것은 오늘이 두 번째였다. 두 사람이 술자리를 가진 것도 오늘로서 두 번째였다.

며칠전의 일이었다. 사흘째, 이른 새벽에 나가 아침도 점심 공양 도 거른 민숭구가 저녁나절이 훨씬 기울어서야 돌아와 저녁 공양 도 드는 둥 마는 둥 하고 잠자리에 드는 걸 남몰래 지켜보던 만안 심 보살은 그냥 모른 척 할 수가 없었다. 민처사의 몸은 나날이 가 을나무처럼 야위어갔다. 그는 몸을 전혀 돌보지 않고 능선너머에 서 돌 쌓는 일에만 몰두했다. 저러다 몸이 쇠약해져 덜컥 자리에 드러눕기라도 하면 어쩌려나, 마음이 조마조마했다. 마음을 졸이 다 못한 만안심 보살은 다음날 아침나절, 혜주 스님을 찾아가 그녀 가 보고 느낀 바를 이야기했다. 그 동안 말없이 민처사를 지켜봐 왔던 혜주 스님도 만안심 보살의 걱정을 짐작하고도 남음이 있었 다.

"이제와서 나가라고 할 수도 없고, 저러다 정명암에서 난데없이 송장이나 치르는 것은 아닌지 모르겠습니다."

"민처사님께서, 사리를 모르는 분도 아닌 것 같던데, 무슨 험한 일이야 있겠습니까. 좀더 두고 봅시다."

"아닙니다. 얼마나 여위었다구요. 도대체 몸 돌볼 생각을 해야 지요. 눈만 떴다하면 돌하고 씨름하느라 정신없으니, 저러다 언제 쓰러질지, 위태위태해 못 보겠어요."

"어떤 기도든, 지나치면 몸 상하는데……"

"다 저 때문에 일어난 일입니다만, 이곳 정명암에서 송장 치지 않으려면 무슨 조치를 취해야 되지 않겠습니까? 제 책임도 있고 하니, 제가 공양을 날라다 억지로라도 먹여야될 것 같아요."

"만안심 보살이 그렇게 생각했다면, 복 좀 지으세요."

만안심 보살은 남정네 일을 가지고 적극적으로 나서는 자기를, 오지랖 넓다고 핀잔이나 하지 않을까 속으로 은근히 걱정했으나, 혜주 스님은 선선히 승낙하였다. 더구나 민처사를 내보내는 쪽으로 엉뚱하게 말이 나와 일이 잘 못될까봐 만안심 보살은 내심 속을 태웠던 터라 암주 스님의 선선한 허락이 그렇게 고마울 수가 없었다. 혜주 스님은 어려운 사람을 돕는 일보다 큰복을 짓는 일이 더 있겠느냐며 도리어 부추기기까지 하였다. 혜주 스님은 공양간에 있던 자혜심 보살을 불렀다. 만안심 보살과 의논했던 일을 간략히 설명하고, 민처사가 이른 아침 일찍 나가는 날은 점심 공양을 찬합에다 챙겨 만안심 보살 편에 보내라고 분부하였다.

자혜심 보살은 혜주스님 앞에서는 군소리 없이 잘 알겠노라 선선히 대답하고서는 공양간에 돌아와서는 딴전을 피웠다. 어디서 굴러온 개뼉따귀 같은 놈이 귀찮게 과욋일을 시킨다며 툴툴거렸다. 그리고 민처사를 끼고 마냥 아니꼬운 일을 벌이는 만안심 보살을 매섭게 쏘아보며 험한 말을 퍼붓기도 했다. 얼마 전 만안심 보살과 자혜심 보살은 한바탕 머리채를 끌며 드잡이를 벌인 일이 있었다. 몇 차례인가 손지갑의 돈이 자꾸 없어지는 걸 알고 만안심 보살이 자혜심 보살을 두고 기연가미연가 하던 중, 없어졌던 크림과 밀크 로션이 자혜심 보살의 손가방에서 나오자, 시비가 벌어졌던 것이다. 어찌나 자혜심 보살이 완강하게 잡아떼는지, 돈도둑은 잡지 못하고, 물건 간수 잘하라는 충고만 듣고 만안심 보살은 물러

서고 말았었다. 그 일은 두 사람에게 다 불쾌한 기억으로 남아 있었다.

자혜심 보살은 찬합을 챙겨줄 생각은 하지 않고 계속 딴 짓만 하였다. 한동안 그 하는 양을 묵묵히 지켜보던 만안심 보살은 하는 수 없이 손수 찬합을 챙겼다. 버섯무침과 김과 김치 등의 반찬에 밥을 한 공기 담아 찬합에 넣고 자혜심 보살의 곱지 않은 눈총을 받으며 공양간을 나온 만안심 보살은 허위허위 능선을 너머 민숭구를 찾아왔다. 돌을 쌓느라 열중한 나머지 민숭구는 만안심 보살이 바로 지근거리에 다다를 때까지 알아차리지 못했다. 일부러 돌을 굴려 기척을 내자 토끼처럼 놀란 표정으로 뒤를 돌아보았다. 만안심 보살의 출현을 전혀 예상하지 못했던지 민숭구는 미간을 좁히고 만안심 보살을 경계하듯 쳐다보았다. 만안심 보살이 미소를 지으며 찬합을 들어 보였으나 그 뜻을 얼른 알아차리는 기색이 아니었다. 도리어 작업을 방해받은 것으로 생각했던지 얼굴을 찌푸렸다. 그는 지난 두 달 동안 하루도 쉬지 않고 돌탑 쌓는 일에만 오로지 전념해왔었다. 바람이 불어도 비가 와도 능선너머로 넘어와 돌쌓기를 하루도 거르지 않았다. 그 동안 그가 쌓은 돌탑은 그의 허리높이쯤에 이르러 있었다.

"그렇게 웬수 바라보듯 이상스런 눈으로 쳐다보지 말고 이리로 오세요."

만안심 보살은 주위를 살피다 대체로 편편한 너럭바위를 발견하고 그 위에다 찬합을 펼쳐놓았다. 찬합을 슬그머니 넘겨다보던 민숭구는 그다지 반가워하는 눈치가 아니었다. 그러나 그는 손을 털며 내키지 않은 몸짓으로 만안심 보살이 있는 너럭바위로 건너왔다.

"주지스님께서 보낸 것입니다."

민숭구는 찬합의 음식을 바라보고 잠시 의아스러운 표정으로 무엇인가 말을 하려는 듯 입술을 달싹이다 꾹 깨물듯 다물었다. 이런 친절이 오히려 그를 불편하게 만든다는 기색이었다.

"아침 점심 공양도 거르고, 저러다 정명암에서 송장치겠다며 큰 걱정이랍니다. 어서 좀 드세요."

"공연히 걱정을 끼쳐드린 모양이군요. 아무것도 삼킬 수가 없어 그러는데, 접때 읍내에서 사온 소주 한잔씩 하면 몸이 따뜻해 견딜 만 하답니다."

민처사의 음성은 푸석푸석 모래먼지라도 일어날 것처럼 건조했다.

"곡기 끊고 무슨 일을 할 수 있겠어요. 탑을 쌓아도 양기를 돋아가며 쌓아야지, 다 쌓지도 못하고 덜컥 몸져눕게 되면 그 일을 어쩌려구요. 혜주스님은 처사님의 기도와 치성이 지극해 가상스럽다며 어떻게든 돕고싶어하는데, 친절을 모른 채 외면하면 죄짓는 일입니다. 어서 좀 드세요."

암주스님을 빙자해 만안심 보살은 자기 속엣말을 꾸며댔다.

"저 너머 탑사를 쌓은 이갑용처사님은 솔잎만 씹으며 탑을 쌓았다하지 않습니까!"

"솔잎은 아무나 씹는 것인 줄 압니까? 거기 적용할 수 있게 단련하기가 어디 쉬운 줄 아세요."

만안심 보살의 간곡한 권유에 민숭구는 마지못해 젓가락을 들었으나 마치 모래를 씹는 것 같았다. 두 번째는 손이 올라가지 않았다. 그는 젓가락을 놓고 앉았던 자리에서 벌떡 일어났다. 놀란 만안심 보살이 엉겁결에 그의 바짓가랑이를 얼른 붙잡았다.

"이러면 안됩니다. 입맛이 없어도 꼭 드셔야합니다."

만안심 보살은 마치 자식에게 음식을 강권하는 어머니 같은 엄한 얼굴로 그를 다시 앉히려고 했다. 잠시 난처한 빛을 보이던 민처사는 희미하게 웃으며 고개를 끄덕였다.

"알겠습니다. 하지만 목에 넘어가지 않는데, 술이라도 한 잔 하며 먹어보겠습니다."

그제서야 만안심 보살은 잡고 있던 바지가랑이를 놓았다. 민숭구는 돌탑 옆으로 허청허청 걸어갔다. 소주 한 병과 두 개의 작은 잔을 들고 걸어오는 민처사의 모습이 마치 짚으로 엮은 제웅이 걸어오는 것 같았다. 그는 이미 생명이 빠져나간, 거푸집처럼 힘이 없어 보였다. 언제 바람 빠진 풍선처럼 그 자리에 풀썩 주저앉고 말지, 보고 있으려니 너무 안쓰럽고 불안스러웠다. 민숭구는 증류한 영혼처럼 맑은 소주를 작은 유리잔에다 따라 만안심 보살에게 먼저 내밀었다. 만안심 보살이 잔을 받자 민숭구는 또 다른 잔에다 자신을 위해 술을 따랐다.

"이것이 아니었으면, 저라는 기계는 벌써 멈추고 말았을 겁니다."

그는 만안심 보살에게 술잔을 들어 보이고 그것을 홀짝 단숨에 비웠다. 만안심 보살도 천천히 술잔을 비웠다. 오랜만에 술이 속으로 들어가자 가슴속에 모닥불이라도 지핀 듯 훈훈해져왔다. 만안심 보살은 또 한잔의 술을 자청했다. 젓가락으로 밥을 떠먹던 민숭구는 술을 병째로 건네주었다. 만안심 보살은 술을 자작으로 부어 마셨다. 그 첫날은 한 병을 갈라 마시는 것으로 술자리를 파했었다.

그러나 오늘은 벌써 두 병을 비우고 세 번째의 술병을 따 기울이고 있었다.

"불행은 예고 없이 닥치는 것이다, 맞는 말입니다. 하지만 아무 불행도 겪지 않고 안락하게 사는 사람도 있지 않습니까?"

"그렇게 생각할 수도 있겠지요. 하지만 민처사님, 인생은 고해라고 하지 않았습니까. 헛된 망령은 갖지 맙시다. 아니 그래, 자기 가족 다 잃고 나아가 인척의 몰락과 원앙보다 금실 좋았던 부부의 파경을 목격하고도 안락한 생을 믿습니까? 안락, 그건 다 허상입니다. 행복도, 사랑도, 인정도, 명예도, 고통도, 절망도, 모두 다 허상입니다. 거품입니다. 그걸 아직도 못 깨닫고 돌탑을 쌓고 있는 것입니까?"

만안심 보살은 입에서 엮어지는 대로 종알거렸을 뿐 어떤 확신이 있어 한 말은 아니었다. 그녀는 세 번째의 병에 남아있던 마지막 술을 잔에다 따라 훌쩍 들이켰다. 만안심 보살의 얼굴은 늦가을 홍시처럼 발갛게 익어 있었다.

"글쎄올습니다. 사는 것이 다 허상이라면 얼마나 좋겠습니까. 그렇다면 실망할 일도 슬퍼할 일도 다 없을 거 아닙니까. 그렇지만 사람이 어디 그렇습니까. 재산도 인정도 직위도 다 실상으로 알지 허상으로 알고 집착하지 않는 사람, 어디 있습니까."

"아까 말한, 저쪽 마이산 남쪽 자락에 탑사를 쌓은 이갑용 처사님 아시지요?"

"알지요. 처음 탑사를 구경하면서 나는 별 하릴없는 작자의 부질없는 장난의 산물 정도로 우습게 보았습니다. 어디 할 일이 없어 그런 쓸데없는 걸 쌓고 있었나, 그렇게 생각했었습니다."

"지금도 그렇게 생각하십니까?"

민숭구는 강하게 도리질을 하였다. 10여 년도 훨씬 전, 아내를 따라 이곳 마이산 탐사를 구경왔을 때는 그 돌탑들이 하나의 단순한 구경거리에 지나지 않았었다. 그러나 이번에 와서 다시 본 순간 전류보다 더 강한 전율이 온몸을 다급하게 훑어내렸었다. 돌탑들뿐만이 아니었다. 말의 귀처럼 생겨 마이산이라 불리게 되었다는, 땅속에서 튀어나오듯 나란히 불끈 솟아 있는 그 두 개의 봉우리도 이전과는 달라 보였다. 탐사의 탑들은 기이한 구경거리에 지나지 않는 것이 아니라 운명에 저항하는 어떤 몸짓처럼도 또는 간절한 기도의 모습처럼도 보였다. 그리고 여인의 육감적인 나신처럼 부드러운 굴곡을 이루며 완만하게 벋어있는 능선 가운데를 뚫고 불쑥 돌출해 있는 그 두 개의 봉우리는 무엇 때문인지 순리를 거역하는 어떤 운명의 거친 몸짓처럼 보였다. 말의 귀처럼 생긴 것이 아니라, 어딘지 운명을 역행해 산 속을 항해하는 범선의 돛처럼 생겼다는, 좀 엉뚱한 생각이 들기도 했다.

"아닙니다. 저는 그 신비한 힘에 압도되었습니다."

민승구는 이곳 마이산을 향해 자동차를 몰고 오는 동안 줄곧 한 가지 풀리지 않는 의문에 사로잡혀 있었다. 이갑용이라는 사람은 도대체 무엇 때문에 그곳에다 돌탑을 쌓는 일에 평생을 바치다시피 했을까? 무엇 때문에 밥도 옷도 집도 나아가 술도 되지 않는, 어떤 현실적인 이익이 일체 배제된 그 돌탑을 쌓는 일에 피와 땀을 바쳤을까? 갈증과 굶주림도 돌보지 않고 솔잎을 씹으며, 밤을 도와 3년을 바쳐 쌓은 돌탑도 있다하였다. 자신이 타고난 운명에 순응하기 위해서 그 탑을 쌓은 것일까? 예감되는 어떤 불길한 검은 운명을 거역하고 거기서 벗어나기 위한 기도로서 그랬던 것일까? 아니면 어떤 인연을 짓기 위한 간절한 기도의 행위로써 돌탑을 쌓은 것일까? 그것도 아니라면 어떤 어긋난 인연이 있어 그 어긋난 인연을 회복하기 위한 간절한 기도로서 그 고행을 치른 것일까? 또 그것도 아니라면, 어떤 씻어버릴 수 없는 죄업을 닦기 위한 지극한 기도로서 그 극기의 순간 순간을 견뎠던 것일까?

"잘 못 아셨습니다."

"잘 못 알다니요?"

"이갑용 처사님은 탐욕에 사로잡혀 있었던 것입니다."

"탐욕에 사로잡히다니요?"

"내 생각이 틀림없을 겁니다. 그는 필경 인생을 윤택하고 오래 살아볼 허욕에 사로잡혀 돌탑을 쌓았을 것입니다."

"그럴 리 있습니까? 그런 삿된 욕심으로 쌓은 탑이라면 이제까지 온존할 수 있었겠습니까? 탑들이 지금까지 온존한 것을 보면 필경 그 원력이 우주와 인류에 부응할 만큼 원대했기 때문이었을 겁니다. 단순히 개인의 복락이나 장수를 기원하기 위한 것이었다면 지금까지 남아 있을 리 없습니다?"

민숭구의 머릿속에 탑사의 돌탑들의 모습이 그림처럼 그려졌다. 다른 지지대나 흙 따위를 조금도 사용하지 않고 오로지 그만그만한 돌들을 원통형의 피라밋식으로 두어 길 높이로 쌓아올린 다음 또 그 위에다 한 길 가량의 외줄로 탑머리를 쌓아올린 외로운 모양이었다. 탑 머리 부분은 손가락으로 살짝만 건드려도 무너져버릴 것처럼 위태해 보였다. 큰비는 물론 바람만 좀 세게 불어도 견디지 못하고 허물어질 것처럼 몹시 허약해 보였다. 우리 나라에 큰비가 얼마나 자주 내리고 큰바람은 또 얼마나 잦은가. 그런데도 백여 년 넘게 원래의 모습 그대로 남아 있는 80여 기(基)의 돌탑들을 어찌 만안심 보살의 주장처럼 복락과 장수를 위한 개인적 욕심에서 쌓은 삿된 것이라 할 수 있겠는가. 이갑용 처사가 주역과 병서에 밝아 병서(兵書)의 팔진법(八陣法)을 응용해 돌탑을 쌓았다 하지만, 그것은 사람의 능력이나 자연의 순리와는 또 다른 어떤 해망스런 섭리에 의해 다스려지고 있다는 묘한 힘과 느낌을 떨쳐버릴 수가 없었다. 그리고 그 돌탑들을 보고 있으면 무엇인가 모를 열기 같은 것이 온몸으로 흘러 들어오는 것을 생생히 느낄 수 있었다.

"민처사님도, 인생을 그렇게 생생히 겪고도 모르겠습니까? 어떤 말못할 절박한 기원이 있어 탑을 쌓고 있는지 모르겠지만, 어디 운명이 탑 몇 개 쌓는다고 바뀔 것 같습니까? 80여기의 탑을 남긴 이갑용 처사를 보세요. 그의 탐욕이 얼마나 컸는지 모르지만, 수명 하나밖에 늘인 게 더 있었습니까? 다 부질없는 짓입니다. 모두 허상이에요. 이제라도 탑 쌓는 일 그만 두고 서울로 올라가 새 가정 꾸리고 복락 누리세요."

만안심 보살은 별다른 생각 없이 입에서 엮어지는 대로 손사레를 치며 중얼댔다.

"저는 돌탑을 쌓지 않을 수 없는 필연적인 이유가 있습니다. 탑을 쌓지 않고서는 이곳을 떠날 수 없습니다."

"제 말씀을 못 알아 들으시는군요. 저도 이곳에 와서 이태가 넘도록 일념으로 불공을 드리며 간절히 기도 드렸습니다. 그러나 아무 영험이 없습니다. 제가 죽는 날까지 무슨 영험이 있겠습니까. 무슨 영험을 기다리는 제가 어리석지요. 기도에 대한 응답은 자기 속에 있는 것 아닐까요?"

만안심 보살은 정명암에 온 이래, 한번도 새벽 예불을 빠져본 적이 없었다. 그리고 법당이며 요사채 안팎의 청소는 도맡아놓고 했다. 혜주스님을 비롯한 절집 식구들의 신발씻이 당번은 물론 신도들 신발도 하얗게 씻어 신방돌 위에 대령해놓기도 했다. 법당에서

뿐만 아니라 방에서도 언제나 향불을 피워놓고 기도를 게을리 하지 않았었다. 그러나 아직도 마음의 파도는 잠재워지지 않았고 불안감의 두께도 역시 한치도 엷어지지 않았다. 아무리 기다려도 기도에 대한 응답의 조짐은 나타나지 않았다. 그래서 그녀는 매일 아침마다 서울로 올라가겠다고 입버릇처럼 말하고는 했었다.

"저는, 죄를 너무 많이 지었습니다."

민숭구는 순간 어머니의 얼굴이 벼락치듯 떠올랐다. 떠오를 때마다 고통을 동반하는 어머니의 얼굴이 무슨 형구(刑具)처럼 몸과 마음을 옥죄어왔다.

"죄를 지었다했습니까?"

"그래요. 어떤 벌로써도 속죄 받을 수 없는 큰 죄를 지었습니다."

아, 어머니. 민숭구는 속으로 어머니를 크게 외쳐 불렀다.

"죄라면 나도 많이 지은 사람입니다."

만안심 보살은 자기 비하의 쓴웃음을 지었다. 자학적이며 형벌을 견디고 있는 듯한 고통스런 표정으로 민숭구를 쳐다보았다. 언젠가, 만안심 보살이 자기는 죄가 많은 사람이라니까, 혜주 스님은, 사람 산다는 것이 어디 죄 짓지 않고 착하게만 살아갈 수 있는 길이 있더냐, 그래서 속죄하고 기도하는 길을 열어두었지 않았느냐며 열심히 불공을 드리라고 당부했었다.

"죄라면 나보다 더 중하게 지은 사람, 세상에 둘도 없을 것입니다. 들어보시겠어요?"

만안심 보살은 김을 불어내듯 한차례 허허롭게 웃은 다음 말을 이었다.

"나는 너무 뜨거운 피를 타고나 한시도 바람을 재우지 못해 지

아비를 홧병으로 죽게 했습니다. 그리고 팔자를 고치기 위해 아이 둘을 길에다 버렸습니다. 내가 길에다 버린 아이들이 다 장성하여 나를 찾아와 내 잘못을 추궁하며 따질 때도 나는 내 잘못을 별로 알아차리지 못했습니다. 피가 뜨거울 때 저질렀던 일이라 후회 같은 것은 한 번도 해본 적이 없었거던요. 그후 얼마 있다가, 어렸을 때 내가 버렸던 큰놈이 집에 들이닥치드니 느닷없이 제 씨 다른 어린 동생 둘을 한꺼번에 그 자리에서 칼로 찔러 죽이지 뭡니까. 그 험한 일을 겪고나서야 나는 내 팔자가 더러워 천벌을 받을 죄를 짓고 살았음을 비로소 깨달았습니다."

큰아들은 만안심 보살이 두 눈을 번히 뜨고 보고 있는 앞에서 어린 두 아들을 칼로 찔러 죽였다. 달려들어 놈을 제지시켜야 한다고 마음속으로 생각하면서도 만안심 보살은 꼼짝도 하지 못하고 사시나무 떨 듯 몸을 떨며 바라보고만 있었다. 두 아들이 피투성이가 된 채 고통스럽게 뒹굴며 다급하게 엄마를 외쳐 부르는 소리에 놀란 만안심 보살은 문을 박차고 밖으로 뛰어나갔고, 미친 듯 사람 살리라고 외쳤다. 사람들과 방으로 돌아가 보니 어린 두 아들은 이미 숨이 끊어져 있었고, 큰아들은 제 손으로 배를 가르고 신음하고 있었다. 큰아들은 치명상은 입지 않았던지 씨다른 두 동생과는 달리 그 자리에서 죽지 않고 병원으로 실려갔다.

"이곳 암자에 와 있는 사람인데, 필경 무슨 곡절이 있겠거니, 짐작은 했습니다만, 남이 아니 겪을 끔찍한 일을 겪었군요."

"그러니까, 하는 말이지요. 저도 내 운명이 원망스러워 죽을 지경이랍니다. 기도로서 이 더러운 운명을 다 씻어버리고 싶지만 어디 뜻대로 되겠습니까. 조금 전에도 말했지만 이태나 기도를 드렸다니까요. 그렇지만 아무 소용없었습니다. 민처사님도 다른 기대

버리고, 서울로 돌아가셔서 나머지 인생 즐기기나 하세요. 제발 서
울로 돌아가세요."

민숭구는 천천히 고개를 저었다.

5. 휘모리

어느덧 여름이 되었다. 이산 저산에서 뻐꾸기가 서로 화답하듯
울어대던 진달래 철이 아직도 계속되고 있는 듯하였는데, 떡갈나
무 넓적한 잎에 연한 새싹의 기운이 가시고 암록색 기운이 짙어졌
고, 어느 사이 숲 속에 매미 소리가 소나기처럼 쏟아지는 한여름이
되었다. 햇볕은 굵은 삼실(麻絲)처럼 빳빳해지고 논에 엎드려 피
몇 포기 뽑지 않아서 농부들의 등줄기에 땀이 흥건히 고이는 철이
된 것이었다. 상수리나무를 타고 오르는 재빠른 다람쥐는 한창 신
이 났다. 아직 좀 이르기는 해도 상수리에 입맛을 다실 알이 채워
져 가고 있었기 때문이었다. 잠자리도 바람에 미끄럼을 타듯 하늘
을 날고 맵시벌, 어리뒤영벌, 말벌들은 지천으로 널려 있는 나문
재, 망초, 조팝나무, 밤나무를 오르내리느라 잠시도 날개를 쉴 틈
이 없는 분주한 모습이었다.

거의 한나절 동안 민숭구는 넋이라도 나간 듯 주저앉아 있었다.
가슴을 쥐어뜯으며 절망을 견디던 그는 너무나 큰 분노로 눈도 마
음도 다 닫히고 말았다. 어쩌다 가끔 민숭구는 힘없이 하늘을 쳐다
보았다. 언젠가 하늘에는 바람이 다니는 길도 새들이 다니는 길도
따로 있을 것이리라, 생각했었다. 아마 바람이 다니는 길이나 새들
이 다니는 길처럼 사람의 영혼이 올라가는 하늘 길도 있으려니 싶
었다. 그는 하늘을 쳐다볼 때마다 자신의 영혼이 몸을 버리고 그

길을 따라 올라가 버렸으면, 하고 간절히 바랐다.

　아침에 와보니 두 번째 쌓은 돌탑이 또 전번처럼 무너져 있었던 것이다. 지난 달포 동안 천신만고 끝에 한길 가까이 간신히 쌓아올렸던 돌탑이었다. 지난 달포 가량의 노력이 물거품이 된 것에 대한 아쉬움도 컸지만 그것보다 어머니의 훼방의 손길이 뻗쳐온 것이나 아닌가 하는 두려움이 더 컸다. 지난번에도 그런 생각이 없지 않았었다. 그러나 그때는 기연가 미연가 하고 말았었다. 오늘, 두 번째 똑 같은 일을 당하고 보니, 어머니가 훼방놓은 것이 틀림없는 것 같아 덜컥 두려운 생각이 들었다. 어떤 기도나 속죄의 행위도 결코 용납할 수 없다는 어머니의 분노가 돌탑을 무너뜨린 것이겠거니 여겨졌다. 그 생각이 든 순간 머리카락이 하늘을 향해 빳빳이 곤두섰다. 그는 한나절 동안 망연 자실, 손가락 하나 움직이지 못하고 앉은자리에서 그대로 보냈다. 그는 혼미한 정신 속에서도 시간과 함께 분노와 설움이 몸 속을 타고 흐르는 것을 냇물소리를 듣는 것처럼 생생하게 듣고 있었다.

　"어머, 이 일을 어쩌나!"

　아침나절이 기울어갈 무렵이었다. 공양을 담은 찬합을 들고 골짜기를 찾아온 만안심 보살은 돌탑이 무너진 것을 보고서는 호들갑스럽게 큰소리로 비명을 질렀다. 그녀는 굴러 내리듯 달려와 민숭구의 옆에 주저앉았다. 민숭구는 돌아보지도 않았다.

　"누가 이랬대요. 아무리 봐도 짐승이 그런 것 같지는 않은데……"

　만안심 보살은 주위를 두리번거렸다. 그녀의 눈은 기름을 부은 듯 분노로 이글거렸다.

　"어느 죽일 놈이 이랬대요. 아니, 어느 벼락맞아 죽을 놈이, 두 번이나 이렇게 남이 공들여 쌓은 탑을 허물었대요?"

만안심 보살은 민숭구의 심화를 대신 풀어놓으려는 것처럼 앙칼지게 외쳤다.

아까부터 민숭구는 어머니의 노한 얼굴을 보고 있었다. 누가 돌탑을 무너뜨렸겠는가. 어머니가 아니고서는 그럴 사람이 어디 있겠는가. 민숭구는 그렇게 확신하였다. 생각할수록 두려웠다.

"어느, 간을 꺼내 먹을 놈이 이랬대요, 글쎄?"

달포 전쯤이었다. 정명암에 기거하며 두어 달 동안 민숭구가 전심전력을 다해 쌓은 첫 번째 돌탑이 까닭 모르게 무너져 있었다. 그때도 거의 목 언저리 정도의 높이에 이르러 이제 얼마 쌓지 않으면 한 기의 돌탑을 완성하게 되리라 생각하니 절로 흐뭇해지던 무렵이었다. 아침 일찍, 풀잎에 맺힌 이슬에 바짓가랑이를 적시며 재를 너머 골짜기에 당도했으나 어디로 사라진 것인지 갑자기 탑이 보이지 않았다. 쉽사리 믿어지지 않았기 때문일까, 처음에는 장소를 잘못 찾아온 것이나 아닌가 의심하며 주위를 두루 살펴보았다. 누가 달랑 들고 가기라도 한 것인지, 골짜기 어디에도 돌탑이 보이지 않았다. 정신을 가다듬고 탑을 쌓던 자리를 다시 살펴보았다. 흩어져 있는 돌덩이들이 눈에 들어왔다. 비로소 가슴이 철렁 내려앉았다. 그 때의 절망감이라니……,그 절망적인 기억이 아직도 생생한데, 두 번째 쌓은 탑이 또 무너져 있었던 것이다.

만안심 보살의 말처럼 짐승의 짓은 아닌 것같았다. 원근의 산에 곰이나 멧돼지 같은 맹수가 출몰한다는 소리를 아직 그는 듣지 못했었다. 설령 곰이나 멧돼지가 출몰한다해도 그렇지, 그들의 먹이와 아무 상관없는 이 돌탑을 그 짐승들이 왜 무너뜨렸겠는가. 혹 먹이와 상관없이 짐승이 해찰을 부릴 수도 있다하겠지만, 짐승의 해찰이라고 믿기에는 허물어져 있는 모습이 너무나 달랐다. 짐승의 짓이라면 어찌 기단까지 깡그리 뽑아 버렸겠는가. 기단은 애써 멀리 수마이산 자락이나 반월지까지 가서 구해온 넓적하고 큰돌덩이들만을 골라 단단히 깔았었다. 그 기단의 돌들도 일일이 다 뽑혀 멀찍이 내던져져 있었다 .사람이 일부러 작정하고 한 짓이 아니라면 그 돌들이 그토록 멀리까지 날아가 있을 리가 없었다.

"두고보세요. 내가 그 쳐죽일 놈을 반드시 곰배팔이로 만들어놓고 말 테니. 달걀에 바늘을 꽂아 소나무 밑에 묻어두면 제깐놈이 곰배팔이를 면할 수 있을 것 같아요."

만안심 보살은 입에 거품을 물고 장담하며 민숭구를 위로했다. 곰배팔이가 되거나 그 팔모가지가 썩어 내리지 않을 수 없을 것이라며 자신의 양밥의 효험을 거듭 강조했다.

그리고 넌지시 덧붙여 말했다.

"그래 제가 뭐랬어요. 다 부질없는 짓이니 탑 쌓는 일 그만 두고 서울로 올라가라 하지 않았어요."

그렇지 않아도 민숭구는 아까부터 그 생각을 뒤적이고 있었다. 짐승의 해찰이거나 혹시 돌탑을 쌓고 있는 그를 못마땅하게 여긴 사람이 있어 그것을 무너뜨렸다 할지라도, 그것은 짐승이나 그 사람의 짓이라 원망할 수 없으리라는 생각이 들었다. 그것은 어머니의 분노가 짐승이나 사람을 작용시켜 일으킨 일로 믿어졌던 것이다. 그렇게 생각하자 이제라도 탑 쌓는 일을 그만 포기하고 서울로 올라가는 편이 낫지 않을까, 싶었다. 그러나 그만 포기하고 서울로 올라가라는 만안심 보살의 당부를 듣는 순간 그는 생각이 달라졌다. 그는 고개를 완강히 저었다. 한두 번의 실패로 어머니에 대한 죄닦음을 포기한다는 것은 옳지 않게 생각되었다. 두 번이 아니라

세 번, 네 번, 아니 열 번 실패하더라도 기어코 탑을 쌓아야 어머니의 분노를 조금이나마 가라앉힐 수 있을 것 같았다. 그래 겨우 두 번 무너졌다고 여기서 포기한다면 어머니의 용서는 어디서 구한단 말인가. 그는 새로운 결심을 굳히고 몸을 일으켰다.

사방으로 내던져져 있는 돌들을 다시 주워 모으기 시작했다.

"민처사님, 또 시작하려구요?"

만안심 보살은 측은한 눈으로 민숭구를 쳐다보았다.

"제게 달리 길이 있겠습니까?"

민숭구의 체념 섞인 자조적인 말투에 만안심 보살은 가슴이 척척하게 젖어 내렸다. 저 이의 가슴이 얼마나 깊이 상했으면 눈도 멀고 이성의 촉수도 꺼졌을까. 저도 모르게 탄식이 새어나왔다.

"일을 시작하려면 먼저 좀 먹고 하세요."

만안심 보살은 너럭바위 위에 찬합을 펼쳐놓았다.

"거기 놓고 가세요. 오늘부터는 일각을 아껴야하겠습니다."

민숭구는 만안심 보살을 돌아보지도 않고 한숨 쉬듯 말했다. 지금까지 만안심 보살이 찬합을 가져오면 밥을 다 먹을 때까지 두 사람은 함께 몇 잔의 술을 나누며 한담을 나누고는 했었다. 민숭구의 말은 그런 시간도 아껴야하겠다는 뜻이었다.

"알았어요. 하지만 저녁에 돌아올 때는 반드시 빈 찬합을 가져와야 합니다."

"그러지요."

만안심 보살은 건성으로 던지는 그의 대답이 마음에 걸려 다시 다짐을 두고 그곳에서 등을 돌리고 걸음을 떼어놓았다. 민숭구는 잠시 만안심 보살의 뒷모습이 숲 속으로 사라지는 걸 지켜보았다. 우리 집을 등지고 떠날 때의 어머니의 뒷모습이 저렇듯 쓸쓸했던가.

돌을 주워 모으는 민숭구의 손길은 천근같이 무거웠다. 돌을 하나 주워 올릴 때마다 제지하는 어머니의 손길이 느껴졌다. 어머니가 아니면 누가 이 돌탑을 무너뜨렸겠는가. 부질없는 짓 하지 말라고 성난 손길로 무너뜨렸으리라. 어머니는 그렇게 할 수 있었으리라. 그러나 나로서는 또 탑을 쌓지 않을 수 없는 일 아닌가. 민숭구는 제발 어머니 제 마음을 알아주세요, 하고 절망적인 기분으로 간청하며 매달리고 싶었다. 어머니는 그러나 그의 간청에 귀를 기울이지 않았다. 어머니 가슴속을 흐르고 있는 분노와 설움과 저주가 아우성처럼 귓전을 때리는 것 같았다.

"숭구야, 이걸 좀 보래이."

대학에 들어가 한 학년을 마쳤을 때였다. 어느 날 집에서 쉬고 있던 어머니가 숭구를 부른 다음 종이를 한 장 건네주며 읽어보라고 하였다. 아마 일요일이었을 것이다. 어머니가 다니는 외삼촌네 삼원기업은 격주에 한 번씩 일요일이면 쉬었다. 호적등본이었다.

"숭구 너도 이제 대학생이 되었으니 알 건 알아둬야 할게다. 이 호적등본을 보면 알겠지만, 나는 아직 결혼하지 않은 몸이다. 외삼촌네의 호적에 처녀로 실려있다. 그리고 다른 한 장은 숭구 네 것이다. 넌 부모 불명으로 너 혼자 올라 있다."

숭구는 어리둥절했다. 어머니가 그를 낳기 위해 10개월의 배태기간의 벅찬 인내와 그리고 극단적인 육신의 고통을 지불하고 그를 생산해낸 생모가 아님을 고백하고 있었다. 그러나 왜 그런 말을 하고 있는지 숭구로서는 어리둥절할 따름이었다. 아버지 없이 성장한 숭구로서는 호적이 그렇게 되어 있는 것이 도리어 당연한 것이 아닌가 생각되었다.

"호적을 손질하기 위해 백방으로 알아봤는데, 불가능하다는구나. 무슨 복잡한 소송인가를 하면 어떻게 비슷하게 만들 수도 있다는 말을 듣기는 했다만, 그렇게 복잡하게 해도 드러날 것은 다 드러나게 되어 있다고 해, 차라리 너한테 사실대로 털어놓기로 작정했다. 그러고 나니 마음이 그렇게 편할 수가 없더구나. 사실을 말하면 난 네 에미가 아니란다. 옛날 외삼촌네 공장에서 일하던 한 처녀가 너를 낳아 어떻게 하지 못해 쩔쩔 매고 있길래 내가 대신 받아 키웠다. 그후 그 처녀는 가끔 연락을 하더니만 너가 여남은 살 되었을 때부터 연락을 뚝 끊어버리지 않겠니. 어디 좋은 자리가 생겼던지. 그렇게 되니 어디 물어볼 데도 없고, 영영 소식을 모르고 지냈다."

그 말을 듣고도 숭구는 빙그레 웃었다. 놀랍지도 서운하지도 않았다. 누구에게서 말을 듣지는 않았지만 아버지에 대한 기억이 없는 것으로 미루어 숭구는 자신이 여느 사람들과는 다른 출생내력을 지니고 있으리라 어렴풋이 짐작하고 있었다. 생각이 유달리 많은 사춘기 때 가끔 자기 출생에 관한 의문을 품을 때가 없지 않았지만, 아직 그 해답이 절박하게 필요한 것이 아니었으므로 밝혀 알려고 해본 적이 없었다. 자신의 처지에 어떤 종류의 불만이나 회의가 있었다면 모르려니와 숭구의 학교생활은 원만했다. 어머니와의 사이는 물론 외삼촌네와도 또 친구들 사이에서도 별다른 문제가 없었다. 그러므로 지금까지 무심하게 지내왔었다.

"엄마, 왜 갑자기 그래요. 이제 엄마 안 하시겠단 말씀이세요?"

"네가 알 건 알아야 되겠다 싶어, 몇 날 며칠을 두고 고민 끝에 결단을 내렸다."

"됐어요. 엄마 맘 다 알아요. 엄마가 엄마 안 하겠다고 해도 저가 죽을 때까지 아들 할 테니까. 그렇게 아세요."

"그래, 고맙다!"

어머니는 숭구의 손을 끌어다 쥐고 하염없이 눈물지었다.

숭구는 어머니가 자신을 직접 낳은 생모가 아니라는 고백을 들은 후에도 그전과 하등 다르지 않았다. 그는 어머니에게 익숙해 있었고, 어머니로부터 생모가 아닌 어떤 점도 아직 발견하지 못했었다. 다만 한 번 매를 들면 그 매질이 여간 혹독하지 않았으나, 그것이 애비 없는 후레자식 소리 듣지 않게 하려는 방편으로 당신이 속으로 울면서 매질을 한다는 사실을 숭구는 어려서부터 눈치채고 있었다. 그러므로 매를 맞으면 거기에 따른 반성은 했을지언정 항거를 하거나 반발을 한 일은 한 번도 없었다.

과연 어머니가 걱정했던 대로 대학을 졸업하고 취직시험을 치르는 과정에서 숭구는 호적문제로 인해 어색하고 불편한 경우를 한번 당하기는 했다. 그러나 그때의 불합격이 자신의 실력이 모자라 떨어진 것이지 꼭 그 애매한 자신의 출생문제 때문만은 아니었을 것이라 믿었다. 다행이라 할까, 어머니가 외삼촌을 졸라 외삼촌의 골프멤버인 신동북 건설 사장에게 청탁을 넣어 신동북 건설에 입사함으로써 호적 따위로 어려움을 겪는 일도 다시 없게 되었다.

그런데 문제는 전혀 엉뚱한 데서 터졌다. 신동북 건설에 입사한 이태 후, 숭구는 결혼을 하게 되었다. 신부감은 어머니가 정했다. 삼원기업의 경리과 직원을 어머니는 일찍부터 점찍어 두었다가, 숭구의 배필로서 더 바랄 게 없다고 생각되자 외삼촌을 사이에 넣어 신부감을 설득, 숭구와 선을 보게 하였다. 여상을 나와 바로 삼원기업 경리과에 입사한 그녀는 매사에 바지런하고 싹싹했다. 부기와 주산솜씨도 부족함이 없었고, 궂은 일에도 몸을 아끼지 않았다. 입 가진 사람들은 그녀를 칭찬하지 않는 사람이 없었다. 외삼촌의 말을 들은 아내는, 사장댁 일원이 된다는 사실도 싫지 않은 터에, 신랑이 대학을 나와 건설회사에 다닌다는 말에 선을 보기도 전에 이미 반승낙을 했다고 하였다. 선을 보고 나서는, 여상밖에 나오지 않은 자신을 마다하지 않은 것이 고맙다며 이쪽의 결정에 따르겠다고 했다는 것이다. 어머니가 바란 대로 결혼은 아주 무난하게 치러졌다. 그 무렵 어머니의 얼굴에서 웃음이 떠날 날이 없었다. 그러나 그 웃음은 그리 오래 가지 못했다. 아내와 어머니 사이에 문제가 한 가지 두 가지 불거지기 시작했던 것이다.

어머니는 숭구가 결혼하자 집안 살림을 바로 아내에게 맡겼다. 자신은 가급적 살림간섭을 하지 않으마고 다짐했다. 그런데 그 다짐은 얼마 가지 않았다. 아내가 하는 일마다 마음에 차지 않아 하였다. 사소한 일도 간섭을 하고 나섰다. 숭구의 관심의 중심이, 어머니로부터 점점 아내 쪽으로 넘어가고 있는 것을 못 견뎌하는 눈치였다. 민숭구는 매사에 아내더러 참으라고 다독였다. 모르기는 해도 민숭구를 키우며 쏟았던 헌신적인 사랑과 정성을 보상받을 줄 알았는데 당사자를 며느리에게 송두리째 빼앗기게 되는 것으로 여기며 서운해하는 눈치였다. 나아가서는 아내의 모든 행동이 당신의 마음을 불편하게 만드는 모양이었다. 술 먹은 다음날 아침에는 된장을 풀어 시원하게 아욱국을 끓여내야 하는데 정성이 모자라 인스탄트 북어국을 끓여냈다고 야단을 치는가 하면, 젊은것이 넥타이 색깔 하나도 제대로 고르지 못한다고 핀잔을 주기도 했다. 어머니의 간섭은 숭구가 보기에도 심해 보였다. 마땅히 아내가 알아서 할 일도 어머니가 아내보다 한발 먼저 나서서 챙기려고 애썼다. 아내에 대한 간섭과 타박은 민숭구에 대한 당신의 사랑과 관심

이 아직도 아내보다 당신 쪽에 더 절절하고 도탑다는 시위와 다름
없어 보였다.

　민승구의 당부와 만류에도 불구하고 아내는 마침내 어머니의 간
섭에 노골적으로 툴툴거리기 시작했다. 손 놀리는 것마다 못마땅
하면 당신이 다 할 일이지 맡기긴 왜 맡겨놓고서 일일이 타박을 하
느냐고 아내는 볼멘소리를 하였다. 민승구도 아내의 불평에 차츰
동조하는 쪽으로 기울어져갔다.

　아내가 딸을 출산하고 나자 고부간의 관계는 더욱 악화되었다.
손녀딸을 본 어머니가 한시도 손녀딸을 손에서 놓으려하지 않고
독차지하려고 들었던 것이다. 그 무렵 승구가 서울 사무소로 발령
을 받아 올라오자 가족도 모두 서울로 이사를 하게 되었다. 어머니
도 일을 손에서 놓기를 아쉬워했으나 승구를 따라 서울로 올라오
지 않을 수 없었다. 서울로 올라온 후 노인네가 낙을 붙일 데가 없
어서 그랬던지 손녀딸과 승구에 대한 집착이 더 심해졌다.

　어느 날 아내는 민승구를 향해 쏘아붙였다.

　"저 노인네하고는 하루도 더 못살겠으니 알아서 하세요."

　이제는 호칭도 어머니가 아니고 저 노인네였다.

　"저 노인네, 당신 낳은 어머니 아니라면서요?"

　"누가 그래?"

　"사무실에 그런 소문이 전에부터 돌기는 했지만 나는 설마했어
요."

　"쓸 데 없는 데 신경 쓰지마."

　"신경 안 쓰게 됐어요. 내 눈 내가 찔렀지. 홀어미 모신 신랑한
테 시집가는 것 아니라고 친정엄마가 그렇게나 말리는 걸, 내가 그
만……더구나 주워다 기른 자식이라는데……"

"누구한테, 무슨 말을 들은거야?"

"누군 누구한테 들어요. 저 노인네가 그러데요. 새빨간 핏덩이를 주워다 애지중지 키워놨더니 며느리란 년이 날름 뺏어갔다나 뭐라나, 듣고 있기 창피하고 낯뜨거워 죽을 지경이었어요."

"어머니, 당신 입으로 그러셔?"

민숭구는 아연 벌인 입을 다물지 못했다. 아내와 어머니 사이가 이제 어떻게 해볼 도리도 없이 악화되었구나, 싶었다. 그후, 민숭구는 어느 편도 들지 못하고 두 사람의 싸움질을 남의 일처럼 멀거니 지켜보는 입장이 되고 말았다.

그러던 어느 날 저녁이었다. 저녁을 먹은 후 어머니가 손녀를 안으려하자 아내가 몸을 부르르 떨며 달려들어 어머니의 손을 거칠게 쳐내고 아이를 빼앗았다.

"그 손 치우지 못해요. 그 불결한 손을 어디다 대고 그래요."

"이년이 어디 실성했나. 와, 내 손녀 내가 안아보는데, 네가 와?"

"그게 어디 당신 손녀에요, 내 딸이지. 당신 피 한 방울 섞였어요? 이제부터 그 더러운 손 내 딸한테 대기만 해봐, 내가 칼로 댕겅 잘라버릴 거니까."

그러나 어머니는 아내로부터 손녀를 빼앗아 안으려고 다시 덤벼들었다.

"어림없지. 내 귀한 딸한테 당신같이 더러운 여자 손, 닿게 할 수야 없지."

민숭구는 듣고 있기가 민망해 아내를 제지하며 나무랐다. 그러자 아내는 파르르 떨며 외쳤다.

"당신은 몰랐어요. 저 노인네가 얼마나 많은 왜놈들을 안았는지. 하루에 수십 명씩 안았대요."

아내의 말뜻을 민숭구는 얼른 알아듣지 못했다. 순간 어머니의 눈에 유황불 같은 것이 확 피어올랐다. 손녀를 빼앗으려고 뻗었던 어머니의 팔이 툭 꺾여 힘없이 아래로 떨어졌다. 아내도 지지않고 마주 쏘아보았다. 숨막히는 한 순간이 지나자 어머니는 고목처럼 그 자리에 풀썩 쓰러지고 말았다.

"네년이 기어코, 네년이 기어코!"

어머니는 아내를 손가락으로 찌르듯 가리키며 숨을 모아쉬었다. 입술이 파랗게 질리고 낯색이 백회를 칠한 것처럼 하얗게 바래더니 입에 거품을 물고 축 늘어지고 말았다. 놀란 민숭구는 물을 떠와 얼굴에 뿜는다, 다급하게 팔다리를 주무른다, 애를 태우며 정신없이 허둥거렸으나 어머니의 의식은 쉽게 돌아오지 않았다. 아내는 잠시 당황하는 눈치더니, 도리어 시원하다는 표정으로 앵돌아졌다.

"저 노인네 연기 한두 번 봤어요. 그냥 모른 척 하세요. 자꾸 역성들면 느느니 떼밖에 없을 거예요."

민숭구는 성난 얼굴로 아내를 쏘아보았다. 야단을 치려고 했으나 아내가 먼저 쫑알거렸다.

"당신도 몰랐으면 똑똑히 알아두세요. 내가 왜 저 노인네를 더럽다고 안하겠어요. 왜정때 일본군 위안부로 일했대요. 싱가포르로 사이판으로 싸돌아다니며 왜놈들 정자받이 했대요."

민숭구는 반사적으로 불끈 일어나 아내의 뺨을 힘껏 후려쳤다. 아내는 얼굴을 감싸 쥐고 주저앉으며 민숭구를 쏘아보았다.

"내가 없는 말 하는 줄 아세요? 오늘 우연히 전화 건 사람한테 들었는데, 공장 사람들, 알만한 사람들은 다 알고 있대요. 아니면 환갑진갑 다 지나도록 왜 호적에 처녀로 있겠어요."

민숭구는 금시초문이었다. 어머니가 일본군 위안부였다니. 어머니의 과거가 떳떳하거나 밝지만은 않을 것이라 짐작은 해 왔었다. 남에게 말하지 못할 아픔을 지니고 있으리라는 짐작도 했었다. 그래서 가급적 어머니의 상처를 건드리지 않으려고 눈감고 귀 닫고 지나왔었다. 그런데, 아내는 어머니가 이른바 종군위안부 출신이었다는 사실을 그에게 폭로한 것이었다. 숭구는 자신의 부끄러운 데를 들킨 기분이었다.

"내 말 이제 알겠어요. 저 노인네, 우리 정아 몸에 손을 대게 해서는 안돼요. 부정타면 어쩌겠어요."

민숭구의 표정을 지켜보고 있던 그의 아내가 말했다.

"누가 그래, 누가 어머니가 종군위안부였다고 그래?"

민숭구는 큰소리로 다그쳐 물었다.

"사무실 사람한테서 들었다니까요. 정 알고 싶으면 외삼촌한테 직접 전화 걸어 물어보세요. 당신한테는 쉬쉬했는지 모르지만 알 만한 사람은 다 알고 있다니까요."

민숭구는 쓸쓸한 시선으로 어머니를 내려다보았다. 어머니는 지금도 자태가 고운 편이었다. 주름만 졌달 뿐, 살결이 뽀얗고 동그스름한 윤곽에 눈과 코와 입이 아기자기하게 자리잡고 있는 얼굴이었다. 곳곳에 미인의 자취가 또렷했다. 그런 고운 자태의 미인이 평생 홀로 지내온 데는 필경 그만한 곡절이 있을 것으로 짐작은 했지만, 그런 엄청난 과거에 짓눌려 지내왔으리라고는 꿈에도 생각지 못했었다. 측은한 생각이 일어나기도 했으나 까닭 모를 반발심이 일어나기도 했다.

"알아볼 것 없다. 에미 말이 다 사실이다. 내가 너희 집을 나가면 될게 아니냐."

이미 정신이 돌아와 그들 부부의 말을 엿듣고 있었던지 벌떡 정면으로 돌아누운 어머니가 민숭구를 노려보며 씹어뱉듯 쏘아붙쳤다. 파랗게 질린 입술을 푸들푸들 떨고 있었다.

그날 밤, 어머니는 집을 나갔다. 안방에 있던 민숭구는 어머니가 나가는 기척을 알아차렸으나 달려나가 막지도 만류하지도 않았다. 아무리 막으려해도 완강하여 막지 못할 처지였다면, 어머니가 가시고자 하는 데까지 모셔다 드려야 마땅한 도리였다. 그러나 독을 피우고 가로막는 아내 등쌀에 그는 이러지도 저러지도 못하고 방안에 앉아 집을 나가는 어머니의 기척만을 듣고 있었다.

이튿날 아침 일찍 외사촌 누나로부터 전화가 걸려왔다. 짐작했던 대로 외사촌누나 집으로 간 모양이었다. 서울에서 갈 데라고는 거기 말고는 없었다.

"수정이 에미와 말다툼을 하고 나가셨는데, 마음이 풀리면 돌아오시지 않겠어요. 너무 걱정 마세요."

"알았다. 노인네 모시기가 어디 쉬운 일이겠니. 정아 에미가 고생이 많다."

외사촌 누나는 노인네 성정 가파른 것을 태산같이 걱정하고 이쪽의 역성을 들며 너희들이 잘 이해하라고 위로까지 해주었다.

그로부터 닷새쯤 지났을 때였다. 사무실에 있던 민숭구는 집으로 빨리 와 달라는 아내의 전화를 받았다. 외사촌 누나 내외가 집에 와 있다는 것이었다. 아내의 음성이 새되고 다급해 무슨 좋지 않은 일이라도 있는가 싶으면서도 며칠 전 외사촌누나의 전화를 상기하고 별다른 걱정 없이 집으로 돌아갔다. 그런데 그가 현관을 들어선 순간 외사촌누나가 다짜고짜 달려들어 먹살을 틀어쥐고 흔들어댔다. 눈에는 살기 등등한 기운이 번뜩이고 있었다.

"숭구, 네이놈. 너가 고모한테 그럴 수 있어. 너 하나 제대로 키워, 대학까지 시키기 위해, 먹을 것 안 먹고 입을 것 안 입고 평생을 바친 고모 고생 너가 몰라서 그래"

주먹만한 보따리 하나를 달랑 들고 한밤중에 나타난 노인네가 가슴에 두 주먹을 꼭 모아 쥔 채 앉아 먹지도 자지도 않더라는 것이다. 사흘 동안 물 한 방울 넘기지 않은 노인네가 갑자기 열이 펄펄 끓어 병원으로 싣고 가지 않을 수 없었다는 것이다. 병원에서 치료를 받은 노인네가, 아까 낮에 정신이 돌아오자 외사촌누나의 손을 꼬옥 잡더니 아들과 며느리로부터 당한 설움을 엮어 눈물을 줄줄 흘리며 넋두리처럼 늘어놓더라는 것이다.

"숭구, 너. 고모가 어떻게 살아온 줄 알아? 아버지는 고모를 좋아한 줄 알았어? 처음 한동안은 고모가 옆에 있는 것도 남새스럽다고 피했어. 아버지는 고모가 공장에서 일하는 것도 보기 싫어 하셨어. 고모가 핏덩이 같은 널 안고 와 이것 하나 키우며 살겠으니 둘 목숨이나 부지하게 해달라고 얼마나 애걸복걸 했었는데. 하는 수 없이 아버지는 집에 붙여주기는 했지만 쳐다보기만 해도 짜증을 부렸어. 고모는 올케인 우리 엄마 눈총은 또 얼마나 받았는데. 공장에서 삭신 편할 날이 없는 데도, 집안 허드렛일은 모두 고모 차지였어. 얼마 후 사글세방을 얻어나가 허드렛일로부터는 벗어났지만, 공장 월급이라야 얼마나 됐겠어. 너 대학 공부까지는 어떻게든 시키겠다고 십 원 짜리 한푼 쓰는 것도 벌벌 떨던 고모 모습을 너가 봤어야해. 외삼촌이 잘 살아서 널 대학 보낸 줄 알면 큰 착각이야. 음식은 우리 집 부엌 기웃거리며 남은 것 얻어다 먹었고, 옷은 다 우리 집에서 헌옷 가져다 입고 살았어. 그렇게 해서 숭구 널

키우고 대학 보낸 것이야."

외사촌누나는 거실 바닥을 치며 울부짖었다. 민숭구는 고개를 떨군 채 말없이 듣고만 있었다.

"서방 복 없는 년은 자식 복도 없다더니, 우리 고모, 천덕꾸러기로 세상 괄시 다 받더니, 줏어다 키운 자식한테서도 버림을 받네 그래!"

외사촌누나는 천장을 향해 탄식하였다. 그 모습을 보던 민숭구의 눈에도 눈물이 고였다.

"누나 내가 잘못했어. 다시는 그런 일 없게 할게."

민숭구는 외사촌 누나의 손을 잡고 굳게 맹세했다. 처음에는 손을 뿌리치던 누나도 거듭된 숭구의 사죄를 듣고 도리어 손을 꽉 부여잡고 더 서럽게 울었다.

"가자. 병원으로 가서 고모한테 잘못했다고 빌어."

민숭구 내외는 외사촌누나 부부의 손에 끌려 병원으로 갔다.

"어머니 제가 잘못했습니다. 다시는 그런 일없도록 하겠습니다."

민숭구는 참회의 눈물을 흘리며 손이 발이 되도록 빌었다. 그러나 어머니는 등을 보이고 돌아누운 채 와불처럼 꼼짝도 하지 않았다.

"어머니, 앞으로는 더 잘 모시겠습니다. 빨리 쾌차하십시오."

아무리 빌고 사죄하여도 어머니는 응대조차 하지 않았다. 손을 잡자 단호하게 뿌리쳐버렸다.

퇴원할 때도 어머니는 아들네 집으로는 한사코 가지 않겠다고 버텼다. 그 고집을 이기지 못한 민숭구는 어쩔 수 없이 외사촌 누나네로 모실 수밖에 없었다.

며칠 후, 외사촌누나로부터 전화가 걸려왔다. 첫마디부터 원수에게 퍼붓듯 도전적이고 저주 섞인 거친 말투였다.

"숭구, 너. 수정이 에미 질 좀 단단히 들여야겠다. 시에미가 못마땅해도 그렇지, 지가 누군데, 집에 와서 빌고 모시고 가래도 콧방귀만 뀌는구나?"

시에미 일이라면 바람벽처럼 굳어버리는 아내의 얼굴을 상기하며 답답증을 느낀 민숭구는 그러나 어쩔 수 없었다. 아내를 잘 타일러 어머니를 모시러 가겠다고 좋은 말로 응대하였다.

비위를 맞춰가며 어머니를 모시자고 설득을 폈으나 아내는 들은 척도 하지 않고 딴전을 피웠다.

"그 노인네가 그렇게 소중하면, 노인네와 나 둘 중에 택일하세요. 나는 하늘이 무너져도 그 노인네와는 단 하루도 살 수 없어요."

아내는 단호하게 선언했다.

다음날 외사촌누나도 전화를 걸어 같은 말을 했다.

"수정이 에미, 안되겠다. 그렇게 모질고 독한 년, 이날 입때까지 구경해본 적 없다. 하늘이 무섭지도 않은지 원. 숭구, 네가 고모와 수정이 에미 둘 중 한쪽을 택해야겠다."

그러나 민숭구는 어느 쪽도 택일하거나 버릴 수가 없었다. 결론을 내리지 못하고 차일피일하고 있던 어느 날 저녁 외사촌 누나가 집으로 들이닥쳤다.

"숭구, 너도 참 많이 변했다. 남자가 마누라 치마폭에 싸이면 눈멀고 귀 멀게 된다더니, 옛말 그른 것 하나 없는 모양이구나. 고모 말이라면 죽는시늉까지 하던 네가 왜, 언제부터 그렇게 변했니?"

민숭구는 아무 대꾸도 하지 못했다.

"지금도 늦지 않았다. 수정이 에미가 지 시어미를 보지 않겠다면, 다른 방법이 없지 않아. 세상에 여자가 수정이 에미밖에 없나. 당장 헤어지거라."

아내는 헤어지면 헤어졌지 시에미 꼴 못 본다고 두 다리를 길게 뻗었다.

며칠이 지나도록 이쪽에서 아무런 응대가 없자, 외사촌 누나는 또 집으로 들이닥쳤다. 다짜고짜 아내의 머리채를 휘어잡고 거실을 끌고다녔다. 아내는 머리카락이 한 주먹이나 뽑혀나갔으나 독기어린 눈으로 쏘아볼 뿐 손가락 하나 까딱하지 않고 고스란히 당했다. 일방적으로 악을 쓰며 폭력을 행사하던 외사촌 누나는 아내가 아무런 저항도 없자, 아내를 패대기친 다음 거실바닥을 치며 한바탕 대성통곡을 하였다. 고모의 기구한 생애를 엮어 넋두리를 늘어놓는 걸 듣는 민숭구의 가슴은 찢어지고 미어지고 터지는 것 같았다.

"세상 모든 것이 달라진다 해도 숭구 너가 이렇게 달라질 줄 우리가 어찌 알았겠나. 차라리 모르고 지냈더라면 이런 원수는 되지 않았을걸. 이제 고모도 너 더 보고싶지 않단다. 이제 우리 피차 모르는 사람들로 갈라서자. 이런 더러운 인연 훌훌 털어 버리자."

외사촌 누나는 통곡 끝에 그렇게 말하고 돌아갔다. 그러고는 일체 연락을 끊었다.

민숭구로서는 어떻게 해볼 도리가 없었다. 외사촌누나의 처분에 따를 수밖에 없었다. 그렇게 헤어진 후 그들은 15년 동안 피차 연락을 일체 끊고 지냈었다.

연락을 끊고 지낸 후 민숭구는, 중증의 치매에 걸려 3년 가량

벽에 똥칠을 하던 어머니를 외사촌누나가 고생스럽게 모셨다는 소식을 인편으로 전해 들었을 뿐, 다른 소식은 일체 더 듣지 못했다. 임종 소식도 전해 듣지 못해, 어머니의 장례식도 치러드리지 못하고 말았었다.

6. 세산조시

"엊그제 같은데 벌써 두 달이나 지났어요?"

만안심 보살의 양 볼은 가을철의 산수유 열매처럼 발갛게 익어 있었다. 소주 속에 붉은 기운이 있는 것인지, 사람 속에 상존하는 붉은 기운을 소주가 채굴해내는 것인지, 만안심 보살은 소주 몇 잔에 얼굴빛이 잘 익은 능금빛이 되었다. 밥을 담은 찬합은 이미 비어 있고, 작은 찬합에 버섯무침과 무우지가 약간 남아 있었다. 그들은 안주를 필요로 하지 않았다. 손가락만 빨아도 소주는 달기가 인삼 씹는 맛이었다.

"이제 마지막 힘든 일만 남았군요?"

잔을 입으로 가져가려던 민숭구는 문득 허공에서 팔을 멈추었다. 슬픔이 깊이 가라앉아 있는 것 같은 말갈간 소주잔에 머물러 있던 눈을 들어 돌탑을 바라보았다. 저 돌탑의 높이가 간직하고 있는 나의 기도와 고달픔을 어머니가 알기나 할까. 한길 반쯤 높이의 돌탑 상층부를 쌓아올릴 때 흘렸던 땀보다, 허리 높이에 이르른 때부터 지불한 조바심이 더 크고 안타까웠다. 누군가 또 탑을 허물어뜨리면 어찌하랴 싶은 불안감에 매일이다시피 한밤중까지 지키고는 했었다.

"탑머리 쌓기는 아무래도 연구가 더 필요하지 않을까요?"

부풀려놓은 도토리 모양의 탑신 위에 피뢰침처럼 탑머리를 한 줄로 쌓는 일만 남아 있었다. 숭구는 대꾸 없이 돌탑을 바라보았다. 그렇지 않아도 얼마 전 해질녘에, 고개를 두어 개 넘어 마이봉 탑사로 스며들어가서 남몰래 탑머리 부분을 눈여겨 살펴보았었다. 납작납작한 돌만 쌓아올린 것이 아니라 울퉁불퉁한 것도 섞여 있어 손가락으로 살짝 건드리기만 해도 쓰러지고 말 것 같은 탑머리 부분이 그러나 한 기도 상한 데가 없었다. 외양으로 봐서는 큰바람이나 폭우를 견딜 것 같지 않은데, 1백여 년을 견뎌왔다니, 혹시 진흙이나 아교라도 사용한 것이 아닌가하는 의심을 풀기 위해 슬며시 탑머리의 돌을 들어보기도 했다. 그러나 돌을 든 순간 그런 접착제의 기운은 전혀 느껴지지 않았다. 가뿐하게 들어올려졌다. 그로부터 민숭구의 고민은 더 깊어졌다. 자신이 쌓은 돌탑도 그 이갑용 처사의 돌탑들처럼 풍우와 시간을 거슬러 오랜 세월을 버텨낼 수 있을지 자신이 서지 않았기 때문이었다. 민숭구는 들고있던 술잔을 이윽고 비웠다.

"삿된 생각 다 버리고, 지극 정성 불공을 더 드려야하겠지요."

"그럼은요. 그 정성을 봐서라도 틀림없이 부처님 가피가 있을거예요. 그렇지 않아도 혜주 스님께서도 민처사님의 기도를 가상히 여겨 민처사님을 위한 불사를 봉행한다고 했어요."

며칠 전 만안심 보살은 자기 속내와는 달리 혜주 스님에게, 민처사가 가엾어 못 보겠으니 저 한 기의 탑이라도 완성하고 서울로 돌아갈 수 있도록 특별히 부처님의 가피를 빌어주십사고, 충동적으로 간청하였다. 만안심 보살의 간청에 귀를 기울이던 혜주 스님은 스스로 궁금하기도 하여 마음먹고 능선너머의 골짜기로 넘어가 보았다. 먼빛으로 돌탑을 쌓고 있는 민처사를 살펴본 혜주 스님은 혀를 끌끌 찼다. 얼마나 가슴 속 상처가 깊으면, 자기 몸을 저렇게 찢어서 햇볕에 말릴 수 있단 말인가. 혜주 스님은 돌탑의 돌 하나 하나에 민처사의 눈물이 배 있음을 보았다. 얼마나 더 간절히 자기 육신을 저미며 햇볕에 말리고 나면 저 민처사의 눈물이 다 마를 것인가. 헛된 인연에 결박된 민처사의 고통을 보고만 있어서는 안되겠다는 생각이 들었다. 저기서 촛불처럼 자기 몸을 다 사르고 소멸해버릴 민처사의 마지막 모습을 상상하기란 어렵지 않았다. 아뭏든 옛날 자신의 기복을 위해 쌓은 장자(長者)의 탑은 쉬이 무너지고, 세상의 어둠을 밝히기 위해 쌓은 수행자(修行者)의 탑은 천동번개에도 쉽게 쓰러지지 않았다는데, 민처사가 그런 것이나 염두에 두고 있는 것일까. 정명암으로 돌아간 혜주 스님은 곧장 큰 법당으로 올라갔다. 스스로 촛불을 밝히고 향을 피웠다. 그리고 부처님을 향해 절을 시작했다. 5백 배를 넘어서자 온몸이 땀으로 흥건히 젖었다. 일 천 배를 넘어서자 몽롱한 가운데 모든 상념이 사라졌다. 목덜미를 거쳐 흘러내리는 얼굴의 땀도 관절의 거북함도 다 개의치 않게 되었다. 일 천 팔십 배를 마친 혜주 스님은 한동안 오체투지의 자세로 엎드려 민처사를 위해 부처님께 일념으로 서원하였다. 그후 새벽예불 때마다 그 서원을 계속했다.

"그럼 또 슬슬 시작해볼까."

민승구는 술병이 빈 것을 확인하고 자리를 털고 일어났다.

"그러세요. 내 정신 좀 보라지. 민처사님 일을 너무 오래 방해했군요."

만안심 보살은 찬합을 챙겨 보자기에 싸고 일어났다. 얼굴에 아직 발그레한 빛이 잔상처럼 남아있었다. 볼을 한차례 쓰다듬은 만안심 보살은 밤에 늦지 말라고 당부하며 그 자리를 떠났다.

돌탑 앞에 서자 민승구는 갑자기 막막해졌다. 탑머리를 제대로 쌓아올릴 수 있을지 여전히 두려웠다. 어떻게 흉내는 낼 수 있을지 모르겠지만 그것이 풍우와 시간을 이겨내며 오래오래 견디게 해낼 수 있을지 걱정이 끊이지 않았다. 걱정이 가득한 마음으로 그는 준비한 돌을 들고 디딤돌을 딛고 올라섰다.

맨 아래 받침돌은 가급적 납작한 것으로 해야하리라. 그는 준비한 납작한 돌을 탑신의 꼭대기에다 올려놓았다. 그 위에 어떤 돌을 올려놓는다 해도 쓰러지지 않을 것처럼 단단해 보였다. 그러나 다음 순간 그는 불에 덴 것처럼 놀라며 고개를 가로 저었다. 그의 뇌리에 이갑용 처사가 쌓은 돌탑들이 떠올랐던 것이다. 이갑용 처사가 쌓은 돌탑의 탑머리에 손바닥처럼 납작한 돌을 쓴 것을 보지 못했던 것이 뒤늦게 상기되었던 것이다. 납작한 돌을 전혀 쓰지 않은 것은 아니었다. 그러나 육면의 두께가 비슷한 동글납작한 것을 썼다. 다만 쌓기 좋은 것으로만 골라 쌓은 것이 아니었다. 거기에는 분명 어떤 다른 의도가 숨겨져 있는 것으로 짐작되었다. 답답한 일이지만 민승구로서는 그 비법을 알아낼 재간이 없었다.

궁리해도 뾰족한 묘안이 떠오르지 않자 민승구는 육면의 두께는 비슷하나 그래도 쌓기에 편해 보이는 동글납작한 돌을 골라 허리주머니에 차고 다시 디딤돌 위로 올라섰다. 심호흡을 한 후 탑신 위에 돌을 얹어놓았다. 네 귀에 잔돌을 고이고 나자 가까스로 안도가 되었다. 두 개, 세 개, 그러나 걱정했던 대로 네 개째를 온전히 다 올려놓지 못해 아래 것들이 어긋나며 굴러 떨어지고 말았다.

탑머리 높이를 1미터 정도로 잡은 민승구는 다시 돌을 골라 준비하였다. 대체로 동글납작한 것들로 골라 차례를 정하고 그 접촉면을 살핀 후 다시 쌓기 위해 디딤돌로 올라섰다. 처음과 두 번째의 돌은 제대로 아귀가 맞아떨어졌다. 그러나 세 번째, 네 번째로 올라갈수록 위태해져갔다. 역시 다섯 개를 쌓아올린 순간, 세 번째 돌이 엉덩이를 삐죽이 내민다싶은 찰나 와르르 무너져 굴러 떨어지고 말았다. 낙심천만, 골짜기 저 아래까지 굴러가고 있는 돌을 망연히 내려다보고 있던 그는 한숨을 쉬고 다시 내려왔다. 잠시 궁리를 하던 그는 아까처럼 돌의 크기와 접촉면을 면밀히 살핀 다음 다시 돌을 허리주머니에 차고 디딤돌로 올라섰다. 이번에야말로 다 쌓고 말리라고 단단히 결심하였다. 긴장한 채 숨을 죽이고 돌을 하나 하나 쌓아 올라갔다. 이번에는 여섯 개째나 쌓아 올렸다. 그런데 또 네 번째 녀석의 궁둥이가 약간 튀어나온다 싶어 이를 바로 잡으려는 순간 그 밑의 놈이 또 다리를 뻗질렀다. 어떻게 손을 써볼 틈도 없이 맨 밑에 있던 놈을 제외하고 순식간에 와르르 무너져 내리고 말았다. 다시 맥이 탁 풀린 민숭구는 힘없이 디딤돌에서 내려왔다. 그는 담배를 태워 물고 돌탑을 원망스레 바라보았다. 그때 돌탑 뒤에서 얼쩡거리고 있던 청설모 한 녀석이 망게넝쿨 뒤로 얼른 몸을 감추는 것이 보였다. 망게잎은 벌써 울긋불긋 단풍이 들어 있었다. 그러고 보니 어느 날부터인가 매미소리가 뚝 끊어진 것이 상기되었다. 매미소리가 끊어지자 곧 오리나무잎에 수상스런 가을 기운이 스며들었다. 망게덩쿨 뒤로 모습을 감추었던 녀석이 다시 고개를 내밀고 이쪽의 기색을 살폈다. 긴 꼬리를 저으며 돌을 딛고 재빠르게 이동하는 녀석의 모습이 어쩐지 제놈도 어미에게 고통을 안기고 태어난 존재임을 뻐기고 있는 것처럼 보였다. 어디 영근 도토리라도 있는 것인가. 졸참나무 잎에도 모르는 새 황갈색이 내려앉아 있었다. 동박새 한 마리가 서어나무 가지에 앉아 주위를 두리번거리고 있었다. 짝을 그리는 것인지 예쁘고 낭랑한 노래로 둘레의 나뭇잎을 흔들고 있었다. 그러고 보니 때가 석양녘이었다. 어딘가 사방이 붉게 불타는 듯한 느낌과 수런거리는 바람소리를 들은 것 같았으나 그것이 다 산의 속살 속으로 흐르는 물소리인 듯 했다. 해가 지고 캄캄해진 후에도 민승구는 탑머리를 다 쌓지 못했다. 거듭거듭 무너져내려 달리 무슨 방법을 강구해야하리라, 낙심하며 소줏잔을 기울이다 자정가까이 되어서야 민승구는 터덜터덜 힘없이 정명암으로 돌아갔다.

지친 육신은 다급히 잠을 요청했다. 그러나 달게 자면서도 그는 불안한 꿈에 시달렸다. 무엇 때문인지 누군가, 자꾸만 잠을 깨우는 손길을 느꼈다. 그는 무슨 벽력같은 소리에 깜짝 놀라 잠자리에서 벌떡 일어났다. 아직도 한밤중이었다. 창문은 캄캄했다. 그런데 이상하게 꿈을 깼는데도 꿈 속의 불안감이 계속되었다. 아니 불안감이 더 생생해졌다. 몽롱한 가운데 불안감의 실체를 더듬고 있던 그는 소스라치게 놀랐다. 어떻게 옷을 챙겨 몸에 끼었는지, 경황없이 방을 튀어나왔다. 그는 어둠에 덮인 산길을 허위허위 톺아올라 재를 넘었다. 재를 넘은 순간 잠시 걸음을 멈추고 귀를 기울였다. 골짜기는 숨을 죽인 짐승처럼 조용했다. 불안감을 떨쳐버리지 못한 그는 다시 걸음을 옮겨놓았다. 순간 어디선가 범상치 않은 소리가 들려왔다. 분명 돌멩이가 부딪치며 구르는 둔탁한 소리였다. 다시 걸음을 멈추고 귀를 기울였다. 툭, 투두둑, 따그르르, 돌멩이 구르는 소리가 분명했다. 역시 그랬었구나. 눈앞이 캄캄해졌다. 바짝 긴장한 그는 발걸음을 재게 놀려 골짜기를 굴러 내리듯 달려갔다. 그러나 돌탑이 있는 골짜기가 가까워지자, 걸음을 일단 줄였다. 돌멩이 부딪치는 소리와 구르는 소리가 더 분명해졌다. 희뿌윰한 가운데, 사람이 움직이고 있는 것이 실루엣처럼 식별되었다. 혹시나 했으나 역시, 누군가가 돌탑을 허물어뜨리고 있었다. 순간 고함이 앞서 터지려는 걸 간신히 눌러 참은 민숭구는 상대방의 도주를 우려하며 발소리를 죽이고 조심스레 다가갔다. 돌탑을 허물어 내는 일에 열중한 나머지 그의 발소리를 듣지 못한 상대는 뒷덜미를 나꿔 챌 수 있는 지근거리까지 가까이 다가갔으나 기척을 알아차리지 못했다. 그는 등뒤에서 와락 상대방을 덮쳤다. 상체를 불끈 안아 제압하고 발로 다리를 걸어차며 매다꽂았다. 상대방은 찢어질 듯 날카로운 비명을 지르며 저만큼 나가떨어졌다. 그는 번개처럼 다시 덤벼들었다. 그러나 상대방은 저항은커녕 꼼짝도 하지 않았다. 그러나 숭구는 상대의 덜미를 틀어잡고 불끈 일으키며 다시 뒤통수를 두어 차례 힘껏 가격했다. 역시 상대는 아무 저항이 없었다. 어디 돌에 머리라도 찧어 혼절이라도 한 것일까. 격앙된 그는 분을 다스리지 못하고 내던지듯 덜미를 놓고 손을 털었다. 상대방은 픽, 둔탁한 소리를 내며 엎어진 채 꼼짝도 하지 않았다.

　탑은 허리부분까지 이미 헐려나가고 없었다. 내가 저것을 쌓아올리느라 얼마나 고생했는데, 민숭구는 분하고 기가 막혔다. 왜, 저 사람은 내게 무슨 포한이 졌기에 탑 쌓는 일을 훼방놓으려는 것일까? 아니면 남의 일을 훼방놓아 얻는 이익이 뭐기에, 밤을 도와 이렇듯 무모한 짓을 벌인 것일까? 허물어진 돌탑을 바라보고 있는 민숭구의 가슴속을 바람 같은 분노가 허허롭게 쓸고갔다. 역시, 어머니의 해찰인가! 쓰러져 있는 상대방을 향해 핏속을 급류하던 살의가 순간 착 가라앉으며 순을 죽였다. 저 사람의 뜻이 아니라, 어머니의 뜻이란 말인가? 내게 죄닦음의 기도를 허용하지 않으려는 것은 저 사람의 의도가 아니라, 어머니의 의도임에 틀림없는 것인가? 그래, 저 사람은 어머니가 사용한 도구에 불과한 것인가. 거기에 생각이 미친 순간 아직도 꼼짝없이 쓰러져 있는 상대방을 향해 측은한 생각이 흘러갔다.

상대방은 그때까지도 엎어진 채 미동도 하지 않았다. 민승구는 슬며시 걱정이 되었다. 정말 어디 돌에 머리라도 찧어 죽은 것이나 아닐까. 그는 다가가 엎어져 있는 상대방의 몸을 천천히 바로 돌려 놓았다. 코밑에 손을 가져다 대고 숨결을 확인해 보려던 순간, 민 승구는 소스라치게 놀랐다.

"아니, 만안심 보살!"

민승구는 소스라치게 놀라 외쳤다. 다음 순간 그는 저도 모르게 두 손으로 북을 두드리듯 충동적으로 만안심 보살의 가슴을 두두 둑, 두드렸다. 왜 하필 당신입니까? 왜 당신이? 언제나 어머니처 럼, 자식의 안위를 걱정하듯 늘 나를 걱정해 주고, 가진 것을 다 베 풀어 나를 보살펴주던, 늘 다정스럽고 곰살맞던 당신이 왜? 왜? 탑을 허물었단 말입니까? 그래 역시, 어머니인가! 민승구는 땅을 치며 짐승처럼 울부짖었다.

얼마후 마음을 가라앉힌 승구는 아직도 죽은 듯 꼼짝하지 않는 만안심 보살의 숨결을 다시 살펴보았다. 아니나 다를까 손끝에 숨 결이 느껴지지 않았다. 정말 죽은 것인가?

"만안심 보살, 만안심 보살!"

다급하게 불렀으나 아무 대답이 없었다. 걱정과 두려움이 불길 처럼 일어났다. 그는 서둘러 만안심 보살을 편편한 데로 옮겨다 눕 혔다. 팔다리를 주무르고 가슴을 쓸어 내렸다. 다급한 나머지 숨을 모아 입안에 불어넣기도 했다. 그래도 숨이 돌아오지 않았다. 가슴 의 박동도 살아나지 않았다.

민승구는 일단 만안심 보살을 등에다 들쳐업었다. 천근처럼 무거웠다. 너머지고 쓰러지며 허둥지둥 너설밭을 건너 재를 넘고 정명암 아래에 세워둔 승용차까지 옮겼다. 승용차 뒷좌석에 눕히자 무엇인가 가까스로 실낱같은 움직임이 감지되었다.

"만안심 보살!"

반가운 나머지 소리쳐 불렀다.

"만안심 보살!"

민숭구의 목소리가 어찌나 컸던지 온 산을 쩌렁쩌렁 울렸다. 가슴에 올려진 손끝이 가늘게 꼼지락거리는 것 같았다.

"만안심 보살, 정신이 좀 드세요!"

민숭구의 다급한 목소리에 만안심 보살은 눈을 뜨려고 안간힘을 다했다. 그러나 눈꺼풀을 밀어올릴 수가 없었다. 정신이 자꾸만 토막토막 끊어지고 가물가물 멀어져갔다.

'미안해요. 내가 왜, 내가……미쳤어요.'

만안심 보살은 가물거리는 의식을 다잡지 못하고 손가락으로 쇠를 파듯 뜨적뜨적 생각을 더듬었다.

'민처사를 처음 본 순간부터……인연이란, 나도……'

만안심 보살은 머리 속에 한줄기 마지막으로 남아 있던 가냘픈 빛이 아득한 저쪽의 어둠 속으로 스러져가는 걸 희미하게 바라보았다. 그녀는 돌탑이 허리높이에 이를 때부터 그것을 무너뜨리기 위해 호시탐탐 기회를 엿봐왔었다. 그러나 두 번이나 당한 민숭구가 기회를 쉽게 주지 않았다. 돌탑이 허리높이에 다다른 후부터 그는 일삼아 한밤중까지 탑을 지키고는 했다. 간밤에도 민숭구는 자정까지 탑을 지키다 겨우 처소로 돌아왔다. 숨을 죽이고 그가 잠든 기척을 살핀 다음, 만안심 보살은 몰래 골짜기로 넘어와 탑을 허물고 있었던 것이다. 그녀는 민숭구가 한 기의 탑을 다 쌓으면 서울로 돌아갈까 봐 왜 그렇게 두려웠던지……

　민숭구는 급히 차를 몰아 산을 빠져 나왔다. 포장도 안 된 좁은 길을 어떻게 달려왔는지 경황이 없었다. 진안 읍내는 깊이 잠들어 있었다. 차를 부르릉거리며 급히 병원을 찾아 헤맸다. 불꺼진 병원을 발견한 민숭구는 차를 세우고 다급히 문을 두드렸다. 얼마 후 간호원이 눈을 비비며 문을 열고 나왔다. 간호원의 건짜증을 돌아볼 겨를이 없었다. 황급히 만안심 보살을 차에서 끌어내 업고 병원 안으로 옮겼다. 간호원의 연락을 받고 나온 의사는 침착하게 환자를 살폈다. 청진기로 가슴부위를 진찰하고 머리의 외상을 살펴보았다.

　"이미 운명했습니다."

　의사는 하얗게 표백된 음성으로 만안심 보살의 죽음을 선언했다.

　"어떻게, 손을 좀 써볼 수 없겠습니까?"

　민숭구의 안타까운 간청에도 불구하고 의사는 단호히 고개를 저었다.

　순간 민숭구는 머리를 쥐어뜯으며 무릎을 꺾고 그 자리에 주저앉았다.

　'아, 어머니, 제가 살인의 죄업까지 짓고 말았습니다!'

〈끝〉

작품해설

다시 비판적 생명력의 회복을 위하여
- 유익서, 『겨울환자』의 작품세계

한 원 균
〈문학평론가/청주과학대학
문예창작과 교수〉

1.

　새로운 세기가 시작되었다지만, 여전히 한국사회는 여러 가지 문제점을 안고 있어 패러다임의 변화에 능동적으로 대처하기 어려운 것이 사실이다. 90년대를 풍미했던 포스트모더니즘 논의가 지닌 중요한 결함 가운데 하나는 비판의 부재였다. 탈역사의 징후를 발견하는 일과 내재적인 모순을 비판하는 일은 쌍생아의 관계를 지닌다는 점을 소홀히 한 것이다. 억압된 것들의 복원을 시도하는 과정에서 모순에 대한 비판을 제거하면, 방만한 상대주의, 문화의 외피를 쓰고 나타나는 자본의 맨 얼굴만 남는다. 소설이란 삶과 유기적이거나 구조적으로 유사성을 지니고 있다는 고전적인 이론을 쉽게 저버릴 수 없는 것은 한국사회에 내재된 문제가 여전히 억압적이라는 점 때문이다. 가령, 1990년대 소설 가운데 여성화자의 목소리가 두드러졌던 경향은, 대중들의 탈정치적 욕망과 소비적인 욕망에 소설이 부합한 결과로 볼 수 있다. 따라서 1990년대 말에서 2000년으로 이어지는 시점의 한국사회는 진정으로 욕망하는 개인들의 사회, 내면적 판단기준이 절대화된 사회인가라는 반성이 제기될 필요가 있다. 이런 질문은 바로 한국소설의 표정과 방향성에 대한 물음으로 이어진다. 즉, 한국사회는 과연 탈역사(註 — 탈역사의 문제를 논의할 때 주목되는 것은 F, Fukuyama의 논의이다. 그는 북미와 서유럽 그리고 일본의 역사가 이미 탈역사(post-historie)의 상태에 진입했다고 하면서, "역사의 끝은 아마도 슬픈 시기일 수도 있다. 인정(認定)받기 위한 노력, 추상적 목표를 위한 자기희생, 계속적인 시도, 용기, 상상력, 그리고 이상주의는 경제적 계산, 기술적 문제의 무한한 해결, 환경문제, 묘한 소비욕구의 충족에 의해 대체될 것이다. 탈역사의 시대에는 예술도, 철학도 없어질 것이고, 단지 인간 역사의 박물관을 영구히 보존하는 것만이 남을 것이다."라고 말한 바 있다. 이에 대해서는 F,Fukuyama, "The End of History" The National Interest, no. 16, 1989, 여름호, p,18 (송두율, 『역사는 끝났는가』, 당대, 1996, p,28. 재인용). 이를 한국소설의 문제와 관련하여 헤겔의 주인과 노예의 변증법을 통해 소설의 운명을 논의한 평론가의 글이 주목되기도 했다.(김윤식, 「역사의 종언과 소설의 운명」,『문학동네』,1996,여름호) 필자는 여기서 한국소설은 여전히 해결해야 할 현실문제를 주목해야한다는 요지로 90년대 한국소설의 내면적 경향을 비판한 바 있다. 이에 대해서는 졸고,『일굼의 문학』, 청동거울, 1998, p.p 263-266 참조.)

의 시대로 접어들었으며, 소설은 어떤 비판적 대안을 제시하고 있는가 하는 점이다. 이런 질문을 마주하고 보면 1990년대 한국소설은 현실문제에 대하여 무관심했거나 소비 대중의 기호에 영합했다는 사실을 알 수 있다.

새로운 세기는 이제 비판의 회복으로부터 시작되어야 한다. 소설은 인간관계로부터 제도에 이르기까지 다양하게 산재되어 있는 문제점을 제시하는 작업에 게으르지 말아야 할 것이다. 한국사회에서 근대란 아직도 기획project의 단계에 머물고 있다는 사실을 새롭게 이해할 필요가 있다. 물론 이런 노력은 합리적 수용의 과정에 존재해야 한다는 의미에서 도구적 합리화에 대한 비판이며, 타인에 대한 관심과 이해를 유도한다는 의미에서 공동체 윤리의 바탕이 되기도 한다. 소설이 바로 이 같은 비판적 대안을 제시하는 앞 줄에 서야 할 것이다.

유익서의 소설쓰기는 바로 이 같은 문제의식에 근접하고 있다. 1980년대부터 꾸준히 다양한 형식과 층위에서 삶을 조망해온 유익서의 새로운 소설집 『겨울환자』가 뚜렷하게 지향하는 바 역시 현실문제에 대한 관심과 비판의 지평 위에 존재하기 때문이다.

2.

글쓰기가 매체 중심주의에서 자유롭지 못한 것은 산업화 사회가 낳은 필연적 결과이지만, 문학권력에 종속되는 현상 역시 간과할 수 없는 사실이다. 특히 출판 상업주의를 둘러싼 갈등과 비상식적 욕망의 발흥은 1990년대 한국문화의 특징을 이루기도 한다. 「유능한 친구」에서 김경수라는 개인은, 개인이 아니라 출판상업주의의 욕망을 대표하는 인물이며, 일그러진 문화의 유형을 상징하는 인물로 제시된다. 처세술에 능한 그는 여성지 편집부에 근무하지만, 주위 사람들로부터 신임을 얻지 못하고 있는 인물이다. 특히 '나'의 시집 출판을 둘러싼 김경수의 사기극은 가장 대표적인 비행 중의 하나인 셈이다. 김경수가 선배 정인호의 잡지사에 근무한다는 소식을 전해들은 '나'는 그를 해고할 것을 요구하기 위해 정인호를 방문한다. 그런데 이 자리에서 정선배 역시 김경수와 동일한 사고방식을 지닌 인물임을 알고 '나'는 돌아서게 된다. 이 작품을 통해 작가는 상업주의 출판의 논리가 윤리적 자의식과 너무 먼 자리에 존재하고 있음을 깨닫게 한다. 오히려 자신이 친구를 우정어린 시선으로 보아주지 못한 사람으로 취급받고 〈흐르는 눈물이 부끄러워 몇 번이나 하늘을 쳐다보지 않을 수 없〉(p.59)게 되고 만다. 이 같은 상황은 돈의 논리, 상업주의 출판의 논리 앞에 개인적 진실이란 얼마나 하찮고 작은 것인가를 잘 보여준 것이다. 여기서 주목할 점은 글쓰기와 관련된 출판과 유통 부문만큼은 최소한의 윤리적 방어기제가 존재해야 한다고 믿는 주인공의 그 순진성이다. 선배 정인호의 관점, 즉 여성지를 가장 잘 만드는 일에 김경수만한 인물은 없다는 생각을 바꾸기에 주인공은 역부족이다. 여전히 보지(保持)해야 할 가치가 있다는 믿음이 갖는 천진성이야말로 가장 소설적인 주제를 이룬다는 고전적 명제를 확인하게 한 작품이다.

이와 관련하여 「敵 만들기」는 상업주의 저널리즘의 선정성(煽情性)에 대한 고발로 읽히는 작품이다. 환경문제에 대한 취재기사를 쓰게된 최태웅의 기사가 주간신문 『일요뉴스』에 실리지 못한 까닭은 〈사실이 모두 기사 가치가 있는 것은 아니잖아〉(p.161)라는 김부장의 말에서 엿볼 수 있다. 일간지의 속보성과 경쟁할 입장이 되지 못하는 주간신문의 경우 충격적인 기사를 발굴하는 것이 살아남기의 한 방법이라는 것이다. 이는 일종의 차별화 전략이라는 관점에서도 설명이 가능한데, 최태웅이 경쟁상대를 통해 삶의 의미를 찾는다는 생각과 동궤에 놓인다. 즉, 〈죽이고 싶도록 증오

하는 그런 상대가 존재해야만 살아 있다는 사실을 실감하는 것
〉(p, 171)이 삶이라는 최태응의 말은 『일요뉴스』가 처한 입장을 상
징하고 있는 것이다. 타인을 통한 자기이해란 시민사회의 구성원
리, 봉건적인 절대군주가 지배하던 시절과 다른 사회구성 방법을
설명하는 중요한 기준이지만, 극도로 고립된 개인과 자본의 전일
적인 지배만 존재하는 산업사회에서 타인을 통한 자기이해란 한낱
허구와 거짓으로 비춰지고 있는 것이다. 상업주의 저널리즘은 자
본의 논리에 자신을 순치시키면서도 가장 비판적인 주체인 양 스
스로를 포장하고 확대 해석해야 하는 의식의 불균형 상태에 놓여
있다. 이 소설은 이 같은 문제에 접근한 작품이다.

3.

　유익서는 사건의 정황을 매우 사실적으로 그리고 있다. 사실성
이란, 이 경우 묘사방법의 치밀함이라든가, 개연성의 밀도를 의미
한다기보다는 인물간의 관계와 사건전개에 치중하고 있다는 의미
이다. 따라서 인물의 내면풍경보다는 그 인물이 처한 상황에 소설

적 관심이 집중되고 있다. 그런데 주목되는 것은 이번 소설집에 실린 두 편의 중편에서는 조금 다른 분위기를 연출하고 있다는 점이다. 「메리 퀸을 부르는 여자」와 「슬픔의 마지막 잔」에서는 주인공들의 내적 갈등이 매우 흥미롭게 그려지고 있다. 서사의 요건이 내면묘사 여부에 달린 것은 물론 아니지만, 유익서의 소설적 향방이 지향하는 단서를 발견할 수 있기 때문이다. 그의 소설적 관심이 현실의 다양한 문제에 걸쳐 있으면서도 삶의 부침을 견디어 가는 고독한 개인을 놓치지 않고 있다는 점을 두 편의 중편에서 확인할 수 있다.

「메리 퀸을 부르는 여자」는 카페 '향수' 와 그곳에서 술을 마시며 '메리 퀸' 이라는 노래를 부른 임항실이라는 여자를 그리기 위해 만들어진 작품이다. '향수' 와 임항실의 노래를 제외한다면 이 작품은 성립되기 어렵다는 의미이다. 가령, 임항실이 노동운동에 가담하거나 명동성당의 시위대나 5, 18 광주항쟁 재판정의 방청석에 앉아있거나 하는 문제는 이 소설의 본질과 무관하다. 임항실과 그녀가 부른 애절한 노래, 그리고 작고 어두운 술집이 소설의 중요한 배경이 된다. 특히 임항실과의 만남이 단 한번으로 끝났다는 사실이 이 작품의 핵심을 이룬다. 이 작품은 두 가지 경우의 부재(不

在)를 확인시켜주고 있다. 임항실 스스로 신문에 낸 '심인광고'는 일종의 부재에 대한 자기확인과 같은 것이다. 자신의 부재를 타인에게 알리는 방법으로 신문광고가 선택된 것이다. 주인공에겐 환상의 실체에 대한 결핍이면서 임항실에겐 자신의 불우한 현존을 알리는 방법이다. 이 두 가지의 부재가 만나는 공간이 카페 '향수'로 그려지고 있다.

「슬픔의 마지막 잔」은 한 비극적 주인공의 삶을 다루고 있다. 종군위안부 출신 어머니를 끝내 이해하지 못하고 갈등을 빚은 아내, 그리고 어머니의 임종, 이후 그 아내와 아이들의 돌연한 사망, 사촌누이의 파멸 등 잇달은 충격을 극복하려고 산사를 찾은 주인공의 돌탑쌓기가 이 소설의 줄기를 이룬다. '정명암(靜明庵)'에서 살아가는 사람들과 주인공 민숭구는 내면에 존재하는 공동감(空洞感)에 대한 극복의지를 지닌다는 공통점이 있다. 여기서 소설의 핵심은 민숭구의 수난과 그가 산사를 떠나는 것을 두려워한 만안심보살의 탑쌓기 방해이다. 민숭구에게 정명암은 자신을 속죄하는 공간으로 인식되고 있다면, 만안심보살에겐 새로운 삶을 준비하는 대상으로 인식된다. 욕망하는 대상의 차이는 만안심보살의 탑쌓기 방해를 통해 무화되고 만다. 그녀는 민숭구가 탑을 다 쌓으면 절을 떠난다고 믿었던 것이다. 탑쌓기를 방해하는 인물이 만안심보살임을 모르고 있었던 민숭구에게 그녀는 죽임을 당한다. 결국 민숭구의 속죄와 구도는 욕망의 무모함 앞에 무너지게 된 것이다.

부재를 통한 자기이해와 그것을 극복하는 열정이 그려진 작품으로 「단검의 길」과 「무명가수」가 있다. 「단검의 길」은 복수의 대상으로 향하는 집착의 무서움을, 「무명가수」는 가난했지만 정이 있었던 과거가 현실의 물신적인 욕망 앞에 철저하게 배반당하는 모습을 각각 그리고 있다. 유익서 소설이 갖는 중요한 특징 가운데 하나인 소설적 재미를 이들 작품에서 찾아내기는 어렵지 않다.

4.

기술적 합리성이 강조되는 사회에서는 내면적이고 심리적인 문제들은 주변적인 요소로 인식되는 경우가 많다. 계량화되지 않은 것은 없는 것이고, 상대적으로 덜 중요하며, 몰가치적인 것이라는 생각이 만연되어 있는 듯하다. 소설이 담당해야 할 몫은 드러나지 않은 부분, 합리성과 도구화의 기준에 미달된다고 보이는 문제를 발굴하여 재평가하는 것이다. 인문학의 위기를 논의하는 차원으로 문제를 확대하지 않더라도, 도구화된 사고와 삶의 방식은 일상의 미세한 영역에 침투해 있다.

「겨울환자」는 생명성과 도구적 기술의 논리 사이에서 고민하는 의사를 통해 진정으로 아름다운 삶이란 무엇인가를 묻고 있다. 정신질환을 앓는 난폭한 아들로 인해 파탄지경에 이른 가정과 뇌수술을 통해 난폭성을 치유하고자 하는 어머니, 이들의 요구에 난감해 하는 의사의 갈등이 그려지고 있다. 이 작품의 전반부는 신경외과 전문의인 주인공이 수술을 앞두고 고민에 빠진 모습을 길게 묘사하고 있다. 그는 수술을 앞두면 늘 참고서적을 몇 번씩 확인하는 습관이 있다. 그런데 이번의 경우 그의 고민은 '전두엽(前頭葉)의 백질(白質) 일부를 절단하여 시상(視床)과 연락을 끊는 수술' (p.26)이 갖는 기술적인 부담 때문이 아니라, 윤리적이고 인간적인 차원의 갈등이다. '진정제가 지배하는 것보다 더 참혹한 상태에 떨어져 있'(p.21)는 청년에게 그는 측은한 마음이 생겼던 것이다. 결국 요양소 치료를 더 받도록 청년의 가족을 설득하고 나서야 그는 홀가분한 마음이 된다. 이 작품은 생명윤리와 기술적 합리성이 빚는 상충된 가치관을 잘 보여준다. 이와 함께 청소년 보육시설

을 배경으로 한 「누네누니」에서 명호의 탈출을 계기로 보육시설의
상황과 수용된 청소년들의 갈등, 그리고 '성길이형'으로 상징화된
권력의 폭력성에 대한 묘사는 유익서 소설이 가지는 비판의 최대
치에 해당된다고 할 수 있다. 「사라진 바다」에서 그려진 판소리와
전통음악 교육의 문제 역시 이 같은 문제의식을 지니는 것이다.

　추상적인 표현을 빌면, 인간적인 가치라고 믿는 신념의 체계가
곧바로 현실사회에서 동일한 무게를 갖고 사회구성원들에게 수용
되지는 않는다. 개인과 집단, 또는 제도와 권력에 의해서 가치는
상대적으로 이해되고 재단되며, 심지어는 왜곡되기도 한다. 가장
아름다운 가치가 구현된 삶이 존재한다는 이상주의적 관점은 이
경우 비판의 역할을 수행하기 위한 방법론이 된다. 경제성과 효율
성을 골격으로 한 합리주의 혹은 이로부터 파생된 제도가 인간을
억압하는 기제로 작용하는 현상을 두고 도구화된 삶이라고 이른다
면, 소설은 가장 이상적이고 매력적인 삶의 수준을 내부에 간직해
야 할 것이다. 유익서의 소설이 때론 매우 낯설게 읽히는 이유는
역설적이게도 1990년대 이후 소설 독법이 매우 비현실적인 상태에
서 이루어졌음을 반증하는 일이 된다. 그의 소설이 유효한 것은 이
때문이다.

5.

유익서의『겨울환자』는 삶의 다양한 부문에 대한 관심이 모아진 작품집이다. 새로운 시간이 시작되는 즈음에 발간된 이 작품집이 갖는 의미는 서사문법의 복원을 시도하여 비판적 생명력을 얻어내고 있다는 점이다. 1990년대의 한국소설은 서사의 약화로 특징지워 진다. 이야기성의 부재와 극도로 주관적이고 내면화된 욕망의 현현이 1990년대를 장식한 것이다. 문제는 이 같은 경향이 동시대의 모순과 억압된 양상을 복원하는데 그리 긍정적이지 못했다는 점에 있다. 정치와 이데올로기의 문제에 사로잡혀 욕망하는 개인들의 다양한 층위를 소홀히 했던 과거의 문학으로부터 질적 변모를 시도했다는 점은 평가될만 하지만, 그러한 경향이 문화적 상대주의 혹은 욕망의 절대화로 이어지면서 사회적 모순에 대해 무력한 모습을 보여준 것이다. 소설의 주인공들이 걷는 길은 여전히 밖으로 열려 있어야 한다. 그들의 길이 비록 거대한 세계, 자본주의의 울타리에서 끝나버리는 고독한 여행이 될지라도 당분간 그들의 패배와 인내를 지켜봐야 할 것이다. 한국소설이 비판적 모더니즘의 얼굴로 새롭게 태어나야하는 이유가 여기 있다. 유익서의 소설집『겨울환자』는 '여전히 찾아야 할 삶의 본질'에 대한 질문이 유효하다는 점을 보여주고 있다. 사랑과 욕망, 자기해탈의 염원이 가져다주는 인간이해와 사회, 제도, 공동체의 삶이란 무엇인가 하는 윤리적 자의식을 이번 소설집은 동시에 담고 있다. 균형감각을 바탕으로 한 그의 비판적 생명력이 앞으로 어떻게 작품화될지 주목된다.